方法異説

フィクションのエル・ドラード

方法異説

アレホ・カルペンティエール

寺尾隆吉 訳

Colección Eldorado
水声社

本書は、寺尾隆吉の編集による
〈フィクションのエル・ドラード〉の
一冊として刊行された。

方法異説　★　目次

第四章

第五章

リリアに

第一章

……私はここで、理性を正しく導くために万人が従うべき方法を講じようというのではなく、ただそのために自分がどうしてきたかを記しておきたいだけなのである。

デカルト『方法序説』

1

……しかし、さっき寝たばかりだというのに。もうベルが鳴っている。六時一五分。そんな馬鹿な。七時一五分。もっと近づいてみよう。八時一五分。確かにこの目覚まし時計はスイス製の高級品かもしれないが、針が細すぎてよく見えない。九時一五分。いや、ちがう。眼鏡。一〇時一五分。そうだ。それに、黄色いカーテンを透かして見える光も、早朝という感じではない。そしてこの家に戻ってくるといつも同じ。向こうにいるような気分で起き出すのは、いつでもどこでも——自宅でもホテルでも、イギリス風の城でも我らが宮殿でも——肌身離さず持ち歩くこのハンモックのおかげだ。マットレスと材木を組み合わせた窮屈なベッドではどうも落ち着かない。揺り籠代わりのハンモックに丸まって揺られているほうがいい。そしてもうひと揺れ、あくび、さらにもうひと揺れして両脚を伸ばし、色鮮やかなペルシャ絨毯に紛れたスリッパを探る。（向こうでなら、いつも目覚め前から私に気を配るマヨララ・エルミラが履かせてくれるところだが、西半球はまだ真夜中だし、ペチコートで腰を覆って胸をはだけたまま、野営用のベッドで——あいつにも妙な癖がある——まだぐっすり眠っていることだろう。）明かりに向かって歩みを進める。右手の紐を引っ張ると、がらがらと音がして窓の向こうに景色が開ける。しかし、ここで目の前に現れるのは、堂々と雪を被った遠い火山ではなく、凱旋門、その向こうには、かつてドン・ポルフィリオの大臣も務めた我が友リマントゥールの豪邸、経済問題であれ何であれ、あの男と話していると得るものは多い。そっとドアの開く音。そして縦縞のチョッキを着たシルヴェストルが銀――私の鉱山から取れた美しく重々しい銀――のトレーを持って現れ、フランス語で「旦那様のコーヒーです。お好みのとおり濃くしてあります。向こう風です……　ぐっすりお休みになれましたか？……」ブロケード織りの三重カーテンが一枚ずつ開けられると、絶好の競馬日和という陽光が射し込んで、リュードの彫刻が現れる。睾丸を晒した少年戦士が、髪を振り乱した勇猛な将軍に導かれて戦いに臨む、戦況が悪いと見るや最前線からしんがりへ凱歌の雄叫びを上げながら駆けていくタイプのボス――私にはわかる！――だろう。まず『ル・ジュルナル』。『レクセルシオール』の紙面は写真が多くて、現代版活動写真とでも言ったところだろうか。『ラクシオン・フランセーズ』にはパンピーユの料理レシピが出ていて、我らが腕利きシェフのために娘が毎日赤鉛筆で印をつけてやり、レオン・ドーデの書く悪態交じりの社説、閃きに満ちたその終末論的罵詈雑言――これぞ報道の自由の最たる証だろう――は、アメリカ大陸の国々なら決闘や誘拐、暗殺や銃撃戦でも引き起こしかねない。『ル・プティ・パリジャン』。続いてアルスターの反乱、機関銃とアイルランド・ハープの大合唱。コンスタンチノープルでは二度目の野犬捕獲が行われ、無人島で共食いをさせる暴挙に世界中が猛抗議。永遠の火薬庫、いつも騒ぎのたえないバルカンでまた新たな火種、こうなるともうアンデス地域と変わりはしない。そういえば、前回の訪問の時は、ブルガリア王が歓待セレモニーを受けていた。ナポレオン記念柱の麓に陣取ったフランス共和国親衛隊楽団が、豪華絢爛のトランペットとクラリネット、サクソルンとピッコロにトライアングルを重ねてサルスエラさながらに「プラッチャ・ヂヴィッツァ、チューマ・マリッツァ」を奏でるなか、堂々たるランドー馬車にファリエール大統領と並んで、羽と金モールの正装でめかし込んだ威厳ある姿（一瞬ホフマン大佐と見間違えたほどだった）の国王がここを通った。「国王万歳！　国王万歳！」、叫び声を上げる共和国の群衆は、実は心の奥底で玉座と王冠、笏と金頭杖に恋い焦がれている。燕尾服や緋色の飾り帯付き胴着という大統領の衣装では、見世物として今一つ物足りないのだろう、頭から膝へ山高帽を下ろすその動作は、義足で拍子をとりながらオカリナの黒い深みを探り続けた挙げ句に物乞いを始める盲人そのものだから、不満を隠せないらしい。一〇時四〇分。ハンモックの近くまで引き寄せておいたナイトテーブルの上で手帳が閉じられ――放り出され――、幸せなことに、このまま会見も公式訪問も信任状の提出もなければ、ブーツと拍車でリズムを刻んでいつも出し抜けに現れる軍人たちの自惚れに邪魔される心配もない。今朝うっかり寝過ごしてしまったのは、昨夜、そう、昨夜遅く、サン・ヴァンサン・ド・ポールの修道女、藍色のドレスに糊の利いたツバ広帽子、両乳房の間にスカプラリオ、腰にロシア革の鞭という出で立ちの女に手を出したからだ。部屋は完璧で、木製の粗野なテーブルに乗った革表紙の祈祷書、銀色の蠟燭立て、それに、蠟製だろうか、それともゴム製だろうか――結局手は触れなかった――、灰色すぎるしゃれこうべが揃っていた。だが、重要なのはベッドで、一見修道院風、刑務所風なのに寝心地が良く、似非ウーステッドの枕も、質素な木綿地のカバーに詰められた羽毛もなかなかだったうえ、柔らかいスプリングを張ったフレーム自体も、その上で絡み合う肘や膝の動きを忠実に支えていた。その快適さは、カリフの部屋に置かれた寝椅子か、あるいは、蒸気機関車の息吹を漂わせた――どんな細工が施されているのだろう――展示室で車輪とタラップに挟まれて永久に停車したクック寝台車（パリ－リヨン－地中海）のビロードシートとでも言ったところ。ぜひ一度は試してみたいのが、どうやら座布団と茣蓙《ござ》を組み合わせるらしい日本家屋の寝床、そして、又聞きの知識しかないが、迫りくるドラマを刻みつけられたタイタニックの船室（急いで、早く、氷山が来る前に……　そう……　早く……　難破よ……　沈むわ……　逃げましょう）、手元にシードルのボトルを置いてリンゴの香りを楽しむというノルマンディー農家の粗野な寝椅子、それに、ガビ嬢が花嫁衣装を着てオレンジの冠を被ったまま――高齢とレジオン・ドヌールにもかかわらず、時折まだ栄誉あるヴィクトル・ユーゴーの目覚めを感じる顧客がいるせいで、朝から「当直」に狩り出されることもあったが、それさえなければ――毎晩四度でも五度でも処女を失うという新婚の間。鏡の宮殿についても触れておくと、横臥、短縮法、創造、落書き、様々な手法で何度も私の姿を映し出してくれたおかげで、あらゆる体位がこの記憶に収められることになり、まるで人生の最も栄えある日々を飾る表情や態度、立居振る舞いや装い、そのレパートリーを残さず記録した家族アルバムのようになっている。エドワード七世がなぜあんなところに専用の湯船を作らせたのか、なぜ口の堅い腕利き指物師に命じて特注の肘掛け椅子——今や歴史的遺品として特別室に保管されている——を作らせ、普段は大きな腹に邪魔されてできない遊戯に耽っていたか、私にはよくわかる。昨夜の馬鹿騒ぎは楽しかった。だが、酔いが醒めてくると、サン・ヴァンサン・ド・ポール修道女との罰当たりな楽しみ（ポーレットは、テニス・ラケットと乗馬用の鞭を手に、イギリス人女学生の装いで体を捧げてくることもあれば、黒のストッキングに赤のガーター、革のロングブーツという格好に厚化粧をして港の娼婦を演じることもある）のおかげで、今後の運気が下がりそうな気がして不安にも囚われた。（それに、よく考えてみれば、ゴム製であれ蠟製であれ、あのしゃれこうべはかなり不吉な代物だった。）ヌエバ・コルドバの聖牧女、奇跡を呼ぶ我が祖国の守護聖母が、岩山と採石場の間に古の礼拝堂を抱えた山の見張り台から私の戯れをご覧になっていたかもしれない。だが、罪深き欲情の場となった偽独居房には、真に迫ろうとするあまり十字架を掛けるような細工までは施されていなかったから、それを考えると少しは心が落ち着いてくる。ありがたいことに、黒服に真珠の首飾りを纏ったマダム・イヴォンヌは、いつも優雅な物腰で、客の地位と性向に合わせて言葉までポール・ロワイヤル風からブリュアン風へと使い分けながら——モンテスキューと歌謡曲『ニニ・ポー・ドシアン』を混ぜた私のフランス語に似ている——、あらゆる男の欲求に応えてくれるが、それでいて節度をわきまえている。イギリス寄宿学校の部屋にヴィクトリア女王の肖像を飾ったりもしなければ、大ボヤールの部屋にイコンを置いたりもしないし、ポンペイ風の意匠を凝らした部屋に堂々たるプリアーポスの絵を飾ることもない。それに、特定の客が相手となれば、淑女たちが芝居で言う役作り——気のはやる恋人、悪魔的な修道女、邪《よこしま》な好奇心を持つ田舎娘、正体を隠した貴婦人、落ちぶれた名家の夫人、新たな官能を追い求める外国人女性——に専念できるよう気を配る。究極的に店の娘たちは品のいい喜劇女優なのだから、下級の見世物小屋で――「どうぞお好きになさい、娘たち……」――女たちがするように、テーブルの縁で性器に金を挟ませるような真似は御法度。スペイン風のボレロにタヒチの首飾り、ベルトの馬蹄から狐の尻尾がのぞいたようなスコットランドのキルト、そんな奇抜な細工には頼らない……　シルヴェストルが理容師を連れてくる。髭剃りを受けながら、近頃は車両や銃砲まで使うというアパッチ族の動向に耳を傾ける。頬にパウダーを塗る頃になると、シルヴェストルは最近撮ったという写真を見せ、そこに写る彼の息子は、ヒクイドリの羽でシャコー帽を飾って、いかにも軍人らしく、随分たくましく見える（そう言ってやる）。貧しい家庭に生まれた若者でも、美徳と勤勉を頼みに軍人の道を極め、身につけた知識によって、大砲を打つ前からその弾道と飛距離を計算できるまでになる、そんな国民の品格と規律は賞賛に値する。（概して我が国の砲兵たちは、「あの赤屋根の家へ向けて、手三つ分上方、二つ分右、指一本半分修正……発射！」という具合に、経験則に基づいて発射角と方向を決めるが、これがまた奇跡的にうまくいくことも多く、なかなか命中率が高い。）サン・シール校士官候補生の肖像画の後ろから理容師が、最近撮影したばかりという若い女性の写真を見せながら、透明なヴェールを纏ったこの女が、年利六・四パーセントという新しいロシア国債に期待を募らせ、かつてはアーミン文様の赤紋で身分安泰だったが、今や失われかけた財産の救済手形が入手できるのならそれなりの奉仕――もちろん他言無用――をしてもいいと……　この娘は――ご覧のとおり、いわゆる「学歴」もそこそこです――、その、つまり、この娘は……（予めペラルタを派遣して様子を探らせるとしよう……）ガラスの向こうでマロニエの並木が緑色に輝き、始まったばかりのように新鮮な夏が存在感を増していく。今度はテーラーが現れて何度も体の寸法を測り、ブレザー、ジャケット、燕尾服などの切れ端をあてながら、平らなチョークを手に、黒ウールの上張りの断片に定理のような形を書きこんでは直し、締めつけ、組み合わせ、デザインを決めていく。私はマネキンのようにその場で何度も回転し、自分のシルエットが最も映える位置に体を止める。そして角度が変わるたびに部屋の絵や彫刻を見つめ、すでに見慣れていたせいで普段はほとんど目につかないそうした装飾品が私の周りで生まれ変わっていくような感触を味わう。いつものとおり、そこにあるのはジャン＝ポール・ローランの聖母ラドゴンド、この不動のメロヴィング女性が、頭巾を被った召使たちからエルサレムの遺物を受け取り、美しい象牙の小箱に入ったイエスの十字架に目を見張る。あちらにあるのは剣奴を模ったジェロームの見事な造形力、面頬付き兜と仮面をつけた戦士がカエサルの評決でも待つように剣を構え、その勝ち誇った足元で、自らの網に絡まった網闘士が体をよじらせて倒れている。（「見事だ《マクテ》」、この作品を見ると私はいつも右手の親指を下ろしながらこう呟く……）四五度体を回すと、エルスチールの描いた海の女が神経質な青い目を開け、その前景では、混ざり合う波しぶきと雲にジョリー艇が弄ばれている。すぐ横にあるバラ色大理石の『小ファウヌス』はフランス芸術家サロン金賞受賞作。「もう少し右へ願います」テーラーが言う。するとジェルベクス『眠るニンフ』の官能的な裸婦が目に入る。「袖をお測りします」テーラーが言う。すると目の前には、リュック＝オリヴィエ・メルソンの『グッビオの狼』があり、アッシジのフランチェスコのえも言われぬ説教に飼いならされた猛獣が、悪戯っ子に耳を引っ張られても、聖者のように大人しく人々と戯れている。さらに四五度回転すると、デュモンの『枢機卿たちの晩餐』（皆なんと嬉しそうな顔をしていることか、なんと表情豊かなことか！　左の人物など、額の青筋まで透けて見えるほどだ！）、その横にショカルヌ＝モローの『小さなブラシ』、ベローの『世俗歓迎会』では、赤の背景が、燕尾服の黒や棕櫚の緑、ガラスの光と混ざり合って、明るい色のローブ・デコルテを見事に引き立てている……　さらに、光を正面から受けた私の目は、我らが国民的画家の作『ヌエバ・コルドバの景色』にとまるが、明らかにそこには、イグナシオ・スロアガによるトレドのパノラマの影響——同じようにオレンジがかった黄色、似たような家並、アルカンタラ橋の代わりにマプーチェ橋……——が感じられる。今度は窓に向かって立つと、自分の仕事に箔を付けたいらしく——イギリスの菓子職人が「王室御用達」を誇るのと同じだろう——、テーラーが顧客の話を始める。おかげで、注文の際には太っ腹で威勢がいいわりに支払いは遅く滞りがちというガブリエレ・ダンヌンツィオが、奇抜なチョッキその他の装身具を注文したことを知るが、そんな品々のリストにはほとんど興味も湧かず、むしろ、ガブリエレ・ダンヌンツィオという名前を聞いた途端私の頭に浮かぶのは、ジョフロワ・ラニエ通りにある家のみすぼらしいファサード、その後ろで神秘と威厳を湛えた石畳の中庭であり、ポロネギ・スープの香りが漂う通路を辿ると、そのつきあたりに、とてつもないオペラの大道具のような建物、仮面と鉄格子を組み合わせた古典的ファサードが現れる。あの屋敷では、一度ならず夕食の相伴に与る栄誉に恵まれ、大詩人と腹を割って話したものだが、実はあの豪華な秘密の隠れ家には伝説めいた噂があった。そこでひとり過ごすときのガブリエレは、妖精の名で呼ばれる美しい娘たちの給仕を受け、百戦錬磨の女門番によって借金取りたちが待ちぼうけを喰わされる間も、雪花石膏や古大理石、中世の羊皮紙やストラに飾られた屋敷内では、香の煙が立ち込めるなか、幼い子供たちの発するみずみずしい声と、「予告の大天使」の才能にひれ伏した女たち――貴族や名家の娘――がカーテンの後ろに裸で隠れたまま紡ぎ出す清らかな歌声、その交唱詩編に耳を傾けているという。(「いったいあの男のどこがそんなにいいのでしょうね」ペラルタは言っていた。「禿でチビで醜いし、本名はラパニェッタというのですよ」……「さあな」と答えながら私は、そんな財力さえあれば、エドワード七世の名残をとどめるシャバネ街の娼家へ行くよりそのほうが面白そうだと考えていた。)ちょうどその時ペラルタが本の束を抱えて現れ、その一番上が黄色っぽい表紙の『ランファン・ド・ヴォリュプテ』――『快楽の子』のフランス語版――だったが、タイトルから想起される面白さをそこに見出すことができず、秘書はがっかりした様子だった……「読みかけのまま私の部屋にありました。」そしてペラルタは書斎のテーブルに本を置き、その間にテーラーは、未完成の服やまだ股にしっくりこないズボンを私から剝ぎ取った後、高価な生地を手に退出する。「何か注いでくれ。」ドクトル・ペラルタはブールの小さな書き物机の引き出しを開け、サトウキビ畑の風景にゴシック体で文字を並べたラベルのボトル、サンタ・イネスのラム酒を取り出す。「これを飲めば生き返りますよ。」「特に昨晩のような騒ぎの後ではな。」「旦那様は敬虔な女性がお好みのようで。」「お前は黒人好きだな。」「ご存知のとおり、私は石油王、ですから。」「向こうじゃ俺たちはみんな石油王だな」笑ってこう言うと、私が目を覚ましたことを聞きつけたらしく、上階でオフェリアが『エリーゼのために』を弾き始めた……「日に日に上達していますね」グラスを宙に浮かせたまま秘書は言った。「優しいタッチに感情が……」今日この日に娘の部屋から聞こえてくる『エリーゼ』、いつもながら調子外れではあっても繊細に響くこの曲を聞いていると、かつてスルヒデロ・デ・ラ・ベロニカで過ごした日々――若さと情熱と嵐、まさに疾風怒濤、馬鹿騒ぎと破天荒の日々だった――に彼女の母ドニャ・エルメネヒルダが弾いていた――まったく同じように調子を外していた――『エリーゼ』を思い出す、フベンティーノ・ロサスかレルド・デ・テハーダのワルツを弾いた後で、クラシックのレパートリーに移り、偉大なる聾者の曲（『エリーゼ』と『月光』の冒頭だけ）やテオドール・ラックの『田園恋愛詩』、『家庭音楽集』に収録されたゴダールやシャミナードを数曲……三年前、移動天蓋の下に棺を乗せて女王級の葬儀であいつを見送ったことを思い出すと、溜め息が漏れる、大臣、将軍、大使、高官が葬列に勢揃いし、地方から呼んだ三楽団の応援を受けて軍楽隊――総勢一四〇名――が、『英雄交響曲』の葬送、そして当然ながらショパンの葬送行進曲を演奏していた。悼辞を読み上げた我らが大司教は（私の助言を聞き入れて、ボシュエならヘンリエッタ・マリア・オブ・フランスの追悼に何を言うだろうかと考えて案を練ってくれた。「天にましますお偉大なお方云々……」）、故人の世に知れた比類ない功績を並べ立て、列聖すら検討に値すると言ってのけた。確かにドニャ・エルメネヒルダは私と正式に結婚し、四人の子供――オフェリア、アリエル、マルコ・アントニオ、ラダメス――の母となったが、大司教は聴衆の前で、バウティスタの母サンタ・イサベルとアグスティンの母モニカとの婚姻関係についても祝福の言葉を述べてくれた。もちろん、予期せぬ政治闘争の悪戯でこの地位に就く前の数年間、妻とは同棲関係にあったこともあり、これほどありがたい言葉さえ頂いてしまえば、今さら慌ててバチカンの教皇庁に列聖の申請などする必要はなかった。それよりも、我らが文部大臣の主導により、ドレスデンでカラー印刷された我がエルメネヒルダの遺影が、国のいたるところで崇拝の対象になったことのほうがはるかに重要だった。故人の体は蛆虫の襲来を撥ね退け、その顔には最期の瞬間の静かで鷹揚な微笑みがいまだ残っている、そんなことまで言われたものだ。あの写真を持っていると脇腹の痛みや初産の苦しみが奇跡的に和らぐと言う女性もいたし、結婚相手を見つけたければ、国内で現在でもよく行われている習慣に則って聖アントニウス像を頭から井戸に投げ込むより、あの写真に願をかけるほうがよほど効果があるとも言われていた。ちょうどボタンホールにクチナシの花を付けたところで、シルヴェストルが著名学者の来訪を告げる。最近アカデミーの会員に選ばれたばかりだが、数年前に四〇人の最長老を評して「二角帽を被った緑のミイラ」、さらには、「言語進化の理念に関して、作る前から家庭用ラルース簡易版の足元にも及ばぬ辞書を編纂する時代錯誤学者たち」とまで言ったこの男が、なぜアカデミーの庇護を受けることになったのか、それは私にもわからない。(だが、ひとたび選ばれると――「大いに楽しませていただきます」――、友人に頼んで剣の柄をデザインさせる念の入れようで、依頼を受けた有名なマクサンスは、絵画の発想を金細工に持ち込み、聖書や中世の伝説に感化された芸術精神を見事に造形したが、その結果は、私の見るところ、「マジック・シティ」の「ミニコースター」の美学とラファエロ前派の最も精緻な本質をあまりに露骨に混ぜ合わせたような様式だった。)ペラルタがサンタ・イネスのボトルを隠し、上品でウィットに富むこの男を二人で迎え入れると、彼は立ち昇る塵を照らし出す陽光の下に座り、レジオン・ドヌールの赤い綬を際立たせた。階上からは相変わらずピアノの音が聞こえ、いつまで経ってもうまく弾けない『エリーゼのために』の調べから何とか不協和音を取り除こうとオフェリアが躍起になっていた。「ベートーヴェンですね」著名学者は上を指差し、まるで重大ニュースでも伝えるように言う。そしていつも無頓着に我が家の扉を開けるぶしつけな手を伸ばし、さっき秘書が持ってきた本の山を探り始める。ル・ダンテック『無神論』。よろしい。読みごたえのある本。ブールジェ『弟子』。悪くはないが、哲学と小説を混ぜるドイツのごろつきたちを真似する必要はあるまい。アナトール・フランス。もちろん偉大な作家だが、フランス以外では完全に過大評価だろう。それに、彼の体系的な懐疑論は不毛だ……『東天紅』。珍品。賛否両論。天才的だが不運な冒険、演劇史に残る試みとは言えるだろう。そして朗唱。「ああ、太陽よ、お前がいなければ事物は／別の姿をしていたことだろう……」（この学者は、アメリカ大陸で一〇年ほど前から『東天紅』という名の安酒場や売春宿が急増していることを知らない……）レオ・タクシルの反教会主義パンフレットを見ると、理解は示しながらも皮肉な唸り声を禁じ得ず、ジャン・ロラン『フォカス氏』にはあからさまな嫌悪と反発のしかめ面を見せるが、おそらく彼は、編集者のオランドルフが、フランスの比類なき天才作家という触れ込みとともに、この小説のスペイン語版で我らがアメリカ大陸を席巻したことなどまったく知らないのだろう。ジェオ・デュピュイの描いた裸のアスタルトをカラー刷りで模《かたど》った表紙は、現在でも学生たちを虜にし続けている…… 作者不詳（アステリスク三つ）で挿絵ばかり豪華な『十万本の鞭』、『ロビンソン・クルーソーの性生活』、『レスボス年代記』は、昨日リュンヌ通りの専門店で買ったものだが、これを見ると学者は悪戯っぽく共犯者の笑みを顔に浮かべる。「ペラルタの本です」おずおずと私は言う。突如彼は真面目な顔になり、ペラルタにも私にもお馴染みのもったいぶった学際的口調で文学について語り始めたかと思えば、こちらの真の文学、真に偉大な文学がアメリカ大陸の国々では知られていないと論じ立てた。ボードレールを崇拝する点は共通しているが——モンパルナス墓地で、悲しい碑文のもとに悲しく埋葬されている——、他にも、レオン・ディエルクス、アルベール・サマン、アンリ・ド・レニエ、モーリス・ロリナ、ルネ・ヴィヴィアンを読むべきだし、モレアス、とりわけジャン・モレアスを忘れてはいけない。（数年前、カフェ・ヴァシェットでモレアスを紹介された際には、マクシミリアン銃殺の罪を着せられ、年齢からしてもあの日カンパナスの丘に私が居合わせることなど不可能だとこちらがいくら反論してもまったく無駄で、あの詩人はアブサンの熱を帯びた声で「お前たちはみんな野蛮人だ！」と怒鳴り続けていたが、そんな話はおくびにも出すまい。）我らが友によれば、ユーゴー、老ユーゴーがいまだにアメリカ大陸で大人気を博している事態は大変嘆かわしい。向こうでは、葉巻工場の労働者たち——仕事の単調さを紛らわすために共同で朗読者を雇っている——が『レ・ミゼラブル』や『ノートルダム・ド・パリ』を贔屓にする一方で、詩人たちの夜会では、『万人への祈祷』(「無邪気な戯言ですね」と言っている)がよく朗読されるそうではないか。彼によれば、デカルト的精神に欠ける我々(確かに『方法序説』には、食虫植物も生えていなければオニオオハシも飛ばないし、ハリケーンなど入り込む余地もない……)は、溢れ出る雄弁やパトス、ロマン主義的虚勢を響かせた豪華絢爛な演説調に心を奪われがちだ…… 私の弁論術(濃密で響きよく、荒々しく雄弁であればあるほど、そして、イメージの豊かさと断固とした形容詞、圧倒的なクレッシェンドを備えていればいるほど効果が大きい)を直接揶揄したような彼の言葉に少々気分を害した——彼は気づくまい——私は、話題を変えるため、ルナン『アクロポリスへの祈り』の珍しい版、カバネルの挿絵入り豪華版を指差す。「おぞましい!」有罪でも宣告するように著名学者は叫ぶ。この断章がフランス語学習者向けの文学マニュアルによく収録されていることを私が指摘すると、「世俗教育の忌まわしい帰結だ」と彼は断罪し、ルナンの文章を「意味不明」——派手に呼びかけるばかりで、滋蓄や女衒に頼り過ぎる——と酷評する。だめだ。アメリカ大陸の人々が読むべきフランス文学は、まったく違う本、違う作品だ。そんなことでは、モーリス・バレスの『法の敵』が、わずか三ページの明解な散文でいかに見事に格調高い文体と秀でた知性を展開して——イエス崇拝を中心に——マルクス主義の誤謬を暴いているか、また、ルナンの無意味な言語論争とは無縁の真に芸術的な文章で、いかに巧みにバイエルン公ルートヴィヒの城を描き出しているか、決してわかりはすまい。前世紀に遡ったほうがいいというのなら、かのゴビノー、貴族的表現と卓越した構成力を備えた師の文章を何度でも読めばいい。高貴な人間やプレイヤード派、そして精神の貴公子たちを称え、「人間とは名ばかりの烏合の衆」、魂を欠いた無責任な破壊的虫けらか、唾棄すべき下等動物も同然の人間になど興味はない、そんなことまで言ってのけた彼の作品…… これは面倒な論証が必要な問題だし、ここは黙ってやりすごすほうがよさそうだ。メキシコでは、独立百年祭の期間中、外国人訪問客や来賓の目につかぬよう、草履《ぞうり》や現地風ショールを纏った者たち、マリアッチの楽団や身体障害者、すなわち、我らが友イヴ・リマントゥールが「蛮族」と呼んだ連中を当局総出で式典会場から遠ざけた。我が国では、インディオや黒人、サンボやチョロやムラートがあまりに多すぎて——多すぎる！——、「蛮族」を根絶するのは困難だろう。それに、我が国のインテリ「蛮族」——ものすごい数だ——がゴビノー伯爵の『諸人種の不平等に関する試論』を読んで喜ぶ姿など想像したくもない。幸い、上階から再び『エリーゼのために』が聞こえてくる。そしてこの機を逃さずアカデミー新会員は現代——あるいは「現代的」とされる——音楽の逸脱を嘆き、小手先の非人間的芸術、「感情」なるものとまったく無縁な音の代数学（サン・ジャック通りにあるスコラ・カントルムの集団が作る曲を一度聞いてごらんなさい）など、音楽の永遠の原則に対する裏切りだと論じ立てる。もちろん例外もある。サン＝サーンス、フォーレ、ヴァントゥイユ、そしてとりわけ、プエルト・カベージョ——スルヒデロ・デ・ラ・ベロニカによく似たあの町——出身の作曲家、親愛なる我らがレイナルド・アーン。我が「同郷人《パイサーノ》」——どこかで顔を合わせると、フランス語訛りの柔らかいスペイン語で彼はいつも私をこう呼ぶ——は、ラシーヌの『エステル』に崇高な合唱を寄せる何年も前からすでに、故郷の熱帯地域へのノスタルジーを込めて美しいオペラを作曲していた。プログラムによれば「ポリネシアの牧歌的恋愛詩」となっていたが、その舞台設定は明らかに幼い頃見ていたベネズエラの海岸地域を彷彿とさせた。『ロチの結婚』に触発されたあのオペラ、『夢の島』は、ララフが登場して「ロチ、ロチ、それがあなたの名前」と歌うシーンもあるエキゾチックな恋物語であり、どんなものでも見事に酷評する意地悪な批評家によれば『ラクメ』の猿真似だというが、そんなことを言い出したら、レイナルドの作品より随分後に制作された『蝶々夫人』も同じ批判を免れまい。そして我々は、かつて定期的にコンティ通りで行われていた音楽の集いでよく『灰色歌曲集』を聞いたことを思い出し、そこから話題は避けがたくベルギーの代理大使へ、彼自身は同性愛者ではなかったが、うら若き恋人を男たちの欲望に晒したくないという理由でいつも同性愛者と付き合っていたあのアルジャンクール伯爵へと移った。さらに、「我が教会伯爵」などとありもしない爵位を持ち出して（「チョルーラの生まれだったら三六五教会伯爵とでも名乗ったのでしょうかね」ペラルタが口を挟んだ）颯爽と着飾るばかりか、スノビズムが新しいもの好き、何でも「流行を追う」ことにかける情熱と認識されつつあった社会でスノッブを気取り始めたルグランダン氏のこと。著名学者によれば、パリはどんどんヘリオガバルス時代のローマと化しつつあり、珍品や逸脱、舶来物や野蛮、野生に見境なく門を開いているという。現代の彫刻家は、偉大な様式を吸収するどころか、ミケーネやヘレニズム以前、スキタイ人やステップの民を手本にしている。昨今は、アフリカのおぞましい仮面や、誓いの釘に覆われた人形、動物を模《かたど》った偶像など、食人種の持ち物を集める者までいる。アメリカ合衆国からは黒人音楽が入ってくるし、イタリアの騒々しい詩人は宣言を出して、ヴェネツィアを沈めろ、ルーヴルを焼けなどとほざいている。そんなことを続けていればやがては、今やリアーヌ・ド・プジーやエミリエンヌ・ダランソン、クレオ・ド・メロードなどと名前を変えた新時代のキルケ（「彼女たちにならで豚にでもされてみたいものです」ペラルタは呟いた）に支配され、アッティラやヘロストラトス、聖像破壊者やケークウォーク、イギリス料理やアナーキストの襲撃を称揚することになるだろう。そこで今度は、来客を励ますために私が言ってやる、大都市には束の間の熱狂や愚かしいブーム、短命な流行、気取り、奇行が付き物ですが、それで国民の才知が損なわれるわけではないでしょう。ユウェナリスだって、舶来崇拝に毒されたローマ社会の服装や香水、信仰や迷信について愚痴をこぼしている。スノビズムなど今に始まったことではない。見方によっては、モリエールの「才女気取り」だってスノッブの先駆け《アヴァンラレトル》にほかならない。それがなければ大都市は成り立たない。新しいもの好きがどれほどたくさんいても、パリは洗練と均整と秩序と調和の聖地だし、世界全体にとって、都市の上品さと優雅さの規範であり続けている。それに、アテネからすでに存在したコスモポリタニズムだって、生粋のフランス的資質をまったく損ないはしない。「明解さを欠くはフランスならず」、スルヒデロ・デ・ラ・ベロニカのマリスト修道会学校時代に読まされたリヴァロルをいまだにここで引用できることを誇りに思いながら私は言う。「確かに」アカデミー新会員は答える。だが、政治、汚らわしい政治とその喧騒、政争や議会の主導権争いは、理性を重んじるこの国に混乱と無秩序をもたらしている。パナマ動乱やドレフュス事件など、ルイ一四世の時代には考えられない。もちろん、我らが友ガブリエレ・ダンヌンツィオの言う「社会主義の泥」は、まさに「すべてを汚し」、伝統ある文明のありとあらゆる美と喜びを台無しにする。社会主義……（エナメル靴の先を見つめながら溜め息をつく。）四〇代にわたって王たちが偉大なる国フランスを築いてきたというのに。イギリスをごらんなさい、スカンジナビア諸国をごらんなさい、まさに秩序と発展の鏡、左官屋ですら、皆シャツの下に鎖付きの時計を持っている。ブラジルは、あなたたちの敬愛するヴィクトル・ユーゴーの親愛なる会食者にしてその崇拝者だったペドロ二世が皇帝の時代は偉大な国だった。メキシコだって、ポルフィリオ・ディアスが繰り返し大統領に再選されていた時代はよかった。あなたの国が平和と繁栄を享受しているのは、おそらく大陸の他の国民より優秀な人々が、政権の継続こそ物質的豊かさと政治的安定の礎だと確信して三回、四回――何回ですか？――とあなたを再選しているからだ。あなたの政権のおかげで……　聞き慣れた賛辞とはいえ、火山と地震とハリケーンに晒された我が国土に、フランドルのレースか北欧のオーロラのような安定をもたらすにも等しいこんな言葉を、私は身を守るようにして遮る。「まだ道半ばです」私は言った。とはいえ、一世紀に及ぶ内戦と反乱の末に、ようやく我が国の革命サイクル――革命など若者の反抗期、未成熟で血の気の多い熱狂的国民の猩紅熱か麻疹にすぎないのだから、アメリカ大陸では時に厳しい規律で立ち向かうことも必要だ――を閉じたことは誇りに思ってもいいだろう。厳しくとも法は法なり……　厳格さが必要とされる場合もある、アカデミー新会員もこう考えていた。それにデカルトも言っているではないか、「君主たる者、多少は習慣を変えてもかまわない……」長時間にわたる『エリーゼのために』の練習を終えて――かなり前からピアノの音は聞こえなくなっていたのに、誰もそれに気づいていなかった――書斎に入ってきたオフェリアの姿は眩いほど美しく、身に纏う明るい色のモスリン、首に巻いた羽毛のボア、薔薇の間に巣をかけるハチドリと花に飾られた帽子、刺繍入りのミトン、見事な象牙細工を柄にあしらった日傘、香水、内側からかすかに聞こえる衣擦れの音、はかなさを湛えた衣装、カールした髪、飾り結びとベルトを巧みに活かして強調した体の線、まるでボルディーニのモデルがそっくりそのままの衣装で風に乗って勢いよく出てきたようだった。「今日は馬車レースの日よ」、そう言われて私も、ほんの数分前、著名学者と話し込みながら、古いイギリス風の四頭立て幌馬車――ダブルドア、高く威風堂々とした御者台――が何台かコンコルド広場のほうへ走っていく様子に目を止めたことを思い出す。数時間後には、錫メッキした鞭や御者のラッパや日傘が交錯するなか、赤い制服を着た勢子二人に挟まれて競馬協会会長が待つゴール地点へ向けて出走するのだろう。「今日はまたいつになくお美しい」思わず著名学者は漏らし、夏の曙光とともに立ち昇る蒸気の間から現れた美しいゴーギャンのモデルに娘を準《なぞら》えて、小難しい追従の言葉を紡ぎ出した。「タンゴには事欠きません」ペラルタは呟いた。私は思わず眉を顰めた。ゴーギャンとは、また我々を珍品扱いする気か……だが、オフェリアは上機嫌でこれを受け入れ、「あら、一六区のノアノアってところかしら!」確かに、インディオの血が入った褐色の肌が彼女をいっそう美しく見せている。清らかな母のほうはもっと現地人風の容姿をしていたが、この娘は丸顔もがっしりした太腿も大きなお尻も、まったく受け継いではいない。脚は長く、胸は小さめ、ウェストも細く――向こうで生まれつつある新人類――、流行に合わせてわざとカールさせた柔らかい髪は、ニューオーリンズの薬剤師が発明したかの有名なローション・ウォーカーを使って同国人の多くが無理矢理伸ばす巻き毛とは縁もゆかりもない…… 大げさに愛嬌を振りまきながらオフェリアは私に寄り添い、ポロ・ド・バガテルの軽食に義理で顔だけ出したら、今夜にでも旅行へ出ていいかと訊いてきた。バイロイトのワーグナー歌劇祭が来週火曜日に『トリスタンとイゾルデ』で開幕するから、それを観に行きたい。「傑作です」アカデミー新会員は叫び、オーケストラの指揮でも執るようなポーズでプレリュードを口ずさみ始めた。第二幕の人間離れした官能、第三幕の豪勢なイギリス風ソロ、激情的な、ほとんど残酷とすら言えるほど急な音階の上昇、「愛の死」、そんなことを立て続けに話した後で彼は、ヴァーンフリート荘に知り合いがいるので訪ねてみてはどうかと娘に持ちかけた。オフェリアはわざとらしく感激し、「あの名高い館」へ足を踏み入れるなんてめっそうもない、畏れ多いことですわ、と尻込みしたが、これに気をよくしたアカデミー新会員は、ブール・サンタ・イネスの小さな書き物机に歩み寄って紙を取り上げた。この紹介状を我が友ジークフリート君に渡してください、彼も傑出した作曲家ですが、作品はあまり知られていません……　でも……　リヒャルト・ワーグナーの息子でありながら作曲家を志すなんて……　筆は紙の上を滑り、イオニア式のsと急角度のllに飾られた書面が完成した。「どうぞ《ヴォワシ》、お嬢様《マドモワゼル》。」コジマ様にくれぐれもよろしくお伝えくださいませ。そして、バイロイト祝祭劇場の座席はかなり窮屈ですのでご注意を、と言い添えた。とはいえ、バイロイト詣では、――イスラム教徒にとってのメッカ、日本人にとってのフジヤマと同じく――教養人なら一生に一度は体験しておくべきたしなみです。見事すぎる大文字のルネサンス風飾り書きを添えられていっそう美しくなった手紙を受け取ると、オフェリアは、何でも許してくれる理想の父にまたもや愛情を示しながら辞去したが、いきなり旅行へ行きたいと言われただけで、承諾した覚えなどまったくない私のほうは、我が国の素晴らしい繁栄ぶりと政治的安定に関する長い記事を発表することになっていた『両世界評論』の編集長を迎えて近々ここで行う予定の歓待レセプションで、娘にホステス役を任せるつもりだったのに、水を差された恰好だった。額へのキスも、訪問客の前で点稼ぎをするためのわざとらしい茶番で、実際のところあの娘は、私の意見や同意など求めることもなく、いつも自分のしたいようにするだけなのだ。まったく抜け目のない娘で、少しでも彼女の意向に逆らったりすれば、突如恐ろしい怒りを爆発させて――激しい地団太と卑猥な仕草、そして、売春宿か賭博屋か安酒場で覚えたとしか思えない下品な言葉で感情を表現する――私を震え上がらせる。そんな時の女王様――秘書はいつもこう呼んでいた――の罵詈雑言は凱旋門の高みにも届くほどだった。そして、やっと望みどおりになって怒りの嵐が収まると、オフェリアはまた上品な言葉遣いに戻るのだが、その語彙があまりに豊かで味わい深いため、聞き終わった後で私は、形容詞や副詞の正確な意味を辞書で調べてみたり、時には、自分の語り口に箔をつけるために後で同じ言葉を使ってみたりすることもあった……　男だけになると、アカデミー新会員は突如塞ぎ込み、リヒャルト・ワーグナーの貧窮時代、さらには、真の芸術家が軽蔑されるこのおぞましき時代について、滔々と話し始めた。もはや、マエケナスも偉大なるロレンツォ・デ・メディチも、栄えあるボルジア家もルイ一四世もバイエルン公も過去のこと、ルーレットぐらいしかルイ金貨を手に入れる術はない…… かく言う自分も、作家として輝かしい業績を残したにもかかわらず生活は苦しく、明日にも二角帽を被った司法官たちが仰々しい杖を手に現れ、象牙の柄で自宅の扉を叩くことだろう（偉大なる世紀にこんなことがありえただろうか？）、背に腹は代えられない、やむにやまれず二本の劇作の手稿を売りに出すことにした。一つは『ロベール・ギスカール』（これは歴史的フレスコ画で、主要人物は、かのノルマンディーの傭兵、その弟ロジェ、そして謎めいたジュディット・エヴルー。ル・バルジーの名演技にもかかわらず、公演は大失敗に終わった）、もう一つは『不在者』（こちらは良心の呵責を描いたドラマで、ダヴィとベツァベ、二人が愛を交わす夜、ウリアスの亡霊に邪魔される……）、この悲劇はポルト・サン・マルタン劇場で二〇〇回も上演され、同じテーマで劇を書くつもりでいた汚らわしいユダヤ人ベルンシュタインに大いに妬まれることになった…… だが、当面この国の図書館にそんな資金はなく、といって召喚は一刻の猶予も許さない。明日には二角帽の男たちが象牙の柄の杖を持って…… しかし、貴国の国立図書館ならそれ以上の言葉は不要だった。すぐに私は小切手を準備し、アカデミー新会員は、紳士気取りのすました態度で金額すら確認することなくこれを受け取ったが、実際にはこっそり手の動きを探ってある程度見当をつけていたのだろう。「なかなかいい作品ですよ」彼は言った。オランダ製の幅広い紙、鉄製の蔵書印を刻み込まれた革カバー。「ご覧ください……」包みは下に置いたままだったので、シルヴェストルが取りに行った。私は紐を解き、二色のインクでタイトルを印字した挿絵入りの表紙に指を滑らせた後、敬意を込めてゆっくりとページをめくった。そして、貴重な文書の保管場所として我が国の図書館——ささやかな図書館ではあるが、高価な揺籃期本やフィレンツェ製の地図、征服期の古文書などを所蔵している——を選んでくれたことに感謝した。相手の表情を見てすでに体よく辞去したがっていることを感じた私は、凱旋門を眺めるような仕草で立ち上がって朗唱した。「君、君の姿は遠くで／紺碧に染まり、大きなアーチが……」一応感謝の意を表しておくべきだと思ったのか、著名学者は山高帽と白手袋を手に取りながら、私の気持ちを見透かしてこんなことを言った。もちろんユーゴーは悪くない詩人ですし、フランス文化に寛容なあなた方がその偉大なる文才を評価し続けるのは理解できます、しかし、ゴビノーを知ることも重要です、ぜひゴビノーを読んでいただきたい…… 赤絨毯を敷き詰めた階段を彼とともに降り、玄関まで見送ったところで、私はドクトル・ペラルタに話しかけようとした。アカシア通りへ行って、ムッシュー・ミュザールの「ボワ・シャルボン」を訪ねようじゃないか、こう言いかかったところで、二人の前にタクシーが急停止し、かなり動揺した様子でチョロ・メンドーサが降りてきた。何か重大事があったらしく、ただでさえ汗かきなこの大使がいつにも増して汗をかき、髪型がきちんと整っていないばかりか、ネクタイが乱れ、半長靴のグレーのフエルトもしっかり閉じられていなかった。日ごと違う金髪美女を連れて姿をくらます――パシーかオートゥイユか、どこへ行くのかは定かでない――彼に冗談の一つでも飛ばそうかと思ったが、その前に彼は、狼狽した表情で、何枚にも及ぶ通信を解読した文書を私に差し出した。差出人はヴァルター・ホフマン大佐、我が政府の官房長官だった。「お読みください、どうぞ……」

レンラクス　アタウルフォガルバン　ホウキス　サンフェリペデルパルマール　ホヘイダイ　タイヨン　ナナキュウ　ジュウイチ　ジュウサン（ソコクノメイシタチ）「ドクリツカシカ」チュウタイ　フクム　キバサンレンタイ　オヨビ　ホウヘイゴブタイ　コレヲシジ「ケンポウバンザイ　ホウリツバンザイ」ノカケゴエ

「くそったれ！　ちくしょうめ！」第一執政官は通信を投げ捨てて吠えた。「続けます」チョロ・メンドーサが紙を拾い集めながら言った。ホフマンによれば、反乱の動きは北部三県に広がり、太平洋岸に迫る勢いを見せているが、本部の部隊や士官は政府に忠誠を誓っている。ヌエバ・コルドバは反乱に同調しておらず、パトロール部隊がプエルト・アラグアトの警備にあたっている。戒厳令が宣告され、当然ながら憲法は停止、『プログレソ』紙も発行を停止している。政府側部隊の士気は高いが、武器、特に軽砲やマクシム機関銃が不足している。首都は閣下と一心同体で、指示を待っている。「くそったれ！　ちくしょうめ！」まるでそれ以外の言葉を忘れたかのように第一執政官は繰り返し、片田舎のこきたない兵営から抜擢してやったあのお喋り男、フォークの使い方も水洗トイレの流し方も知らなかった二級の新米兵が、庇護と富、金モールに肩章までもらって、挙げ句の果てに国防大臣にまでなっておきながら、主人の留守を見計らってこんなさもしい裏切り行為に出た、そう考えると憤懣やる方なかった。宮殿でレセプションなどがあって酒が進むと、我らが恩人、天の恵み、父よりかけがえのない存在、盟友、息子たちの代父、体の一部などとほざいて取り入ってきたあの男が、ボリビアさながら、すでに遠い昔話となっていた反乱の伝統を今さらながらに蘇らせ、独立以来どんな統治者も意に介することのなかった――向こうでよく言われているとおりだ、「実践に勝る理論なし」、「猛者は紙にこだわらず」――憲法の遵守を掲げるとは、何たることだ……「くそったれ！　ちくしょうめ！」大部屋へ戻った後も相変わらず第一執政官は繰り返し、サンタ・イネスのラム酒――数分前まではパリの気楽な暮らしで祖国を懐かしむための飲料だったのに、突如として今やこれが熱く激しい戦いの酒となり、来るべき辛く厳しい進軍と後退の日々、馬の臭いと汗臭い兵士たちと銃撃戦の煙に満ちた日々を予告した――を立て続けに何度も呷《あお》った。そしてジャン＝ポール・ローランの聖女ラドゴンドもエルスチールの海女もジェロームの剣奴も俄かに後景に退き、参謀本部がせり出してきた。そういえば、忌まわしき裏切り者デュムリエ――アタウルフォ・ガルバンに似ている――への追随を拒んだアメリカ大陸独立の先駆者ミランダの名前までその壁に刻んだ凱旋門、その英雄青年のことも頭から消えていた。ムッシュー・ミュザールのボワ・シャルボン、第一執政官とドクトル・ペラルタが、朝にはミュスカデ、昼にはアペリチフ、午後にはペルノーを楽しむあの館――いつも漂う薪の香り、大昔のカレンダーや時代の盛衰を描く寓意画、そしてジェローデル錠剤やマリアニ・ワインの広告ポスターに飾られた壁、それに平行して伸びる簡素なバーカウンター――、雰囲気やポスターの貼り方、安ワインで上機嫌になった客たちの陽気な思いつきや、競輪、最新の映画、女、政治、ボクシング、彗星の通過、南極探検、その他諸々のテーマをめぐる尽きない議論だけ見ていれば、向こうの飲み屋や安酒場、庶民的なバーと変わるところのないあの店も、すでに頭から消えていた……　参謀本部。書き物机に置かれたランプの光で壁と絵に投影された三つのシルエット。映画館を動く影のように落ち着きのないチョロ・メンドーサ、紙とインクに向かう小男ドクトル・ペラルタ、そして、張りつめた両肩に鈍い怒りをたたえて安楽椅子に座った第一執政官は、大げさな身振りで文書と指令を口述している。ペラルタ、ワシントンで大使を務める息子アリエルに電報を打って、銃、弾薬、その他軍需品、それに最近フランス軍にも採用された偵察用飛行船を調達させろ（奴らは見たこともないだろうから、効果は絶大だろう）、戦費がかさむだろうし、国庫はすでに火の車だから、ユナイテッド・フルーツ社に太平洋岸バナナ生産地帯での操業許可を出してやれ、いつも貪欲で口うるさいヤンキー帝国主義——仕方のないことだ、地理的に近いのだし、歴史の宿命としか言いようがない、望むと望まざるとにかかわらず、受け入れるしかないのだ——を告発する学者や知識人がくどくどと楯突いてくるせいで、ずいぶん前からあの交渉は止まっていたが、そんなことを言っている場合じゃない。チョロ・メンドーサ、ホフマンに電報を打ち、プエルト・アラグアトと首都を結ぶ幹線道路を死守するよう伝えろ。銃殺も辞さず。ペラルタ、国民へ電信メッセージだ、祖国の建設者に倣って自由を守る揺るがぬ意志を示す、文面は……（「ああ、お前に説明は不要だな……」）そしてすでにチョロ・メンドーサはクック代理店に電話を入れ、高速船ヨークタウン号が深夜サン・ナゼール港から出航することを確認していた。五時の汽車に乗らねばならない。アリエルにもう一本電報を打って行程を連絡、万難を排してできるだけ早く向こうへ着くよう指示。貨物船だろうがタンカーだろうがかまわん……　「シルヴェストル、荷物の準備……」第一執政官は重大な決断に馬乗りになってラム酒をぐっと長く呷《あお》った。「オフェリアには何も伝えなくていい。スイスには十分な預金がある。バイロイトで思う存分ニーベルゲンを楽しんでくるがいいさ……　数週間ですべてカタをつけてやる。これまであんなクソ野郎よりはるかに強い奴らを何人も倒してきたんだ……」そしてシルヴェストルが荷物を降ろし始めた頃、実は昨晩相手をしたあのサン・ヴァンサン・ド・ポールの修道女もどきが悪運の始まりではなかったか、そんな思いが第一執政官の頭をよぎった。糊の利いた帽子、スカプラリオ。

そして、おそらくカプシーヌ通りの「ファルス・エ・アトラップ」で買ったゴム製のしゃれこうべ、これだけ不吉な偶然が重なれば、神に見放されるのも仕方があるまい。だが、今回も、ヌエバ・コルドバの聖牧女は心からの悔悛を受け入れてくださるだろう。追ってエメラルドの冠と、銀のマントを進呈することにしよう。盛大なセレモニーを催そう。光、豪華な光。蠟燭と説教壇の間に聖旗。士官候補生が跪き、厳粛に剣が肩に振り下ろされる。新たな勲章の光に寺院は輝く……相変わらず外ではリュード作のラ・マルセイエーズ像が深い石の口──といっても、記念碑の塊に開いた穴と言ってしまえばそれまでだが──から音にならない叫び声を上げ続け、その下には、塗油を施された六五二名にのぼる帝国将軍の名が刻まれている……「たった六五二名？」頭のなかで自国軍の閲兵を行いながら第一執政官は呟いた。「ベデカーが間違えたのだろう。」

第二章

……誰もが自分の基準にこだわるあまり、人の数だけ改革者がいるほどだ……

デカルト

2

乗客がウォルドルフ・アストリアのスイートに到着した二時間後、まだ第一執政官とドクトル・ペラルタは海上にいたが、息子のアリエルがそつなく進めていたユナイテッド・フルーツ社との交渉について、最終合意文書の署名が執り行われた。紛れもない正式な共和国大統領――西半球政治の専門家は、今後も長くその座にあり続けるだろうと予想していた――の署名がある以上、この書類の正当性に疑問の余地はなかった。それに、抜け目ないアタウルフォ・ガルバン将軍は、蜂起の際に報道機関向けの声明を出し、武力闘争中であれ、「目前に迫った」新政権成立後――たいしたタマだ！――であれ、現在も未来もこれまで通りアメリカ系企業の資産、財産、譲渡、特権すべてを保証すると公言していたから、事態がどう転ぼうとも会社に危害が及ぶ恐れはない。電信によれば、反乱軍は大西洋岸でその基盤を固めている――九県のうち四県をすでに制圧、ドラマのようでもこれが事実なのだ――が、激しい抵抗にあって目下のところプエルト・アラグアト方面には進軍できておらず、首都と太平洋を遮断する目論見も挫かれている。第一執政官は明日レシフェへ出港するオランダ貨物船に乗り込むことになっており、その経由地となるカリブの小島では、すでに一艦隊が彼の到着を待っている。サー・バシル・サハロフの仲介で購入した武器は、フロリダでギリシア船籍の船に積み込まれた後、人間、武器、労働者、奴隷、その他あらゆるものの輸送を生業とする熟練の船長が、合衆国の領海を出た瞬間からパナマ国旗かエルサルバドル国旗を掲げ、入江も小島も砂浜もすべて現地の船乗り同然に知り尽くした中南米の海を越えて運ぶ手はずになっている。そしてその夜、危急の課題は何もないと見て取った第一執政官は、大のオペラ通らしく、メトロポリタン・オペラ・ハウスで上演中の話題作、メアリー・ガーデン主演の『ペレアスとメリザンド』を観たいと言い出した。この作品については、友人のアカデミー会員からいろいろ話を聞いていたし、初演後すぐに大きな反響を呼んだばかりか、いたずら好きの男色家ジャン・ロランが「ペレアスト」と呼んだ熱狂的ファンがパリに現れたほどだから、きっと傑作にちがいない……　彼らは最前列に腰掛け、そして指揮者がタクトを振り上げると、足もとに陣取ったオーケストラが音のない演奏を開始した。音のない演奏、というのも、聞こえてくるのはささやき、ざわめき、ひそひそ声、こちらからひとつ、あちらからひとつと音が聞こえるだけで、音楽と呼べるような代物ではない。「序曲はないのか？」第一執政官は訊いた。「もうすぐ、もうすぐきますよ」ペラルタは答えながら、やがてこれが盛り上がって形になり、フォルティッシモへ突き進むのだろうと思って身構えた。「『ファウスト』や『アイーダ』と同じですよ、最初は何もないようでいて（ミュートとかいうやつでしょう）、実はそれが後に続く音楽を盛り上げているわけです。」しかし、幕が上がっても状況は変わらなかった。ピットに大勢でじっと固まった演奏者たちは、譜面に目を落としたまま、何も始める気配はない。リードの具合を試し、楽器を半回転させて管から唾を落とし、弦を一本だけ震わせ、指先でハープを撫でることはあっても、メロディーが紡ぎ出されることはまったくない。こちらで小さな衝撃、あちらでかすかな音、テーマが現れるかに見えても、生まれると同時に旋律は消え、舞台の上では、二人の登場人物がひたすら話を続けるだけで、歌い始める様子はなかった。そして今度は舞台装置が変わり、中世風の夫人がカンザスシティ訛りで手紙を読み上げる。老人がそれを聞く。退屈に耐えかねて、もはや聞く気もなくした者が頭を落とし、そして幕間……　今度は、ギャラリーや廊下で繰り広げられる光景を見つめながら第一執政官は、パリの貴族と較べてニューヨークの貴族が所作も服装もいかにも不自然なことに気づき、愉快だが辛辣な感想を禁じ得なかった。燕尾服の仕立てがいくらよくても、アメリカ人が着ると手品師にしか見えない。前立てと蝶ネクタイを屈めて挨拶すると、帽子からウサギでも出てきそうだ。四百家の貴婦人たちは、アーミン毛皮やティアラ、そしてティファニーをひけらかしすぎだ。後ろに控える豪邸には、わざわざフランドルで買ったゴシック風暖炉、大西洋横断船で運んできたクリュニー修道院風の柱、ルーベンスやローザ・ボヌールの絵を揃えるばかりか、本物のタナグラ人形まで取り揃えているようだが、そのダンスのステップは、ルネサンス風のガラス窓を通して聞こえてくるアレクサンダーズ・ラグタイム・バンドのリズムになじまない。オランダやイギリスの由緒ある家系を汲むその苗字が一七世紀まで遡るといっても、セントラルパーク界隈でこれが発せられると、ラテンアメリカですでに聞き古された怪しげな肩書き——即位侯爵、功徳侯爵、褒美侯爵——と同様、どこか取ってつけたようで、奇妙な輸入品のような響きになる。そんな貴族階級はまがい物にすぎず、その点では、どこのものとも知れぬオジーブ、似非王朝風の家具、時代不詳の女墻《じょしょう》、そんな大道具係の趣味を頼みに霧の世界から引っ張り出してきたようなふわふわの中世を再現した今夜のオペラと同じだ。再び幕が上がり、何度か場面が変わった後、再び幕間があった。また幕が上がり、また何度か場面が変わったが、いつもすべてが靄に包まれ、消えそうな、色のぼやけた洞窟、影、夜、コーラスの姿は見えず、鳩は飛ばず、物乞いが三人亡くなり、わずかな羊の群れ、他の人には見えても我々には見えない何か……ようやく最後の幕間に至ったところで第一執政官は怒りを爆発させ、「誰もまともに歌いやしない、バリトンもテノールもバスも何もない……　アリアもなけりゃバレエもない……　まともな舞台になっちゃいない……　それにあのガキ、子供の格好をしたケツのでかいアメリカ女は、窓から部屋を覗きこんで、言うまでもない、色男の青年と髪の長い金髪女のお楽しみでも見てるらしい……　それに下の間抜け野郎のやけっぱちぶりはどうだ。そしてあのチャールズ・ダーウィンみたいな顔の爺さん、自分が神なら人の心を憐れむだろうとでも言わんばかりだ……　なあ、我らが友のアカデミー会員やダンヌンツィオ氏はこれが傑作だと言っているが、私には『マノン』や『椿姫』や『カルメン』のほうがいい……　さて、娼婦の話が出たところで、女郎屋へしけこむとするか……」そしてそのまま三人は四二番街のアパートへ転がり込み、映画女優のように化粧と髪型を整えた金髪美女たちに、アルコールを混ぜた飲み物――今やアルコールをいろいろ混ぜるのが流行なのだ――を提供されると、この国の酒と我らが熱い世界の酒をあれこれ比較しながら話は盛り上がった。ディリヘンシアス・ホテルのベラクルス風ミンユル、アンティル諸島のバラ色ポンチェ、爽やかなペパーミントの葉を入れたキューバのモヒート、アンゴスツラとジンを混ぜたロシオ・デ・ガジョ、クレソンかレモンを入れたサムリート、熟成のチチャやプルケ。明らかに高齢の第一執政官が、くだを巻くわけでもなく、威風堂々たる振る舞いを崩すこともなく、どっしり構えたまま何杯でも酒を飲み干す姿に女たちは驚いた。普段宮殿で執務にあたっているときは、「巡礼者の泉」――その水の瓶詰工場をすでに彼自身が買収していた――への賛美を口にしながら有名な水乾杯をするだけで、節度の鏡とすら言える態度を貫いていたが、この日は珍しく息子アリエルの前で――「たまにはこんな日もあります」ペラルタは言った――酒を飲んだ。パーティーや記念式典の場では、シャンパンを一杯か二杯飲むだけで、バーや安酒場がどんどん増えていく深刻な現状に話が及んだりすれば、眉を顰めて言葉に熱を込め、この悪癖が国の深刻な社会問題であることを認めた後、インディオが先天的に生まれ持つ自堕落な性格や、スペイン植民地時代に遡る酒販売の独占にその根源があることを論じた。しかし、そんな話を聞く人々が知らなかったのは、実はドクトル・ペラルタが肌身離さず持ち歩くアタッシュケース――一見中身は極秘重要書類――に一〇種類もの平らな小瓶――イギリス製に見えるが、実はエルメス製で、ポケットにうまく入るようカーブしているうえ、豚革に包まれているため、ぶつかり合っても音を立てない――がしのばせてあることだった。大統領執務室であれ閣議室であれ寝室であれ――もちろんマヨララ・エルミラはこの秘密を知っていた――、汽車のなかであれ自動車移動の休息時間であれ、いつでも好きな時に、第一執政官が親指を左耳にもっていくだけで、秘書の業務用アタッシュケースからまめまめしく小瓶が出てくる。普段はいつも厳粛に眉を顰めている彼は――「朝飯前」から働く男であり、毎日早朝からエルミラは、複数形で「肝臓さんたちのリフレッシュに」と言いながら大量のタマリンド・ジュースを準備した——、ラム酒のサンタ・テレサに寄せるかねてよりの偏愛を極めて慎重に隠していたが、とはいえ、酒を飲んだところで、足取りが変わることもなければ、予期せぬ事態を前にしたときの冷静な判断力が揺らぐこともなく、いつもどおり汗を流すだけだったことは付記しておいていいだろう。人と話すときは、いつも顔を少し傾けて自分の息がどこまで届くか計算し、テーブルを間に挟むか、十分に距離を取るかして、ただでさえ確固とした族長としての威厳をいっそう際立たせた。そればかりか、口内洗浄液やミント飴、香りの錠剤やカンゾウエキスを愛用し、黒っぽい服と糊の利いたシャツから立ち昇るオーデコロンやラベンダーの香りで煙幕を張って、一国の指導者たるにふさわしい風格を漂わせていた…… その日の夜、酒を飲む父を見ながらアリエルは、自分をはるかに凌ぐその酒豪ぶりに驚きを隠せなかった。「体は赤ん坊同様ですからね」ペラルタは言った。「私たちのように内側に母がいるのではなく、彼自身、何があっても起きない母なんですよ……」ブレンターノズでサルミエント著『ファクンド』の美しい版を手に入れた後——そのせいで、いつも文明と野蛮、進歩とボス支配の両極に挟まれて血みどろの争いを強いられてきたラテンアメリカ諸国の劇的運命について、思わず苦々しい言葉を漏らすことになった——、第一執政官は、ハバナに短時間だけ寄港するというオランダの貨物船に乗り込んだ…… そして少しずつ灰色を失っていく海は、トビウオが頻繁に飛び交い、サルガッソが揺れ動くなかで、カリブの黄色い月を大きく映し始めた。「もう空気の匂いが違うな」遠いマングローブの息吹を紛れもなく湛えたそよ風を浴びながら第一執政官は言った…… ハバナで領事の口から伝えられた情報によれば、軽砲の不足にもかかわらずホフマン大佐は防衛線を崩しておらず、反乱軍もたいして勢いを伸ばしていないということだった。パリで電信を受け取ったときと状況は変わっていない。朗報を受けた第一執政官は、ちょうどカーニバルに差し掛かっていたキューバで、仮面パレードや仮装コンクールに参加してやろうと思い立ち、景気よく紙テープを飛ばした。そしてドミノ服を調達すると、タコン劇場の舞踏会へ赴き、ルイ一五世、一六世時代の侯爵夫人になりすましたムラート女――膨らんだクリノリン、白粉《おしろい》をふった鬘《かつら》、頬紅の上の月、赤緑の扇子、鼈甲のオペラグラス――に、着古してすっかり肌と一体化したサテンの臭いを浴びながら、踊らずに踊る方法、一枚の床石からはみ出すことなく踊る方法、さらには、ほとんど不動のまま互いに体をくっつけ合ってゆっくり回転しながら垂直方向に動き、やがて二人とも完全に静止する踊り方などを教わった。その間、バレンスエラ・コルバチョ楽団は、休むことなくコルネットやクラリネット、ティンパニーを大音量で鳴らし続けていた。仮面が次第にまばらになって、劇場の灯りが上から順に消え始めると、ムラート女は第一執政官を誘い、ベレン門に近い「慎ましいがそれなりの」家――ザクロやバジル、ホウライシダを植えた中庭付きだという――に住んでいるから、そこに泊まっていかないかと持ちかけた。二人は馬車を調達し、夢うつつの御者が棒の先に付けた拍車を痩せこけた馬に当てて発進させると、眠ったような状態で両側に並ぶ家々は、干し肉、糖蜜、何かを炒った煙などの臭いをたたえ、港からの風次第で、黒糖や竈やコーヒーの臭いをちらほらと吐き出しながら、馬小屋や馬具店、そして、夜露と塩気と苔で湿り始めたばかりのかび臭い古壁とともに、独特のゆったりした空気を漂わせていた。「夜の見張りを頼むぞ」第一執政官は私に言った。「ご心配には及びません、ぬかりなくすべて準備しておりますので」私は言いながら、胸ポケットに忍ばせていたブローニング銃を取り出して見せた……そして第一執政官とルイ何世かに扮した女がドアの向こうにこもる間、私は太腿の間に銃を差し込んだまま、牛革のスツールでじっと身構えていた。それに、誰も大統領がこの町にいることは知らない。電信で目的地に旅程が伝わったりすれば不意打ちを喰らわすことができなくなるから、偽造パスポートで入国している…… 鶏が鳴き、見張りの交替があり、すぐに普段どおりの喧騒が広がった。馬車や荷車が通り、カウベルのシンフォニーが音量を上げ下げする。カーテンを引く音、ブラインドの軋み、盆やバケツのひっくり返る音、ハナアアア、ハナウリ、ホウウウウウウウキ、ホウキウリ、タカラクジ、トウセンバンゴウ。菓子パン、アボカド、タマルなどをグレゴリオ聖歌のような節回しで触れ歩く売り子たちが現れ、瓶と菓子の交換を求める者が通りすぎたかと思えば、新聞売りが今日の特ダネを喧伝する。昨日キューバ人飛行士ロシージョがビエン・アパレシーダ上空でフランス人飛行士ペグーを凌ぐ曲芸飛行を達成、焼身自殺、カマグエイで馬泥棒逮捕、プラセタス高地で寒波、気象台によれば気温一三度、メキシコ情勢は混沌――ドン・ポルフィリオから直接恐ろしい話を聞いて知ってはいたが、今度ばかりは本物の革命らしい――、そしてわが国、新聞売りの口からその名が発せられ、ヌエバ・コルドバでアタウルフォ・ガルバンが勝利（そう、「勝利」と聞こえたように思う）……慌てて私はドアを開け、がっしりした太腿を、同じく肉厚だがもう少し長い女の太腿に乗せて眠っていた第一執政官を起こし、彼がいつもの堂々たる姿に戻ったところで、すでに出航の準備を整えて待っていた貨物船に乗り込むため、サン・フランシスコ波止場へ向けて出発した……玉房のみならず、チャリートやベジャ・カメリアの肖像に飾られた手回しオルガンから突如轟音が響き渡り、闘牛のパソドブレが聞こえてきた。「なんて騒々しい町だ」ボスは言う。「これに較べれば、我が国の首都など修道院も同然だな。」

そして我々はプエルト・アラグアトに到着し、厳粛な場面で使うモノクルを光らせて緊張の面持ちで待っていたホフマン大佐の報告によれば、幸いにも事態は変わっていないという。今のところ反乱軍は北部数県の支持を得ているだけだが、この地域の住民は、豊かな産業地帯にありながら、自分たちが除け者、厄介者として国内で軽んじられていると思い込んでおり、伝統的にいつも中央政府に敵対的だった。一世紀の間に起こった五三回の蜂起のうち、四〇以上は北部のボスが指揮していた。大臣や軍の高官を除いて、大統領が今日到着することを知っている者は誰もいない。そのほうが衝撃は大きいだろう……（最も信頼していた男に裏切られた今、港のパノラマを眺める私の心は塞ぎ、出迎えに来た沿岸警備船の甲板に立ちつくして、カードの城を支える脆弱な一枚一枚のように丘の斜面に折り重なったあばら家や掘っ立て小屋を見つめながら、感極まって突如溢れ出すキザな涙を抑えることができなかった。祖国への帰還とともに多少は怒りも和らぎ、啓示の到来を予感した私は、この空気こそ自分の空気、我が空気なのだと思い至った。私の渇きを癒す水、他の水と変わらぬ水が、忘れていた味、消えていた顔、一度見ただけで記憶の底に眠っていた物事を突如として呼び覚ました。深呼吸。ゆっくり一飲み。後退。記憶の交錯。そして列車は上り、常にカーブとトンネルを抜けながら上り、熱い大地の岩肌や荒れ地の間で時折停車し、テネブレのなかで育つ葉のスケッチに嗅覚の目を止める。愚痴っぽい枝の撓《たわ》みから木の全体像を思い浮かべてみる。かすかな息の残滓からも殻付きアマランサスの味が感じられる……　こうして大統領椅子へ向かって上っていると、機関車を導く線路によって切り開かれた空白地帯を取り返そうとして野生の植物がすぐ近くまで迫ってくるせいか、私は次第に攻撃性を取り戻し、裸のまま無気力で怠惰と快適な生活と一時的な平和に身を任せていた向こうでの日々が凱旋門の麓に置き去りにされて刻々と遠ざかるにつれて、事態の推移に強い怨念と激情をぶつけ始めていた。列車が二〇〇メートル登るごとに、頂上から下りてくる細い空気に刺激され、私の内側で指揮官としての自覚が固まっていった。厳しく、容赦なく振る舞わねばならない。形式も意志も衝動も限度も定まっておらず、まだ生成段階にあるこの国では、肝っ玉から突き上げてくるような全知全能の闇雲な衝動こそが物を言うのであり、冷酷なまでに強烈な力が必要なのだ。向こう――今や本当に向こうになった――では、バーゼルの港が千年来のライン川操業を続け、遊覧船《バトー・ムーシュ》を浮かべたセーヌ川はルネサンス風の古物商と大道芸人に溢れたポン・ヌフの変わらぬ歩幅を刻みつけられているというのに、こちらでは、今の今までセルバの上にセルバが重なり、河口は複雑に入り組み、一夜にして川の流れが激変し、たった一日のうちに二〇もの町が築かれ、畜糞の家が大理石造りになり、あばら家が王宮に姿を変え、吟遊詩人のギターがエンリコ・カルーソーの声になり、硝石が世界のどこでも売れなくなったりすれば、あるいは、ドイツの科学者が代用品の開発に成功して海鳥の糞――乳白色の霧雨が雪のように岩場を覆っている――が黒板と怒号、押し合いへし合いを伴う国際取引の対象でなくなったりでもすれば、途端にすべてが廃虚となって打ち捨てられてしまう……　我が国の空気で体が満たされていくにつれて、どんどん自分が大統領らしくなっていく……）そして、首都へ近づくにつれて、郊外に設置された名高い舞台装置を背景に、鞭を手に身を強張らせていかめしい顔で豪華車両のタラップを踏みしめる男は、真の大統領そのものだった。あちらに石鹸工場、製材所、発電所、右には、崩れ落ちそうな男像柱と女人像柱の宮殿と、荒れ果てたモザイクのミナレット、左には、大きなスコット乳液の看板、ポンペヤ・ローションの看板。何にでも効くスローンのリニメント剤、生理不順のお悩みにはリディア・ピンカム――カメオと襞襟で着飾った女性の肖像――の生薬。そして何はさておき、スラム街でも共同住宅でも農場でも爆発的に売れていたのはジェミマおばさんの小麦粉――商標に注目――、ヒットの秘密は、この国の海岸部の女性にも似た、チェックのスカーフを頭に巻いた南部の黒人女性を模《かたど》ったラベル。(「プロシア系というホフマンの祖母そっくりだ」冗談好きな者たちはこんなことを言って、普段は家の離れに追いやられたまま、軍人たちの食事会や夜会に決して姿を見せることのない老婆、通りで姿を見かけることがあるとすれば、朝六時のミサで聖体拝受を受けるときか、荷物に押し潰されそうなロバとともに庇護火山の曙光で人々が目を覚ます前から近郊の山を下りて店を出す農夫たちと大声でオレガノやレタスの値段を交渉するときぐらい、という老婆のことをあてこすった。)レールが交錯し、丸い標識が目の前に現れ、午前二時に東部大鉄道の人気のない駅に降り立つが、かつてフランス人建築家バルタールが設計したこの鉄筋と磨りガラス張りの建物も、今や割れたガラスがかなり目立つ。プラットホームでは、閣僚とともに、アメリカ合衆国の軍事顧問が我々の到着を待っていた。外出禁止令が、まず夜八時から六時に、今日からは四時半に繰り上げられて、ゴーストタウンのように静まりかえった町を数台の車に分乗して横切っていると、高い歩道にのしかかるようにして扉と窓を閉め切った灰色、黄土色、黄色の家が眠り、屋根から錆びついたガーゴイルが飛び出している。ムニシパル広場に並ぶ英雄たちの銅像を足元に従えていても、建国の父の騎馬像だけは一人陰鬱に佇んでいる。古典様式の高い円柱に支えられた大劇場が、人影がまったく見えないせいだろうか、贅沢な墓碑のように見える。政府宮殿の明かりは点いたままで、朝食の時間まで続く緊急閣僚会議の開始を待っている。そして朝一〇時、大々的な触れ込みで配られた号外に大勢の群衆が引きつけられ、征服期に造られた教会――設計を担当したのは異端審問を逃れたユダヤ人建築士であり、国内に散らばる植民地時代の最も美しい教会の大部分を手掛けたのもこの同じ人物だが、すべての教会はヌエバ・コルドバの聖牧女聖堂の管轄下に置かれている――のテソントレ石とタイルを組み合わせたファサードの前に集結した。第一執政官が演説用のバルコニーに現れると、拍手喝采が湧き起こり、驚いて飛び立った鳩の群が、大小様々に聳える三二の鐘楼に混ざって白と赤のまだら模様で谷間を埋め尽くす屋根の上を舞った…… 歓声が静まったところで第一執政官は、いつもどおりゆっくり間を取りながら、周到に準備された演説を読みあげた。「季節移動」、「信じ難き」、「途方もなく」、「論争術」、「必然的に」といったフランスかぶれの修辞を連発しすぎるきらいはあったものの――聴衆の多くがそう思っていた――、響きのいいテノールの声と明解な論旨を崩すこともなく、やがて語気を強めたかと思えば、カウディオ山道、ダモクレスの剣、ルビコン川の渡し、イェリコのラッパ、さらにはシラノやらタルタランやらクラビレーニョまで総動員して、高く聳える棕櫚、孤高のコンドル、空翔けるカツオドリといった言葉の間に紛れ込ませつつ、勤勉と家父長的生活観のおかげで大家族も同然となっていたこの国で――団結力と思慮分別に貫かれたこの大家族は、聖書の挿話にあるように自らの過ちを悔いるどころか、地位と栄誉で一人前の男にしてもらった恩も忘れて、由緒ある一族に楯突く放蕩息子を、必ずや容赦なく懲らしめる――、いつも愚かしい企みで剣を振り回して揉め事ばかり起こす「縁故主義の烏合の衆」、「猿真似のデマゴーグども」、「虚弱児の傭兵たち」を罵倒した…… 第一執政官の演説に現れる凝りすぎた表現はよく愚弄の的になったが、ペラルタの考えでは、これは単なるバロック的言語表現の帰結ではなかった。こうしたわざとらしい言い回しによって生まれるスタイルを通して、ボスはさりげなく知性をひけらかしているのであり、時に聴衆の誤解を招く言葉、特に形容詞の突飛な用法は、彼のイメージを損なうどころか、伝統的に華やかで気取ったものを好む国民の心をくすぐるとともに、敵方の発するいかにも軍人らしい粗野でまわりくどい演説との好対照にも助けられ、弁舌の達人という評判を強化することができる…… ここから程近い霊廟に並ぶ墓地に崇められた祖国の父たる建国者たちを思い起こしながら（「……今頭をそちらへ向け、心の目で高く聳えるバビロンの塔を眺めよ……」云々）、その継承者たるにふさわしい善良な国民に冷静と調和と団結を呼び掛けて演説を終え、最後の拍手喝采まで見届けた大統領は、閣議室へ引き上げて、マホガニーのテーブルに広げられた数枚の地図と向き合った。ピンに止めた小旗――一部は赤旗、他は国旗――を手に、官房長官、現在では国防大臣も兼務するヴァルター・ホフマン大佐が戦況を手短かに説明した。畜生のクソ野郎どもは、ここ数週間に別の畜生のクソ野郎どもを味方につけた、それは明らかだが、太平洋岸の管理権をユナイテッド・フルーツ社に譲渡したおかげで、ネグロ湾から軍需品を入手する目論見は断たれた。我が方は北東部で反乱軍の攻撃を食い止めているものの、「武装がもっとしっかりしていれば攻勢に出られたことでしょう。」「一週間後に必要な装備はすべて届く」第一執政官は言って、見積書を見ながら、フロリダで積み込まれた荷物の詳細を明らかにした。当面は正規軍の志気と戦意を鼓舞することに努めよう。今夜にも、彼自ら最前線に向けて出発する。総合的に見て事態は深刻だが、悲観することはない。「それで、ヌエバ・コルドバはどうなんだ？」質問を発する彼の頭に浮かんでいたのは、廃墟となった宮殿や豊かな鉱山資源を抱えるあの奇妙な町、インディオ色が強すぎるせいなのか、嫌な悪習が残り、何をしでかすかわからない不気味さがあり、これまでの革命でも常に猛烈な抵抗拠点となってきたあの町だった。「いつもどおりです」ホフマンは答えた。「あの町では、アタウルフォは支持されていませんから、そのまま素通りしました。しかも、あの町に多いイギリス人とアメリカ人の権益を保障すると約束しているので、その言葉を裏付けるためにあの界隈での戦闘を避けているのでしょう。」第一執政官は眠気を覚えた。マヨララ・エルミラには、ブーツに靴墨を塗り、角付き兜を磨いて軍服を準備しておくよう言いつけたが、その時彼は、突如欲望に衝き動かされてスカートをめくりあげ、他方、「絶好調」でパリから戻ってきた――パリ、あの恐ろしいパリでは、心まで失う男がいるというのに……――旦那様に賛辞を並べながらも困惑を隠しきれないマヨララは、チェストの大理石に肘をついてなんとか身構えた。そして彼はハンモックに身を丸めて数時間眠った……休息を終えた第一執政官は、今や心配そうに塞ぎ込んだドクトル・ペラルタの顔と向き合った。長い歴史を誇るサン・ルーカス大学の不遜な学生たちが許しがたい無礼な内容の文書を配っているというので、第一執政官が手に取って読み始めると、その顔にはみるみる怒りが込み上げてきた。そこに書きたてられていたのは、彼がクーデターで権力を手にしたこと、茶番選挙でその地位を正当化したこと、憲法を勝手に改正して権力の座にとどまり続けたこと、度重なる再選は……何の理念も指針もないまま勅令や政令ばかり繰り出す政権、息子アリエルの暗号に操られた隠居大統領に実権を握られた体制は、一刻も早く打倒せねばならない。早い話がお決まりの文句だが、今回の文書において目新しく、それゆえ危険な兆候と思われたのは、学生たちが軍人にも文民にも反発し、政府側にも反乱軍にも肩入れしていないことだった。ボードは同じでもプレーヤーが代わり、一〇〇年前に始まった果てしないゲームが続いている……立憲的・民主的体制への復帰を目指して担ぎ出されたのは、プロティノスの翻訳を手がけたこともある厳粛な哲学講師ドクトル・ルイス・レオンシオ・マルティネス、かつて大学でともに学んだペラルタがよく知る人物だった。眉が薄く、青筋の目立つ高く狭い額、短く素っ気ない話しぶり、酒も飲まず朝寝坊もせず、厳格な菜食主義者で、九人の子持ち、プルードンとバクーニンとクロポトキンに心酔していたこの男は、バルセロナのアナーキスト指導者フランシスコ・フェレールとかつて手紙のやり取りをしていたことがあり、モンジュイックでこの活動家が射殺された際には、知らせを聞くや否や町で抗議運動を組織した。世界的に抗議の声が上がっていたこともあり、また、フェレールはすでに死んで何の害も及ぼす恐れはなかったから、第一執政官もこの動きを容認し、それどころか、夕暮れ時に始まって夜九時には政府反対の声を上げることもなく終わる三時間の行進だけで、表現の自由の尊重、思想的寛容等々を内外にアピールすることができた。また、ドクトル・ルイス・レオンシオ・マルティネスは、無政府主義の信念と、『ウパニシャッド』や『バガヴァッド・ギーター』、さらにはアニー・ベサントやマダム・ブラヴァツキー、カミーユ・フラマリオンを読んで培った一種の神智学――テーブルと磁気チェーンと精神集中を用いた内輪の儀礼でスウェーデンボルグやサン＝ジェルマン伯爵やカティ・キング、そしてまだ存命中だが遥か遠くにいるはずのエウザピア・パラディーノを空中浮遊の状態で断続的に呼び出す心霊現象に興味を持っていた——を組み合わせて持論を展開していた……そして今、あの夢想家、青白い顔のユートピア主義者がヌエバ・コルドバで俄かに頭角を現し、数人の学生指導者の手を借りて、銅鉱山や錫鉱山の労働者を焚きつけているという。もちろん大それた試みであり、一部の同郷人に崇められているだけで、他の地域ではまったく政治的影響力を持たない学者くずれに何ができるわけでもあるまい。タイミングよく出された酒の一杯で落ち着きを取り戻し、戦略的観点から事態を分析し始めた大統領は、アタウルフォ・ガルバン将軍の背後に共通の敵が控えていれば、反乱軍の進撃は北東部二県に限定されることになり、実際のところこれは自分に有利だと見て取った。それに、もし仮にヌエバ・コルドバの勢いが強まることでもあれば、ホワイトハウスはただでさえラテン的で動乱の多いこの中南米に目を光らせ、アナーキズムや社会主義運動の芽を摘もうと躍起になっている時期なのだから、アメリカの支援をあてにできるだろう。そしてホフマン大佐と戦略を練ろうとしていた矢先、いちだんと諷刺と愚弄の調子を強めた二枚目のビラが舞い込み、せっかく静まっていた怒りをさらに激しく燃え上がらせた。そこでは、いかにもこの国の民衆らしい言葉で彼の演説がコケにされ、愚弄のパロディで「サルスエラのティベリウス」、「熱帯の暴君」、「公金のモロク」、「成り上がりのモンテ・クリスト伯」などの称号で呼ばれていたばかりか、ヨーロッパ漫遊では常時財布に一〇〇万ドル入れて持ち歩いているとまで書かれていた。政権掌握は「モニポディオのブリュメール一八日」、内閣は「ゴールデンラッシュ」、「悪党の巣窟」、「同類憐みの会」と揶揄された。そして誰一人糾弾を免れた者はいない。ホフマン大佐は「裏庭に黒人の祖母を隠したプロシア人」、アタウルフォ・ガルバン将軍は「喧嘩っ早い口先男、剣と鞘をひけらかす東ゴート人」、その他、軍や警察関係のかなりの役人や士官に、惨めな役、グロテスクな肩書きが与えられ、異端や道化のレッテルが貼られていた。さらにひどいことに、娘のオフェリアには「ミダス王女」の称号が与えられ、この国の裸足の女性は病院で出産することすらできないというのに、骨董のカメオや美しいオルゴールの収集家、さらに競馬マニアとして知られる彼女は、「中国布教」や「ゴシック芸術保存協会」、「ミルクの雫財団」――ヨーロッパの某侯爵夫人が会長を務める乳幼児救済の慈善団体――に何万ペソにも及ぶ巨額（対ドルのレートは二・二七）を投じている…… これはもはや冗談の域を超えており、第一執政官としても笑って済ますことのできる問題ではなかった。しかも、ホフマン大佐の伝えるところによれば、学生たちは大学に立てこもって反政府集会を開いているという。「騎馬隊に突撃させろ」大統領は言った。「しかし、一〇〇年前から続く特権があります。大学自治の原則を破棄するのですか?」「今はそんなバカバカしいことを考えている場合じゃない。大学自治などクソ喰らえだ。非常事態だからな。」「一九〇八年の時のように、屋根からレンガを投げたり、馬の腱を切ったりして抵抗してきたらどうしますか?」「そうなれば…… 実弾をぶちこんでやれ！言ったとおり、非常事態なのだから、面倒は許さん……」三〇分後、サン・ルーカス大学の中庭で銃撃戦が始まった。「たとえ死者が出ても」第一執政官は軍服の前を留めながら言った。「棺を肩に担いだり、墓地で演説をぶったり、そんな厳粛な葬儀はなしだ、喪に見せかけた集会になるからな。死体だけ遺族に渡して、つべこべ言わずにさっさと埋めるよう命じろ、逆らう家族は、母親も祖父母も親類縁者もみんなまとめて豚箱行きにしてやる……」外では銃撃戦が続いていた。死者八名、負傷者二〇余名。「思い知るがいい」駅へ向かうルノーのリムジンに乗り込みながら第一執政官は言った。「兵士に死者は?」「二名です、学生一人と守衛一人が武器を持っていたようです。」「国葬を準備させろ、砲兵隊の前車と葬送行進曲をつけて、英雄霊園に埋葬しよう。殉職者だからな……」プラットホーム上でヘルメットに弾薬帯、あご紐に拍車、双眼鏡に豪華な鞭が行進し、ドイツ式に軍服を着込んだ軍曹たちが、兵隊たちのひしめく客車、家畜用車、貨物車に目を光らせているうちに、出陣の準備は整った。まず、軽装歩兵ないし軽騎兵の装備で、ブーツを光らせていかにも軍人然とした上級士官が大統領専用車両に乗り込む。続いて他の車両には、軍服もブーツも色褪せた下級士官、さらに、鉈や弾薬帯、旧式の銃に左右ちぐはぐの靴という出で立ちの一般歩兵。そして、その間を埋めるようにしてあちこちで集団や隊列の間をすりぬけ、窓からはみだし、屋根に登りながらついてくるのは、棕櫚やずだ袋に簡易コンロや調理器具を詰めて担ぐ女性兵たち。屋根のない貨物用車両には、半円形のレールに乗ったクルップ砲が二門積み込まれ、歯車やレバーの絡み合った複雑な機械部を曝け出している。「こいつが破壊力抜群なのか？」第一執政官は訊ねた。「経験上」ホフマンは答えた。「二頭立て四組の荷車でも移動可能です。」「奇襲攻撃にはもってこいだな」大掛かりな装備を見てご機嫌になっていた大統領は言った……　車両を連結し、動かし、組み換え、また組み換え、動かない車両やブレーキの壊れた車両を排除し、貯水車両の腐水を取り除き、放貨車の故障を確かめているうちに三時間、引き込み線のボギー台車を撤去し、車両の列を崩して並び換え、前進し、後退するうちにまた二時間遅れ、ようやく機関車の汽笛と進軍ラッパとともに行軍が始まると、お馴染みの歌が聞こえてきた。

　さよなら、さよなら。
　我が人生の明けの明星よ、
　窓辺の兵士が
　こう言った。

　第一執政官はペラルタとともにさっさと大統領専用車両の快適な客室にこもり、プルマン式客室で上物のボトルを囲んで前線への出陣を祝っていた大佐や大尉の目が届かなくなったところで、エルメスのアタッシュケースから中身を取り出して飲み始めた。ベッドの縁に座って陰鬱な面持ちのまま、眩いブーツの先やハンガーに掛けられた革ベルト、ホルダーに入ったピストル――いつもは軽いブローニング銃を愛用しているが、今日はもっと口径の大きく重い銃だった――に目をやった。「将軍……」「将軍様……」「将軍殿……」そして車両が通るたびにレールの継ぎ目が繰り返し執拗に声を出した。「ショウ－グン……　ショウ－グン……　ショウ－グン……　ショウ－グン……」ひょっとしたら、この広い世界のなかで「将軍」という肩書が気に入らないのはこの自分だけかもしれない。軍人たちと一緒に行動しているときか、今のように作戦行動の指揮を執っているとき以外は、そんな呼び方をされるのはまっぴらだった。実際のところこの称号は、はるか昔、まだ政治活動に加担し始めたばかりの頃、あのスルヒデロ・デ・ラ・ベロニカの町で六四名の仲間を率いて武装集団の先頭に立ち、政府に敵対する反乱軍の立てこもっていた要塞を襲撃したときに、独断で使い始めたものだった。当時忠実に仕えていた政府とはその後訣別し、今度は本物の将軍たちと手を組んでこれを打倒した後、自分が大統領宮殿に居座ることになった。それがまた、この作戦行動が続く間だけは、「将軍」「将軍様」「将軍殿」に逆戻りするわけだ。そして再びブーツの先、拍車、革ベルトに目をやってみる。そしてモリエールの喜劇を思い出して自嘲気味になり、帽子をかぶればコック、制服を着れば馬丁に早変わりする登場人物に自分を重ねてみた。「飲ませてくれ」ペラルタに言った。「それから、その本を取ってくれ。」そして眠気の到来を待ちながらページをめくり、数週間前に読み始めて中断していた第一一章にたどりついた。「このあたりで、ガリアとゲルマニアの風習や、その際立った特徴について触れておくのがよかろう。ガリアでは、州のみならず、小さな郡や郡の細部、さらには家族ごとに徒党が……」徒党。「どうりで問題が多いはずだ」欠伸《あくび》の合間に第一執政官は言った……　外では相変わらず歌が続いていた。

殺されたあの日、
ロシータは幸運だった。
六発も撃たれたのに、
当たったのはたったの一発……

3

最初の交戦に敗れたアタウルフォ・ガルバン将軍が、二人の従軍婦ミシア・オラジャとハシンタ・ラ・ネグラを河岸に残したまま——略奪したばかりの町で商店から盗んだブラウスとポンチョとリボンの包みを何がなんでも手放すまいとして落伍した——、哀れな姿で敗走する兵士たちに続いてベルデ川を渡り終える頃、空を上下に引き裂くように稲妻が走り、いつまで経っても終わりそうにない雷鳴が辺りに響き渡った。これこそ、セルバ地帯特有の雨季、以後数カ月にわたり、容赦ない激しさで、神経を逆なでするほどひたすら降り続く雨の序曲だった。森はいつも霧のかかった山の斜面に広がり、どこか一部が晴れても他のどこかが靄に包まれているが、あっちで数分、こっちで数分という具合に、雲の晴れ間から射し込む陽光が、密集した木々のてっぺんで尊大に咲き誇る名もない花を照らし出すかと思えば、誰の目にとまることもないセルバの屋上で豪華に花開くランに意味のないスポットを当てたりもする。国内屈指の材木生産地帯であり、マホガニー、シクンシ、スギ、ケブラコ、その他伝統的な植物分類では整理できない珍しい種類——かつてフンボルトを当惑させたほどだ——の木々が多数生い茂っているが、あまりに降水量が多いため、遠くから届く臭いで雨の到来が近いことを悟ると、そこに住む人間たちは、独自の時間進行を持つ七カ月だけの一年が通常の一年一二カ月に組み込まれていくような、四季を無視して一年を二つに分ける――かび臭い空気のなかで慌てて作業を進める束の間の数カ月と、長く湿った退屈な時間――季節を迎えるような、そんな気分を味わった。乾季の終わりを告げる雷鳴が鳴り響くと、命の再生、新たな段階と新たな飛翔が始まり、蛙の鳴き声や脱皮の抜け殻、あちこちで腐食物から出る虹色の泡の間で、地面に広がる沼や湿地から養分を得たような植物が泥に根を絡ませながら成長する……士官用に幾つもテントが張られ、中央の第一執政官用テントでは、四隅の柱に結わえられた綱が、共和国旗を飾った高い布天井を支えていた。勝利に上機嫌の大統領は、日中の激しい戦闘で疲れた士官たちをねぎらおうと、オイルサーディンとコンビーフ、焼バナナにミルク菓子、それにライン産のワインという夕食を振る舞った後、翌日の最高士官会議までゆっくり休むよう言い渡した。ホフマン大佐とドクトル・ペラルタ、それに第一執政官、三人だけその場にとどまって、カンテラのもと、灯油の燃える黄色っぽい光を受けながらぼんやりとドミノに興じていたが、すると、五回、一〇回、二〇回とセルバの上で立て続けに稲妻が走り、あまりに長く響き渡る雷鳴が幾つも重なり合って一つになったほどだった。続けて竜巻による突風――地元民の言う「ヒラヒラ」――が起こり、蠟燭やカンテラの光が消えたかと思えば、瞬く間にテントが丸ごと吹き飛ばされた。兵士たちがなんとかその場を凌ぐなか、ドクトル・ペラルタに導かれてホフマン大佐と第一執政官は山肌へ近づき、朝のうちに見つけておいた洞穴の入口へ向かった。そして他の兵士たちも、懐中電灯で足元を照らしてはいても、足を滑らせ、躓き、ずぶ濡れになって、震えながら相次いで洞穴へ駆け込んできた。蝙蝠が驚いて飛び立ち、やがて静まると、湿った岩肌と、鍾乳石に縁取られた粘土質の天井に守られて雨音は遠のき、遠い滝の音のようにしか聞こえなくなった。だが、ひどい寒さで、細くひび割れた山肌から暗闇の粘土に水が染み入り、そこから冷気が出てくるようだった。ポンチョを敷いて腰を下ろすと、第一執政官はどうしようもなく一杯やりたくなった。（欲求が腹を、はらわたを摑み、体から内臓が抜けて空っぽになったような、喉へ、口へ、そして味覚と嗅覚の記憶へ突き上げてくる焦燥感に体が強張ったような、そんな感覚……）事態を察した――親指を繰り返し耳へ持っていくのが合図――ドクトル・

ペラルタは、皮肉な態度でエルメスのアタッシュケースを持ち上げ、行軍中に風邪などひかぬよう、お気に入り——何を隠すことがあろう——の酒を持ってきたことを告げた。「君のサンタ・イネス好きは周知の事実さ」突如活気づいてコートのボタンを外しながらホフマン大佐が言った。そして秘書の懇願に彼も加勢し、この過酷な条件下で健康を害することのないよう——そんなことになればそれこそ一大事だ——、一杯飲んだほうがいいと勧めた。「今日だけは特別だ」第一執政官は言って、口を最初の小瓶に近づけると、豚革カバーのきつい臭いが鼻を突き、突如、オフェリアが鞍や手綱、ブロケードや面懸《めんかけ》を買うパリの馬具店を思い出した。「一気にどうぞ、大統領。効きますよ。今日は特別です。しかも勝利の後ですし。」「そう、今日は勝利の日です」ドクトル・ペラルタも調子を合わせた。洞窟で強い酒を呷《あお》ると、サトウキビの植物的香りが、泥や苔から立ち昇る夜気と溶け合い、彫りの深い丸天井の下にブドウ果汁の眠りを包む昔ながらのワイン蔵が遠い記憶から蘇ってきた。気分も軽くなった第一執政官は、かつて閣議で——閣議となると彼は読書家を気取り、場面に応じて様々な韻文や判決文、格言を口にした——、軍関係の書類に埋もれていた過去の政争の話が出た際に、ユーモアを込めて引用した古典の一節を思い出した。「風よ吹け、頬を砕け。そして、思考と同じく活発な閃光よ、樫を砕く稲妻の前触れたる閃光よ、真っ白い私の頭を赤く染めてくれ……」シェイクスピアよりソリージャを好んだドクトル・ペラルタは、「ゴート人の剣」の輝きでこれに答え、悲劇俳優リカルド・カルボのいかにもスペイン人らしい話し方を滑稽に真似て、我らが国立劇場でよく耳にしていた台詞を発した。

何と我らを脅かす嵐！
ああ、何たる不吉な夜！
怒りの風が吹き、
天の頂に稲妻が走るとき、

恐ろしい節回しと煌めく光は盲目なのか？

この一節の「恐ろしい節回し」と、本当に恐ろしい節回しでこれを轟かせたペラルタを祝して、再び小瓶入りのアタッシュケースが開いた。そして一同の体が十分に暖まると、少し軍服の前をはだけたホフマン大佐が戦況の報告に移った。昨日までは、小さな武力衝突や小競り合い、散発的な銃撃戦や偵察部隊の衝突しかなかったが、味方の被った最も大きな被害は、ロケロ・トンネルを抜けたところで砲撃を受けた車両であり、積んでいた馬と弾薬が失われたほか、死者一六名、五二名が重軽傷を負って戦線を離脱した。しかし敵軍は――波打つように地面を覆う蝙蝠の糞の上に広げた地図を懐中電灯で照らした――戦意を喪失したままずっとベルデ川のほうへ退却を続けていた。今日ようやく大きな衝突、それも、独立戦争以来という規模の衝突があった。もちろん、入念な準備が行き届いていた。この忌まわしい山岳地帯はずっと以前から暴動や反乱には好意的で、敵方は地元の義勇兵に支援され、馬具、牛、とうもろこしなどのほか、町から町へと信じられないスピードで伝わる情報まで押さえている。問題は今に始まったことではなく、すでに半世紀も前から、このアンデス山岳地帯の間抜けどもは首都へ賊軍を向けては我々の平和を脅かし、大統領宮殿を乗っ取ることでもあれば、大将たちがガスコンロや衛生施設、温水シャワーや電話付きの部屋を見て驚く始末。だから、戦闘の前に大掛かりな掃討作戦を終えておく必要があった。家や町を焼き払い、怪しい者はすべて裁判なしで処刑し、ダンスパーティーや誕生日パーティーや洗礼の集いの隠れ蓑を被った小声の宣伝活動や秘密通信や蜂起前の打ち合わせ――通夜の名前を掲げていながら、おかしなことに棺に死体が入っていないことすらあった――に銃弾をぶち込んだ。「しかし、サント・トマス・デル・アンコンの一件は少々やりすぎだったな」第一執政官は言った。悲しい、確かに悲しいことだが、戦争となれば白手袋をしたままじっと腕組みをしているわけにはいかない。モルトケの説く二つの鉄則を旨とせねばならないのだ。「戦争における最大の徳は早く終わらせることだ……　早く戦争を終わらせるためには、犯罪行為も含めてあらゆる手段が容認される。」一九〇二年にドイツ軍参謀本部から出版された文書にはこんな一節がある。「総力戦にあっては、攻撃が敵軍ばかりでなくその物理的・道徳的支柱にまで向けられるのもやむを得ない。人道的配慮の余地がありうるのは、戦争自体の目的を損なわない場合だけだ。」それに、フォン・シュリーフェンも言っている……　「お前のドイツかぶれは聞き飽きた」第一執政官は言った。フォン・シュリーフェンは、チェスボードに地図を広げて、遠くから電話や自動車やバイクで戦闘を動かそうとしていた男だ。しかし、セルバや沼地や高山だらけで、道もろくに通っていないこの下級国家では、通信はラバかロバ――馬さえ寄せつけない高地もある――、あるいは、アタワルパの飛脚のようにすばしっこい使者に頼るしかない。望遠鏡や双眼鏡、方眼紙や精密な測定器だけで机上の戦争をするのも、銃撃戦や首狩りのことなど知らぬまま――もちろん例外はあるだろう――、いつもコニャックを手元に置いてくつろぐカイゼル髭の将軍たちには愉快だろうが……この国で、今日のような本物の戦闘となれば、軍事学校の理論など忘れて、キンタマを据えてかからねばならない。それに、こっちで物を言うのは、「手三本分上へ、二本分右へ、指一本半修正」という指示だけで従軍婦のまな板を見事にぶち抜く昔ながらの砲手だ、下士官に通用しない代数学や弾道学の専門用語に凝り固まった今どきの中尉たちは、弾を撃つ前にいくら紙で計算しても、いつも標的を飛び越すか手前に落ちるかだ。「いくらヤンキーたちから大砲だの弾だの最新の武器を買っても、このラテンアメリカじゃ大自然に邪魔されて、結局ポエニ戦争の時代と同じ戦い方しかできはしない」第一執政官は言った。「象でもいればアンデス越えをさせるところだ。」「しかし、フォン・シュリーフェンによれば……」「お前の好きなフォン・シュリーフェンだって、ハンニバルが勝利したカンナエの戦いをもとに戦術を編み出しているじゃないか。」そしてその日の戦闘を指揮した最高司令官は、ユリウス・カエサルの『ガリア戦記』に則って作戦を決めたことを明かし――あるいは、そう思い込ませようとしただけかもしれない……――、一同を驚かせた。中央に三列の歩兵隊、二列は攻撃、一列は塹壕で待機、騎兵隊が二隊、右にホフマンの部隊、左に自分の部隊。敵の両翼を潰し、一点へ追い込んでいく。すると後衛部隊はうまく機能せず、川への退路が断たれる。追い込まれたアタウルフォ・ガルバンは対岸へ逃れ、添い寝用の女をこちら側へ置いていったから、あの二人、ミシア・オラジャとハシンタ・ラ・ネグラは今頃、祖国軽騎兵大隊の半分ぐらいに慰み者にされて、まだ次から次へと男の股に挟まれていることだろう。実際のところ、今日の戦いはカエサルとアリオウィストゥスの戦いと同じで、反乱軍に加わった貧弱な装備のインディオや黒人ども——カエサルにとってのウェネティ族、マルコマンニ族、ヘルール族、トリボケス族などが、ここではグアイボ族、グアチナンゴ族、ボチョ族、マンディンゴ族にあたる——を歩兵隊で蹴散らすところから始まり、最後には、味方を失った敵将がベルデ川を渡って逃げざるをえなくなった。アタウルフォは、女を見捨てた点でも、ライン川のほとりにスエヴィアの女とノリクムの女を置き去りにしたアリオウィストゥスと同じだ。それに、カエサルといえば、アンデの住民とも一戦まみえねばならなかったが、音が似ているせいか、これがアンデスの畜生どもとだぶって見えてくる。「ああ、さすが大統領！」古代の戦争に関する知識に舌を巻いてドクトル・ペラルタは叫んだ。「つまり今日我々はアリオウィストゥス・ガルバンを打ちのめしたわけですな」ホフマンは言ったが、第一執政官がモルトケにもフォン・シュリーフェンにもさして興味を示さないので少々傷ついているようだった……　再び小瓶が口から口へ回った。時折稲妻の光が洞窟の入り口から届き、大統領はニューヨークで見た退屈なオペラのワンシーンを思い出した。燐光で緑がかった丸天井の下で、不思議な洞窟が地面の下へと消えていた。声量豊かでいつもヘルデンテノールを気取るホフマン大佐は、ミーメとアルベリヒの洞窟を思い起こし、喉を震わせたドイツ語をひけらかしながらワーグナーの一節を歌おうとしたが、ジークフリートのライトモチーフに添えられた歌詞を思い出すことができなかった。酒のせいもあって度忘れした苛立ちに、大佐は大きな石を摑んで洞窟の奥へ向けて放り投げた。ところが、石が石に当たる音も、泥に石が落ちる音も聞こえず、代わりに響いてきたのは、側面に石を喰らって粉々に壊れる土甕の音だった。大佐は懐中電灯を向けた。散乱した土器の破片の上に、もはや人間とは呼べないおぞましい人間の姿があり、ずたずたの布に包まれた骨と、乾燥と虫食いで穴だらけになった皮膚の上に、刺繍入りのバンダナを巻いた骸骨が乗っていた。空っぽのまま不気味な表情を湛える目、すでになくなっているのに怒りを露わにした鼻、黄色い歯を見せたまま声にならない叫び声に動きを止められた口、ばらばらで崩れそうな指の骨、乱雑に並んだあばら骨、そして、組まれた脛骨からは、千年以上は経っているようでいて、赤、黒、黄の糸が残っているせいで新品にも見えるズック靴がぶら下がっている。成長、成熟、衰え、死、人生のあらゆる段階を経た後に、時間の回帰作用で大人のまま胎児に戻ったような姿でそこに腰掛ける肉のない大きな体は、廃棄された解剖模型のようで、完全に物にもなりきらず、死のずっと向こう側、あるいはずっとこちら側に陣取って、乾いた頬の両側に埃っぽく垂れ下がる黒く薄気味悪い髪の房の下から、空っぽの目でこちらを見つめている。そして、君主なのか判事なのか、神官なのか将軍なのか、その死者が、死後に被せられた泥の包みを壊した者たちに向けて、数百年の昔から怒りの眼差しを投げかけていた。山から染み出た水で磨かれた壁に沿って、同じような甕があと六つ左右に並んでいる。ホフマンは幾つか石を掴み、一つひとつ甕に投げつけていった。上腕骨を組んでしゃがんだ状態のミイラが六体——どれも幾分皮が剝げ、大腿骨や指の骨が幾分崩れ、顔の黒い部分に幾分非難を込めていた——、冒瀆の法廷で恐ろしいコンクラーベに集まっていたところを邪魔されたような姿で現れた。「くわばら、くわばら！　なんたること！　これは大変だ！」頭上で蝙蝠が円を描いて激しく飛び交うなか、三人は大声を上げげた。そして洞窟の奥に見えた光景に追われるようにして夜の闇へ飛び出し、薙ぎ倒されたテントの布が泥水の上に漂う野営地へ向かった。濡れるのもかまわず、テントの布にくるまって三人は大木の根元に腰を下ろし、夜明けのラッパを待った。そして寒さが厳しくなると、エルメスのアタッシュケースに残っていた最後の小瓶を飲み干した。酒を飲んだ後で驚くほどの冷静さを取り戻した第一執政官は、ミイラの発見について、昨今考古学者がしているように、洞窟の場所や、太陽と入り口との位置関係、甕のありかなどを詳細に記して、国立科学アカデミー宛てに報告書をしたためるよう秘書に命じた。一番目立つ中央のミイラは、パリのトロカデロ博物館に寄贈すれば、木の台に乗せられて、「先コロンブス期、リオ・ベルデ文明」などと書いた銅版とともに、ガラスケースに美しく陳列されることだろう。年代の特定となれば、この国の専門家は、古い甕や土器が出てくるたびに、それがエジプトやシュメールより古い技術で作られたことを証明しようと躍起になるから、もっと慎重な向こうの学者に任せたほうがいい……とはいえ、古いものであればあるほど国にとっては名誉だし、メキシコやペルーの遺跡に比肩するほどのものとなればなおさらだろう。アメリカ大陸に散らばるピラミッドや寺院、古墳は、まさに我々の文明の紋章であり、これを見れば、ここが新しい世界、「新世界」などでないことは明らかなのだ、ホフマン大佐の祖先とやらが、牛の角を頭に乗せて熊の毛皮で黒い森をさまよっていた頃には、すでに我らの皇帝たちは金の冠と宝石とケツァルの羽を身に纏っていたのだし、フランス人たちがようやくブルターニュの海岸にメンヒル——何の美しさも面白みもない代物——を建てようかという時期に、ティアウアナクの太陽の門は完成後すでに何世紀も経っていたのだから……

4

私の言う肉体とは、他のいかなる肉体をも排除して空間を埋めるものすべてだ。
（デカルト）

勝利を収めた後、第一執政官としては、銃弾、銃剣、鉈、ナイフなどに傷ついた数多くの兵士たちを避難させ、部隊に休息を命じたいところだったが、前の晩から断続的に降り続く雨に刻々と川の水嵩が増していたため、ベルデ川を渡りきるのが先決だと判断した。今ならまだ騎馬隊は近くの浅瀬を渡ることができるし、歩兵はボートやはしけで移動すればいい。錆びついて草むらに打ち捨てられた運搬船を急遽修理し、大型の荷物やクルップ砲、軽砲六門や弾薬、鍛冶製品、缶詰、士官用のジンやコニャックのケース、それに従軍婦のフライパンや携帯コンロ——そのすべてをホフマン大佐は「後方支援物資」という仰々しい名前で呼んで第一執政官を喜ばせたが、ドクトル・ペラルタによれば、「台所用品」、「ガラクタ」、「酒」以外の何物でもなかった……——を対岸に運ぶこともできた。すでに敵軍の姿はなく、当面作業は迅速に進んだ。反乱軍は海のほうへ退却しており、大西洋艦隊基地——古びた船嘴《せんし》と射程距離の短い大砲を備えた巡洋艦が二隻、海軍造船所裏の修船用投錨地に現在停泊中の比較的新型の沿岸警備艇が数隻——のあるスルヒデロ・デ・ラ・ベロニカを囲む台地で態勢を立て直す意図は明らかだった。すべての村や集落はすでにアタウルフォ・ガルバンの部隊に略奪された後だったが、小間使いや従軍婦たちは、洞窟や地下室、さらには霊園にまで隠れていた豚や若牛や雛鶏を引きずり出し、家の中庭や教会の庭、埃っぽい墓地に埋められたカシャッサの瓶やチャランダの小瓶、梅の香りのついた強いグアラポの甕を掘り起こして食料を確保した。そして夜の野営地で踊りやどんちゃん騒ぎでも始まれば、弾き語りの腕比べがあり、クアトロやギター、マラカスやフェルコや太鼓の演奏があり、ムラート女やサンボ女、色黒の娘や混血娘が、バンバやハラベやマリネラのリズムでステップを競い合っていたかと思えば、知らぬ間にやがて焚火のそばを離れて男たちと茂みの奥へ消え、肉の楽しみに耽った……　四月にはスルヒデロ・デ・ラ・ベロニカの先鋒部隊への襲撃が始まり、敵軍は市郊外の塹壕へ退却を余儀なくされた。「どうやらフォッシュの賢明な思索どおりになってきたようだな」ホフマンにあてつけてフランス軍の権威を持ち出しながら第一執政官は言った。「敵対する二者のうち一方は、攻撃をやめ、塹壕を掘って地面へと沈む。」そして町を一望することのできる三つの丘のうち一つの頂上から、ゴシック風の丸天井やバロック風の鐘楼、コロニアル風の古い城壁を見つめているうちに、感動がこみ上げてきた。自分はこの町に生まれ、セメントの柱の間にオジーブを開けたあの二階建ての建物でマリスト会修道士に読み書きを習ったのだ、イラスト入りのきれいな教科書には、ナイルの増水やブケファロスへの騎乗、アンドロクレスとライオン、印刷術の発明、インディオを守るバルトロメ・デ・ラス・カサス修道士、氷でイグルーを建てるエスキモーの生活、カロリング朝の宗教学校を創設したアルクィン、そして、この修道士が、貴族の生まれでも怠け者で勉強ができない少年より、出自がいやしくとも勉強熱心な少年たちに目をかけていたこと。後に歴史とフランス語を結びつけてさらに高度な学習が始まると、当然ながら教科書は、アヤクーチョの戦いよりソワソン管区に、ペルー征服よりバリュ枢機卿の檻に、カラボボのシモン・ボリバル――興味深い情報として、彼の名を取った山高帽子が前世紀のパリで洒落者たちに愛好されたことが載っていたが――よりルイ九世の十字軍に多くのページが割かれていた……　やがて教科書一辺倒の少年は成長し――数学は苦手、古典はそこそこ――、次に第一執政官の頭に思い浮かぶのは思春期のこと、水夫や漁師、密売人や売春婦で溢れる港町の通りや、「ミロのヴィーナスの勝利」、「学なき賢者」、「陽気な猿」、「地上の船」、「わが事務所」など、奇妙な名前の陽気な安酒場——タールや塩漬けや盆に盛ったアンチョビの臭いに、買い物をする主婦のジャスミンやカンショウの香水が混じる歩道に沿って、釣針や魚籠、網や釣糸を売る店があり、カキやイカやアジを載せた荷車が通る——を渡り歩いたものだった…… そして今足元に見えるビジャ・デ・ラ・ベロニカは、イギリス人の芸術家が一〇〇年前に描いたスケッチ、馬に乗った主人と奴隷を前景に配したあの銅版画の面影をまだ強く残している。あそこに見える巨大なサント・オフィシオ宮殿の前廊では、遠い昔、黒魔術の嫌疑をかけられたインディオや黒人たちが鞭打たれ、群衆に罵声を浴びせられ、糞尿やごみをかけられたこともあった…… ビジャ・デ・ラ・ベロニカには、三つの小屋と二つの瓦屋根を組み合わせた家——避雷針、空色の鳩舎、軋んだ音を立てる風見鶏——があり、息子たちは皆あそこで生まれたが、当時まだ薄給の田舎記者だった彼には、寝る前のたった一皿だけの食事、バナナとパンの煮込みに、ごくたまにしか蜜や砂糖を添えてやることができなかった。石灰を塗ったあの中庭で、血を分けた子供たちは、父の無鉄砲な政治的躍進の後を追うようにして石蹴り遊びのマスからマスへ飛び跳ね、垂直のすごろくを一段一段螺旋状に駆け上がりながら、スルヒデロから首都へ、首都から世界の首都へ、こんな僻地の港町から無限の世界、旧世界——といっても彼らにとっては新世界——へと常に上昇を続けてきたのだ。もちろん、こんな幸運を前にしても、喜びと発見に影を落とす悲劇に見舞われることもあった。オフェリアは昔からあのまま——幼少からずっと「私は私」だった——で、目隠し鬼ごっこやアントン・ペルレロ、輪になって踊る「ライス・プディング」や踵を立てた九柱戯、「マルブルーは戦場へ」や「緑のライムにパハラ・ピンタ」といった童謡とともに物心ついてからというもの、いつも変わらず激情的で頑固、強靭で気紛れな娘だった。アリエルについては何の文句もない。生まれつき外交官の素養を備えていた彼は、幼少から巧みに司祭たちを騙し、質問には質問で答え、平気な顔で嘘をつき、勲章だらけの胸当てを着けて危ない綱を渡りながらも、何か厄介事に巻き込まれて事態の釈明を求められると、外務大臣時代のシャトーブリアンも同じ状況にあればしていたように、即座に曖昧な言葉を並べてお茶を濁した。ラダメスは、多くの成功を手にしたものの、その悲劇は辛い衝撃であり、世界中の新聞に写真が掲載された。インディアナポリスのカーレースでラルフ・デ・パルマと張り合おうと躍起になった彼は、ガソリンを軽くして爆発力と動力を高めるためにエーテルを混ぜ、これがいきすぎて六マイルの熱いアスファルトの上で宙を舞った。（ウェストポイントの軍人学校を落第していた彼は、スピードにのめりこむことでこの挫折を忘れようとしていたのだ。）そして、半ズボン姿でいまだに石蹴り遊びのマス目をふらふらと歩く末っ子のマルコ・アントニオは、まるでこの地に繁茂する木々の枝葉ではなく、家系図のセルバに迷い込んで消えてしまったかのように――目と横顔にエキゾチックな影を刻印され、一家で最も「進歩色」が薄かったせいかもしれない――、まったく存在感のない少年だった。空想癖が強く――この国の言葉で言えばキチガイ――、思春期のある日、鏡付きクローゼットの前で、自分の性器が淋病の渦を巻いていることに気づいて衝動にとり憑かれ、神秘主義的危機に陥った。ローマへ行って教皇様のサンダルに口づけし、枢機卿の過マンガン酸で治療を受ければいいと愚かにも思い込んだマルコ・アントニオは、教皇庁の待合室に足を踏み入れたところで、偶然にも似非紋章学者と知り合って入れ知恵され、自分がビザンティオン王家――その最後の古代語研究者はバルバダ島で亡くなっており、子孫が我が国にも渡っていた――の傍流・亜流・非直系的・間接的末裔であることを確信した。神秘的衝動はすべて忘れ、大枚をはたいて「隣接者」の称号（ママ。『ローマ法大全』を参照のこと）、この場合「ダルマチア伯爵」の地位を手にした彼は、やたらと爵位に詳しくなって、貴族気取りでヨーロッパ中の爵位を漁り歩き、次はどんな爵位を買おうかといつも目を光らせるばかりか、爵位のある女たち――その誰もが、この国の色ボケ老人たちがよく使う「種馬つる草」、我々にはお馴染みのその男性的効能について、実際に試した者から口づてに聞いてよく知っていた――の夜の相手をするようになった。様々な武勇伝を積み重ねながらマルコ・アントニオは、アンダルシアの牧草地からペニャランダの農園へ、ヴェネツィアの古びた宮殿からスコットランドのオオライイチョウ狩りへ、コロディイェでの派手な狩猟からサン・セバスティアンでのアルフォンソ国王杯レガッタへ、東奔西走する生活を送った。かつての栄誉を失った没落貴族も多いその勢力図にあって、今や着々と威信と存在感を高めつつあったのは、アーマー家やスウィフト家、リビーのケチャップ貴族といったアメリカ人たちだった。そして、タルムードを読み解くラビ、あるいは、聖書を三度訳してその語彙の細部と解釈学の機微に精通しようとしたサンシランよろしく、丸暗記するまでゴータ暦（彼の名前の記載はいつも次の版へと先送りされた）をためつすがめつ読み込んで、貴族の栄枯盛衰を見定めようとした。マルコ・アントニオは、能力は高くとも何の役にも立たず、気性が荒く、父に劣らず出世欲も強く、それでいて父の苦悩とは無縁で、自分の体ではない体をもてあますこともなく、我こそ贅沢な動物、我らが文化の軍使、我が国の世界的威信には不可欠な人物、気狂い、ダンディ、手袋とステッキの収集家、などと自称し、ロンドンでアイロンをかけたシャツ以外は受けつけず、著名女性芸術家を犯し、ウールワース・チェーンの令嬢を追い求め（ボニ・ド・カステラーヌ侯爵にバラ色の大理石宮殿をプレゼントしたアンナ・グールドを夢見ていた）、すでに離婚は五回、サントス・ドゥモンの友人で、たまには空を飛ぶこともあり、ポロのチャンピオンにもなれば、シャモニーでスキーをすることもあり、アトス・デ・サンマラトとキューバ人ラベルデスケの決闘で審判役を引き受け、馬上から見事に槍で闘牛を突き刺し、ルーレットやバカラで奇跡を起こしてはいたが、ハムレットのように上の空なところがあり、残金もないままやたらに小切手を切ったりするせいで、裁判沙汰の挙げ句、結局支払いが我が国の大使館に回ってくることも多々あった……　そして今、第一執政官の足元には、屋外の鳩舎にも似た青い蚊帳の網目に包まれてドニャ・エルメネヒルダが四度も生みの苦しみに叫び声を上げた町、あのスルヒデロ・デ・ラ・ベロニカが広がり、生家の門には彼の生年月日を刻んだ盾が嵌めこまれている……　そしてもうすぐ記念すべき四月一四日、ビジャ・デ・ラ・ベロニカも、反乱軍士官ほぼ全員の降伏により、銃弾に傷つくことなく政府軍の手に落ちることになる……　腹心たちに見離され、助けに来る船もスクーナーもなく、アタウルフォ・ガルバン将軍はサン・ロレンソ城、港の入り口を狭める岩山にフェリペ二世の命により建てられた古城に立てこもった。そして、投降の日の午後、第一執政官はホフマン大佐とドクトル・ペラルタ、それに一〇人ほどの兵士を引き連れて岩場に降り立った。敗れた将軍は、礼遇の中庭で静かに待っていた。まるで音のない言葉を発しようとでもしているように、彼の唇は声を伴うことなく不思議な動きをしていた。アタウルフォは軍帽から滴る汗をチェック模様のハンカチで拭っていたが、霧雨のように溢れ出る汗は暗い粒となって軍服の生地に染みを作っていた。大統領は立ち止まり、背丈でも測るように長々と相手の姿を見つめた。そして突如、そっけなく断固とした調子で、「銃殺に処せ!」アタウルフォは跪き、「いえ……　いえ……　それはいけません……　銃殺だけは……　お母様にかけて……　いけません……　私に目をかけてくださっていた聖母ドニャ・エルメネヒルダ様に免じて……　やめてください……　あなたは私の父のような存在……　いえ、父以上だ……　話させてください……　わかってもらえるはずです……　騙されたのです……　聞いてください……　お母様にかけて……」「銃殺に処せ!」泣き喚いて命乞いの言葉を発しながら彼は奥の壁まで引きずられていった。ホフマンが銃殺隊を整列させると、敗軍の将は立っていることもできず、背中で壁に寄りかかった。壁を伝ってゆっくり背中が滑り落ちて座った状態になると、爪先が開いたままブーツが前へ投げ出され、中途半端に両手が地面についた。銃口が下がり、角度が定まった。「構え!」すでに狙いは定まっていたが、この命令で完全に発砲の準備は整った。「いけません……　いけません……　司祭を呼んでください……　告解を……　私はキリスト教徒ですから……」「撃て!……」砲尾が地面に着き、型通りとどめの一撃。かもめの乱舞。短い沈黙。「海へ投げ捨てろ」第一執政官は言った。「あとはサメに任せるとしよう。」

事は片付いた。だが、もっとタチが悪いかもしれない問題がもう一つ残っている。我が軍によって動員力も戦闘能力も抑えられ、緊急の作戦行動の隅へ追いやられた状態でも、ヌエバ・コルドバの市立宮殿から自由闊達に政府反対声明を次から次へとぶち続けてきたドクトル・ルイス・レオンシオ・マルティネスがあの町で随分勢力を強め、学生やジャーナリスト、元政治家や地方弁護士、社会派を気取る者たちのみならず、ソミュール馬術学校を卒業したばかりの士官たち――知性派で、ヴァルター・ホフマンのようなドイツ的規律と角付き兜への愛着心を叩き込まれた連中と反目している――までこの動きに賛同しているという。胸をはだけた不穏分子たちは、寝る間も惜しんで密談を繰り返し、ひっきりなしに煙草を吸って、ブラックコーヒーと吸いかけの安葉巻に酔いつぶれた状態にあったが、フランス革命公安委員会さながらの純潔主義で、議論、討論、批判、非難を続けるうちに、どんどん過激な改革プランを起草するばかりか、公金横領の裁判や不当利得の調査を要求した挙げ句、大土地所有の制限、土地の分配など、大それた計画を企んでいる。その日の朝受け取った郵便で第一執政官は、かつて皮肉を込めて「菜食主義ユートピア論者の戯言」と評した動きが新展開を見せ始めていることを知った。現在ヌエバ・コルドバでは、広場の軍事責任者を任されていたカピタン・ベセラなる怪しげな指導者――噂によれば趣味は昆虫採集――のもと、学生や労働者が集中的に軍事訓練を受けているという。そしてこの動きが広まり、我らが国々にはとうてい容認しがたい舶来の売国思想に刺激されてサンディカリスムの様相を呈してくるとともに、アメリカ合衆国大使館からは、民主主義体制擁護のため迅速に軍事介入する準備があるという報告が入った。ちょうど現在、カリブ海で数隻の戦艦が演習を行っている。「そんなことになれば我が国の主権は丸潰れだ」第一執政官は言った。「たいして厄介な相手じゃない。あのクソグリンゴどもに我々の行動力を見せつけてやるとしよう。奴らは、三週間の予定でやってきて、二年も居座って美味しい商売をせしめていきやがるからな。カーキ色の服でやってきて、帰る時には金塊でポケットが満杯だ。キューバのウッド将軍なんて……」東部鉄道各線の修復と点検に三日、そして正規軍の勝利を期して聖牧女に祈りを捧げる大掛かりなミサの後、軍の大旗小旗のもとで沸き起こる陽気な喝采とともに、新たな戦線に向けて車両は動き出した。汽笛とバルブの排気音に紛れて最後の車両が出発したのは、真夜中近くのことだった。貨物車や三等客車の屋根で、ポンチョの男たちやショールの女たちが声を合わせて国歌や大衆歌を歌う一方、懐中電灯やカンテラの明かりのもと、炭水車の石炭から最後尾の貨車で光る目まで、粗野なラム酒の瓶がひっきりなしに往来した。**「アデリータが他の男と逃げたのなら、海でも陸でも追っていくさ、海なら軍艦で、陸なら軍用列車で……」**そして後方に広がるスルヒデロの低湿地で闇夜の蛙が鳴くなか、田舎らしいのんびりした平和な生活を取り戻した町では、聖母マリアの一五の玄義に思いを寄せて身内でロザリオを唱えた後、男たちは床屋に集い、女たちは玄関先で輪になって世間話に耽っていた。

5

君主たる者、多少は習慣を変えてもかまわない。

（デカルト）

一五四四年にアデランタード・サンチョ・デ・アルメイダによって建設されたヌエバ・コルドバは、周りを砂漠地帯――サフラン色の砂、点々と見える枯草、サボテン、サンザシ、病人の汗のように臭いクヒーの木――に囲まれ、その眩いほど白いモロッコ風集落の横を走る川は、一年のうち一〇カ月は干上がったままで、渇きで死んだ動物の骨や角、頭蓋骨や鉤爪の間を縫うように曲がりくねっている。雲一つない空には、せわしない夜明けから重みのある黄昏時まで、ハゲタカやクロコンドルが飛び交い、下に広がる鉱山地帯は、その内側に蓄えられた蛆のような筋を二世紀も前から人間たちが搾取してきたせいで、すっかり本来の丸みを失って、区分けされ、階段状にされ、鶴嘴や鑿《のみ》や大槌で掘り起こされている。デュポン・マイニング社の労働者たちは、マメだらけの骨ばった黒い手で、不毛な大地をさらに荒涼とさせるように散らばる斜面や台地、禿山や鉱物の堆積、砂利や鉱滓の不規則な景色をユークリッド幾何学的平面に作り変え、岩肌に椅子や祈祷台、さらには巨人の椅子のような形を刻みつけていた。そして、国中で最も不毛なこの地区にあって、サボテンとイチジクの裾野からそそり立つのが、反抗と教義と戦闘の精神に溢れるヌエバ・コルドバであり、今やこの町が東部で勝利を収めた第一執政官の軍にまたもや楯突いているのだった。老いぼれの大学教員を囲んで、何千という反体制派が神聖部隊を結成している。そしてベセラ将軍には、周囲の守りを固めるために塹壕や要塞を張り巡らせ、その周りに枕木用の角材でバリケードや拒馬《きょば》を築いて強固な防御線を引くだけの時間がたっぷりあった。双眼鏡越しにその配置を眺めながら第一執政官は冗談を言ったが、その声は戸惑いを隠しきれなかった。「いつも言っているとおりだ。この国で物を言うのは、ユリウス・カエサルとバッファロー・ビルの戦術だけだ。」そして参謀本部会議において、この状況下で最も有効な対抗策は古典的な包囲戦術であるという結論に至り、北部市町村──こちらも反旗を翻していた──との連絡路を断って、反乱軍への食料や武器の供給を止めることになった。「飲料水すら自前では確保できないからな！　気候も我が軍に味方してくれるだろう……」そして反乱軍の防御線から適度に離れた位置にキャンプを張ったが、無駄に弾薬を費やす余裕などない敵方からは散発的な発砲しかなく、睨み合いが始まった。カードゲームやドミノ、チェスで時間を潰しながら数日が過ぎ、やがて、空き瓶を使ってボーリングを始める者が現れるかと思えば、棒に牛の頭蓋骨を突き刺して石で的当てを競う者もいた。他に読むものもなかった第一執政官は、ホフマン大佐がいつも持ち歩いている戦術書の古典を流し読みし始め、滑稽なほど馬鹿げた言葉を見つけるたびに、敵方のお調子者たちの言う「裏庭に黒人の祖母を隠したプロシア人」にあてつけるようにして、大げさな笑い声を上げげながら引用した。「おいおい」大統領は言って、もったいぶった話し方になった。「勝利とは戦いに勝つことである」（シャルンホルスト）、「同程度に志気の充実した二つの部隊が衝突すれば、数の多い方が勝つことであろう」（シャルンホルスト）、「防御側が攻撃に転じることもある」（ラッサウ）、「結果を生み出すのは戦闘だけだ」（ラッサウ）、「部隊に隊長が必要なのは、彼が指揮を執るからだ」（クラウゼヴィッツ）、「隊長は戦争とその偶然性をよくわきまえているべきだ」（モルトケ）、「隊長は自分の役目をよくわきまえ、勝つという断固たる意志を持たねばならない」（フォン・シュリーフェン）、「戦闘の舞台は三部に分けることができる。1右側、2左側、3中央」（ジョミニ）。「真ん中がなければ右も左もないだろう」笑いこけながら第一執政官は言った。「軍事学校ではこんな戯言を教わるのか？……」暑さと蝿のせいで苛々ばかりが募る退屈な日々が続いた後のある朝、コルクの裏地とガーゼの項当てのついた探険用ヘルメットに半ズボンという出で立ちで——まるでリヴィングストンを探すスタンレー——、アメリカ合衆国大使が野営地に現れた。重大な知らせだった。彼らの言う「ヌエバ・コルドバの領袖」の手下に率いられた武装集団が太平洋岸のバナナ地帯を略奪し、ユナイテッド・フルーツ社の事務所に保管されていた二〇万ドルの現金を奪ったという。プエルト・ネグロに船が足止めされているせいで、デュポン・マイニング社の操業も止まっている。それに、ドクトル・ルイス・レオンシオ・マルティネスによる社会主義的神秘思想の普及もすぐに食い止めねばならない。この中南米にマデロの再来を許すわけにはいかない。即刻国に安定した体制を取り戻し、外国人の財産を保障しなければ、合衆国の軍事介入は不可避となる。こうせっつかれた第一執政官は、四八時間以内に断固たる作戦行動に打って出ると請け合った。そして翌日、軍事交渉を通じて予め身の安全を確約したうえで、ベセラ将軍を野営地へ呼び出し、彼の面子を潰さぬさりげないやり方で、まず彼自身に一〇万ペソ、そして同行した二人の中尉への慰労という名目でさらにゼロをいくつか加えて提供した。そして同じ日の夕暮頃には、塹壕と要塞に白旗が掲げられてヌエバ・コルドバの住人に全面降伏を知らせ、政府軍の圧倒的優位を前に無駄な流血を避けるため人道的措置をとると声明が発表された。ところが、ここで名高き「ミゲル・彫像《エスタトウア》」——仕事の時も散歩の時も筋骨隆々の姿をまったく崩さないところから人々にこう呼ばれていた——が、並外れて背の高いその体、ベルトに穴を足さなければイニシャル入りの銀バックル——身に着ける唯一の贅沢品——を腹の上で閉めることもできないほど細く締まった胴の上で、大きく開いた肩をさらに怒らせて突如立ち上がり、恐ろしい咆哮を上げた。腕利きのドリル職人であり、ダイナマイト使いの名手だった彼は、どこかの石切り場を吹っ飛ばすともなれば、導火線を口にくわえて歩く勇猛な黒人男だったが、石から動物を取り出す技を発見したことで、ここ数カ月のうちに一躍国中でその名を轟かせていた。そう、この言葉のとおりなのだ。当然ながら彼は以前から、山の木々は生き物であり、ただ喋りかけるのみならず、うまく言葉を選びさえすれば、枝葉のささめきと動きによる返事まで引き出すことができるとよく知っていた。ところがある日、台地の上で見つけた大きな石に、両目と鼻のようなもの、それに口まで付いているように見えたばかりか、「ここから出してくれ」という言葉まで聞こえてくるように思った。そしてミゲルは、ドリルとハンマーを掴むと、ここを削り、あそこを剝がして、前脚、後ろ脚、真ん中の少し窪んだ背中を解放し、やがて姿を現した大きな蛙は、彼の救出作業に礼でも述べているようだった。これを肩に担いで家へ持ち帰った彼は、もっと細い錐で細かい部分を削り、紙やすりで表面を磨いた後、木箱に置いてじっくり眺めてみると、なかなか立派な蛙に見えてきた。この発見に興奮したミゲルは、身の回りにある石や岩、その他固い物質を違った目で見るようになった。そこに転がっている石からは翼の先がのぞいているから、中に蝙蝠がいるにちがいない。そこで喉袋の上に悲しく畳まれた嘴はペリカンのそれだろう。そこにずっとうずくまったまま解放の時を待っているダマシカは、今にも飛び跳ねてきそうだ。「山は動物を閉じ込める監獄」ミゲルは言っていた。「中に動物がいても、誰かが扉を開いてやらないと出てこられない。」そしてミゲルはあらゆるドリルと錐――細長いもの、平たいもの、丸まったもの、先の尖ったもの――を駆使して次々と動物に救いの手を差し伸べ、大きな鳩、梟、猪、孕んだ山羊、そしてある時など、実物大のヘラジカまで助け出した。そしてミゲルはそのすべて、鳩、梟、猪、山羊、ヘラジカを見つめ、いずれも上出来であることを確かめると、やっと仕事の疲れを癒すことにした……　すでに客車や貨車の修理点検に役立たなくなってうち捨てられていたヌエバ・コルドバ・レールロード社の車庫に、完成した作品をすべて並べると、日曜日にはこの動物ギャラリーに多くの人が見学に訪れた。すぐに彼の名声は広まった。首都の新聞が彼の人となりを取り上げ、「天賦の才」と評価した。だが、スペイン商工会議所の面々が現れて、第一執政官の銅像を作ってほしいと持ちかけたときには、ミゲルは「無理です。肖像はダメです」と答えた。以来、それ以外特に根拠もなく、彼を反体制派と目する輩もいたが、「アテネオ」のメンバーのように、彼を擁護する者も多かった。「人間像に手を出したくないだけさ。政治思想の問題ではなく、失敗するのが恐いのさ。」そして聖職者に働きかけ、聖牧女の参事会庭園を拡大するため、その周りに立てる四人の福音史家の銅像制作を依頼してもらうことにした。「石から人間を出すことはできません」最初ミゲルはこう答えた。だが、マルコがライオンを連れ歩き（近くの町で興行していたサーカスでつい数日前にライオンを見たばかりだった）、ルカが牡牛と会話し（牛はどこでも牛）、ヨハネが鷲と言葉を交わしていた（この地に鷲はいないが、鷲の姿ぐらい誰でも知っている）ことを知ると、依頼を受け、マタイの若い頃の顔など想像もできなかったので、それは後回しにすることにして、とりあえず黙示録の四騎士にまつわるとされる象徴的動物から彫り始めることにした。そして作業に作業に作業に作業を重ねるうちに初めて石から人の顔が現れ、その頭を飾る光輪を薄い刃――今度はドリルではなく、首都から取り寄せた鑿《のみ》を使った――で整えていった……　忌々しい降伏の知らせが届いたのは、その作業中のことだった。彼は即座に道具を投げ出して通りへ飛び出した。それまで夢想家、動物や人の救出者、うっかり者、変わり者だった男が、俄かに十字路で声を上げ、精一杯背伸びして演説をぶったかと思えば、自ら隊長、大衆のボスを名乗った。そのあまりに断固たる調子に人々は聞き耳を立て、彼の言うことに従った。ミゲル・エスタトゥアが白旗を下ろすよう命じると、白旗が下ろされ、白旗が下ろされて幸いだったと見てとるや、戦闘を再開すべきと判断した。手にはダイナマイトの筒、肩には火の点いた火口《ひぐち》という恰好で彼は抵抗の必要を唱え、今日のパンが本当に今日勝ち取って今日食べる今日のパンとなるまで、そして、名目上国内企業や「共同経営」になってはいても、商品券で給料を払って国内の鉱山を独占するヤンキー会社の商店を蹴散らすまで戦おうと訴えた。その場で彼は、話を聞く人々を諭してダイナマイト部隊と工兵部隊を組織した。粗野で下品ではあっても真実の重みを持つ言葉――腹の底から湧き出る荒々しい雄弁はどんな大言壮語より強く人々の心を摑んだ――に心を動かされた学生、インテリ、ハンマーを持つ男、油まみれの男、ズック靴の者、草履《ぞうり》の者、その他愚かなルイス・レオンシオ・マルティネスに失望した人々――相変わらず国に向けて声明を出してはいたが、彼のことなどほとんど知りもしない人々に助けを求め、彼の動きに同調すらしていない人々に支持されていると言い張っていた――が、力の限り戦いを続ける決意を示した……　だが、青少年や若い女性や勇気ある子供たちを動員する一方で、老婆が包帯を準備し、老いぼれ爺やが鍛冶場で釘を槍の穂先に変えるぐらいでは不十分だった。他の多くの町が備える古の城壁もなければ、要塞代わりになる建物もなく、通りの端で家並が荒野の砂岩に紛れて消えるこの町は、まったくもって無防備だった。そして、通りに仕掛けられた地雷が轟音とともに兵隊の体を手足までバラバラにして吹っ飛ばし、中庭から中庭へ、屋根から屋根へと移る接近戦では、旧式のウィンチェスター銃や猟銃、甲冑から外したラッパ銃やコルト拳銃、槊杖《さくじょう》で煤を払ったライフル、水不足のため小便で冷やしていた三、四丁のマクシム機関銃で防衛隊が激しく応戦したものの、やがて政府軍は広場を制圧し、残った弾薬とともにカテドラルに立てこもった一〇〇名ほどの生存者は、周りを完全に包囲されて、窓や明かり取り、格子の隙間から必死に銃撃を続けるばかりとなった。政府軍にとって最も危険だったのは鐘楼に潜むスナイパーであり、中央広場へ連なる通りを進む者はすべてその標的にされた。何時間経過してもまだ居座って、こっちに一撃、あっちに一撃、どうやら食料にも弾薬にもまだゆとりがあるらしい一握りのクソ野郎どもが庁舎の壁面や通路まで射程に入れているせいで、建物へうっかり踏み込むこともできない。ホフマンはクルップ砲の準備を命じ、牛車に牽かせて塔を狙える位置まで運ばせた。動きがのろいうえ人目にもつきやすい牛は絶好の的となり、何頭も傷つけられたが、全頭血塗れの状態で、三台目の二頭目が倒れ、二台目の一頭目が嘔吐しても、何とか任務は遂行された。それでも、最初は第一執政官もためらいを隠せなかった。標的は、他ならぬ我が国と我が軍の守護聖母たる聖牧女の聖堂であり、崇拝の対象、巡礼の目的地、しかもコロニアル建築の最高峰……「クソ喰らえですよ」ルター派のホフマン大佐は言った。「戦争に偶像は無用です。」いざとなればどんな建物だろうが修復は可能だ。そして修復となれば、もっと堅固な建物となって未来に残るにちがいない。「だが、聖牧女像に何かあったらどうする？」第一執政官は訊いた。「そんなもの、パリのサン・シュルピス街へ行けばもっと美しい像がいくらでも手に入りますよ」ドクトル・ペラルタが口を挟んだ。「グズグズ言っていないでさっさとあのカス《サン・オブ・ア・ビッチ》を始末なさい」合衆国の軍事顧問は言った。「我々の海兵隊ならとっくに任務を終えているところです。あなた方のように私情を挟みませんからね。」「仕方がないな」とうとう第一執政官は言った。「ピラトが手を洗ったというのなら、私は耳を塞ぐとしよう。」「戦略上必要です」ホフマンは言った。クルップ砲の発射準備が始まった。「手三本分上へ、二本分右へ、指一本半修正」云々の旧式砲手が一発目を発射すると、塔が真ん中から折れ、石や彫刻が崩れ落ちるとともに、聖堂の屋根に鐘が転がり落ちた。近代的な計算に基づいて発射された二発目は、正面の入り口から中央祭壇へ突き抜けたが、聖牧女は難を逃れ、台座に立ったままぴくりとも動かず、無関心にすべてを見下ろしていた。後に「ヌエバ・コルドバの奇跡」として記憶されることになるこの驚異を前に、「聖母は我らの側にあり！」と勝者たちは叫び声を上げた。「どうやら聖母は」ほっとして第一執政官は言った。「言葉を発するテーブルとか、六本も腕のある神とか、そんなものを信じる無神論者の味方ではないようだな……」そして蛮行が始まった。箍《たが》が外れて統率を失った軍隊は、銃剣や鉈、ナイフを振り回して手当たり次第に男女を捕え、見せしめにするため、その体を突き刺し、腹を開き、首を刎ね、ずたずたにして通りの真ん中へ放り出した。そして最後まで戦っていた三、四〇人は市営屠殺場へ連行され、足や銃尾で徹底的に打ちのめされた後、固まった血だまりに混ざって牛の皮や内臓、動物の腸や胆汁が散乱する上に、腋や膕《ひかがみ》、あばらや顎に鉤を引っ掛けて吊るし上げられた。「串刺しの肉はいかが、串刺しの肉はいかが？」売り子を真似て兵隊たちが囃し立て、瀕死の者に銃剣でとどめを刺すばかりか、かなり前からこの町で家族写真や結婚式、洗礼、初聖体拝受の記念撮影、白い小さな棺に横たわる「天使」の撮影などで生計を立てていたフランス人写真家ムッシュー・ガルサン（口さがない人たちはカイエンヌの脱獄者だと言っていた）のカメラに向かってポーズを取った。「はい、笑って！」感光板を取り換えてゴムのシャッターを押すたびにフランス人は言った。「六枚で二ペソ五〇、はがきサイズに拡大して手書き彩色すれば、いい記念になりますよ……　はい、じっとして……　いいです……　はい、もう一枚……　そこの串刺し死体が入るように……　今度はそのぶら下がった死体の横で……　女のスカートを下ろしてください、あそこが写っちゃいますから……　次は腹に三叉を刺したのにしましょう……一ダースになればおまけしますよ……」すでに市営屠殺場の中庭の上空をハゲタカやヒメコンドルが飛び交っていた。電信柱からも、公園のポプラからも、市役所のバルコニーからも、大量の死体がぶら下がっていた。ロデオの仔牛のようにまとめて串刺しにされた逃亡者の死体が、舗石と小石を敷き詰めた通りを騎馬隊に引きずられていった。数カ月前にデュポン・マイニング社が落成した野球場では、約五〇人の鉱山労働者が両腕を上げたまま処刑された。廃墟となった聖堂では、焼け焦げた祭壇に立ちつくす聖牧女像の足元に人間の残骸が山と積み上げられ、本体から切り離された部品のように、そこから足や手、最期の顰め面に固まった顔などがとめどなく現れた。鉱山労働者の居住区からは相変わらず銃声が聞こえ、石油缶を手にした兵士が、まだ叫び声や哀願の聞こえる家に火を放っていた……そして真夜中、うち捨てられたヌエバ・コルドバ・レールロード社の車庫で大爆発があり、ミゲル・エスタトゥアが石の生き物ともどもダイナマイトで自爆死を遂げた。福音史家の破片が政府軍のほうへ吹っ飛び、芸術に目覚めたドリル職人の鑿《のみ》で斧の刃のように鋭く磨き上げられた光輪が、三名の兵士を真っ二つに切り裂いた。

最大の抵抗拠点を破壊した第一執政官は、これで残るは反乱者の手助けをした近隣市町村に何らかの形で報復するという容易な任務だけだと判断し、今回の功績によって将軍に昇進したホフマンにすべてを任せて首都へ戻ることにした。ドクトル・ルイス・レオンシオ・マルティネスは、ヤティトランの荒涼たる山岳地帯に消える水のない渓谷をたどって北部国境方面へ逃れていた。どこか異国の地で貧弱な政治亡命者集団を組織して、亡命政府の首班とか、立憲国家党党首とか、そんな肩書きを名乗るのかもしれないが、やがて――大統領にはお馴染みの筋書きだった――ライバル心や離反、分裂や相互批判、解党や内紛が始まり、三〇〇部ばかりの新聞や五〇人しか読まない声明文やビラで中傷合戦を繰り返すことだろう。そして、かつてはヌエバ・コルドバの使徒と言われた男も、歴代の反乱者と同じく、ロサンゼルスの下宿屋かカリブの安ホテルに流れ着き、政治において唯一必要なのは成功だと身にしみてわかっている者には戯言でしかない手紙やパンフレットを書き続けることだろう……政府庁舎へ戻った第一執政官は、小旗や凱旋門や花火、そして彼の大好きな行進曲「サンブル・エ・ムーズ」に迎えられたが、最初の記者会見には悲しみに歪んだ顔で登場し、自分の誠実さ、公正さ、愛国心について国民全体の信任が得られていない――最近の事態を見れば明らかだろう――と考えただけで悲痛な物思いに心が塞ぐ、と切り出した。それゆえ、上院議長に職務を委嘱して大統領の職を辞し、近々行われる予定の選挙で選ばれた模範的市民、国家の命運を司る資質と美徳を自分より備えた者に後を託すつもりでいる、もちろん――可能性は否定できない――国民投票で反対の意思が示されれば話は別だが。そして迅速に国民投票が準備される間、第一執政官は、他人の幸福のために身を粉にして働いてきた末に心を深く傷つけられた、もはや誰も何も信用すまい、そんな悲しい達観を湛えた崇高な心の平和とともに――威厳をもって痛みに耐えながら、とまでは言うまい――日常の些事を処理していた。権力とは何とみすぼらしいものか！　王冠と紫衣、そのお決まりのドラマじゃないか！　老いたる王子の何と悲しいこと！……　国民の四割は読み書きができないため、投票の便宜を考えて白黒のカード――政権継続に賛成は白、反対は黒――が用意されることになったが、すぐに不思議な声、陰険な声、邪悪な声が伝わり始め、都市部でも農村部でも、山間部でも平原地帯でも、北から南へ、東から西へと流れるひそひそ声が、たとえ秘密投票であっても、当局は誰がどちらに投票したか完全に把握できる、そんな噂を広めた。すでに新技術が開発されている。投票所のカーテンに隠れた写真機は、誰かの手が投票箱に近づくたびに自動的に作動する。写真機がない地区では、カーテンの裏に人間が隠れている。それに、小さな町なら誰もが隣人の政治的立場に精通しているから、指紋を採取するまでもなく――もちろん採取することもあるだろう――、二〇の反対票があれば、誰がその二〇人なのか調べることなど造作もない。公務員――かなりの数にのぼる――の間に恐怖が広がった。他方、不思議な声はいっそう語気を強め、食堂でも酒場でも八百屋でも、鉱山関係、バナナ関係、手工業系等の大企業は第一執政官体制の継続に反対する者を解雇する、そんな話を吹聴した。反対派の農民は、地方警察の大鉈を覚悟せねばなるまい。教師たちは教室から引きずり出されることになろう。商人たちの税金申告書が調べ上げられ――我々の得意分野だ――、税金のごまかしが暴かれることだろう。ここ数年に帰化した外国人に関しては、要注意人物やアナーキストといったレッテルでも貼られれば、市民権を剝奪されて祖国へ強制送還になるかもしれない……そんなことがあって、国民投票は「賛成」が圧倒的多数を占め、第一執政官も、「反対」に投じられた四七八一票――ペラルタがさいころを振ってこの数字を決めた――を甘んじて受け入れることで、選挙監視団の完全な公明性を印象づけることにした……再び演説があり、勝利の行進があり、花火と爆竹があった。だが、大統領は疲れていた。それに、右腕に痛みを伴う妙なしこり、筋肉の硬直があって思うように動かすことができず、肩にも刺すような痛みがあったが、どれほどマッサージや投薬を受けても効果がなかった。サンテリア祈祷師の娘で、草木のことを知り尽くしていたマヨララ・エルミラも薬草を煎じて薬を調合したが、普段なら、療養と健康回復の美しい象徴をでかでかと新聞広告に掲げた製薬会社の製品よりはるかに効き目があるというのに、今回ばかりはどうにもならなかった。わざわざボストンから呼ばれてやってきた合衆国の医師が関節炎――というより、表紙にヘルメスの杖を掲げる雑誌が病人の恐怖と混乱を煽るために乱発する難解な新語の一つ――という診断を下し、この国には、その治療に必要な電気医療機器がないことを申し添えた。即座に政府全体が第一執政官の説得にかかり、かけがえのない健康の回復に、合衆国へ旅立つよう勧めた。留守中は、国防担当のホフマン将軍と上院議長の協力を得て、官房長官が職務にあたる……そして第一執政官は、キュナード・ラインの豪華船で旅立った。ところが、いざニューヨークへ着いてヤンキー医師の診察を受けてみると、物腰穏やかで人当たりがよく、臨床にも長けたフランスやスイスの専門家たち――実際のところ、ドワイアン、ルー、ヴァンサンといった博士たちが合衆国の医者たちの師匠だった――とうってかわって、言葉が通じないうえに応対もよそよそしく、何かというとすぐにメスに頼って必要もなく体を切りたがるばかりか、効果が確かめられてもいない斬新な荒療治を好む彼らを前に、第一執政官は俄かに――疲れていたせいもあるだろうし、最近のドタバタで神経をすり減らしていたせいもあるだろう――ほとんど幼稚なほど不条理な臆病風にとりつかれた。白く殺風景で人間味のない診察室で、ピンセット、ゾンデ、ギザギザのハサミ、その他恐ろしい道具をガラスケースに並べた合衆国の医者にかかるぐらいなら、ヴィクトル・ユーゴー通りやマルゼルブ通りの、アルピニーやデュランの絵に飾られた応接室——ペルシャ絨毯、アンティーク家具、一八世紀の装丁本、ほとんどわからないぐらいかすかなエーテルかヨードの臭い——にどっしりと構え、髭面に燕尾服とレジオン・ドヌールで父性と知性をひけらかしながら相手をしてくれる医師のほうがよほどいい。「それはわかりますが……」ペラルタは言った。「そんなに国を離れて大丈夫ですか？　また反乱が起こったらどうします、大統領？」「まあな……　確かに我々の国では何が起こるかわからない。だが、今度ばかりは大丈夫だと思う。ほんの数週間留守にするだけだ。やはり健康は大事だ。私は腕の自由が利かないと生きてゆけない。それにレパントへ行ったわけでもないのに片腕になるなどバカらしいし、右手がなければ大事なあいつの相手もしてやれない。確かに、祖国へ戻れば、多くの人に愛されてはいるが、会見中であれ、出張中であれ、どこにいてもあいつが一緒にいることを確かめられなければ落ち着かないし、まるで自分が他人になってしまったような気分になる。」そして大統領は顎で左の腋、ちょうどブローニング銃があるあたりを示し、愛する女の栄光を称えるときと同じ優しい口調で、その軽い引き金と粋な銃尾を誉めそやした。いつも大人しく忠実で落ち着きがあり、形が美しく、均整も取れていて、手触りもいい、銃身は長く美しく、銃口は隠れてはいてもしっかりと開き、柄の裏には国の紋章を模《かたど》った飾りまでついている。彼がゆっくりと風呂を浴びるときには、銃を置いて入るので、毎日その間にマヨララ・エルミラが母親のような愛情を込めてその手入れをし、オフェリアが父のためにわざわざラ・メゾン・ド・ブランで買い揃えたフラシ天の大きなタオルで主人の体を拭いてやるときには、すでに装填も終えて、いつでも使える状態になっている。こうして第一執政官は、彼の目には大きな刑務所にしか見えない合衆国の病院、その電子機器と進歩と発明と拷問台を後にして、激動と苦難の日々を忘れてパリの快い夏——新聞によれば、ここ五〇年で最も日差しに恵まれた暑い夏だという——に身を委ねるべく、ある朝ラ・フランス号に乗り込んだ。

第三章

あらゆる真実ははっきり知覚可能だが、
先入見のせいで、誰にでも知覚できるわけではない。

デカルト

6

パリ北駅で彼らを出迎えたチョロ・メンドーサは——夏でもいつもどおり、黄色い手袋、ボタンホールに刺したクチナシ、グレーのゲートルという出で立ちだった——、それまでヴィシーにおり、水による昼の治療とバーでの夜の治療、すなわちミネラルウォーターとバーボンを巧みに組み合わせて二〇歳の若さを顔に取り戻していたが、海上から差し出されたエアログラムで知らせを受け、慌てて首都へ戻ってきたのだった。大使館の他の職員は、子供を連れてトルヴィルやアルカションで休暇中、そしてオフェリアは、『コシ・ファン・トゥッテ』で幕を開けるモーツァルト祭に合わせてザルツブルクに滞在中だった。首から下げたカシミアのショールに強張った右腕を折り畳んで現れた第一執政官を見て、チョロは不安を露わにした。ちょっと痛々しいが、たいした問題ではない、ペラルタは言った。医療技術の進んだこっちの医者なら、簡単に治してくれるだろう。それにこの雰囲気、この活気、この歓喜、この文明……　ここの空気を吸っているだけで——こうして吸って、吐いて、また胸を膨らませるだけで……——気分がよくなってくる。病は気からと言うし、くよくよ痛みのことばかり考えていると余計に痛みが増すばかりだ、エピキュロスと同じく、現代の心理学者も言っているではないか、云々。しかし、こう列車や汽笛がうるさく、しかもポーターの往来が激しくては、落ち着いて話もできない、チョロ、お前が荷物を持って先頭に立ってくれ、ペラルタと私は座りっぱなしで脚が痺れているから、しばらくゆっくり歩かせてくれ……　そして第一執政官は、秘書を後ろに従えて、ダーツと小便小僧に飾られた有名なフランドル風ビストロへ入り、今日は色々と久しぶりの食べ物を味わうことだろうし、まずほろ苦いヒューガルデン・ビールや、チェリーの血に染まったようなビール、そして強いランビック――錆びた釘を泡に沈めて刻印を押したようなビール――でも飲んで景気をつけることにした。カフェのテラス席に座る人々、軍人たちの赤ズボン、アルジェリア歩兵のシェシェア帽、「ル・ブラッツァ」の燃えるニンジンのようなエンブレム、さらに、オペラ、共和国広場、バスチーユ、モンソー公園、凱旋門などと行き先を告げるバス、すべてが快適だった。次第に二人は、気の向くままにどこへ行ってもかまわない日々のリズムを取り戻し始めた。「パンテオンのビール」からメギスリー通りのチューリップの球根へ、シャコルナックの薔薇十字騎士団オカルト書店（占いカード、入門書、スタニスラス・ド・ガイタの書物）から、いまだに顔蹴りのキックボクシングを練習する道場へ、宗教用具を売るノートルダム・ド・ヴィクトワールの空色の店からサン・タポリーヌ通り二五番地の「オ・グラス」――午前中は仰々しい金髪娘が当番をすることが多く、彼女がアンリ・ドルレアン風にすべてを見事に取り仕切るおかげで、横臥する騎馬像に貴族のようなおどけた雰囲気が添えられた――へと足を向ける。トタン格子のカウンターの後ろから、すべてが嗅覚と味覚に訴えてくる。小さな籠に入ったブリオシュ、四角いガラスの小瓶からコンポステラの帆立貝のような筋を見せるマドレーヌ、デュボネの猫、チンザノのボトルのイタリア狙撃兵風ラベル、オランダ製のジンを入れた素焼きの小壺、ブドウ焼酎の瓶に閉ざされた小さな木の梯子、オレンジの皮とタールを合わせたようなアメール・ピコンの香り。「ここのほうがミイラの洞窟より居心地がいい」第一執政官は呟いた。そして幌を上げた自動車にようやく乗り込むと、ティルジット通りへ向かうよう命じた。「パリはいつ来てもパリですね」無駄に大きな凱旋門の塊がマルリーの馬の間から遠方に見えたところで秘書は言った……　そして第一執政官は、体を沈めるようにして革の肘掛け椅子に落ち着くと、町との付き合いを取り戻したくて体が疼いてくるのを感じた。いつも素晴らしいコンサートを催すコンティ通りの知人宅に電話してみると、夫人は留守だった。ヴァイオリン奏者のモレルに電話をかけると、慌てたように彼の帰還を喜びながらも、早々に会話を切り上げようとして言い訳を並べ始めた。ルイザ・ド・モルナンにも電話してみたが、鍵番の女は、失礼なほど待たせた挙げ句、お嬢様は数日お戻りになりませんと伝えてきた。電話に出たソルボンヌ教授のブリショは、「もう私はほとんど目も見えませんが、新聞ぐらいは読んでもらっています」とだけ言ってさっさと会話を切り上げた。「相変わらず短気な人だ」妙な答えに少々驚いてこう考えながら第一執政官は、今度は誰に電話しようかと手帳を探った。そして立て続けにあの人この人に電話してみたものの、テーラーや床屋以外、いずれもこれまでとはうってかわってよそよそしい話し方をしているように思われた。ダンヌンツィオがパリにいるかもしれないと思いついてかけてみると、応対した家政婦が、「ご主人様はイタリアへお発ちになったところです」と言う声に、詩人の声が重なってこれを否定し、続けざま、文字通り家の包囲を続ける借金取りたちに向けられた恐ろしい悪態の言葉が聞こえてきた。そう、これはまさに包囲だ。エリーニュス、エウメニデス、フリアエの大群に囲まれているようなものだ。まるでヘカテーの猛犬のように四六時中そこにいて、向かいのビストロや角の煙草屋や近所のパン屋から家の門に目を光らせている、うっかり出ていったりすれば、飛び掛かってくる連中にズタズタにされた挙げ句、情け容赦なく金を請求されることになる。「ああ、私に南米の暴君のような権力さえあれば、ジョフロワ・ラニエ通りから悪党や人殺しを一掃してやるところだ、まさに今電話をかけてきた友がヌエバ・コルドバでしたように！……」この容赦ない言葉——似たようなことをよく口にしているようだ——を聞いて、第一執政官は万年筆で受話器を叩きながら言った。「切らないでください……マドモワゼル……ちょっと待ってください……」そして言葉の途中で電話を切り、何かの問題で通話が途切れたふうを装ったが、動揺と不安は隠せなかった。普段からイメージ豊か《イマジニフィコ》で曖昧な言葉を使う詩人のことでもあり、「暴君」という言葉に込められた含意は理解できなかったが、それ以上に、ダンヌンツィオがヌエバ・コルドバの名前を知っているのは不思議だった。

何があったのだろう？　プエルト・カベージョ出身の心優しい「同郷人」、レイナルド・ハーンに訊いてみるのがいいかもしれない。電話に出た作曲家は、ベネズエラ訛りにラプラタ的抑揚の言い回しが混ざった――なぜこんな話し方になるのか、彼自身にも説明できなかった――特徴的なスペイン語で話し始めた。型通りの挨拶を終えた後に彼は、まるで他人事でも話すように、いつもと違ってゆっくりけだるそうに穏やかな口調で、『ル・マタン』紙が「あっち」の出来事について一連の恐ろしいルポルタージュを発表し、そこで「我が同郷人」が「ヌエバ・コルドバの殺戮者」という扱いを受けていることを伝えた。ムッシュー・ガルサンの写真すべてが、三段抜き、四段抜きで掲載され、通りに打ち捨てられた死体、手足をもぎ取られた死体、引きずられた死体、槍や三叉や鉄拳やナイフを突き刺された状態で市営屠殺場の鉤に、腋から、顎から、脇腹から吊るされた死体が曝露されたという。そして背中に銃剣を突きつけられて町の通りを裸で走らされた女性戦闘員。そして寺院のなかで強姦された女性たち。そして囲い場に突っ伏した女性たち。そして、軍楽隊の音楽と陽気なラッパを背に、霊園の壁に一列に並んで機銃掃射を浴びた鉱山労働者たち。そのすべてに、軍服姿、横顔、斜め向きの第一執政官が写っており、中には背中向きの写真もあるが、記事には珠玉のバロック建築、「新世界のノートルダム」とまで謳われた聖牧女国立聖堂に向けて砲撃を指示する（「それは私ではなくホフマンだ」大統領は反論した）猛者の姿は紛れもなく彼だとわかる。そしてとりわけ無残だったのは、リドの海岸でコメディ・フランセーズのアルシノエと休暇中だった息子のマルコ・アントニオが、二日前に記者の質問に答え、「南米の揉め事のことなど私は何も知りません……」と述べたことだった。呆然としたまま第一執政官は、なぜこれまでずっと逃げ口上と女中たちのファルセットであしらわれてきたのか、ようやく合点がいった。ルイザ・ド・ノルマンが居留守を使い、ブリショがおかしな返事をした理由もわかった。「同郷人として、私にはよくわかりますよ、きっと誇張だらけでしょう……　近頃は驚くほど写真修正の技術が進んでいますし……　あなたにそんなことが……　おそらくすべてデタラメでしょう……」とはいえ、今晩ラルーで一緒に食事というわけにはいかない。明日もガブリエル・フォーレとすでに先約がある。それに仕事を抱えている。モラティンの『娘たちの「はい」』をオペラ化する話があるし、ピアノ協奏曲も書かねばならない。大変残念だが…… 呆気にとられて第一執政官は、数カ月前に命じて部屋の端に据えつけさせた輪を対角線に結ぶようにして吊ったハンモックに崩れ落ちた。何も伝えなかったチョロ・メンドーサに対してすら怒りは覚えなかった。自国の外交官たちが、フランスの新聞といえば『ル・リール』『ファンタジオ』『ラ・ヴィ・パリジェンヌ』しか読まず、自分の国について何が書かれているかもろくに知らないことはよくわかっていた。天井に張られた石膏のモールディングを見ながら彼は、これまで感じたことのないほど苦々しい思いを味わった。殺戮者、野蛮人、ケダモノ、そんな扱いをされたとしても、それが自分にとって快適な町で起こったのでなければ、あるいは、軽蔑を込めて話すような町で起こったのならば、別段気にとめることはない。彼にとってベルリンなど文字通り「熊の住処」にすぎず、花崗岩でできた機関車のようなあの野暮ったいブランデンブルク門も、ペルガモンの祭壇も、ウンター・デン・リンデンもたいしたことはない。オペレッタとワルツのおかげで気品と官能の代名詞とされるウィーンも、実際のところ単なる辺鄙な田舎町で、士官たちもクリーニング屋から出てきたようなら、一〇そこらしかないレストランもパリのビストロに近づこうと躍起になるばかりだし、ドナウ川のほとりで飲むカフェオレが上品に感じられるのは閏年の二月二九日ぐらいだろう。ベルンなど、スイス軍使の像が並ぶだけの退屈な町で、通りを歩いても時計や気圧計ばかり目につく。ローマでは、あらゆる広場や袋小路がオペラのワンシーンになり、どんな格好をしていようとも、何を話していようとも、『運命の力』や『仮面舞踏会』のコーラス隊にしか見えない。マドリードはといえば、水やアスカリリョや酒を売る露店、鍵束を腰から提げた夜警、カフェ談義があり、宵越しのココアやピカポステとともに、田舎臭い景色のなかで夜が明ければ、ある者は寝に帰り、またある者はチューロやカサリャ酒、一五本入りの煙草で早朝から仕事を始める…… それにひきかえパリといえば、この世の楽園、約束の地、知性の聖地、享楽のメトロポリス、あらゆる文化の源であり、この町に住むという究極の夢を叶えたラテンアメリカの詩人は、ルベン・

ダリオしかり、ゴメス・カリージョしかり、アマード・ネルボしかり、誰もがそれぞれにこの至高の地を神の町に仕立て上げ、来る年も来る年も新聞、雑誌、書籍、詩集で賛美の言葉を並べる…… じっくりと気後れを乗り越え、時間帯、曜日、季節ごとに変わる都市生活のモラルや服装コードを厳格に守り、高価ではあっても節度あるプレゼントを選び、奇数本の花を贈り、慈善のバザーや富くじでは気前よく振る舞い、奇抜なボヘミアンと一線を画した芸術家や文人と付き合い、コンサートや世俗的な演題の講演、劇の封切や詩の朗読に顔を出すことで――我々の国でも「生きるを知る者」がいることをこうして示してきた――、何とかこの町に居場所を確保し、ゴータ暦のトップへと登りつめることこそなかったものの、ようやくマダム・ヴェルデュランの音楽会に三度も招待されるまでになった。首尾上々。向こうの動乱や暴動に嫌気がさした暁には、旅を重ねるごとに居心地のよくなるこの家に引っ込んで余生を過ごすつもりだった。だが、それも今や水の泡だ。スルヒデロ・デ・ラ・ベロニカの急坂を駆け回りながら、「フランスのルイ王時代、青の平原で星の宮廷を従えた太陽、豪華絢爛のポンパドール・ローズが、城を芳しい香りで満たす」とルベン・ダリオの詩を口ずさんでいた田舎記者時代、そう、デンマークの貨物船のサイレンと、薄汚れた波止場に大量の石炭を積み出すクレーンの軋みがうるさいあの港町で、エビの鉄板焼きと小魚のフライの煙にまみれて飲み屋に座りながら、向こうの雑誌に鼻先をくっつけて、世界中の著名な画家たちが描いてきた素晴らしいスケッチ――赤色と金色のオペラ座のロビー、真っ白い空気の精やワルキューレ、馬術を競い合うアマゾネスの堂々とした風采、雨降りしきる灰色のカテドラル（「心のなかで雨が降る／町に雨が降るように……」）、『リリュストラシオン』の紙面に肖像となって突如現れるこの世のものとは思えぬほど美しい女性たち、バードパラダイスの花束か宝石の交響曲のように色鮮やかに着飾った貴婦人――を眺めていたあの時代から、いつも夢見てきた豪邸への扉は金輪際すべて閉ざされてしまう…… 今や会う人すべての目に軽蔑か沈黙の叱責が読み取れるような気がしてきた。給仕のシルヴェストルもどこかよそよそしいし、彼を見た料理婦がエプロンで手を拭う仕草もあれこれ憶測を呼び覚ます。控え目で冷淡な門番の女は、三角巾に吊られた腕を見ても何の関心も示さなかった。それとも、そんなことを口に出しては失礼だと思ったのだろうか？　その日の午後、怖いもの見たさにドクトル・ペラルタと「ボワ・シャルボン」へボジョレーを飲みに行ったが、ムッシュー・ミュザールは不機嫌な顔で塞ぎ込み、夫人のほうは挨拶にも出てこなかった。そしてカウンターの端に陣取ったツバなし帽の二人組は、その視線から察するかぎり、どうやら彼の噂話をしていたらしい。どこのカフェへ行ってもウェイターが妙な表情を浮かべた。とうとう、藁にもすがる思いで第一執政官は、ペラルタと相談のうえ、これまで様々な便宜を図ってやったはずの著名学者を不意打ちで訪ねてみることにした。セーヌ川を望む薄暗いアパートで、古書と北斎の絵、それにサント＝ブーヴ、ヴェルレーヌ、ルコント・ド・リール、レオン・ディエルクスの肖像画に囲まれて、心からの歓迎と寛容さと明晰な話しぶりを示す学者に迎えられた第一執政官は感激した。権力には恐ろしい義務が伴いますからね、学者は言った。「王なんて、約束を守るも地獄、守らぬも地獄ですよ」オスカー・ワイルドの引用なのか、彼はこんな言葉を付け加えた。民衆の指導者や君主、偉大な軍師に弱腰は似合わない……　そして大統領の目前で、劇的だが勇気を鼓舞する映像となって、カルタゴの破壊、ヌマンシア攻撃、ビザンチン帝国滅亡の図が行進した。突如、混乱した記憶の底からでたらめに様々な事件が殺到し、フェリペ二世、アルバ公、サラディン、さらには、クレムリンの中庭で国家という大義のもとナルイシュキン一族を皆殺しにしたピョートル大帝のことが頭に浮かんだ……　それに……　勝利に酔った兵士たちの狂喜乱舞や行き過ぎた残虐行為——遺憾ながら歴史上何度も繰り返されてきた——を止めることができる者などいるだろうか？　そして、さらに悪いことに、それがインディオや黒人の反乱を鎮めるためとあれば。そう、明らかだろう、早い話があれはインディオと黒人の暴動にほかならないではないか……　これを聞いてようやく自信を取り戻し、気分の高揚を感じた第一執政官は、いつも注意深く発音と語彙の正確さにこだわるフランス語を離れ、熱を込めて自国の言葉で悪態を次々とまくし立てたから、これを見た学者は、意味不明の表意文字に襲われでもしたように呆然となった。そうです、インディオ、黒人、サンボ、チョロ、ごろつき、浮浪者、気狂い、怠け者、破廉恥、できこそない、烏合の衆、暴徒（ムッシュー・ミュザールの「ボワ・シャルボン」で鍛えたフランス語でドクトル・ペラルタが懸命に通訳した。ろくでなし《プロプラリアン》、がさつ《ピニュフ》、浮浪者《ガルヴォドー》、ならず者《ジャンフートル》、汚れ者《サロパール》、酔っ払い《ボワヴロ》、かも《カヴ》、与太者《ヴォワイウー》、殺し屋《エスカルプ》、ごろつき《ラカイユ》、泥棒《ペグル》、クソ《メルド》……）、なかでもとりわけタチが悪いのは――ここで大統領はフランス語に戻った――ソシアリスト、第二インターナショナルに加担した社会主義者、アナーキスト、階級間の平等などと実現不可能な話を持ち出し、無知文盲の大衆に憎念を植えつける輩、国の教育を拒否した無教養な大衆の自惚れにつけこみ、呪術や得体のしれない迷信や我々の聖者とは似て非なる聖者信仰――読み書きを習おうともしないあの連中にとっては、アミアンの美しき神はエレグアー、ベラスケスの磔刑はオバタラー、ミケランジェロのピエタはオチュムになり下がる――にのめりこんで狂暴化した民衆を扇動する連中だ……こちらではそうした事情は理解されない……「そうでもありませんよ」著名学者はこう言ってますます寛大に自分の信念を示そうとした。すべては――またも彼はフェリペ二世やアルバ公、さらにはコルテスやピサロのアメリカ征服まで引き合いに出した――、スペインの血、スペイン気質、異端審問、闘牛、バンデリーリャ、マント、エストケ、スパンコールとパソドブレの間で腹を引き裂かれる馬、そんなものからも説明可能なのだ。「ピレネーの向こうはアフリカだ。」アメリカ大陸の人々はその血を受け継いでいる。向こうの人間はこちらの人間とは違う、確かにそれなりの美点もあるし、セルバンテスやエル・グレコ――もちろん彼の才能を世界に知らしめたのはテオフィル・ゴーティエだ――を輩出した……ここで、かつて高校の教師だったペラルタが怒りにまかせて勢いよく席を立ち、「スペインの悪口などクソ喰らえです」と叫んだ。そして、驚いて目を丸くした著名学者に向かって、興奮してぶしつけになった口調で、幻灯機のガラスのように、シモン・ド・モンフォールの犯罪行為はどうなんです、アルビジョワ十字軍はどうです、と息巻いた。あなたが書いた劇の主人公――草稿を我が国の図書館が購入しました――ロベール・ギスカールは、ノルマンディーの傭兵がローマ市民を次々とナイフで刺し殺す様子を生々しく語っているではありませんか、サン・バルテルミの虐殺はどこへ行っても恐怖の象徴です、カミザールへの迫害、リヨンの虐殺、ナントの奴隷船、テルミドール後の恐怖政治、そして、同じように残酷な事件の極めつけ、極めつけはパリ・コミューンの最後でしょう。革命勢力の抵抗が終息した後、世界で最も知的で文明的な人たちが、ためらうこともなく一万七千人以上を虐殺した。サン・シュルピスの仮設病院は――「ああ、消え去れ、甘き幻影よ！」――ヴェルサイユ軍の手で断頭台に変えられた。そしてムッシュー・ティエールは、懲罰を終えたパリを一回りした後、「通りは死体だらけだ、この恐ろしい光景がいい教訓になることだろう」などとうそぶいた。当時の新聞――もちろんヴェルサイユ派の新聞――はこの虐殺と蛮行をブルジョア十字軍と評して囃し立てた。そして最近でも、フルミーのストの犠牲者、もっと最近なら、ドラヴェイユやヴィルヌーヴ・サン・ジョルジュのストに対してクレマンソーがどんな策を講じたか……どうだろうか？……

正面切って非難された学者は、顔を第一執政官のほうへ背け、「確かにおっしゃるとおり、悲しいかな、そのとおりです。しかし、その意味合いは違います……」そして、重々しく準備の間を取った後、高らかな響きを込めて、フランスが世界に誇る名士、モンテーニュ、デカルト、ルイ一四世、モリエール、ルソー、パスツールらの名を挙げた。それを聞いて大統領は、アメリカ大陸だって短い歴史の間に数多の名士や聖者、英雄や殉教者、思想家、さらには、原点回帰によってスペイン本国の文学的言語を刷新させた詩人まで輩出している、そう答えようかとも思ったが、こちらで知られていない名前をいくら上げても意味がないと気がついた。その間、ペラルタは厄介な考察で学者を悩ませ続けていた。格調高いラシーヌのアレクサンドランや世界に知られた『方法序説』を引き合いに出すのであれば、蛮行の歴史はなおさら許し難い。第三共和政最初の大統領であるばかりか、革命期、執政政治期、帝政期の名高い歴史家でもあったムッシュー・ティエールが、パリ・コミューンの虐殺、ペール・ラシェーズでの処刑やニューカレドニアへの追放を命じるなど由々しきことではないか。それに較べれば、サンボ女とハンブルク移民の息子なのにプロシア系を気取り、軍関係者のサロンまで経営するヴァルター・ホフマンが、自らすべての責任を引き受けて、ヌエバ・コルドバへの報復に乗り出すほうがまだましだろう……

「貴族同様、文化にもそれなりの義務が伴うものでしょう、学者さん。」親愛なる学者が陰鬱に眉を顰めたのを見て、大統領は疲れたような仕草で秘書に自制を求め、肘掛け椅子に体を沈めて無気力な落胆に塞ぎ込んだ。そして肖像画、古書、グランヴィルの版画を見るともなく見つめた。対する学者は、ペラルタのことなど眼中にもないように、通りすがりに彼の足を踏みつけて――「失礼！」――転びかかり――「大丈夫ですか？」――、何か真剣に考えてでもいるような顔で部屋を歩き回った。「やってみる価値はある！　おそらく……」そして『ル・マタン』の編集部に電話をかけた。ムッシュー・ガルサン――ヌエバ・コルドバの忌まわしきフランス人――の写真を持ち込んだのは、向こうからパリへ逃亡してきた学生たち――皆ドクトル・ルイス・レオンシオ・マルティネスの教え子――であり、現在はカルチエ・ラタンのカフェで政治談議や扇動に励んでいる。新聞としては、今さら後へは引けないし、すでに予告された次の記事を差し止めるわけにはいかない。そんなことをすれば、誰か強大な富を持つ男――容易に想像はつく――に買収されたにちがいないと噂されてしまう。できることといえば、明日の朝刊から、写真を一枚――虐殺の日付を示すフォスファティン・ファイエルの日めくりカレンダーとともに、バーのカウンターに放り出された死体を眺める第一執政官が写っている――を外してもらうのがせいぜいだろう。「やむをえまい」打ちのめされた大統領は言った。せめて、どう言えばいいのか、何か世間の目を引く事件でも起こってくれれば。タイタニックのような遭難事故とか、ハレー彗星の到来とか、世界の終わりの予言とか、プレー山の噴火とか、サン・フランシスコ地震とか、マダム・カイヨーのガストン・カルメット殺しのような殺人事件とか……　だが、何もない。この無様な夏、事件は何も起こらない。そして、宇宙のなかで人目が気になる唯一の場所、このパリで、誰からも背を向けられて生きていかねばならないのか。悲嘆に暮れて背中を丸め、目もうつろになった大統領を見て、著名学者は左手を彼の肩に置いて熱い友情を示し、声を潜めて打ち明け話でもするように、善後策を提示した。こんなことを言わねばならないのは悲しいが、フランスのジャーナリズムには腐敗が蔓延している。もちろん、ケー・ドルセーと密接な関係にある『ル・タン』は別で、主筆のアドリアン・エブラールはそんなさもしい取引に応じたりはしない。友人モーリス・バレスも寄稿する『レコー・ド・パリ』や、短気なアルチュール・メイエルの『ル・ゴーロワ』も論外だろう。しかし、そんな由緒正しい新聞も多いなか、金さえ積めば(第一執政官は頷いた)どうにでも、おわかりだろう……要は手順を間違えずに事を進めることだ。そしてその三日後、『ル・ジュルナル』紙が「ラテンアメリカ、その知られざる全貌」というタイトルで連載を始め、全体から地方へ、概説から個々の例へ、コロンブスからポルフィリオ・ディアスへ(ついでながら、しかるべき時に革命の目を摘まなかったせいでメキシコがどれほど恐ろしい無秩序に陥ったか、その実態まで記されていた……)と移りゆくうち、我らが祖国について特集が組まれると、滝や火山、ケーナやギター、ウイピルやボイオやリキリキといった習俗、タマルやアヒアコやフェイジョアーダといった料理に関する賛辞が踊るのみならず、その歴史――第一執政官の的確な指揮と鉄の規律のもと、農業開発、公共事業、教育制度、フランスとの通商、いずれの分野でも目下めざましい発展を遂げている――を記念するモニュメントについてまで詳しく紹介されている。アメリカ大陸の他の国々が混沌とした状況下で迷走するなか、発展の模範を示しつつある、云々、確かに、往々にして、無教養で反抗的な大衆は公序良俗を脅かすイデオロギーに乗せられやすい(ラヴァショルや、カルノー大統領を暗殺したカゼリオ、マッキンリー大統領を暗殺したチョルゴッシュ、バッテンベルクとアルフォンソ一三世の新婚夫婦を乗せた馬車に爆弾を投げつけたマテオ・モラル等を想起してみればいい)ものだし、絶対自由主義の思想やアナーキズムの台頭に対抗するとなれば、野心的な政府は断固たる措置を取らねばならず、時にそれが憎念に駆られて暴走した兵士たちの行き過ぎを引き起こしたとしてもやむをえない、そんなことがあっても、そうではあれ、もちろんのことだが……「ああ、大統領!」ペラルタは何度もこの記事を読み返しながら言った。「カルチエ・ラタンで誰も読まないビラを配ったり、参加者四名のケチな集会を開いたりしてガタガタ騒いでいるあのクソ学生どもも、これで一巻の終わりですね。」その時第一執政官宛てに電報が届き、箱、例の驚異の箱、魔法の箱、プエルト・アラグアトで積み込まれた幸運の箱の発送を告げた。様々な飾りや布の切れ端、骨とともに、あの夜発見されたミイラがトロカデロ博物館へやってくるのだ。目につかぬよう接着剤と針金で巧みに補強し、正面に穴を開けた――そこから十分に全身が見える――新しい壺に収め、本職は爬虫類や鳥類の剝製だが腕は確かなスイスの剝製師に極秘で依頼して細部に修繕を施した後、この旅に出たミイラは、今や大西洋を渡っており、やがてこれが到着すれば、本当に飽くことを知らぬある種の報道機関――その底無しの強欲、厚顔無恥ぶりには大統領も舌を巻いた――に絶好のネタを提供することだろう。

事実、今やティルジット通りの家は、朝早くから夜更けまで、文字通りジャーナリストに占拠されていた。露店やキオスクに並ぶこともない新聞の編集者やゴシップ記者、広告担当やコラムニスト、編集長が現れ、さらに、燕尾服の男、擦り切れた背広の男、きのこ帽の男、ツバなし帽の男、ステッキを持つ男、卵の黄身で汚れたモノクルをかけた男――こういった者たちは自称国際問題の専門家だが、アメリカ大陸について知っていることといえば、キャプテン・グラントの息子たちのコンドルや最後のモヒカン族、ペリチョーレ、そして当時大流行していたアルゼンチンのタンゴ「エル・チョクロ」ぐらいだった――がひっきりなしに「取材」名目で押しかけてきては、向こうからは相変わらず恐ろしいニュースが入ってくる、学生やジャーナリストへの迫害がひどくなっているらしいではないか、それに、ヨーロッパ人にまで脅迫が及んでいる、そしてとりわけ、とりわけ妙なことに、ムッシュー・ガルサン――確かにカイエンヌの脱獄者だが、フランス人にかわりはない――が謎の自殺を遂げ、ヌエバ・コルドバから数キロ離れた鉱山跡で首吊り死体となって発見されたというではないか、そんな言葉に曖昧な脅しを込めた。このところ販売部数を著しく減らしていた『ル・プチ・ジュルナル』に続いて『レクセルシオール』が現れ、その紙面に掲載される予定の際立って鮮明な写真を嫌味たらしくちらつかせる。『ル・クリ・ド・パリ』の次は『ラ・リーブル・パロール』、さらに有力紙から小規模紙、ゆすり新聞にスキャンダル誌、さらには地方紙――ピレネー低地、アルプス海岸地区、北部のエコー、アルモリカの灯台、マルセイユの誹謗……――まで、毎日腹黒いたかり屋が大挙して押し寄せてくるので、さりげなく金額を提示し、ミイラの話題を巧みに散りばめて彼らを宥《なだ》めすかさねばならなかった。様々な角度から撮った写真があり、記者の想像力にしたがって、二千歳にも三千歳にも四千歳——大陸最古の遺品となれば、歴史の始まりを大幅に繰り上げねばならないことになる——にもなるアメリカ大陸の祖先が捏造された。我らが国の学術機関からも、この衝撃的発見の立役者たる第一執政官からも、驚嘆の声が上がり、パリの博物館にこれほど貴重な寄付をする人たちに感謝の声が上がる。だが、なかなかミイラは着かない。ミイラを積んだスウェーデンの貨物船は、シェルブールに寄港する予定だったのに、間違ってヨーテボリへ到着し、チョロ・メンドーサが現地へ向かうことになった……　そしてその間、ティルジット通りには、相変わらず欲の皮の突っ張った記者たちが取材名目で殺到し続けた。「もう我慢ならん、我慢ならん」『リゼ・モワ・ブルー』の女性記者を帰した後で第一執政官は言った。「このままじゃ、あの間抜けどもにケツの毛までむしられちまう！　こうなったら書きたいことを書けばいい、もうビタ一文出すもんか！」それでも彼はたかられ続け、ミイラは相変わらず到着せず、すでに何度も写真が掲載され、描写され、他のミイラ——ルーヴルのミイラ、大英博物館のミイラ……——と比較されてきたせいで、記事のネタはすっかりなくなっていた。新しいネタ探しに、ペラルタは世界中の聖母降臨を調べ始め、我らが聖牧女——カトリック系読者の興味を引くかもしれない——の信仰と結びつかないものかと頭をひねった……　そして、そんな先の見えない状況のなか、まずサラエボに銃声が響き、続いてカフェ・クロワッサンでジョレスが銃弾に倒れた。「神のご加護だ！　やっとこのクソ大陸でも事件が起こった！」第一執政官は言った。八月二日には総動員、四日には宣戦布告……　「これでもうジャーナリストは来ないだろう」大統領はシルヴェストルに言った。「やっと一安心ですね」ドクトル・ペラルタは言った……　そしてその夜、第一執政官は再び以前のように夜遊びに戻った。秘書とともに、ムッシュー・ミュザールの「ボワ・シャルボン」へ、サン・タポリーヌ通り二五番地の「オ・グラス」へ、そして、イギリス女学生とサン・ヴァンサン・ド・ポール修道女の待つあの家へと足を向けた。どこへ行っても話題は一つだった。戦争は早期に集結する、すぐにフランス軍がベルリンを占領すると断言する者もいれば、長く辛く恐ろしい戦争になるだろうと言う者もいた。「でたらめだ！」第一執政官は言った。「最後の戦争、つまり最後の古典的戦争は、七〇年の普仏戦争だ。」最近著名なイギリスの経済学者が示したところによれば（「すでにネルソン社発行の本も手に入る」）、いかなる文明国であれ、長期間にわたって戦費を捻出することはできない。近代兵器は費用がかさみ、今や何百万人にも膨れ上がった軍隊の維持費など払える国は一つもない。それに、フランス参謀本部も言っているではないか、「三カ月、三戦、三勝……」と。そんな時、『魔笛』のパパゲーノに孕まされたオフェリアが、スイス経由でザルツブルクから戻ってきた。ある晩、飲み過ぎて前後不覚になり、愚かにも、予期せぬ事態に備えて普段からバッグに入れて持ち歩いていた膜を使う間もなくかどわかされ、さらに愚かにも、カプツィーナベルクの松に囲まれたあばら家でケンタウロスのような格好で後ろから突き刺されたのだった。彼女は二重に怒り心頭だった。まず、愚かなこちらの医者はどれほど金を積まれてもそんな処置に手を貸さず、どこか余所《よそ》へ行って片付けねばならないので怒り心頭、さらに、『ル・マタン』紙の反響はドイツやオーストリアにも及んでおり、ミュンヘンの『阿呆物語』紙には、メキシコ風のツバ広帽子にたすき掛けの弾薬帯、億万長者のお腹、口にくわえた葉巻という格好の第一執政官が、跪いて命乞いする農夫に発砲する様子――「国王の最終宣告」というキャプションが付いていた――を描いた諷刺画まで掲載されたというので怒り心頭……「まったく、いつも便器の外に小便をこぼすんだから！」娘はわめき散らした。「すぐボロを出すのね！　どうせそんなにたくさん人を殺すんなら、なんでその写真家も一緒に始末しなかったのよ！」「もう始末させたよ！」「結構なこと！　もう手遅れよ！　あの皇太子が暗殺されてよかったわね！　これで父さんの愚行も忘れられるかもしれないし！　今やみんなから無視されて、どうしようもないわ。ここまで（指を額にあてた）クソまみれよ……」第一執政官は絹の三角巾から腕を抜いた。自由に動かせるようになっていた。肘の関節が痛むこともなく、銃尾を触ったときの感触もほとんど戻っていた……　地団太踏んでわめき散らすオフェリアは無視して（どうせ食堂車でウィスキーを引っかけてきたのだろう）、彼はドクトル・ペラルタとともに外出し、サン・ラザール駅近くの地下酒場へ向かった。そこへ行けば、デキャンタのワインとともに、八〇種類ものチーズが試食できるのだが、そのうち一つ、香草入りの山羊チーズは、アンデス高原のクアハーダを彷彿とさせる味だった。

7

……互いの敬意が深ければ深いほど、いっそう侮辱的に思われるものだ。
（デカルト）

ヨーロッパの気象年報にも先例がないほど美しく晴れあがった夏だった。ドイツ製の湿度計と暮らす修道士たちは、頭巾を項《うなじ》まで下ろして日々を過ごしていた。スイス製の湿度計を頼りに生きる農夫は、アルプス風の粗野な小屋に籠り、快適な気候の化身のように大きく膨らむエプロンをつけた娘に外出を許した。首都は絶えず戦時の混乱に翻弄され、相次ぐ出来事を前に心の準備はできているつもりでも、大事件はやはり不意をついて起こるもので、一八七〇年の悲劇的敗北を知る人は、当時を思い出していつも不安に囚われていたが、そんななかでもマロニエは陽気に葉を茂らせ、テュイルリー宮殿やリュクサンブール公園の銅像の間で鳥が囀《さえず》っていた。新聞を手に取る人々は、ヨーロッパを席巻する激動のニュース以外もはや何にも興味を示さず、当然ながら第一執政官も、自分の国と政府への賛辞を書かせるために大枚をはたいてジャーナリストを買収するのもやめることにした。こんな事態になった今、パリで自らの威信を取り戻すという目論見に事実上ほとんど供することのない——少なくともその兆候はまったく見えなかった——キャンペーンは二重に無意味だった。テーラーや理髪師を除けば、電話をかけて記事に好意的なコメントを寄せてくれる者など皆無だった。彼が付き合いを求める人々はいずれも休暇中で、当然ながら事態の推移を見守るために滞在を引き延ばしていた。レイナルド・ハーンにはこちらから連絡してみたが、彼は丁寧ではあっても曖昧な言葉でお茶を濁すばかりだった。「ええ、見ました、見ましたよ……　みんないい記事です……　よかったですね……」これでは、再び向こうへ戻って年末を迎えても、毎年恒例、我が国の誇る民芸品を添えて届ける手の込んだキリスト降誕祝賀に対し、鈴やヤドリギに飾られた美しいフィリグリーのカード――地元の新聞が毎日のように書きたてる賛辞より、そのカードに記された自筆サインのほうがはるかに彼の心を和ませた――をお返しに受け取ることもあるまい。倦怠や疲労、その他の理由でいつか大統領職を辞することがあれば、ティルジット通りのいつも快適で癒しに満ちたこの家で余生を過ごそうと思っていたが、もはやこれまで付き合ってきた人々の友情をあてにすることもできまい。とはいえ、職務上の必要からこの町に残っていた「勤務医」、フルニエ医師による科学療法のおかげで腕はほとんど完治し、もう少しで治療が終わることでもあり、今のところさしたる危険もないから、当面このままパリを離れるつもりはない。秘書とともに大統領は、長時間あてもなく街を歩き回り、夕刊の発売を待つこともあれば、草木に涼を求めてブーローニュの森――「美徳の道」からは人気がなくなっていた――へ赴くこともあり、そんな折に湖のほとりへ足を向ければ、数日前にパンくずを投げてくれた散策者や子供がまた現れないものかと、疑問符のように首を伸ばして待ちぼうけを喰わされた白鳥が目にとまることもあった。二人してプレカトランのテラス席に座り、過ぎ去りし日々の美しさや他愛なさを懐かしんでいると、第一執政官が内側の思いを不意に吐露することもあり、また、突如戦争の話にでもなれば、幻滅したモラリストのように説教臭い調子を披露してペラルタを驚かせた。贅沢と怠惰に身を任せる国は、弱体化して根本的な美徳を失うものだ、彼は言った。美の崇拝もいいが、あまり美しいものばかり眺めすぎて筋肉がなまってくると、長い夢うつつの状態から抜け出し、体と体をぶつけ合って戦う必要が出てくる。我らがルベン・ダリオやヴェルレーヌにまで謳われたバイエルン公ルートヴィヒ二世の姿は美しいが、細分化して停滞した偉大なるドイツをまとめ上げるには、現実感覚もないまま音楽に興じて詩の城郭ばかり作り上げた王様ではなく、強固な意志で戦争の鐙《あぶみ》に足をかけた粗野なビスマルクが必要だった。

この戦争も長くは続くまいし（「三カ月、三戦、三勝」と将軍たちも言っている）、まだ敗北の教訓を記憶にとどめている人々がいる以上、七〇年の時のように無残なこともなければ、おぞましいパリ・コミューンの再発を許すこともあるまい。それにフランスには、これぐらいの激震、緊急の荒療治、ショック療法があったほうが、自己満足の昏睡から抜け出すにはちょうどいいだろう。自惚れ屋は一度ぎゃふんと言わせてやらないと。すでに活力は枯渇して、明らかに衰退の局面に差し掛かっているというのに、いまだ世界の中心を気取っている。ユーゴー、バルザック、ルナン、ミシュレ、ゾラ、そんな巨人たちの王国はすでに終わったのだ。もはやそんな普遍性を備えた精神を生み出してはいないし、この多様性の世紀にあって、まだ自らの国際的地位を過剰評価する自負心の代償が次第に重くフランスにのしかかりつつある。自分たちは人類に無上の喜びを提供するためにこの世に生まれてきた、そう思い込むあまり、フランス人は自国以外への関心を失っている。だが、今やその前に、意志の力を声高に唱えて時代を摑むやもしれぬ恐るべき新人類、堅固な意志の力を備えた人間、世界を震撼させる出来事とともに繰り返される永遠回帰の悲劇的・攻撃的主人公が立ちはだかっている……　主人の慎ましい思想レベルをよくわきまえたペラルタは、第一執政官がニーチェなど読んでいるはずはないし、これほど断固たる調子でニーチェを引き合いに出すとすれば、それは、昨日どこかで読んだ記事が、体のいい受け売りにすぎない彼の思想とたまたま響き合っただけだと確信していた。それに、ボスの感情の起伏に通じていたペラルタは、こうした普段と違う思索の裏には、門前払いという屈辱的扱いを突きつけた人々への執念深い報復があることを見透かしていた。ビスマルクやニーチェの名前を出すときの第一執政官は、実のところ、ソルボンヌのブリショ教授や無礼なクルヴォワジエ一家、フォルシュヴィル一家やアルジャンクール伯爵――この落ちぶれた元外交官は、ボスと同じく、『ヒンドゥー・エロティシズム概論』や『一八世紀放埓作家列伝』のようなタイトルで写真入りの最新猥雑本を売る書店の常連客だったが、そこで先日二人が偶然鉢合わせすると、尊大な態度で軽蔑を込めて相手の挨拶を完全に無視した――への恨み節を並べ立てているのだった。そしてペラルタは、意地悪くボスの顔を見つめ、ここ数日来、「ヌエバ・コルドバの奇跡」にまつわる記事——もはや出版されることはないだろうし、ジャーナリストを買収する必要もない——のネタ探しで世界中の聖母降臨についてでたらめに読み漁って得た知識をもとに、面白い話題をあれこれ提供して火に油を注いだ。そしてある朝、激昂しやすいので有名な某カトリック作家が、「恩知らずの乞食」(自らを定義した表現)らしい抗議と悪態交じりに、フランスはイスラエルの選民に次いで神に愛された民だ、と述べた文章を見て、第一執政官は大いに悦に入った。フランスがなければ、「神は満足に神のままでいられない」とこの著者は書いている。しかも、その論拠として、聖書の「野の花をよく見よ」のくだりがフランス王家のユリの花紋の予告であり、最後の晩餐に現れる鶏はガリアの雄鶏を暗示する、とまで述べている。この著者によれば、アイリスのフランス、鶏のフランス、聖体拝受のよきパンとよきワインのフランス、その民が現代でも神のお気に入りであることは、三三年間に三度も聖母降臨があった——ポンマンの聖母、ルルドの聖母、ラ・サレットの聖母——ことからも明らかだ。こんな戯言を読んで第一執政官はいつになく上機嫌に笑った。「だからフランスが聖霊の地だというのか? それでは、メキシコのリオ・グランデから南極に及ぶ広大な地域にキリスト教を普及したスペインはどうなるのだ?……しかも、聖母降臨の話を持ち出すとは!……」まずテペヤックの聖なる岩で光り輝くグアダルーペの聖母がいる。そしてキューバのコブレの聖母は、憎しみのファン、インディオのファン、奴隷のファン、三人が乗り組む船の脇へ、サルガッソの衣を纏ったまま奇跡的な浮上を遂げた。レグラの聖母は、船乗りや漁師の守り神として、星を散りばめたマントとともに、地球の台座に祀られている。コスタリカにはバジェの聖母がいるし、我が国には聖牧女がいる。美しい胸を尊大に突き出したチキンキラーの聖母は女墻《じょしょう》の冠をかぶって女性らしさを際立たせ、コロモトの聖母は、束の間だけ姿を現した後、インディオの小屋に肖像を残して去った。そして、身に纏う神聖なチュニックの下で火の鎧に守られた偉大なる戦争の女神たち、エクアドル軍の守護神たるキンチェの聖母、ペルー陸海軍の守護神たるメルセデスの聖母、それに加えて、奴隷の守護神サン・ペドロ・クラベール、黒人の聖者サン・ベニート——

「キリストの釘のように黒い」――、さらには、広大なセルバ、地球で最も長い山脈、最も大きな川を持つ眩き大陸の女王サンタ・ロサ・デ・リマもいる。奇跡の豪華絢爛パレードを率いて行進する聖母たちのなかには、黒い肌をしたレグラの聖母もいれば、アーモンドのような目をしたコロモトの聖母もおり、時に力強く、時に慈悲深く、美しく軽く、細やかに、堂々と、七本の剣に七つの痛みを担ぎ、驚異や救い、幸運や奇跡を授け、呼ばればいつでもどこへでも駆けつけ、何百回でも姿を現し、何百回でも声を届け、サンタ・テレサの前に姿を現した神のごとく、鍋の底にでも象牙の塔のてっぺんにでも降臨する。なんといってもそれは母であり、主の右手に座って公正無私に飴と鞭を振りまきながら、やがて我々全員を裁く奇跡の子犬、脇腹に傷を負った子犬の母なのだ……　「恩知らずの乞食だか何だか知らないが、フランスの三聖母だと？　ラ・サレットの聖母がバチカンに取り上げられただと？」聖母ならアメリカ大陸にいくらでもいる、それも本物の聖母だ、自国以外のことについて自殺行為とすら言えるほど無知に沈んだフランス人たちに、もうそろそろ思い知らせてやるべきだろう。真の力と組織と規律と意欲を備えた民族がいかなるものか、今にわかることだろう。そして第一執政官の頭をよぎったのは、ほんの数回しか訪れたことのないドイツ、その暗い森と熟練の歌手、その兵隊王、一二時の鐘とともにオジーブから使徒とラッパ吹きを吐き出すカテドラル、そしてライン川、壮大な城――ヴィクトル・ユーゴーも詠っている――が幾つも聳え立つあの偉大なるライン川、巻き毛の髪で思春期の少年になりすましたオンディーヌ、ふくらはぎのがっしりした陽気な人々が取り仕切るビール祭り、ヨーデルとアコーデオンを哲学的精神――ハイデルベルクの蔦――と結びつけた男たち、数学的才能、規律信奉、一〇人ずつ並ぶ行進への偏愛、早い話が、第二堕落政下のクソラテン人に欠けるものすべてだった。だが、今に見るがいい、颯爽とした栗毛の馬に跨るモルトケ、クルック、ビューロー、ファルケンハインといった将軍たちが、勇壮な黒いドルマンやブランデンブルク・フロッグや角付き兜の列の先頭に立つ皇太子を護衛し、偉大なるタンホイザーのマーチに合わせて、普通のオペラ音楽より速いリズムで軍隊式ステップを刻みながら凱旋門をくぐるのだ（苦しむ人たちへの同情もないではないが、デカルト的習慣にしたがって目前の明らかな事実を事実として受け入れるべく、自分もまた、決然と背筋を伸ばしてこの窓からその一部始終を眺めることだろう)。そうなれば、ドイツはようやく、あの歴史的演説でフィヒテが予言した——ペラルタは、これもボスが直接読んだわけではあるまいと思ったが、又聞きの知識をうまく使う鋭い嗅覚には感心した——「再生酵素」の役割を担うことになるだろう。

ひたひたとパリへ迫りくる脅威に怯えて(相変わらず人々は通りで「ベルリンへ、ベルリンへ、ベルリンへ!」と叫び続けていたが……)、ラテンアメリカ諸国の大使館員や領事は午前午後のアペリチフや、夜の適当な時間にシャンゼリゼのカフェに集まって杯を重ね、その日の出来事について意見を交わしながら、事務所をボルドーかマルセイユ、あるいはリヨンへ移したほうがいいだろうかと話し合った。そうした集まりでいつも人の話に耳を傾け、様々な意見を聞いていたチョロ・メンドーサは、第一執政官の洞察に合わせて情報を提供した。(同志ファン・ビセンテ・ゴメス、カイゼル髭とモノクルに惚れ込んだあの将軍のなかの将軍から直接打ち明け話を聞いていた——綴りの間違いを馬鹿にされるのが嫌で文章を書くことはなかった——第一執政官は、「触らぬ神に祟りなし」、万事外から傍観するに如くはないという忠告に従っていた。)大半が文化的、感情的理由からフランスに肩入れする——文学を愛する者あり、女を愛する者あり、いずれにせよ、ただいるだけで快適なこの地で、祖国の政権が続くかぎり、快適な長期休暇も同然の閑職に居座っていることができる——一方、多くがこの戦争でフランスに勝ち目はないと見ていた。新聞ではまったく報じられていないが——第一執政官の腕は日に日に軽く爽快になっていたが、相変わらずマッサージと放射線による治療が毎日のように続いており、その折にフルニエ医師はいつもこの話を繰り返していた——日々目につく混乱、無意味な騒ぎ、乱雑《バガイユ》ぶりを見れば明らかだろう。バレスやデルレード、その他精力的なティルテたちが繰り出す記事の論調とは明らかに異なる声が巷を飛び交っている。いくつもの部隊が、司令官も統率も失って戦闘と無関係な地域に迷い込み、前進すべきか後退すべきか、はたまたそこにとどまるべきか、そんなこともわからずにいる、別の部隊では、戦闘員の半分ほどしか正規の軍服を着ておらず、軍帽の代わりに警察帽、ゲートルの代わりに普通の包帯やパラフィン紙の包みを使っている、そんな噂まで聞かれた。さらには、銃弾のない銃、砲弾のない大砲、行方知れずになった救急車、医療用具のない野戦病院。そして、奇抜な、切羽詰まった噂であればあるほど、カフェでも門番小屋でも俄か戦略家の集いでも大きく取り沙汰された。パリからほんの数キロのところで二名のドイツ槍騎兵を見た、ドイツ軍は極秘でメトロのトンネルから街へ侵入する計画を進めているらしい、スパイがあちこちで監視と聞き込みを行っており、夜になると屋根裏部屋のカーテンを開け閉めして、プロシア式暗号に則った光の操作で情報を送っている……ラテンアメリカ諸国からは、「ヨーロッパの大戦」――単調な日々にピリオドを打つ新テーマ、絶好のネタ――を熱く大々的に取り上げた最初の新聞が届いてきた。罫線の囲みに重大ニュースの「フラッシュ」を掲載した黄金時代を彷彿とさせる大見出しが再び紙面を飾り、一二ポイントの文字で「ニュース速報」を伝えていた。弾圧を恐れて国内ニュースの報道に尻込みしていた多くの記者が、遠くから世界情勢の第一面に運ばれてきた大事件を前に、開放感と興奮と安堵のカタルシスを味わった。アメリカ大陸の国ならどこでも似たり寄ったりの世論を注視しながらではあれ、これでやっと議論、論戦、推測、反論ができる（フォン・ティルピッツを罵倒しても、中立のイタリアを批判しても、トルコを馬鹿にしてもかまわない……）。向こうでは、信仰心に欠けるフランスが政教分離によって世俗教育を進めているという理由から、聖職者が一様にドイツびいきになっているほか、スペイン系や、ドイツ系移民の子孫、さらには、冗談で「小フリードリヒ二世団」と呼ばれていた士官たちの親類縁者が、カイザーの勝利を確信してすでに喝采を送っていた。対して、インテリ層、作家、大学生、ルベン・ダリオやゴメス・カリージョの愛読者、このパリに来たことがあるか、いつか来たいと夢見る人々、教師、自由主義者、パリ仕込みの医者、そしてブルジョアの大半――とりわけ、誰かの家に集まったりすると、『戦争と平和』の登場人物が話すような気取った不正確なフランス語を織り交ぜて会話する者たち――は、いずれも「連合国」（「三国協商《アンタント》」という言葉は誰にとっても意味不明だった）に与していた。また、ラテンアメリカ諸国でフランス人といえば、概して現地人に無害な一介の商人にすぎず、ミュンヘン風のシャンデリアに飾られた「ドイツ人クラブ」や「ドイツ・カフェ」に籠って生粋の白人しか受け入れない者たち、黒人やインディオでも現れればファフナーのように牙を剝き出しにする者たちと違って、誰とでも気さくに付き合うばかりか、しばしばサンボ女やチョロ女と同棲したりもするから、大衆レベルでもフランスへの親近感が強い。そして、疑念と思索の狭間で九月に入っても、第一執政官はほとんど愉快な気持ちで今後の展望を見つめていた。現在のフランスでは、ナポレオン記念碑に名前を刻むに値する将軍は誰もいないし、その迅速な作戦行動を見るかぎり、モルトケ軍はたいした労力を払うこともなく今に凱旋門を陥れるだろう。そしてこの誇りと堕落のメトロポリスは、サクレ・クールの白い丸屋根（設計者は金色にしたかったのかもしれないが）のおかげで首尾よくバランスを保つエッフェル塔——現代のバベルの塔、あるいはジグラット、コスモポリタニズムの灯台、言語的混乱の象徴——の建立（フロベールによれば、この言葉を使ってもいいのは銅像や大建造物だけだという）以来、一人二人ではない数のカトリック作家がすでに予感していた火、ソドムとゴモラ、さらには大淫婦バビロンにまで準《なぞら》えて論じていた浄化の火に見舞われることになろう。とはいえ、自ら罰を与える必要のない他人事に対しては寛容を旨とする第一執政官は、火事や空の崩落を望んでいたわけではなく、驕り高ぶった者たち、慢心した者たちが平和を願って謙虚さを取り戻すきっかけとなるような心理的業火、道徳的懲らしめの火を求めていたのだった。もちろん、パンテオンの壁画もヴォージュ広場のバラ色の石も、ノートルダムのステンドグラスもクリュニー修道院の貞操帯も、グレヴァン美術館の絵や幻影も、ノアイユ伯爵夫人（彼に背を向けた者の一人だが）の住む通りのこんもり茂ったマロニエも、そしてもちろん、間もなく我らがミイラ——戦争が終わり次第チョロ・メンドーサがヨーテボリまで引き取りに行くことになっていた——をガラスケースに入れて陳列するはずのトロカデロ博物館も、被害に遭うことはない。それに、実際問題、戦争は間もなく終わるだろう。患者に完治を告げた——すでに引き金にあてた人差し指が強張ることもなく、軽快に銃を握れるようになっていた——フルニエ医師も、最高司令部の準備不足や先見の明のなさ、怠慢と混乱《ギャブジー》──「またもや総崩れ《デバクル》ですよ」──により苦杯を舐める運命を嘆くこと頻りだった。「祖国へお戻りになるのがよろしいでしょう、少なくとも向こうへ行けば太陽もラム酒もムラート女もいるのですから……」ところが、九月五日にマルヌ会戦が始まった。（「タクシー運転手がいくらいても戦争には勝てない」皮肉を込めて第一執政官は言った。）すぐにわかったとおり、ジョミニの唱える戦略論の原則に反してフランス軍は、脆弱な騎馬隊を一列に並べるだけで、「中央」を欠いたまま戦闘に臨むことになった。八日の時点では戦況は不利と思われていたが、九日午後、勝利が決定的になった。その日の夜、ラテンアメリカ諸国の外交官はシャンゼリゼのカフェに集って祝杯をあげ、道行く娼婦全員に酒を振る舞ったが、この時ばかりはその席に顔を出した第一執政官は、フロックコートを纏った姿で、誰もが認める族長的叡智を漂わせながら、「確かに……　確かに……　だが、これではまだ何の解決にもならない」と呟いていた。翌朝、苦々しい気分で早起きした彼は、敗北主義の欲求が満たされるかはぐらかされるかによって大きく見えたり小さく見えたりする凱旋門を眺めた。すでに腕は完治し、もはやこの滞在を引き延ばす理由は何もなく、しかも、軍楽隊を引き連れたドイツ軍の勝利の行進──機械的な足取りと、大太鼓のリズムに合わせて頬を膨らませるトロンボーン奏者やチューバ奏者のせいで、騒々しいと同時にコミカルでもある──を眺める可能性もなくなったのだから、そろそろ向こうへの帰還について考えねばなるまい。そして、ペラルタを呼んでムッシュー・ミュザールの「ボワ・シャルボン」へ散歩に出掛けようと思っていたまさにその時、顔面蒼白の秘書が駆け込み、青い紙に書かれた長いメッセージを手渡した。「ご覧ください……　ご覧ください……」電報の送り主は上院議長ロケ・ガルシアだった。「**オシラセスル　ヴァルターホフマンショウグン　モレノシニテホウキス　ダイサン、ダイハチ、ダイキュウ、ダイジュウイチホヘイブタイト　キヘイヨンブタイ　キョウワコクケイキヘイタイ　オヨビ　ホウヘイヨンブタイ　サンカ　ケンポウバンザイ　ジユウバンザイ**　サケブ……」「くそったれ！　ちくしょうめ！」第一執政官は吠えた。だが、事はそれだけではすまなかった。「小フリードリヒ二世団」のうち三人──金髪の色男で、上層部からの覚えもめでたかったブレケル、ドイツ大使館の軍事担当官だったゴンサーレス、王政スペインを嫌って帰化したカタルーニャ出身の砲兵マルトレル――、傑出した働きぶりによって、軍内部での評判もよく、昇進も早かったあの三人のガキどもまでこのクーデターに加担しているという。「ちくしょうめ！　ちくしょうめ！……」そして突如怒りの発作に囚われた第一執政官は、叫び、怒鳴り、喚き、さらに、落胆の底で嘆き、傷つき、腹をよじりながら、まるで唖《おし》の言葉でも話すようにして、この裏切り、不実、忘恩行為、厚顔無恥を表現するのに最もふさわしい悪態の言葉を見つけようと躍起になった。その独白は、激昂の頂点に達したかと思えば鳴き声のような嘆きとなり、絶望に見合う言葉が見つからないとみるや、突如持ち直して熱くなり、次第にトーンを上げて再び呪詛と脅しの恐ろしい言葉を吐き出した。（「ムーネ・シュリーもたいした悲劇俳優だと聞いているが」ペラルタは思った。「大統領は唯一無二かもしれない……」）そして第一執政官は恐ろしい破壊を言葉に込めながら家具を薙ぎ倒し、本を床に叩きつけ、ベルギー製の拳銃でジェローームの剣奴を狙い撃ち、そのあまりの狂乱と怒りを前に、仰天したシルヴェストルが食料庫から駆けつけてきた。「大丈夫ですか、旦那様？……」医者を呼びましょうか？……」突如心を落ち着かせた（あるいはそのふりをした）怒髪の大統領は、召使のほうを振り返り、「何でもない、シルヴェストル……　何でもない……　ただの癇癪だ……　すまない……」そしてネクタイをむしり取り、喉は詰まり、汗びっしょりで、まだ耳に鞭の音が響いていたが、それでも第一執政官は、壁と壁の間を行き来しながらドクトル・ペラルタに指示を与え始めた。最初に見つかった旅行代理店で――オペラ座のあたりならまだ開いている店はあるはずだ――、一刻も早く向こうへ着けるよう手配せよ。政府側についている部隊の状況について、詳細をロケ・ガルシアに確認せよ。アリエルに電報。政府側の新聞に電報を打ち、第一面掲載用の声明を送れ（「またもや野心に目の眩んだ、将校の名に値せぬ男が身の程も知らず……　そんな感じだ、わかってるな……」）こっちにも電報、あっちにも電報、電報また電報……　その最中に新聞の売り子たちが正午版の到着を告げ、戦争の最新情報を持って現れた。「今さらそんなこと！」そして、ジャン＝ポール・ローランの弟子で、オフェリアが贔屓にしていた男が数時間前に持ってきたばかりの、まだ壁にも掛けぬまま床に置いていた絵、『ガヌロンの処刑』に目を止めると、腹立ちまぎれにこれを蹴飛ばした。「くそったれ！　ちくしょうめ！」こう繰り返しながら第一執政官は、あたかも中世叙事詩で最も名の知られた裏切者の姿にヴァルター・ホフマン将軍の腐った邪悪な背徳心が隠れているとでもいうように、踵でカンバスを踏みにじった。

8

世界を秩序立てるより、我々の欲望を修正するほうがいい……
（デカルト）

こうして朝、列車がサン・ナゼールへ入り、そこから出航する船には、セーヌ川へ迫りくるドイツ人を見て戦争の長期化、そしてそれに伴う配給制実施その他の面倒を予見したアメリカ人が大挙して乗り込み、大西洋の反対側へ急いでいた。到着後、またもや数日間ウォルドルフ・アストリアで過ごすことになるから、メトロポリタン・オペラ・ハウスが封切りを告げていたジェラルディン・ファラー主演、ウンベルト・ジョルダーノ作『マダム・サンジェーヌ』でも観に行けるかもしれない（ある時、『ラインの黄金』の上演へ行って、小人と巨人と乙女の繰り広げる騒動と込み入った筋に面食らって退屈し、桟敷席で居眠りを始めた第一執政官は、娘から音楽的趣味のかけらもないと見下されたが、それでも、マリア・バリエントスの華やかさやティッタ・ルッフォの力強い叙情的表現、カルーソーの信じられないほど伸びのいい高音、その持続力と澄んだ音色、ナポリの飲み屋のおやじのような体から出てくる魔法のような声には強く惹かれた……）。オフェリアは、例のものをスイスのどこかで始末した後、ロシアのバレエ団もタンゴの楽団も仮装舞踏会もなくなったのを見て、こんな事態を引き起こす戦争に嫌気がさしたらしく、ロンドンへ旅立つことにした。イギリスでは兵役は志願制だというし、もっとましな生活が送れるだろう。ストラトフォード・アポン・エイヴォンへでも行って、シェイクスピアについて見識を深めるとしよう。「今度はフォーティンブラスかローゼンクランツにでも孕まされるわけか」こんなことを考えた第一執政官には、もう随分前からヨーロッパ生活以外眼中になくなっていたこの娘――「あの垢と体臭の国」で娯楽といえば、市立楽団の野外演奏や、ポルカかマズルカかレドバでも踊るホームパーティー、猥談に耽る男どものことは忘れて安産や流産、子供や病気、女中の悪だくみや祖母の死について話し、プリンやカスタード、カプチーノやマジパンや菓子パンのレシピを分かち合う大臣夫人、将軍夫人の夜会ぐらいしかない、そういつもこぼしていた――には、海の向こうの祖国で起こっている出来事になどまったく興味がないことがわかっていた……　あの日の夜、第一執政官とドクトル・ペラルタは、ムッシュー・ミュザールの「ボワ・シャルボン」で、大酒とともにパリにしばしの別れを告げた。そして、通りすがりの娘を引っかけた二人は、サント＝ブーヴ通りの連れ込み宿でお楽しみに耽ることにして、レオン＝ポール・ファルグの父が作った陶器に飾られた玄関ホールへ踏み込んだ後、古めかしいピストン式のおんぼろエレベーターに乗り込むと、そこはまるで垂直に動くノルマンディー風食堂の一角だった。随分遅い時間にティルジット通りへ戻ると、シルヴェストルの準備したトランクやスーツケースが廊下や広間に山積みになっていた。ドクトル・ペラルタは、前日に買ったという立体鏡――「ヴェラスコープ・リシャール」――用のポルノ写真を取り出し、左右の写真の組み合わせから生まれる驚くべき立体映像を鑑賞し始めた。「ご覧ください……　これを……　この男、まるで生きているようです……そしてこの二人の女性は、毛の一本一本まで見えますよ……　それに、この一列に並んだ五人の組み合わせはどうです？……」大量の酒を飲んで酔っ払っていたにもかかわらず、第一執政官の頭は悲しく冴えわたっていた。政権の座に就いて以来、こんな努力を払わねばならないのはこれでもう四度目かと考えると、大きな疲労感に襲われた。プエルト・アラグアトでの出迎え。古い客車は首都へ向かって走り、途中のセルバ地帯では、木々――どこまでが幹で、どこからが鉈で切り落とされた部分なのか、まったく区別がつかない――を覆う葉が、笑い声すら場違いな動物の叫び声に聞こえそうなほど深く草木に閉ざされた物悲しい小村で、屋根に葺かれた葉と交錯する。そしてその後、宮殿のバルコニーからお決まりの演説。樟脳の臭いがしそうな軍服にすでにアイロンをかけ終えていたマヨララ・エルミラは、相変わらず勘の鋭い女として立派に鍵番の務めを果たしており、大統領が欲望に衝き動かされることでもあれば、大人しく安らぎを与えることだろう。数カ月前には北へ、その前には東へも西へも行ったが、今度の戦場は南方だった。そしてラス・テンプラデラス地域へ差し掛かると、いつもぶくぶくと泡立つスミレ色の沼地が広がり、人目を欺くオオオニバスが静かに水面を覆う下に、蛇などの動物が隠れている。顔に気色悪いポマードを塗りたくってぬかるんだ道を行軍するのだが、その蚊よけ効果はわずか一時間ほどしか続かない。汗かきのハイビスカスや似非カーネーション——食虫植物——の世界であり、一日中あぶくが輪を作っては崩れ、酸っぱい臭いのキノコ、腐った丸太の上に咲く花、緑の粉、崩れたシロアリの巣、ブーツの革を蝕む狡猾な草などが続くのだろう。そして、こんな辺鄙な地域を通ってホフマン将軍を追跡し、追い詰め、包囲し、最後には、修道院か教会か墓地で壁に彼を突きつけて銃殺せねばならない。「撃て！」仕方がない。それが掟なのだ。この方法に異説なし。

だが、今回ばかりは第一執政官もどこか心が落ち着かなかった。そしてそれは言葉の問題だった。もうすぐ向こうへ戻れば、「将軍一人のクビごとき」という祖国の格言どおり、若気の至りで身分不相応のまま階級章ごと身に纏って以来、どうにもお仕着せのようでしっくりこない——これが正直な感想だった——将軍用の軍服に再び袖を通す前に、騎馬像のようなポーズを取る前に、そして、出征中はいつも愛用する響きのいい拍車を身につける前に、何か言葉を、スピーチをぶたねばならないのだが、まったくその言葉が思いつかない。同様の機会にこれまでいつも使ってきた古典的な言葉、淀みなく流れ出るありふれた言葉は、いつもながらのわざとらしい仕草とともに、すでに様々な形で何度も焼き直されているから、どうにも陳腐で古臭く、今回の決戦に際しては効果が薄いだろう。自らの行為で何度も覆してきた表面的な言葉の数々は今や、アゴラから辞書へ、痛烈な弾劾から単なる修辞のレパートリーへ、時宜を得た雄弁から屋根裏の物置へと姿を変え、意味を失った無味乾燥な記号と化していた。これまで何年もの間、彼の勇壮な政治演説の柱となってきたのは、「自由」、「忠誠心」、「独立」、「主権」、「国の名誉」、「神聖な原則」、「正当な権利」、「市民的良心」、「我らの伝統に忠実な」、「歴史的使命」、「祖国に負う義務」等の決まり文句だった。しかし、今やそんな言葉は（彼は自分を厳しく見つめ直すことがよくある）贋金か金メッキした鉛、価値のないピアストル硬貨のようにしか響かず、言葉のルーレットを何度も繰り返し回して疲れ果てた第一執政官は、今から臨む懲罰遠征の開始にあたって絶対に必要な宣告と訓戒をどのように示したものか、言葉と音の空白をどう満たすべきか、あれこれ思い悩んだ。かつては、混乱に満ちた危機的情勢にあっても国の命運を的確に導く辣腕政治家として、国民の大多数に支持されていたが、権力の座にとどまり続けるために何度もイカサマな手段に訴えてきたせいで、彼の指導力は著しく低下し、すでにその威信には傷がついている。自分でも、人から嫌われ、蔑まれていることを十分意識しているから、何とか面目だけでも保ちたい気持ちが先走り、彼にすがってくる者たち、正当性や合憲性と無関係に続く政権をできるだけ引き延ばすことで甘い汁を吸おうとする者たちが、恭しく頭を下げてお世辞を言ってくると、嬉しくて仕方がない。アメリカ大陸では誰からも嫌われているグリンゴども——誰に否定できよう——に大幅な譲歩をしてきたから、腰抜けの姿勢を批判する敵方の論調はもっともであり、これを無視するわけにはいかない。周知のとおり、我々は「ラテン系」と呼ばれており、グリンゴどもにとってこれは、烏合の衆、掃き溜め、混血集団、騒々しい黒人にも等しい。（ニューヨークやワシントンのホテルでは、少々肌色の異なる高官を受け入れねばならないというので、「ラテン・カラー」という婉曲表現を考え出したほどだ……）そして第一執政官は、避けては通れぬ演説のことを考え続けたが、想像力はまったく機能しなかった。言葉、言葉、言葉。いつも同じ言葉。そして、とりわけいけないのは「自由」——刑務所は政治犯で溢れている。「国の名誉」や「祖国に負う義務」もいけない——いつも反乱軍が弄する言葉だ。同じ理由で、「歴史的使命」も「英雄たちの灰」もそぐわない。「独立」にも毒がありそうだ。「高徳」もいけない——国の最優良企業をすべて独り占めしているのだから。「正当な権利」もやめよう——自分の利害に関わる場合には平気で無視している。語彙は決定的に狭まっていた。軍の三分の一が蜂起している以上、敵の勢力を侮るわけにはいかないし、何か話して志気を鼓舞せねばならないのだが、何を言えばいいのかまったく見当がつかず、第一執政官は苛立つばかりだった。さもしい小競り合いに悪態を浪費し、言葉自体を粗末に扱ってその刃をぼろぼろにしてしまったせいで、その効果、動力、刺激がすっかり失われていたのだ。農民たちの言う「猟銃で禿鷹を撃つ」というやつだ。「俺も齢《とし》だな」彼は思った。それでも何か考えないわけにはいかない。何か……　そして革張りの小瓶を少しずつ続けざまに何度もすすり、内側から何も湧いてこない苛立ちを抑えながら、机の上に畳んであった『ル・フィガロ』を取り上げた。すると一面トップに特別な囲みをつけて目立つように掲載されていたのは、例の著名学者の記事だった。マルヌの会戦を総括した我らが友によれば、フランス軍の起こした奇跡は軍事力の勝利ではなく知性の勝利であり、とりわけそれは、ゲルマン魂に対するラテン魂の優位を証し立てる。地中海文化の継承者にして、プラトンやウェルギリウス、モンテーニュやラシーヌ、さらにはヴァルミーの高尚なる兵士たち——その記憶はフォーブール・サン・ジェルマン全体から拒絶されているが、ここで彼らについて言及することには大きな意味がある——の子孫が、均整と良識と節度から成る民族的才覚を駆使して、ドイツの病的攻撃性に立ち向かったのだ。龍と洞窟の鍛冶屋とニーベルゲンに抗するガリアの雄鶏。ブリュンヒルデの荒馬に、今や聖女となったオルレアンの乙女——もうすぐ列聖されることだろう——の荒々しく軽快な駿馬が立ち向かう。オリュンポス対ヴァルハラ。アポロ対ハーゲン。ヴェルサイユ対ポツダム。パスカルの叡智対ヘーゲルの哲学的肥大主義——文章に明解さと透明性を求める我々の頭脳は、あのハイデルベルクのあやふやな隠語で書かれた書物を本能的に拒絶する。サンゴン沼地の戦いは、七五ミリ砲の勝利ではなく、デカルトの勝利なのだ。そして著名学者は、ドイツ文化を——「クルトゥーア」と呼ばれる——徹底的に、容赦なく断罪し、ワーグナーの音楽、ベルリンの悪趣味、ヘッケルのペダンチックな科学主義、そして、腰に剣、シャコーに頭蓋骨という格好で超人を気取ってツァラトゥストラになりすまし、現在の災厄を引き起こした不遜な小人ども——新手の妖術師見習いにすぎない——の思想、すべてを貶めて記事を締めくくっていた。戦争、いや、戦争というより、プロシアの新たな野蛮に対抗する神聖な十字軍……　この記事を読み終えた第一執政官は、広間の一方から他方へと歩き始めた。突如彼は自分の誤りに気づき、余所者《メテコ》——古代ギリシア人はこの言葉を侮辱の意味で使ってはいなかったことを思い出した——の僻み根性だけで親独派に与しても、何の利益にもならないことを理解した。自分の政治キャリアの危機的段階に差し掛かった今この瞬間、フォン・クルックの槍騎兵やフォン・ティルピッツの潜水艦に肩入れしたところで、何の役にも立ちはしない。今、この時にワルキューレの側につくなど、負け馬に賭けるようなものだ。ラテンアメリカの人々がフランスに、つまりパリに味方しているのは、歴然たる事実なのだ。そしてこの問題を我が祖国に引きつけてみれば、向こうでドイツに肩入れするイエズス会士やごく少数のキリスト教徒、貴婦人相手の聴罪司祭は、自分が教育を受けた慎ましいフランス人マリスト会士とは縁もゆかりもない。他にドイツ贔屓といえば、まずカタルーニャやビルバオの銀行に豊かな資金を持つスペイン人の貿易成金、商店主や金貸し——伝統的に彼らは現地人に好意的ではない——、そして、特殊な場合を除いて、市民生活にほとんど存在感を持たないオルメド地区の住人——バイエルンやポメラニアの農民の子孫——ぐらいだろう。それに、——ちくしょう、今頃気づくなんて！——我らが国々の聖母は皆いずれもラテン系ではないか。聖母マリアからしてラテン系、しかも、ルター派のクソども——ホフマンや彼に同調する小フリードリヒ二世ども——に寺院から追い出されたのであれば、二重の意味でラテン系だし、ヌエバ・コルドバの聖牧女、チキンキラーの聖母、コロモトの聖母、グアダルーペの聖母、キューバの守護聖母カリダー・デル・コブレなど、言葉を越えた執り成しの聖母団の構成員はいずれも、自らの王国を捧げようとしたルイ一三世によりノートルダムの身廊で永遠の玉座に据えられた聖母マリアが姿を変えてあちこちに御降臨しただけではないか。そうだ、君子たるもの、敵に立ち向かうときには、自らに利するあらゆるものを味方につけるのが鉄則なのだから、戦場では自ら軍旗に像を掲げて聖母の庇護を受けることにしよう。民を導き、人の上に立つ者は、権力の座にあり続けようとすれば、個人的欲求を犠牲にせねばならない瞬間もあるかもしれないが、つまらない意地を張るのはやめて、物事には柔軟に対応するのが当然なのだ。今、裏切り者のホフマンと対峙するにあたって、いかなるイデオロギー的、戦略的理念を拠り所とすべきか、答えは明らかだった。ホフマンという姓、ドイツ仕込みの教養、広大なコロニアル風屋敷の一番奥の部屋に色黒の祖母を隠しているくせに、純潔のアーリア人を気取ろうとするあの執念を思い起こしてみればいい。向こうの愚か者たちの言うジェミマおばさんを「ラテン性」の象徴として祀り上げてやろう。(数分前まで落胆して塞ぎ込んでいた大統領は俄かに元気づき、尊大な態度でテーブルを叩きながら、護民官のような物腰を取り戻していった……) 結局のところ、「ラテン性」とは、異端審問の場などで使い古された「純粋な血筋」や「血の純潔」などとは何の関係もない。かつては世界中の人種が、我らが文化の母たる地中海の驚異的るつぼで混ざり合ったのだ。あれこそ、ローマとエジプト、トロイとカルタゴ、名高いギリシアと有色人種を結びつけるとてつもなく大きな丸いベッドにほかならない。ロムルスとレムスを育てた雌狼は――イタリアも間もなく中央同盟国に宣戦布告することだろう――、乳を求めて寄ってくる混血児を決して拒みはすまい。「ラテン性」とは混血に等しく、ラテンアメリカでは、我らは皆混血児なのだ。誰もが、黒人、インディオ、フェニキア人、モーロ人、ジプシー、ケルト人の血を引いているし、一家秘伝のローションウォーカーで髪を撫でつけたりもしている。恥じることなど何もない、我らは皆混血なのだ!……　すると今度は、内側から様々な思いつきが殺到し、言葉が次々と蘇ってきて、第一執政官は突如新たな語彙を手にしたような気分になった。向こうでは、きらびやかで格調高く、響きのいい言葉を発すれば、ドイツかぶれのインテリもどきに唆されて心のぐらついた優柔不断な者たちも我に返り、身勝手な権力欲からカフェのテーブルに地図を広げて祖国の三色旗を動かす――ある一線を越えれば正規軍との対決は避けられない――輩の片棒を担ごうとしていた潜在的な裏切り者を翻意させることもできるかもしれない。人々の心の奥には情念が潜んでいるのだから、それをうまく利用するのが賢いやり方だ。賽は投げられた。これで決まりだ。自らテンプル騎士団を組織して、「ラテン性」を守る神聖な十字軍に乗り出すのだ。ヴァルター・ホフマンとその一味が勝利すれば、我らが文化はドイツに染まってしまう。それに、あの男を愚弄して世論を操作することなどわけもない。あの人格、あの読書、執務室に飾られたフリードリヒ二世やビスマルクやモルトケの肖像、それに恥ずべき先祖として屋敷の奥に押し込められた哀れな老婆――実は彼女こそ我らが民の体現であり、最良の化身だというのに。一二月二四日になれば、囲い場の脇のタマリンドの木の下で豚を絞めるあの反乱者こそ、プロシア的野蛮の権化ではないか。今、その野蛮なドイツ人たちが、近頃我が国の新聞にも公表された高飛車で人種差別な「知識人の宣言」を通して、地球の支配を運命づけられた「優越人種」などと怪しげな理念を標榜し、ヨーロッパのみならず、我らが未来の大陸までも危機に陥れている。そんな今だからこそ、ワルキューレの盾に抗してサンタ・ロサ・デ・リマの冠を高らかに掲げる必要があるのだ。アラリックに立ち向かうクワウテモック、ボータンに立ち向かう救世主の十字架、二〇世紀のヴァンダル・テクノクラートに立ち向かう大陸の解放者、その剣……「こっちへ来てくれ、ペラルタ……」そしてその後二時間にわたり、的確な形容詞と鮮やかなイメージを散りばめながら――今回はあまりに華麗な文体は避けることにした――現地新聞に宛てて記事を口述筆記し、どのようにイデオロギー戦を進めるのか、その指針を到着前から示しておくことにした。「よし、これを持ってウェスタン・ユニオンへ急ぐんだ……」そしてようやく作業から解放され、馴染みの広間、さらには、身の回りの家具や絵や彫刻を眺めていると、喋り疲れたせいだろうか、何となくすべてが物憂げに見えてきた。もうあと数時間後には、母の膝のように安らかなこの空間、絹とラシャとビロードに囲まれたこの部屋、本当の幸せが感じられるこの地を遠く離れ、何日、何週間、おそらくは何カ月間も、灼熱の南部――つる草、腐った水に生い茂るマングローブ、不気味な影、顔を引っ掻く蜘蛛の巣――で、馬の脚を泥に埋めたまま戦いに臨まねばならない。向こうのことを考えると、せっかく何年もかけて前進してきたのにまた出発点に逆戻りするような気がして、早くも倦怠感に囚われる。もうすぐ死者の祭りとともに一一月、我々の一一月が始まり、墓ごとに飾られる提灯、手回しオルガン、故人の遺影とともに置かれたギター、祭壇脇のマラカスやクラリネット、最近の埋葬後に打ち捨てられた花輪や萎《しお》れたウチワサボテンとともに、霊園は祝祭と踊りの雰囲気に包まれることだろう。墓掘り人のショベル、埋葬人のベルト、棺桶、棺、颯爽とした銅像とともに、雨露に濡れた楕円形のガラスカバーの下に先祖や軍人や正装した子供の姿を収めた肖像写真が並び、砂糖菓子の骸骨、バラ色クラッカーの骸骨、キャラメルの、マジパンの、ゴマペーストの骸骨──しゃれこうべ──が散乱する。そして、王冠、ミトラ、山高帽、軍帽、様々なものを被せられて踊る骸骨を売る者が現れ、墓碑から十字架まで、「かわいい子には死を」の叫び声とともに、人々を歓喜と酒と練り菓子へ誘う「葬送の舞」が行進する。そして会話が交わされ、冗談が飛び、十字から十字へ、天使から天使へ、墓碑銘から墓碑銘へ、熱論が繰り広げられる。「ああ、アニキ！　死者といられて幸せだぜ！」「そうだ、あいつはとんでもねぇ道楽者だったな！」「そうさな、アニキ！　お前さんとこの故人もたいしたタマだったじゃねえか！」「そうだよ、何せ婆さんとやったんだから！」「何だって、アニキ、誰が誰とやったって！……」こんな状況へ戻れば第一執政官は、暗闇の王子の剣によって引かれた魔法陣に閉じ込められたような気分になることだろう。自らも歴史には重要な役割を果たしてきたつもりだが、そんな彼の歴史が自分の尻尾を噛む蛇のように循環し、自らを飲み込み、次第に停止していく。年号の数字が一八五（？）であれ、一八九（？）であれ、一九〇（？）であれ、一九〇（六？）であれ、何も変わりはしない……　突き詰めれば、いつも同じ制服とフロックコート、イギリス風の山高帽や、ボリビア風の羽飾りを付けたヘルメットの行軍にすぎず、三〇人ほどの出演者が「勝利！　勝利！　秩序万歳！　自由万歳！」と叫びながら舞台に現れては消え、幕の後ろを通ってまた登場することを繰り返すだけの貧相な芝居と変わるところはない……　柄がすり減れば柄を換え、刃こぼれすれば刃を換え、もう何回交換したかすらわからなくなっているのに、時が止まったかのように何百年も原形を保つ昔ながらのナイフと同じ。クーデター騒ぎ、戒厳令、憲法の停止、正常化、そして言葉、言葉、言葉、生か死か、上がるか下がるか、持ちこたえるか持ちこたえないか、落ちるか落ちないか、そんなことを繰り返すうちに時間は止まり、一見時計の針は進んでいるように見えても、気がつけば今日も昨日とまったく同じ時間を指している…… 絹、ラシャ、ビロード、倒れた鉾、グッビオの狼、聖女ラドゴンドが目に入る。ここにいたい、魔法陣から逃れたい、だが、閉じ込められたまま抜け出すことはできない。本能に根差した何か、初めて世界に目を開いたとき頭に擦りこまれた何かが意志を押さえつけている。向こうでは大勢の者に嫌われている。誰かあいつを殺す勇気がある者が現れればいいのに、と思っている者は多い、多すぎる、あまりに多すぎる（中国の伝説に出てくる、押すだけで人を殺すことのできる魔法のボタンがあれば、老若男女、このボタンに殺到することだろう）。だからこそ、戻らねばならない。老境に差し掛かって頑丈な肉体は衰えていても、まだ健在であり、意気軒昂、男のなかの男であり続けている、その姿を世に示してやらねばならない。力の続く限り敵方を痛めつけてやろう。誰からも、娘のマヌエリータからさえも忘れられて人知れずスウェイスリングで亡くなったロサスのような、あんな悲惨な運命を辿るのはご免だ。メキシコのポルフィリオ・ディアスのように、フロックコートや手袋、いかめしい帽子に身を包んだ生ける屍となって、黒光りするタイヤに挟まれた低い馬車でボワ通りを走るなど、そしてのろい馬の足取りで葬式が近いことを知らせながら散歩するなど、考えただけでも耐えられない…… するとと記憶に蘇ってきたのは、生まれ故郷の人々が大挙して繰り出し、「情熱の偉大なる神秘」——大教区教会の文書館に一七世紀の手稿が保管されていた——を集団で再現したあの聖週間のことだった。その数カ月前から、女子供は飴やキャラメルを包む銀紙を保管して百人隊長の兜や盾を飾り立て、馬やラバ、ロバのたてがみを集めて兜飾りを作った。傷んだビロードのカーテンが救世主のチュニックに姿を変え、その帯には、香りのいい花を煮詰めた汁に浸したサイザル麻があてられた。茨の冠となったのは、近くの山に自生する「ヘビサシ」と呼ばれる灌木の小枝だった。最後の審判の舞台は村役場の中庭であり、当時文民村長だった第一執政官は、村議会の赤い革椅子に腰掛けてピラトの役を演じることになっていた。神の子をパリサイ人たちに引き渡し、スアレス兄弟陶器店で借りた日本製の洗面器で手を洗う。そして群衆の涙声が飛び交うなか、カルバリオの丘へ向かって行進が始まる…… 見事に殉教を演じていたイエス役の靴屋ミゲルが、汗びっしょり、息も絶えだえの状態でよろよろと何度も躓き、転び、悲痛な嘆き声を上げながら疑似磔の舞台へ向かって進んでいくと、教養を欠いた若い乞食娘がこれを見て、村の教会に飾られた二〇巻の絵巻で見た話が本当に始まったのだと思い込み、彼のもとへ駆け寄って重い木の塊を受け取ろうと両腕を差し出した。せっかくの名演技を台無しにするお邪魔虫に憤慨したキリストは、左の拳を突き上げて叫んだ。「これを取られたら、俺はどうなるんだ、いったい何が残るんだ?」そして「受難通り」に沿って坂を上っていく間、集まった群衆は、ゆっくりとした抑揚のない調子で、由来不詳の古い歌を合唱していた。

もし明日死ぬのならば、
いっそこのまま殺してくれ。

そして今、ウェスタン・ユニオンの事務所から戻ったペラルタが、立ったまま物思いに沈む私を見て言った。「こんなことは放り出して、いっそこのままここにとどまってはいかがですか? 金ならありますし、楽しみには事欠きませんよ。酒も、女も!」「あれを取られたら、俺はどうなるんだ、いったい何が残るんだ?」私は言った。そう、確かにそう言いながら、ヌエバ・コルドバについての報道以来、私を煙たがるようになった人々のことを考えていた。それに、差し迫る破局に立ち向かうには、自分がいかに卑小で無力かもよくわかっていた。自分の地位を保つためには、「ラテン十字軍」に取り掛かるしかないのだ。そして約束しよう、そう、約束しよう、私が願をかける聖母、言葉を越えた執り成しの聖母から数週間後に勝利を授かった暁には、黙って頭を下げたまま、庶民(もちろん「庶民」らしい格好をした庶民しか近づけはすまい)に混ざって聖牧女の聖堂へ巡礼に赴き、このたびのご配慮と、これまでの多くの罪に対するご慈悲に、感謝と喜びの気持ちを捧げることにしよう。

傷だらけの脚を引きずる者、白内障の白夜に閉ざされた目で泣く者、鼻を蝕まれ、切れた手を奇妙に組み合わせて祈祷のポーズを取る者、子宮を閉ざされ、胸には砂の詰まった女性たち、思春期にも到達せぬまま、産声とよちよち歩き、麻痺した腕と曲がった手だけを頼りに生き続ける者、喉を蛆に食われて永久に話すことのできなくなった者、膿だらけの者、不具者、そんな者たちとともに、跪いて敷石の上を歩き、主任司祭の敷いた赤絨毯は拒否して、聖母の足元まで膝をついたまま石の上を進むことにしよう、そして、ルナンで覚えたのか、マリスト会修道士に習ったのかは忘れたが、ともかく祈祷の言葉で感謝を捧げるとしよう。神秘のバラ、象牙の塔、黄金の館、明けの明星、「めでたし、海の星……」時計を見る。少し休んだほうがいいだろう。明日は早朝に出発だ。すでに寝巻を着ているのに、冗談で両側にまびさしのあるイギリス帽を被り、旅行用に買ったチェック模様のインバネスコートを羽織る。「シャーロック・ホームズそっくりだな」金のスフィンクスに乗った帝政時代風の鏡に自分の姿を映しながら言ってみる。「ルーペがあれば完璧です」ペラルタは言いながら、豚革を張った酒の小瓶を私のポケットにそっと押し込む。

……そしてすでにベルが。一〇時一五分。そんな馬鹿な。九時一五分。もっと近づいてみよう。八時一五分か。確かにこの目覚まし時計はスイス製の高級品かもしれないが、針が細すぎてよく見えない。七時一五分。眼鏡。六時一五分。そうだ。黄色いカーテンを透かして夜明けの光が見える。いつものことだが、ペルシャ絨毯の色に紛れてスリッパの片方が見つからない。そして縦縞のチョッキを着たシルヴェストルが銀──私の鉱山から取れた銀だ──のトレーを持って現れ、フランス語で「旦那様のコーヒーです。お好みのとおり濃くしてあります。ぐっすりお休みになれましたか？……」「いや、まったく眠れなかった」私は答える。「心配事が多すぎるよ、善良なシルヴェストル。」「夢は世界の偉人に／悲しみを吹き込む」召使が溜め息交じりに詩文を口ずさむと、そのいかにも古典らしい節回しのせいで、コメディ・フランセーズの台詞のように聞こえる。私がこれから向かう戦場から遠く離れたこの家、この不穏な空気のなかで、今日この日、朝早くからすでに私の歴史の新たな一章が始まっているのだ。

第四章

……バネじかけの幽霊か人間もどきにしか着ることのできない帽子や外套以外、この窓から何が見えるというのだろう。

デカルト

9

ヴァルター・ホフマンを自らの手で処刑する必要はなかった。概して紛争というものは、予想もしない事態からあっけない結末に至るものだが、裏切り者の最期は、よく考えてみればワーグナー的情熱の発露と呼べなくもなかった。すなわち、ラス・テンブラデラスの地を覆いつくす広大なセルバと較べれば、公立の植物園かウンター・デン・リンデンの並木にも等しいジークフリートの森よりはるかに危険な湿地帯で、ファフナーのようにもがき苦しみながら死んだのだ。我が軍に追い詰められたホフマンは、この手札では切り札を握る相手に勝ち目はない、そんな重苦しい敗北の空気——形勢は日に日に悪化していた——が部隊全体に広がるなか、次第に叱咤激励にも指令にも振る舞い酒にも耳を貸さなくなった味方に見放され、セルバの奥地へ退却を余儀なくされた。鬱蒼とした茂みのなかで廃墟となった古代インディオ文明のピラミッドを見つけたホフマンは、部下たちに向かって、「兵士諸君、ピラミッドの高みから五千年の歴史が君たちを見ている」（ナポレオンの演説に千年付け足したのは愛国心の表れだろう……）と叫んではみたものの、まるで効果はなかった。「たとえ七千五百年でも同じさ」兵士たちがこんなことを考える一方で、彼らにつき従う女たちは、あんな穴だらけの石の山など、「こんなに長い」（示し方はそれぞれだった）ムカデやタランチュラ、サルグモやサソリ、それに恐ろしい毒蛇の住処にしかならない、と声を潜めるばかりだった。そして、突如として「小フリードリヒ二世」たちが南部国境方面へ脱走したことが明らかになると、「騙された、甘い言葉に乗せられた、命令に従うよりほかなかった……」、そんな声があちこちから聞こえて、徒党を組んでの集団脱走が始まり、少数の忠実な部下に囲まれるばかりとなった将軍は、地名の起源となった湿地帯《テンプラデラ》が随所に点在する人跡未踏の原野――海へ出るにはこのルートしかなかった――を横断することにした。そこへ踏み込むと同時に行軍は困難と危険を極め、ある時には二名の砲兵と中尉、またある時には五名の下級兵と軍曹、また別の時には六四名の兵士と少佐、という具合に落伍者が続いた末、匍匐植物がちらほらと見えるだけの黄色い荒地の縁に差し掛かったときには、わずか数名の兵士――その頭にどんな思いが渦巻いていたことだろう――が残っていただけだった。眼前を眺めやると、干上がった水たまりが大きな穴となってあちこちに口を広げ、眠った泥のような粘土質の土が固い地面の上に薄い層を作っていた。突如行く手を阻んだ茨を避けようと荒っぽく手綱を引っ張ったホフマンは、その弾みに誤って馬に拍車を入れ、そうした窪みの一つへ踏み込んだ。不安定な泥に脚を取られ、まるで大地の奥底から正体不明の何者かに容赦なく吸引されてでもいるように体が下へ飲み込まれていくのを感じた馬は、絶望の嘶《いなな》きを上げて周りに助けを求めたが、いくらもがいてもまるで効果はなく、四つ足と胴を必死に動かせば動かすほど、ゆっくり確実に沈んでいった。恐ろしい泥に膝まで浸かり、鉛のように重くなったブーツを脱ごうとあがきながら、何度も無駄に手綱を引っ張っていたホフマンは、いくら鞍を揺らしても容赦ない沈下のスピードを上げるだけだと見て取り、必死の叫び声を上げた。「縄……綱……ベルト……ここから出してくれ……早く……縄……綱……ロープ……」だが、ぬかるみを囲む男たちは、静かな期待感に眉を顰めて黙ったまま、このゆっくりとした、実に遅々とした難破に翻弄される指揮官の姿を眺めていた。「さっさと死にやがれ！」口答えをしたというのでかつてホフマンにビンタをくらった軍曹が聞き取れないほどの小声で言った。「さっさと死にやがれ！」かつてホフマンに昇進を阻まれた軍曹が語気を強めて言った。「さっさと死にやがれ！」なかなか手に入らない銀の星を何度求めても得られなかった中尉がフォルティッシモで言った。「ちくしょうめ！　何とかしてくれ！」泥の上にまだ歯を出していた馬の耳にすがりながら将軍は喚いた。「さっさと死にやがれ！」ギリシア悲劇の合唱のように兵士たちが答えた。やがて泥は将軍の首まで、顎まで、口まで届き、すでに塞がった喉から錯綜した叫び声――泡と化した死喘鳴、言葉にならない訴え、最期の一息――だけが辺りに響き渡った……　軍帽だけが泥の上に残ると、周りにいた一人がそこに小さな十字架を投げたが、すでに緑の静けさを取り戻していた湿地帯は、これもまたすぐに飲み込んだ。

敵を打ちのめして首都へ戻った第一執政官は、はりぼての凱旋門と紙製の小旗や花飾りの間で、上下両院議会、商工業振興会、大説教壇の首都大司教、それほど高くはない説教壇の補助司祭などから、「平和の父」、「祖国の栄誉」といった様々な称号を与えられ、新聞では、黒い矢の先端をぶつけ合わせて攻撃側と守備側の配置、進軍、包囲、敵陣突破の様子を示した地図とともに、雌雄を決したクアトロ・カミーノスの会戦――長く困難で血なまぐさい一戦であり、緻密な戦略を前面に打ち出すこともあれば、即興に頼ることもあったが、最終的には政府軍が勝利した――について、参謀本部の見事な戦いぶりを中心に、パリの『リリュストラシオン』紙がマルヌの会戦の報道に用いて世に知らしめた図法に則って、細部まで克明に解説されていた……　高尚な理念を散りばめた演説の最後まで大統領は謙虚を装い、寛大な国民から寄せられた賛辞に見合う仕事はしていないこと、そして、普段は慈悲深いが怒れば恐ろしい神が裏切り者を処分しただけであることを強調した。冷静に考えれば、ホフマンの最期はまさに神判であり、我々の理解を超えた意志の力のおかげで、愚かな野心に目の眩んだかつての戦友に自ら手を下す苦悩を避けることができたのだ。「我が軍のフリアイに追い詰められたあの罪深い男は、おそらくは良心の呵責にとりつかれながら、かつては勇ましかった駿馬とともに闇の王国へ沈み、《馬をくれ、王国をやる》というシェイクスピアの台詞を思い出す暇さえなかったことだろう……」だが、重要なのは、秩序を乱す者がラス・テンブラデラスの泥に沈んだことではなく、紛争が世界を破壊しつつある今この時に、我々の「ラテン性」を再確認できたことではないか。我々は心の底から、そして骨の髄までラテン人なのであり、我らが法制度の基盤をなすユスティニアヌス法典に始まり、ウェルギリウス、ダンテ、ドン・キホーテ、ミケランジェロ、コペルニクス等々（この後も羅列は続き、長時間にわたる拍手喝采を受けた）まで、我々はラテンの長い伝統を受け継いでいる。ジェミマおばさんも、この時ばかりはチェックのスカーフを喪のスカーフに替え、壇上でホフマン家を代表して謝罪の言葉を大統領に伝えたが、同時にその耳元へ近寄って、ホフマン夫人が夫の愚行を嘆いていること、そして、夫が二〇年も軍に仕えた以上、一九〇一年六月一八日に公布された法律に従ってその未亡人に与えられるはずの年金を欲しがっていることも付け加えた……国で最も非衛生的なセルバ地帯での戦闘に疲れた大統領は、マルベージャの別荘でしばらく休暇をとることにした。港が近いせいで、タールや石油の染みに塗れたクラゲの死骸が幾つも膀胱のような姿で打ち寄せてきたが、長く伸びる黒っぽい砂のビーチはそれなりに美しく、ぼろきれのような海藻が絡みついた四重の有刺鉄線のマントによってマンタ――偶然音が重なった――とサメの脅威から守られていた。小さな岩の突き出たあたりにできる窪みにはウツボが出ることもあったが、もう何年も前からこの保養地でバラクーダに性器を噛まれた者はいなかった。北風――氷風と呼ばれる――が吹くと、海は深い青に包まれて黒ずみ、さざ波がゆっくりと重々しいリズムでココヤシやグアナバナの根元に飛沫をとばした。その一方で、夏になると、海が完全に凪いで穏やかに透き通る朝があり、そんな時に海へ飛び込む遊泳者は、ゼラチンの湖にでも入り込んだような錯覚に囚われる。そして自分が、海を泳いでいるのではなく、長期にわたる不思議な移動を経て夜の間に岸へ打ち寄せた、ほとんど目に見えない透明な軟体動物の集合体を掻き分けていることに気づき、驚きを新たにする。保養地の魅力を高めるため、セメントの防波堤の端にパイルを打ち込んで、ニースのカジノをそっくりそのまま真似たカジノ――金属の骨組、オレンジ色の陶器、塩で錆びた鉄の丸屋根――が建設された。ルーレットや、バカラなどのカードがあり、タキシードを着たクルピエがルイやサンターンといったゲーム専門の単位でお金を数えながら、現地の客引きがよく使う

「ご安心ください」、「一銭もかかりません」といった掛け声の代わりに、凝りすぎるあまりおかしなフランス語で「さあ賭けてください《フェット・ヴォ・ジュー》」、「もう賭けられません《リアン・ヌ・ヴァ・プリュ》」などと応対していた。第一執政官の「エルメネヒルダ邸」は、バルカン風ともフェザンドリー通り風とも言える様式の屋敷であり、小高い丘の高みからビーチを見下ろしていた。サラ・ベルナール風に着飾った一九〇〇体にのぼる女人像柱の羽根帽子が不思議な魔力——ベルリンの屋敷を支えるどんな男像柱より強力だった——とともに支える広いバルコニー・テラスは、タツノオトシゴを模《かたど》った欄干で仕切られている。そして展望台と灯台を兼ねた塔が、縞模様のマジョリカ焼きから絶えず光を放ち、屋根を見張っていた。天井が高く、広々として涼しい屋敷内には、ヌエバ・コルドバ製の揺り椅子やいつも輪に掛けて吊られたハンモック、かつて清の皇后から贈られた——何年も前、皇后の趣味をよく知っていた第一執政官が、ねじまき列車、万華鏡、音を立てて回るコマ、オルゴールに入ったベルンの熊、冬宮の池を想定して作られたスイレンの花ほどの大きさの戦艦等、様々な玩具を贈ったことがあり、それに対する返礼だった——漆塗りの赤い椅子が並んでいた。食堂には、もちろん小さな複写版だが『メデューズ号の筏』が掛けられ、このジェリコーの構図があまりに衝撃的で、反対側に飾られたエルスチールの海女たちがすっかりかすんでいる。屋敷を囲む広い庭は日本人の庭師たちによって手入れが行き届き、ツゲの間に立てられた白大理石のヴィーナス像は、腹部から下へ伸びる緑のカビのせいで、ヘルペスでも患っているようだった。そこから少し離れた松の下には、信心深いドニャ・エルメネヒルダが聖牧女に捧げた聖堂があり、それを眺めていると大統領は、跪いたまま両手に蠟燭を持って寺院の石段を上るという、苦悩の日々にパリで行った約束をまだ果たしていないことを思い出して良心の呵責に囚われた。（だが同時に、政治のみならずあらゆる分野に明るい聖母のことだから、勝利のラッパという形でご加護の雄弁な証しを示してくださった今この時に、衆目の前で約束を果たして露骨にカトリックへの帰依を示したりすれば、ただでさえ敵の多いこの自分に、フリーメーソン、薔薇十字騎士団、交霊術者、神智学者、熱狂的反教会主義者、バルセロナの『ラ・トラカラ』や『レスケッラ・デ・ラ・トラチャ』といった新聞を愛読する者、そしてもちろん、聖職者冒瀆の極みとも言える無神論者や自由思想家たち――こうした輩は皆、学校における聖職者の教育を禁じたフランス、神学生に兵役を課すのみならず、この輝かしい二〇世紀、進歩の世紀において唯一許される宗教としての科学崇拝を広めてきたフランスに心酔している――が大挙して非難を浴びせる事態を招きかねない、そんな事情もわかってくださるだろう。）屋敷の裏にはザクロの木立があり、その木陰にひっそりと伸びた小道は、ペラルタに猿轡《さるぐつわ》を噛まされた女が第一執政官の寝室まで連れてこられるときにも使われる。（「フェリックス・フォールのような死に方はやめてくださいよ」届け物をすませた後で秘書はいつもこう言ったが、第一執政官の答えもいつも同じ、「アッティラとフェリックス・フォールのような死に方ほど楽しいものはない」だった。）そしてドイツ人の作った機関車が朝早くから汽笛を鳴らすと、大統領はコーヒーカップを手にバルコニーへ出てその疾走を眺めた。緑眩い朝、サイドロッドと銅のリベットを輝かせた小さな機関車は、エナメルを引いたような光沢で太陽を反射しながら、狭い線路を辿って山の斜面を登り、ケーブルカーの陽気な嘶《いなな》きを上げて、幌付きの赤い小さな客車をオルメド地区のほうへ引っ張っていった。自動人形やからくり細工の蒐集を趣味とする清の皇后に第一執政官がプレゼントしたのも、これとよく似たぜんまい仕掛けの蒸気機関車だった。小さな車両がプエルト・アラグアトを出発すると、線路の周囲ですべて――途中の駅、濁流に掛かる橋、踏切、標識――が小さくなっていくようだったが、一〇人の乗客とわずかばかりの積荷、幾つかの樽、郵便物と新聞、そして、一つしかない家畜用車両の窓から頭をのぞかせた仔牛とともに、上方に見える小さな終着駅へ入っていくときには、辺りに轟音が響き渡った。下の世界とは縁遠い奇抜な世界へ到達した列車は、棕櫚やコーヒーの木の間に建ち並ぶセルバ・ネグラの家や、鹿の王をエンブレムに模《かたど》ったビール工場、チロル風に着飾った女たちや、革ズボンに吊りバンド、羽飾り付き帽子という格好の男たちに囲まれて、ペンキ・ワックス塗りたてのままニュルンベルクおもちゃ博物館から出てきたようなまばゆい車体を光らせていた。あの地に一世紀以上も前から住んでいるドイツ系移民は、常にこの国の模範的市民であり続けていたが、彼らのスペイン語はいまだに片言だった。国内屈指の名門出身で、豊かな荘園領主だったオルメド伯爵により、「人種の白人化」という理念に基づき連れてこられた彼らは、たとえ肌の色が白くとも例外なく誰もがサンボやチョロ、その他諸々の血を引いているらしい現地人女性――髪がカールしている、目が普通より黒すぎる、鼻が低すぎる――との婚姻を慎重に避け続けた。そしてバイエルンやポメラニアに手紙で花嫁を請う習慣が父から息子へと受け継がれ、世代が変わっても、ルターの合唱曲を歌い、アコーデオンを奏で、レウムを栽培し、ビール風味のスープをこしらえ、昔ながらのレントラーを踊り続ける一方で、現地風に訛ったボグリンデ、ベルグンデ、フロシルデなどという名の肉付きのいい牧女たちが、山あいの激流でアーリア系の恥部を晒しながら水浴びする光景が見られることもあった。この平和な住民たちは、いつも法令を順守し、政治活動に一切口出ししないばかりか、自らの生活習慣に害が及ばぬかぎり、選挙となればいつも大挙して政府側候補に投票していたから、第一執政官はそれまでほとんどその存在を気にとめることもなかったが、いつもどおりこうしてフランスの新聞を読んでいると、少々苛立ちを覚えずにはいられなかった。伝統に従って彼らの家は、雪景色やエルバ河畔やヴァルトブルクの歌合戦、それに、戦死した壮健な若者の死体を馬に跨って天へと運ぶ翼付き兜の伝説的乙女といったモチーフの版画に飾られていたが、そんななかにヴィルヘルム二世の肖像画が混ざっていることも珍しくはない。そして報道によれば、ヴィルヘルム二世はまさに反キリストの権化だった。暴徒と化した彼の軍、最新鋭の装備に身を固めた蛮族は、まず平和なベルギー、次にベラスケスの槍――我々が平原地帯で用いる槍の先祖――を受け継ぐフランドルを蹂躙した。すでにルーヴェンの図書館を焼き払い、敷石代わりに揺籃期本を通りに撒き散らした彼らは、廃墟同然となったカテドラルや無残に破壊された宮殿の間を縫って、征服者のように冒瀆の行進を続けている……「アイン……　ツヴァイ……　アイン……　ツヴァイ……」さらに野蛮人たちは、貴重本や手稿、豪華な聖句と十字の文様をあしらった羊皮紙を踏みにじりながら進軍し、今度は人間ではなく、数世紀も前から広げた本のページのようにカテドラルのティンパヌムやポーチやアトリウムに佇んでいた聖書の偉人たちを攻撃し始めたという。「アイン……　ツヴァイ……　アイン……　ツヴァイ……」ドイツの砲門は、イザヤやエレミヤ、エゼキエルやエズラ、ソロモンやシュラムの娘、バト・シェバと謀《はか》って哀れな将軍（「老いた将軍が出征中に妻を寝取られるなどありふれた話だ」大統領は思った）を破滅に追いやろうとしたダビデ――この話を劇にした親愛なる著名学者からその手稿を買い取った――に向けられ、さらには、ノートルダムの「美しき神」やランス大聖堂の最も美しい微笑みの天使、そのえもいわれぬ顔――今や破壊され、取り返しのつかない黄昏の靄に包まれた石に成り果てている――まで砲撃の対象にされた。だが、忌まわしい強姦の記事に較べれば、こんな蛮行すらまだましかもしれなかった。パリの『リリュストラシオン』紙は、子供の閲覧禁止を示す灰色の囲み記事を掲載し、町や村落を我が物顔に歩くドイツ兵が、唾棄すべきドイツ的規律に則って、仕切り役の軍曹《フェルドウェベル》たちによる、「よし、次は貴様……　準備に掛かれ……」といった掛け声とともに、靴屋や薬局、葬儀屋の奥へ若い娘や思春期の娘、女学生たちをまとめて連れ込んで――『リリュストラシオン』紙によれば九人から一一人、残虐行為の描写に長けたルイ・デュミュールによれば一五人――強姦する様子を克明に記録していた。だが、カテドラルや聖人伝や彫刻の破壊も、巫女の斬首も火事も、爆破も強姦も犯罪も、両手を無くした子供の悲劇と較べれば物の数ではなかった。行方の知れぬ、あるいはすでに亡くなった母を探して廃墟をさまよう子供の泣き声を聞きつけると、ドイツ兵は救いの手を差し伸べるふりをして近寄り、「決して我々に武器を向けることができぬよう」、サーベルで（「歩兵がサーベル？」ペラルタは思った）いきなりその柔らかな両手を切り落とすという。『リリュストラシオン』紙特集版の表紙には、廃墟となったイーペルの終末論的光景をバックに、このおぞましい切断の犠牲者が先のない両腕を天に掲げる場面が派手に描き出されていた……　第一執政官は毎日赤鉛筆で印をつけながらそうした特ダネを漁り、最も目についた記事を国内の新聞に再録させることで、一部の士官、特に、軍の正式装備から角付き兜を外すという最近の決定に不満を持つ――もちろん大っぴらにそれを表明することはなかったが――かつてのホフマン一味、潜在的「小フリードリヒ二世」に当てつけて牽制した。特に、脱ドイツを歓迎する読者には、有名な城の略奪、時計泥棒——これはすでに一八七〇年にも起こっていた——、六〇〇〇年の歴史を誇る鐘の溶解、便所に変えられた寺院、聖餅の冒瀆、酔っ払った士官たちがメムリンクやレンブラントの絵を的にして行う射撃の腕比べ、といった記事を差し向けた……　霧のかかったオルメド地区の高み——桑の間の黒い岩、なんとか根づいた樅、朝の北風——を眺めながら第一執政官は、山の上の間抜けどもは、たとえ金髪の三つ編みと国産防寒着の娘たちが「ソコォォォクバンザァァァイ」を叫んでいても、また、最も大きな集落では彼の訪問をスミレの花束で迎えてくれるとしても、ジョルジュ・スコットやリュシアン・シモンの絵によって惨状がつまびらかにされていた蛮人たち——額縁に入れられるようパスパルトゥー付きで売り出されていた彼らの絵には、砲撃によってずたずたに切り刻まれた風景が描かれており、泥のような色を巧みに配してその荒廃を強調した広場、倒れた市庁舎、梁だけになった中世風の家などが見えたほか、大地自体から絶えざる糾弾を吐き出させる意図からなのか、枝も葉もなくなって英雄のように剝き出しの幹を晒した樫が、傷んだ樹皮の口という口から嘆きの言葉でも発しているようだった——、アルトワやシャンパーニュのどこかで子供の手を切り落とす者たちに心の底では共鳴しているのだ。毎朝、ドイツ人の作った列車が、線路の間で柔らかい草を食み続ける山羊を追い払おうと、時々停車して怒りの汽笛を鳴らしながら山を登り始めると、第一執政官は痛ましい記事から目を離してその姿を見つめた。そして、とうもろこしのトルティージャ、高地風のフレッシュチーズ、肉のエンチラーダというものの朝食を終えると、ヌエバ・コルドバのスペイン人コロニーから贈られてきたばかりの自動ピアノ「ヴェルテ・ミニョン」の前に座った。ペダルを踏み、レギュレーターを操作して、穴のあいたロールから『エリーゼのために』や『月光』の冒頭部——冒頭から先へは決して進まなかった——のメロディーを引き出しながら、第一執政官は物思いに耽り、この機械仕掛けの音楽を鳴らす操作と、森へ向かうドイツ人の列車を動かす操作には、どこか似たところがあるにちがいない、そういえば、あの森にたくさん住む外来種のリスは、いつも何かと楯突くジャーナリスト——予め買収された似非反対派——によれば、国の家畜にオウム病の蔓延をもたらす可能性があるという、確かに、実験の結果、我が国の牝牛は、交配によってより良い品種を生み出すために連れてこられたシャロレー種の牡牛による後ろからの攻撃には耐えられない、この事実が証明されてからというもの、家畜業は目を覆いたくなるほど無残に衰退している、そんなことをとりとめもなく考えた。「ああ、何て戦争でしょうね、大統領！」毎朝、濃いコーヒーと最初の煙草を味わいながらドクトル・ペラルタが唸った。「恐ろしい、恐ろしい」ドイツ人の列車のことを考えながら第一執政官は言った。「どうやら長くなりそうだな……」だが、『ル・マタン』紙が一面トップで大々的に取り上げた衝撃的ニュースが外電で伝えられ、酒や焼肉とともに戦況を語る素人戦略家たちは今年一番の大盛り上がりとなった。「**コサック騎兵、ベルリンに接近！**」「それでは、これまでのセポイやセネガル人に加えて、今度はコサックがラテンの援護に乗り出したわけですか！」辛辣な冗談を込めてペラルタが言った。「少しぐずぐずしてくれればいいがな！」こう呟きながら第一執政官は、このまま戦闘が拡大して様々な期待感や熱狂を煽ってくれれば、人々の目はうまい具合に遠くの大事件へ逸れてくれることだろうと思っていた。鳴り響く砲弾のおかげで、ようやく第一執政官は平穏と休息の日々を取り戻し始めていた。

10

……我々の目には何とも奇抜で愚かしいと見える多くのものが、他の人々に広く受け入れられ、承認されることがある。
（デカルト）

第一執政官はマルベージャでの滞在を一週、また一週と引き延ばし、庭の奥に迷宮を作るオレンジの木立に据えられたポンペイ風のつる棚から執務を処理し続けていた。早朝から海岸へ散歩に出るとき跨る凛々しい姿の逞しい栗毛馬「ホロフェルネス」は、気性が荒く、誰の手にも負えなかったが、現金なもので、毎日午後になると桶いっぱいのビール――最高級のギネス――を厩舎へ届けてくれる（馬は歓喜の嘶《いなな》きでこれを迎え入れた）主人にだけは従順だった。あの数カ月間、国は未曾有の好景気と幸福感に沸き返っており、これには大統領もご満悦だった。大っぴらに言うことこそ憚られたものの、ヨーロッパの大戦はまさに天の恵みであり、砂糖、バナナ、コーヒー、天然ゴム、すべてがかつてないほど高値で取り引きされていたせいで、預金は膨れ上がり、資産は増え、少し前までは、ガブリエル・ロビンヌ、ピナ・メニチェッリ、フランチェスカ・ベルティーニ、リディア・ボレッリといった伝説的女優を主人公にした映画や通俗小説にしか存在しえないと思われていた洗練と贅沢の極みが国にもたらされた。セルバの原生林に囲まれた首都は、足場や天へ突き出た材木、稼働中のクレーンやパワーショベルのセルバと化し、足場から地上から人夫たちが上げる掛け声や口笛、サイレン、砂の運搬やモーターの排気音に混ざって聞こえてくる滑車やハンマーの金属音、セメントの流し込みやリベット留めの軋みなどが絶えず辺りに響き渡った。商店は一夜のうちに拡張して見たこともないショーウィンドーとともに新装開店し、初めての聖体拝受を祝う蠟製のマネキン人形——これも前代未聞——がウェディング・ドレスその他の豪華な盛装や、軍部高級士官向けと思われる仕立てのイギリス風外套まで誇示していた。かつての王立穀物倉庫の門には糖蜜製造機が据えつけられ、機械の手でバニラとビロードアオイの臭いを漂わせた赤い縞模様の白生地をこね回し、引き伸ばし、また凝縮するその動きが通行人を驚かせた。都市部では、法律事務所、銀行、保険会社、商会、投資会社が急増する一方、農村部では、経緯儀と有刺鉄線によって、ぬかるんだ土地や未開墾の荒れ地、山羊の放牧地が四角く囲われて分割され、かつて「ハンセン病農園」、「横木農園」、「ミシア・ペトラ牧場」などと呼ばれていた場所が、「バガテル」、「ウェスト・サイド」、「アルムノンヴィル」といった名前の分譲地となった。まだ何の開発もされていないそんな土地が、地図だけを頼りに、アンダーウッドのタイプライターや金色のファン、起伏図や美しい模型、箱入りのコニャックやジンなどが散乱する事務所で一日に何度も転売されて値を上げ、男たちがグラスと葉巻を手に値引き交渉に励む一方、電話の応対を担当する女たち——これも斬新だった——は、外国語訛りの話し方で洗練を気取った。極めて慎み深い我が国の娼婦たちは、よその国ならともかく、この国でそんな作り話や歪曲、誇張に頼るのを嫌がり、当初は古典的な「商売の仕方」に固執したが、時代の流れには逆らえなかった。首都に大量流入した自動ピアノが、明け方から夜更けまで「ラ・マドロン」、「ピカルディのバラ」、「遥かなティペラリー」といった曲のロールを繰り返し回し続けた。ブリスカやドミノの店、サンタ・イネスのラム酒の代わりにホワイト・ホースを出すようになった酒場では、戦争のことすら忘れるほど戦争特需の話題で持ちきりだったが、それでも、白人系、チョロ、サンボ、浅黒、インディオ、黒人系、あらゆる人々がフランス贔屓、三色旗派、復讐主義、コカルデ派、ジャンヌ・ダルク主義、バレス派、様々な党派を気取り、今にセダンの敗北に報いてやろう、アンシのコウノトリもアルザス・ロレーヌの鐘塔へ戻るだろう、などと議論を交わしていた。そして初の摩天楼——五階建て、ペントハウス付き——が聳え、続けざまに八階建ての「エディフィシオ・ティタン」の建設が始まった。かつて二階建ての家が並んでいた旧市街は、水平方向から垂直方向に拡大し、全貌が見渡せなくなるとともに、「見えない街」と呼ばれるようになった。躍起になってこれまでより高い建物の設計に精を出し始めた建築家たちは、馬やラバに牽かれた荷車一列分しか想定されていない幅七、八メートルの通り沿いにビルを建てる場合でも、一〇〇メートル先からファサードが美しく見えるよう必死で頭をひねった。通行人は果てしなく伸びる柱にもたれかかって豪華な装飾に目を凝らしたが、その大部分は禿鷹やヒメコンドルの飛び交う空に消えていた。上の方には、花冠や豊穣の角、メルクリウスの杖、五階には、ペイディアスの馬まで備えたギリシア寺院が模《かたど》られているというが、そうした要塞、ドーム、エンタンブレチュアは、視界の及ばぬ王国――街の上の街――に君臨しているから、実際に見て確かめることはできない。そしてさらにその上では、追放されたように人知れず寂しげに佇むメルクリウス――商工会議所の屋上――、槍で八月の閃光を引き寄せるミネルヴァ、様々な御者、翼を生やした偉人、キリスト教の聖者が、誰にも気づかれることなくそれぞれ独自に場を取り仕切り、複雑に絡み合う梯子段、スレート葺きの屋根、水道タンク、煙突、避雷針、エレベーターの操縦小屋などが散乱していた。下々の者たちと交流することもなく老いていく銅の偉人やガーゴイルに囲まれて、思いもよらぬニネヴェや目まぐるしいウェストミンスター、宙に浮いたトリアノン宮殿に住んでいても、住人がそれに気づくことはなく、視界に収まりきらぬほど大きな建物の重みを支えるポーチやアーチ、支柱の間を動き回ることしかできない。そして、二世紀にもわたりコロニアル風屋敷に住んできた者たちも、新しいものばかり熱心に追い求める時代風潮に煽られてそそくさと自宅を手放し、ローマ風、シャンボール風、スタンフォード・ホワイト風等々、モダンな新居へ移っていった。こうして、プラテレスコ様式のファサードと紋章を彫った石を見せつけていた旧市街の広大な屋敷群は、金で助手を雇う似非盲人や寒さに凍えて目を覚ます酔っ払い、義足のアコーデオン弾きや不自由な体で人の慈悲心にすがる乞食によって、ぼろくずとシラミと疥癬《かいせん》の住処に変わっていった。かつては美しかった内側の回廊では、簡易コンロの煙と洗濯物の下に、髪を振り乱した女や裸同然の子供、娼婦や浮浪者が溢れ返り、中庭は、ストリップやボクシング、闘鶏や手品師兼スリの独壇場となった。かつてないスピード熱にとりつかれた何百台ものフォード――マック・セネットの映画に現れるのと同じ型――が、穴を避け、歩道に乗り上げ、果物籠を薙ぎ倒し、ショーウィンドーを壊しながら、舗装の悪い道路を駆け抜けた。すべてが急ごしらえ、切迫、競争、苛立ちだった。戦争が始まってわずか数カ月で、町は蠟燭から電球へ、瓢箪からビデへ、パイナップルのガラピーニャからコカコーラへ、くじ引き遊びからルーレットへ、ロカンボールからパール・ホワイトへ、ロバに跨った伝令から自転車に乗った電信技士へと様変わりし、ラバの荷馬車――房飾りに鈴――に取って代わった仰々しいルノーが、一〇回、一二回も前進と後退を繰り返した後にようやく市街地の狭い角を曲がり終えると、敷石の間から生える美味しい草を求めて徘徊する山羊をけたたましく追い散らしながら、「ブールヴァール」と名付けられたばかりの通りを疾走していく、そんな地区もあった。ウルスラ会の修道女が眩しすぎるほどの電球とともにルルドの洞窟を開設し、ニューオーリンズのジャスバンドが最初のダンスを盛り上げる一方で、ティフアナの馬とジョッキーが、沼地を埋め立てて作った競馬場で幔幕《まんまく》の間を駆け抜け、創設記録書（一五五三年）で「忠実、崇高の極み」と謳われた由緒ある町は、ある日の夜明けとともに、自らが二〇世紀の母なる首都に生まれ変わったことを意識した。都市化とともに最後の蛇――ガラガラヘビ、アメリカハブ、サンゴヘビ、ヨツバナヘビ……――まで逃げ出し、ヒワが鳴き止むとともに、蓄音機が口を開けた。ブリッジのトーナメント、流行のファッション、トルコ式浴場、証券取引所、そして高級娼家――いわゆる腹黒ではなかったかもしれないが、少なくとも閣僚のなかで最も肌が黒いという理由で基準となった建設大臣より色黒の男は入場を拒否された――が街を賑わせた。警官たちは継ぎはぎだらけの靴を捨てて正規のブーツで職務にあたり、クラクションとタイヤの軋みで「陽気な未亡人」のワルツや国歌の導入部を奏でて、ただでさえうるさい喧騒をいっそうひどくする車も、白手袋の指図には大人しく従った…… 絶えず拡大していく街を前に、宮殿の窓から外を見つめる第一執政官も時に苦悩を禁じ得なかった。自らもドクトル・ペラルタの経営する不動産業に参画していたせいで、様々なビルの建設に関わっていたが、それが長年見慣れた景色を壊すようになると――突如マヨララ・エルミラが「ほら、あれをご覧ください……」などと言いながら新たな異変を指差すことがよくあった――悪い予感に怯えるようになった。自ら投資した工場の煙突が景観を乱し、少し前まで醜い電線の交錯ともまったく無縁だった自然を破壊した。太古の神の住処たる火山、国の象徴としてその三角形がエンブレムにまで使われた「祖父火山」、「庇護火山」も、すぐ近くに最近建設された火力発電所の四本の煙突から吐き出される濃い煙に包まれてその勢いが衰え、朝靄の間から現れるその姿も、屈辱に塗れた王か、宮廷を失った王国ほどのささやかな威厳しか示すことができない。山の麓や丘、遠い谷や緑の背景を分断しながら垂直に、水平に広がる街は、次第に王子の包囲網を狭めていった。そして、都市部の繁栄に惹きつけられるようにして農民、農業労働者、日雇い労働者、田舎の手工業者が首都へ流れ込んで人口を増やし、それに伴って住血吸虫症の老人や、昔ながらのマラリアの被害を受ける機関、アメーバ性瘰癧《るいれき》の子供たち――どこからともなく定期的に蔓延する悪性の感冒に最も簡単に感染するのは彼らだった――が急増すると、街には葬儀屋が次々と開店し、大統領宮殿を喪と棺の囲いで締めつけた。霊園に向かって中央広場を横切る霊柩車を見かけると、マヨララ・エルミラは、「あら、またフクロウ!」と叫んだ。「くわばら!」第一執政官は応じ、両手の人差し指と小指を合わせて邪気を払おうとした。「ナポリオンですら旦那様には勝てませんわ」歴史的人物を持ち出して話を締めくくるマヨララにとって、まるで干し草から生まれたかのようにどこからともなく現れて世界を征服した「ナポリオン」は、神から授けられうる最大の力を体現する存在――同時に、善良な息子、善良な兄、友人のなかの友人（大きくなってからも洗濯婦の名前までちゃんと覚えていた!）、極上の女をものにしたマチョだったが、脚の間に悪魔を隠して生まれてくるムラート女やチョロ女にはかなわず（ひとたびその手にかかってしまえば……）、あのカリブ出身の女にはすっかり骨抜きにされてしまった……（灯りの点いたランプを持ってドアの後ろからロザリオの数だけ「狂犬病の犬のようにこの私についてきなさい、アーメン」と繰り返し唱える「偉大な力の女たち」、その

「寂しい心への呪文」に囚われると、すべてを投げ打って家を飛び出す男までいるという)――にほかならなかった。

熟慮の末に、様々な面で減退期に差し掛かっていた活力を振り絞って石材のモニュメント建設にすべてを賭ける決意をした第一執政官は、政府事業の一環として、国民にカピトル神殿のような庁舎、カピトリオを贈呈しようと思い立った……。そしてすぐさま、世界中の建築家に向けて国際コンペを開き、そのアイデアや計画、設計案を募ることにした。ところが、このニュースが広まると、資格を取ったばかりの国内建築家たちが猛反発し、外国人建築士の助けなど必要ないと言い張った。そこから批判と翻案と議論の困難な道のりが始まり、未来のモニュメントは何度も外観、様式、規模を変えた。最初の案では、柱礎のない柱身三〇メートルほどのドーリア式円柱を並べ、パエストゥムを縮小して真似たようなギリシア風寺院を作ることになっていた。だが第一執政官は、プロシア的野蛮の化身カイザー・ヴィルヘルムがその種のヘレニズムに傾倒しており、パルテノン神殿を真似てコルフ島にアキレイオン風の家まで持っていたように思った。それに、ギリシア建築は丸屋根とは無縁で、丸屋根のないカピトリオなどその名には値しない。手本とすべきは、我らが文化の母、永遠のローマなのだ。こうして我らが建築家たちは、ドーリス式からイオニア式を経ることなく即座にコリント式へ移行し、ブリュッセル最高裁判所の屋根に似た丸屋根を取りつけることにした。ところが、今度は二つの半円議会――上院と下院――がデルポイやエピダウロスの劇場とよく似たものになり、民主主義国家の象徴としてそうした場所に不可欠とされる開放的な演壇を設置しようとすると、どこかよそよそしく格式ばった、わざとらしい舞台に見えてしまう。他の建築家たちの陰謀により二人の建築家が権威を貶められて失脚すると、その後を継いだ若い建築家は、シェイクスピアの『ジュリアス・シーザー』のワンシーンを描いたイギリス人のスケッチに着想を得て、上部に列柱を配したローマ風の半円会議場を設計し、当初は内閣の承認を受けた。ところが、その時になって、我が国は世界に誇るマホガニー産出国なのだから、国家の一大事業ともなれば、赤みを帯びた国産マホガニー材をふんだんに使って外装や各種天井、演壇や座席やベンチ、扉や大統領の玉座等を作らないのはおかしい、と言い出す者が現れた。そして、ローマ人は決してそんな目的にマホガニー材を使うことがなかったので、ブダペストのネオゴシック様式の国会を手本に、第五番目のカピトリオ建設計画が立てられた。だが、オーストリア＝ハンガリー帝国は「ラテン性」の敵対国であるという理由でこの計画も退けられ、壮麗なエル・エスコリアル修道院の外観とエレラの才能に頼ろうという話が持ち上がった。「論外だ」第一執政官は言った。「エル・エスコリアルといえばフェリペ二世、フェリペ二世といえば、火あぶりにされたインディオ、鎖をかけられた黒人、拷問された勇敢な酋長、火に苦しめられた王子、それに異端審問ではないか……」そして第一五番目の建築計画では、ヌエバ・コルドバ周辺で最近開発された石切り場の国産大理石を使おうとはやる建築家が、ミラノのカテドラルに酷似した建物を設計し、これでは世論に大きな影響力を持つフリーメーソンや自由思想家その他の反発は免れないという理由で却下された。第一七番目の計画は、恥も外聞もなくパリのオペラ座を真似たものだった。「議会は劇場ではない」図面を閣議のテーブルに放り投げながら第一執政官は言った。「しかし時には……」背後でペラルタはこう言いかけて口ごもった……　そして、多くの提案と議論、審議と再審議の末に承認された第三一番目の建築計画は、外観はワシントンのホワイトハウスをそのまま真似て、内装に国産の木材と大理石——良質の大理石が得られなければ、カッラーラでこっそり買ったものを使って、それを国産として通せばいい——を使うというまったく単純な案だった。そして、一〇〇回目の独立記念日に工事が始まり、礎石の設置と、しかるべき修辞を声高に並べた型通りの演説がこれに花を添えた。残る問題は、国の象徴として丸天井の下に飾られるべき銅像だった。国中の彫刻家が協力を申し出たが、この国にそんな資格を備えた者など誰もいないことは、第一執政官にとって明白すぎる事実だった。「ジェロームが生きていれば！」彼の作った剣奴と三叉の鉾を思い出しながら大統領は言った。「あいつなら適任だったのに。」「ロダンはまだ生きていますよ」ドクトル・ペラルタは言った。「いや、ロダンはだめだ……　確かに、写実主義なら彼の右に出る者はいない、もちろんだ！……　だが、第二のバルザック像でも作られたら、目も当てられない事態になる。断れば向こうの人間に馬鹿にされるし、受け入れれば、それこそこの国にいられなくなる……」「ジャーナリズムの口封じをすればいいでしょう。」「それは私の主義に反する。わかるだろう、確かに愚か者には鉈と銃弾を向けてやればいいが、芸術、文学、詩作、古典哲学、宇宙の謎、ピラミッドの秘密、アメリカにおける人間の起源、美の概念、そんなことに関するかぎり、あらゆる批判と見解、議論と異論の自由を認める方針に変更はない……　それが文化というものだ。」「グアテマラでは、我らが友エストラーダ・カブレラがミネルヴァ信仰を制度化して、寺院まで建てていますね……」「さすが偉大な為政者だ、見事な政策だよ……」「すでに一八年も権力の座にいます……」「……もっともなことだ。だが、パラス・アテナの銅像はたいしたものではないらしいじゃないか……」困った第一執政官はオフェリアに手紙で訊いてみることにしたが、当の愛娘は、かつてバイロイトやストラトフォード・アポン・エイヴォンで熱にとりつかれたときと同じように、突如闘牛やカンテホンドに惚れ込んで数カ月もアンダルシア各地を回った後、ようやくパリへ戻ってきたところだった。まともに読み書きができないせいもあって筆不精だったオフェリアは、電報で「アントワーヌ・ブルデル」とだけ、素っ気ない返事を送ってきた。「聞いたことがありませんね」ドクトル・ペラルタが言った。「私もだ」第一執政官は言った。「どうせ友人のボヘミアンだろう。」それでも、ひょっとしたらと著名学者に照会を求めることにした。そして郵送されてきた返信には、シャンゼリゼ劇場の飾りとして一九一三年にこの人物が作った彫刻の写真が二枚同封されていた。一つは音楽の寓喩であり、長方形の空間に無理やり二つの像——ヴァイオリンの上に体を折り曲げ、頭の上に回した手で弦を操ろうと躍起になったニンフ、そして、ギリシア人より昆虫に近い獣の体を捻じらせた姿で、田舎風メロディーを奏でる楽器ではなく、三〇–三〇口径機関銃の弾倉帯にしか見えない大きなカラムスを手にしたサテュロス——を押し込んだようなその作品は、あまりに不自然な混沌と歪曲をひけらかしており、ペラルタは直感的にこれを拒絶した。そして写真には『ガゼット・デ・ボザール』の一号が添えられ、赤鉛筆で下線を引かれた記事で有力批評家ポール・ジャモは、この彫刻家は昔風に像を造形するのではなく、「ゲルマン趣味を彷彿とさせる荒々しさ」を前面に打ち出している、と論じていた。「ゲルマン！　ゲルマンだって？　この期に及んでオフェリアはそんなものを薦めてきたのか？　どうやら闘牛士の尻ばかり追いかけすぎて頭がおかしくなったらしいな。政治センスのかけらもない……それに、音の問題も考えねばなるまい。ブルデルBourdelle、この名前はこの国にまったく向いていない。スペイン語でどう聞こえるか考えてもみろ。」「確かに！」ペラルタは言った。「まずはボウルデエジェなどと発音されるでしょうが、遅かれ早かれ、正確な発音が知られ……」「……すると私の支持者たちまで冗談を言い始める。ムッシュー・女郎屋《ブルデル》、絶好のネタじゃないか。やれカピトル神殿だ、やれ共和国のシンボルだといっても、結局この政府なんて……　そんな話になってしまうことは目に見えている。冗談じゃない！」「ここはペリーノの判断を仰ぐのがよさそうですね」ペラルタは言った。そして、これまで数多の天使や十字架、霊廟を手掛け、また、この国でも、歴史、宗教、両分野において様々な町に見事な彫像を提供してくれていたこのイタリア人大理石職人は、すでにフィレンツェやローマで受賞歴があるというミラノの彫刻家を熱烈に推薦した。モニュメントや泉、市民霊廟や騎馬像を得意とし、厳粛さの求められる公的制作一般に秀でたこの人物は、必要とあらば時代考証を踏まえて制服を着せ、他方、裸像のほうがその寓意にふさわしいとなれば、すべての服を剝ぎ取るのみならず、古風とは言わぬまでも、いわゆるモダン――造形芸術におけるモダニズムには昨今疑問の声が頻りに上がっている――とは一線を画して、誰にでもわかる表現を旨としている。この彫刻家、アルド・ナルディーニの送ったスケッチは即座に閣僚に支持され、ギリシア風の衣装を纏った肉付きのいい女性に共和国の象徴としての役割を担わせることが決まった。監視の目を象徴する槍を支えに、バチカンのユーノー像から直接生まれてきたような貴く引き締まった顔を見せる大柄の女が、二つの大きな乳房のうち、一方をベールに隠し、他方を曝け出して豊穣を表現する。「傑作というわけではないが、これで誰もが納得するだろう」第一執政官は言った。「早速取り掛かってもらおう……」像の制作には数カ月間を要し、その間新聞は刻々とその進捗状況を伝えていたが、ついにある日の朝、巨大な彫刻を載せたジェノア発の船がプエルト・アラグアトに入港した。期待に胸を膨らませた群衆が波止場に集まり、女神の降臨を待ち構えたが、実際のところ、像はカピトリオに飾られるのと同じ立ち上がった完全な姿で登場するのではなく、幾つかのパーツに分けて運ばれた後、設置場所で組み立てられることになっていたので、それを知らされた人々の間に落胆が広がった。とはいえ、ちょっとした見物ではあった。クレーンが上がり、ケーブルが船倉へ下ろされた後、闇に包まれた内部から突如頭が現れると、歓声が沸き起こり、この後に続く様々な解剖学的部位とともに、宙を運ばれていった。襞の間から脛を突き出した左足、槍の一部を手に持った右腕、中心をうまくへこませたふくよかな腹部、ベールに覆われた乳房に続いて右足、左腕、そして、女神の頭部を飾る予定のフリジア帽が持ち上げられた。その時正午を知らせるサイレンが鳴り、そのままクレーンは停止して、集まった人々の目など気にする様子もなく、人夫たちは昼食へ向かった。これは、船倉にまだ重要な部分が隠れているにちがいない。午後二時、人夫たちが再び持ち場に着くと、拍手喝采に迎えられて女人像の裸の乳房が現れ、ゆっくりと厳かに陸揚げされた。その後、トラックで貨物駅まで運ばれたバラバラの巨大な女神は、一応人間の体に対応するような形でパーツごとに貨物車の屋根や荷台に積み込まれたものの、全体として一つの有機体になりきらぬまま水平に並んだ諸要素の集合体は、見る者を戸惑わせずにはいなかった。一両目の車両にフリジア帽、二両目に肩とベールに覆われた胸、三両目に頭、四両目に肩と裸の胸、五両目にふくよかな腹、さらに後方には、両太腿、両腕、ヘレニズム風とも地元風ともつかぬサンダルを履いた両足、そして三つに分かれた槍が雑然と並んでいる……　ラス・クンブレスへの登り道では、最近の豪雨で土砂崩れが起こっていたこともあり、積荷が重すぎて途中で停止してしまう事態を恐れた技師たちが、貨物車両の列を挟んで前後に機関車を一台ずつ付けることにした。こうしてついに共和国女神像は首都へ到着し、ブルデルのモニュメントではなく、ミラノ人ナルディーニの彫刻が国民向けにお披露目されたものの、安らぎと厳粛さに溢れたその顔は、一般公開されることもなく永遠の謎となった。あまりに大きな像の頭部は丸屋根にすっぽり収まって隠れ、その円形柱廊へ上ることが許されるのは、年二回の清掃を担当する人夫だけだった。危険な場所に組まれた足場で、目が眩んでバランスを崩すことのないよう集中して仕事に励まねばならない彼らに、芸術作品を鑑賞するゆとりなどあろうはずはなかった。

11

カピトリオの工事は進んだ。まだ形の定まらない白い塊が、高く聳える円柱や、広がりゆく両翼とともに、足場の檻に入れられたまま辺りの街並みを見下ろし始めていたが、予期せぬ形で資金と給与支払いが止まり、突如作業は中断した。もちろん、その原因は未曾有の好景気を迎えていた国の経済にあるわけではなく、建築資材や機械、道具類の値段、さらには交通費、運送費までが月ごとに高騰し、常時コストが当初の予算を越えて膨らんでいたからだった(大臣のみならず、建築振興団やお飾り的公共法人の上級役人が陰で賄賂をせしめ、ペラルタまで裏でこっそり公共事業指導部から二種類の小切手——一方は高額、もう一方はそれほどでもない額——を受け取っていたせいで、事態はもっと深刻になった)。突如として工事は止まり、アーチや扉が未完成のまま放り出されて、柱頭の玉縁や葉飾りを彫っていた鑿《のみ》が静まりかえると、追加の資金投入が必要となり、スイス製のマッチや外国産の酒類、競馬の配当金などに税金をかける法律が採択されて、ようやく作業再開の見込みが立った。手持ち無沙汰の時期には、首都のど真ん中がフォロ・ロマーノかバールベクの遺跡、ペルセポリスのテラスのようになり、月光が、散乱する大理石や彫りかけのレリーフ、削りかけの石柱、セメントとも砂ともつかぬ石の塊など——完成前からすべてが廃虚、残骸、死骸となったようだった——を照らした。そして、まだ天井がついていなかったとはいえ、上院、下院の議場はすでに段差もついて原形が出来上がっていたから、作業再開までの間、待機中の空間が大学の人文学部やローラースケート場の運営会社に利用された。夜ともなれば、北側の半円を古代劇場に変えた学生たちが、アイアスの嘆きや父を殺して母を犯したオイディプスの叫びを演じる一方で、南側の半円に設置された騒々しい木のリンクでは、ワルトトイフェルの最も有名なワルツのリズムに合わせて、スポーツのために流行を犠牲にすまいとする女たちが、ルイ一五世風のヒール靴のままローラースケートを履いてクルクル回っていた。中間地帯には、即席のデュピュイトラン博物館や、アメリカ大陸発見及びインディオ受難大展示館、臨時動物展、断食者の支柱などが入れ代わり立ち代わり現れ、上方では、コーニスのない円柱の間にぴんと張られた針金の上で、バラ色タイツに電球付きバランス棒の綱渡り師が、下で繰り広げられるローラースケートの円舞にもソフォクレスの悲劇――放り出されたままの仕事場に定期的に戻る人夫集団が、頂上の明かりに向かって公共寺院を持ち上げる祈祷のような作業を再開すれば、即座に追い出されることになる――にもまったく無関心に、柱頭から柱頭へと移動していた……　作業の再開と中断を繰り返していた頃のある朝、ドクトル・ペラルタが、喜び勇んで第一執政官の私室に現れ、まだペチコート姿でうろうろしていたマヨララ・エルミラにかまうこともなく叫んだ。「朗報です、大統領！　朗報です！　ドイツの潜水艦がアメリカ船ヴィジレンティア号を沈めました！　乗組員のグリンゴたちは一人残らず全滅です！」（高笑い）「全滅です、大統領！　みんな海の藻屑です！……　まだ正式に公表されてはいませんが、アメリカはこれで参戦するでしょう。そうです、大統領、参戦です……」そして二人とも喜びのあまり、すぐさまエルメスのアタッシュケースに手を伸ばし、サンタ・イネスのラム酒を豪快に呷《あお》った。（「私は犬かい？」こんなことを思いながらマヨララはそそくさと入れ歯の入ったコップを持ってきた。）ヨーロッパの大戦は、死者ばかり増えてすでに計り知れない数に上っているというのに、塹壕や戦略的要所の奪い合い、高地や茂みやすでに十度も破壊された要塞の廃墟をめぐる執拗な根競べが続いて、前進も後退もない膠着状態に陥っており、退屈とは言わぬまでも単調になっていたから、第一執政官にとっては久々の朗報だった。戦争が対岸の火事でしかないこちら側の国々にとって、大戦はすでに興味を引くニュースではなくなっていた。かつてはこの国の住民たちも、遠い国々の地図を見ながら旗を動かして勝利や敗北の過程を追っていたが、もはやかつてのような感動的勝利や劇的敗北はなくなり、たとえ交戦があったとしても、いつも同じアルゴンヌやヴェルダンといった地域、それも名前すらよくわからない場所――新聞社の編集室で人知れず埃を被っていた千分の一地図ではすべてが一センチ四方に収まってしまう――でしか衝突が起こらなくなると、誰もが無関心になった。確かに国は驚くべき繁栄を迎えていたが、一見給料は上がっているようでも、生活費は高騰して、貧民は相変わらずいつもの貧しい生活――朝食は焼バナナ、昼食はサツマイモ、夕食は固いパンとキャッサバ、そして、誕生日や日曜日には、山羊の干し肉や口蹄疫の牛肉がつく――を強いられていた。学生や知識人、そしてプロの扇動家――いつも人の神経を逆撫でするクソインテリ――が結託して次第に不穏な動きを起こしていた。そして平穏な日々に安心しきっていた第一執政官は、町へ出てきた神出鬼没の反対勢力に不意をつかれ、あちこちで沸き起こるゲリラ集会に夜も眠れぬほど頭を悩ませた。もはや名前も忘れていたドクトル・ルイス・レオンシオ・マルティネスが、様々な切手を貼られてどこからともなく送られてくる封筒に入った声明文の形で再登場し、大統領宮殿と密接な繫がりがなければ知りようもないはずの――これが最も深刻だった――秘密情報を暴き出していた。すでに大学では、現代史担当の教授がメキシコ革命について講演し、プロレタリア勢力、農民同盟、ベラクルス借地人組合、農地改革派、カリージョ・プエルトのユカタン社会主義政府、グリンゴ冒険家ジョン・リードのルポルタージュ――こうした一連の動きが最終的にドン・ポルフィリオの輝かしい国を貧困と破滅へ追いやり、あの立派な人道主義者、文明の使徒は、広大な自国の霊園で眠ることもできず、忘恩行為にすっかり打ちひしがれたまま、モンパルナス墓地のうら寂しい一角に埋葬されている――について話していたのだが、そんな事態が知れたときにはすでに手遅れだった。(高給取りのボンクラ司法警察長官はまったく何も気づかなかった!)そして、さらにまずいことに、どうやらバルセロナから来たらしいアナーキストたちが、秘密警察の目を巧みにかいくぐって鬼火のようにあちこち出没し、夜にはチョークで壁にＲＡＳ（「アナルコサンディカリスム革命」の略だろう）の文字を書きつけるばかりか、「私有財産は盗品」など、もはやこの遅れた猿真似大陸でしか意味を持たない陳腐な文句を残していくこともある……　ヴィジレンティア号沈没という朗報とともにアメリカが参戦すれば、即座に我が国も参戦を決定し、それが愛国心を掻き立てることになるだろう。戦争となれば、常時非常事態に置かれるわけだから、国歌や「ラ・マルセイエーズ」、「ゴッド・セイヴ・ザ・キング」や「神よ、ツァーを救いたまえ」、「ザ・スター・スパングルド・バナー」のリズムに合わせてかつてない規模の大捜査を組織し、反対派、陰謀家、怪しいイデオローグ、とりわけ親独派を一網打尽にしてやろう。祝杯のラム酒を飲み終えると、第一執政官は早速アメリカ合衆国大使を呼び出して、試練の日々を北の同胞とともに戦い抜く意志を伝え、その後、手短に閣議をすませたうえで、同盟国への宣戦布告を承認するため緊急招集された上下両院で、「状況に鑑みて」、「それゆえ」といった言葉で適宜自らの正当性を強調して拍手喝采を取りながら演説を読み上げた……　そして同日、負けるはずもない戦闘に即刻乗り出して輝かしい勝利を収め、戦争が始まった。午後五時ちょうど、プエルト・アラグアトに駐留する部隊が、本国からの指示を待って停泊中だった四隻のドイツ船――リューベック号、グラーネ号、シュヴェーアト号、クックスハーフェン号――に乗り込み、積荷の押収と乗組員の拘束に取り掛かった。船員たちは、これで自分たちの戦争は終わりだというので喜びを隠せず、港湾当局を拍手喝采で迎え入れたばかりか、騒々しく通行人に声をかけながら収容所へ向かって陽気に行進した。「船を引き渡すぐらいなら死を選ぶ!」と叫んだニーチェ主義の士官もいたが、おそらく彼らの言葉で「売女《ばいた》の息子」を意味する悪態を浴びせられたうえ、甲板に殴り倒された。そして捕虜たちは囲いのついた広大な農園へ連行され、木にハンモックを吊るとともに、草むしりに取り掛かった。翌朝、上層部からの指令で木材が届けられ、一部の捕虜がライン風の美しい小屋を建て始める一方、残った者は、グラジオラスを植えたり、土を踏み固めてテニスコートを作る準備を進めたりしていた。三週間後に完成した見事なモデル農園には、ハイネのみならずデーメルまで収めた図書館が併設された。女性はいなかったが、すでに大半は同性愛を経験済みでその必要はなく、あくまで同性を拒否する者に対しては、毎週金曜日、護衛付きでラモーナの娼家へ行くことが許された。そして、音楽的才能に恵まれていた彼らは、船に積んでいた楽器を集めて、ハイドンやメンデルスゾーン、ヨアヒム・ラフの小品――とりわけ「カヴァティーナ」――を演奏した。時にはコンサートに毒蛇が紛れ込むこともあったが、演奏家のなかで下を見ている時間が一番長いチェリストが、いつも手遅れになる前にその侵入に気づき、弓――専門用語で言えばコル・レーニョ――の背の一撃で過《あやま》たずこれを仕留めた……そして、この素晴らしい伴奏を受けて、リューベックの船乗りが美しいテノールで歌うこともあった。

冬の嵐が
五月の月に道を譲り
甘い光のもと
春が輝き始める

そして第二の作戦行動の標的となったのはドイツ人の機関車であり、第一執政官自ら、第二戦術連隊の工兵を率いてその指揮にあたった。Hデーの夜明けとともに、二つの駅――上の駅と下の駅――とその中間地帯、標識小屋、切り替えポイントなど、すべての施設が占領された。そして新たな指令が下るまですべての運転は中止され、おかげで大統領は、顔を黒くしたペラルタとペアを組んで機関車に乗り込み、思う存分汽車ごっこを楽しむというかねてからの夢を実行に移すことができた。操縦の仕方を覚えると、汽車は前進、後退、車庫への入場、退場、転車台での回転また回転を繰り返し、汽笛が鳴り、蒸気がありとあらゆるバルブと軸受から吹き出し、前進、後退、停止とともにかつてない量の煙を吐き、どんな荷物でも積める状態になった。サトウキビの束、樽、イカを詰めた籠、陶器に入ったビンロウジュの実、空っぽの檻、コントラバス、雌鶏、太鼓でクンビアのリズムを刻む黒人たち。そして、ボイラーの補給、操縦、加速、スピード維持、全車両を正確にプラットホームに停車させるブレーキ操作、そうしたすべての技術を第一執政官が習得すると、閣僚全員がオルメドへの初運転に招かれ、国内初の蒸気技師の誕生でも祝うように、エンパナーダとタマルに大量のシャンパンで盛大に乾杯することになった。機械の操縦にうつつをぬかすあまり、数日間もヨーロッパの大戦のことなどすっかり忘れていた大統領は、ドクトル・ペラルタが定期的に届けていた外国の新聞・雑誌――制服姿の男たちの間にさりげなくヌード写真をしのばせたフランスの悪漢雑誌『レジマン』も含まれていた――すら読まなくなったほどだった……その間、「ラ・マドロン」や「ピカルディのバラ」の成功に続いて、「オーヴァー・ゼア」が驚くべきスピードで国中を席巻した。プエルト・アラグアトの自動ピアノとともに国へ入ったこの曲は、蓄音機から蓄音機へと東部鉄道線に沿って内陸へ進み、音楽学校のピアノやブルジョア家庭のピアノ、映画館のピアノ、カフェのピアノ、修道女のピアノ、娼婦のピアノを虜にした挙げ句、中央公園の日曜野外演奏でも大々的に演奏された。「オーヴァー・ゼア、オーヴァー・ゼア、オーヴァー・ゼア……」見えない敵に向かって銃剣を突きつけるアメリカ軍兵士――力強い「カモン！」という吹き出しが添えられていた――を模《かたど》ったポスターが国民に戦時国債の購入を呼びかけ、そのあまりに大きな反響に、二〇日と経たずして集まった一〇〇万ドルが在米大使アリエルからウッドロー・ウィルソン大統領に手渡されたほどだった。映画館では、パーシング将軍――少し前に名高い「懲罰部隊」をメキシコに送った張本人――の勝利を記録したニュース映画が上映された。「オーヴァー・ゼア、オーヴァー・ゼア、オーヴァー・ゼア……」そして今度は、オーヴァー・ゼアに続いて、チューバの低音とピッコロのトレモロを組み合わせたスーザのけたたましいマーチが鳴り渡った。政府の熱烈な後押し（「男が活力に満ち溢れるのは戦場においてなのだ」第一執政官は言った。「男にとって戦争とは、女にとっての出産のようなものだ」）を受けて、若い士官の一人が義勇兵を募り、もちろん自ら部隊の先頭に立ってフランスの戦場へ赴くことになった。確かに戦争に危険は付き物だが、歓喜にも事欠かない。嘘だと思うのなら、地元の新聞にも転載されたモーリス・バレスの記事でも読んでみるがいい。「塹壕は活気に溢れている。もちろん、雨降りの夜ともなれば、高級レストランのようにはいかない……　それでも、八キロに及ぶよく整備された塹壕の迷宮には、シャンゼリゼやムッシュー・ル・プランスといった名で呼ばれる区画がある。バラの花束やストラスブールの陶器皿を乗せたテーブルに着いて、赤ビロードの肘掛け椅子で士官がくつろぐ地下の隠れ家もあるという。多くの塹壕には、爆撃で廃墟となった町から救い出された家具が飾られている。塹壕の雰囲気は陽気そのものだ。」そんな文章とともに、活力新たに突撃するベンガル槍兵や威勢のいいイタリア狙撃兵、コサック騎兵――少し前に彼らの祖国は共和国になった――の写真が出回り、その一方で、もはや藁と木くずのパンしか食料のなくなったドイツ軍の窮状が強調された。すべての極めつきとなったのは、赤十字の看護服を纏ってイギリス負傷兵の額に包帯を巻くオフェリアの写真であり、いかにも我が国の女らしい美しさを湛えたその姿が、エッフェル塔やムーラン・ルージュやレストラン「マクシムズ」を一目見ようと意気込む二五〇人の若者の志気をいっそう高めた。「俺たちのタマのすごさを思い知らせてやれ」ペラルタは言った。だが、向こうへ到着した義勇兵たちは、バラバラに様々なフランス軍部隊に配属されることになり、数週間後にその知らせが伝わると、国民の間に失望が広がった。司令官の身分を解かれて憤懣やる方ない状態で帰国した若き指揮官は、連合国軍は――様々な状況を彼は直に見ていた――混乱と無秩序に陥っており、アメリカの参戦いかんにかかわらず、この戦争に勝ち目はない、と断言した。だが、人々にとっては連合国が勝とうが負けようが実はどうでもよく、大半はただ戦争ができるだけ戦争が長続きしてくれることだけを願っていた。この戦争がもう三年、四年、五年も続いてくれれば、我が国も大国の仲間入りができるかもしれない。六時のミサから夕刻のお祈りまで、夜明けの鐘からアンジェラスのお祈りまで、当然のように誰もが平和を願いながらも、外国人には説明しがたい慣習に従って、信者は中指を人差し指に乗せた状態で祈っていた。結局のところ、ヨーロッパで何が起ころうとも我々に責任はない。我々には何の罪もない。旧大陸は思慮分別の手本となることができなかった。そして、この国が現在未曾有の発展と繁栄を迎えているとすれば、それは――雄弁な演説で大司教も言っていた――、心を荒ませるばかりの哲学にも、冒瀆や退廃でしかない社会的教義にも、国民性と無縁な思想にも与することなく、国の宗教的、家父長的伝統を守り抜いてきた者たちの功徳が全知全能の存在に認められた結果なのだ。大司教はこの時、頭上で揺れる聖霊の鳩から振り下ろすような仕草で、あの朝カテドラルを訪れていた第一執政官を指差した。

カピトリオの工事は終わりに近づいていた。記念碑的建造物とはいえ、巨大な女神の住処には狭すぎる宮殿で柱の間に押し込まれたタイタン女性像は――ユーノーでもポーモーナでもミネルヴァでも共和国の女神でもありえた――、周囲が一段と狭まっていくなか、日に日に大きくなる一方だった。頭上から木々を奪う夜明けを恐れて夜の間に驚異的な速さで伸びるセルバの植物と同じく、毎朝成長しているようだった。周りから石に締めつけられれば締めつけられるほど、天井のないスペースで組み立てられていたときより、二倍も三倍も分厚く、肉付きよく、背も高く――背は伸び続けている――見えた。女神像の頭上で丸天井が閉じ、パリのアンヴァリッドを真似た堂々たる灯台が取りつけられて、エンブレムのような光が夜の街を支配するようになると、カテドラルの両塔が無残なまでに小さく見え、そのあまりの萎縮ぶりに、かつてはこの両塔と庇護火山の遥かなる頂の間で交わされていた対話――前世紀の国民的大詩人に詠われたこともある――も途切れてしまった……　だが、ようやく工事が終わりに近づいていたとはいえ、すでに独立百周年記念日は差し迫っており、当初の計画通りこの日に落成式を執り行うのは困難な状況だった。大荒れの閣議でこの問題が取り沙汰されると、突如怒りを露わにした第一執政官は、その場で有無を言わさず建設大臣を更迭し、他の日には代えられない独立記念日までに、ペンキ塗りや艶出し、庭の整備も含め、すべてが完成していなければ、他の者たちも亡命や投獄を覚悟しておくよう言い渡した……　そしてエジプト式の作業が始まった。何百という農民が山刀に脅されて車輪とくびきに連行され、ラッパの音とともに宿泊所のバラック小屋から交代で強制労働に狩り出されたおかげで、寝ていた柱はようやく起こされ、オベリスクが立ち、神々や戦士、ミューズや酋長、まだバラバラのモリオンや鎧、騎手や重装歩兵がフリーズの高み――磨くべき場所は磨かれ、金メッキが必要な部分には金メッキが施され、ペンキ塗りの必要があればペンキが塗られた――へと上っていった。電球と照明塔の光で夜も仕事は続いた。何週間もぶっ続けで金床とドリルの間にハンマーの音がけたたましく響き渡り、ようやく花道の石段が整備された。そしてある日の午後、トラックや箱馬車の上に寝かされた数本のダイオウヤシが水平に町へ入場し、しばらくその樹幹が歩道を掃いたり車道の土埃を巻きあげたりした後、もみ殻と肥しを混ぜた黒土に覆われた窪みに植えられた。その後ろが通称マクベスのセルバであり、すでに一〇〇人ほどの人夫がジョウロを手に、植樹用にあちこちから掻き集められた低い松や彫りのあるツゲ、ビンロウジュの到着を迎え入れたが、杭や支柱で木々をできるだけ真っ直ぐ伸ばしながらも、独立記念日にちゃんと緑の葉が生い茂るのか、誰も確信は持てなかった。「萎《しお》れた葉は前日の夜緑色に塗ればいい。ルフランの絵の具を一回塗れば数時間はもつだろう」第一執政官は言った。その間、不眠不休と苛立ちの目をカレンダーや時計に釘付けにしていた建築家や棟梁たちは、ボスらしい太い声と奴隷商人の無慈悲な心で工事のスピードを上げさせ、なんとか期日前にカピトリオの完成までこぎつけた。その豪華な締めくくりとなったのは、アルド・ナルディーニの女神像の足元を飾る赤緑の星形大理石の真ん中にティファニーの大きなダイアモンドを嵌めこんで、国中の幹線道路が集結するゼロポイント――首都と国内のあらゆる僻地を繋ぐために政府が準備を進めていた道路建設計画の象徴的中心となる場所――を設置する作業だった……そしてついに、その年は火曜日にあたっていた独立記念日当日、夜明けとともに、エナメルを引いたように光り輝き始めた首都は、国旗や軍旗、小旗や盾や記章、庶民の描いた絵や、栄誉の勝利を想起させるはりぼての馬、起床の空砲、屋上での花火や爆竹、あらゆる地区での礼砲、盛大な軍事パレードその他で沸き返り、国内各地の兵営から集結した楽団、大量の楽団員が、公式パレードが終わった後も広場や角のキオスクから演奏を続ける一方、数が少ないためお使い役の者たちがあちこち運んでたらい回しにしていた楽譜には、最優先の愛国マーチや国民的唱歌とともに、少数ではあるが、国立音楽院長の助言を受けて第一執政官が慎重に選んだ「抵抗」――「実行」と呼ばれた――の曲も混ざっていた。ドイツ音楽はもちろん排除され、とりわけ、サン＝サーンスの容赦ない文章でゲルマン魂の唾棄すべき化身と評されて以来、パリ管弦楽団から永久追放となっていたワーグナーは厳禁だった。ベートーヴェンに関しては、当時のドイツはフォン・ヒンデンブルク時代のドイツとは別物だと論じる者もいたが、当面は無視することになった。そのため広場からキオスクへ、公園からロータリーへと駆け巡ったのは、『ザンパ』の序曲や『ウィリアム・テル』の序曲、マスネの『アルザスの風景』やパラディールの『祖国』、ルービンシュタインの『闘牛士とアンダルシアの女』――ロシア人も一人ぐらいレパートリーに入れておいたほうがいい――やヴィクトラン・ジョンシエールの『セレナーデ』――同盟国と交戦状態にある以上、セレナーデといっても「ハンガリー舞曲」ではなくなっており、同じ理由から、ベルリオーズの『ハンガリー行進曲』は、派手な打楽器の乱れ打ちはそのままにただ『行進曲』と呼ばれていた――などだった……酒のラッパ飲みと仔牛の丸焼きで乱痴気騒ぎに明け暮れたこの日、とうもろこしや大量のビール、貧しい子供たちには玩具が無料で振舞われたほか、リボンや蝶ネクタイが舞い、国立霊園で合唱があり、ありとあらゆる教会の鐘が鳴り、家でも安食堂でも袋小路でも売春宿でも自動ピアノや普通のピアノや蓄音機、さらには即席のチャランゴ奏者やマラカス奏者を動員してダンスが催され、行き当たりばったりの音楽的喧騒のうちに、誰もがカピトリオの落成を待った。その大きな半円形議事堂には、閣僚全員や軍指導部、外交官のほか、厳正に選ばれた優雅な招待客が集い、その日のためにわざわざタキシードを新調した――誰もがまったく同じ仕立ての服を着ていたせいで制服のように見えた――諜報部の密偵たちが厳しい監視の目を光らせていた。そして、礼服や肩章、金モールや勲章――カトリック女王イサベル騎士団、カルロス三世騎士団、崇高なるマルタ騎士団、レジオン・ドヌール、「邪念に囚われる者に恥あれ」、ガーター勲章、十字勲章、グスタフ・アドルフ騎士団のほか、近頃国の上級公務員に授けられた勲章には、ドラゴン、スイレン、アーケードなど、奇抜な形をしたものもあった――を盛大にひけらかした人々が厳粛な夜会に臨んだ。国歌が流れた後、第一執政官が――あの夜は驚くほど落ち着き払っていた――その身分にふさわしい衣装と装飾品を身に纏って演壇に立ち、いつもどおりゆったりした調子で演説を始めた。そして、熟練の法律家兼弁士らしく、見事な演技でその立居振る舞いを引きたてながら、征服から独立に至る国の歴史を概観した。いつものまわりくどい言い回しや仰々しい形容詞、派手な修辞を皮肉な思いで内心待ち望んでいた者たちは、歴史の偉業を簡潔に切り上げて、味気ない数字の羅列で国の繁栄ぶりを明解かつ説得力豊かに語りかける第一執政官の弁術に舌を巻いた。確かにこれは――この部分に差し掛かったところで声の調子は感動を帯びた――、偉大なるギリシア・ラテン文化が前例のない破壊活動の危険に晒された時期と重なっているが、必ずや救いの手は現れるだろう。我らが精神的祖先は近いうちに勝利を収め、守り抜かれた文化遺産は、向こうでの危機を乗り越えて、大西洋のこちら側でかつてないほど見事に復興されることになろう。そして第一執政官は視線を上げて招待客の目を建物の出来栄えに引きつけ、多様なギリシア・ラテンの建築様式――ウィトルーウィウス、ヴィニョーラ、ブラマンテ……――を織り交ぜた石と大理石と銅の結晶を誇らしげに示しながら、派手な身振りとともに、話のテンポと声の調子を俄かに上げ始めたかと思えば、出し抜けにいつものもったいぶったスタイルに戻り、常に反対派の愚弄の的にされてきた過剰な修飾語を繰り出した。そして、理性と知性を導き、完成したばかりのこの世俗寺院に祀られた共和国の上に君臨すべき存在に、こんな言葉で庇護を求めた。「おお、天賦の才がその傑作のうちに体現する理想たるアルカヘタよ、私は、他所の最初の住人となるより、お前の館の最後の住人となることを選ぶ！　そうだ、お前の寺院のスタイロベートを離れ、お前以外のいかなる規律も忘れ、お前の円柱の上で登塔者となり、私の細胞をお前のアーキトレーブに捧げよう。もしできることなら、お前のために――何と難しいことか！――**不寛容に、不公平に**でもなってみせよう。（ここで聴衆は身構えた。）**お前と関わりのないことならば、不当な振る舞いすらも辞さないが、お前の末息子のためとあらば、そのしもべとなってもかまいはしない。**お前がエレクテウスに授けた地上の住人たちを、私は賞賛し、崇めよう。その短所も含めすべてを愛し、彼らが天上界の（仕草）、お前の大理石で永遠の饗宴を祝う旗手たちであると――おお、ヒッピアスよ！――確信を深めることにしよう……」ここで第一執政官の演説は終わったようだった。聴衆は立ち上がり、大きな拍手が沸き起こった。だが、演壇脇の秘書席から反対側に陣取った外交官たちを眺めていたペラルタは、アルカヘタという言葉が聞こえたその瞬間、フランス大使が肘でイギリス大使を小突いたのを見逃さなかった。そしてスタイロベートという言葉が出ると、今度はイギリス大使がイタリア大使の脇腹を小突いた。さらに、登塔者からアーキトレーブ、エレクテウスからヒッピアスにかけて肘の小突きが大使から商務官へ、参事官から文化担当官へ、さらには日本大使館貿易担当――言葉がわからず半分眠っていたこの男は、鉄の球を並べた物理学の実験用具よろしく、一つ球を持ち上げて手放すとその勢いが六つの球を経由して最後の球を弾き出すのと同じ要領で、座席から転げ落ちそうになった――の痩せこけた脇腹へ、次々と伝播した。出てもいない汗を拭う――その夜は雪をかぶった庇護火山の頂に冷やされた北風が吹いており、まったく暑くなかった――ハンカチの後ろで笑いを押し隠す者も少なくはなかった。そしてその瞬間、簡単な仕草で聴衆を黙らせた第一執政官は続けた。「名高いエルネスト・ルナンに向けられたこの拍手に感謝いたします。『アクロポリスへの祈り』から一節をそのまま引用したのは、この文章が、この厳粛な日の夜、心の奥深い憧憬とぴったり重なるからです……」最初の拍手よりもっと長く力強い拍手――聴衆の罪滅ぼしだろうか――が響き渡り、その間に席を離れてフランス大使のもとへ駆け寄ったペラルタは、下卑た嘲りの調子で言った。「お気に召したようですね。ボスも捨てたものじゃないでしょう？」「確かに、捨てたものじゃない」不意をつかれた大使は思わずこう言ったが、アジアやラテンアメリカにおけるフランス人の知的レベルが低いというので、善後策として、即興で切り札役に祀り上げられたアレクシス・レジェが中国へ派遣され、ポール・クローデルがリオデジャネイロ総領事に任命されていた昨今、こんな不用意な答えが伝われば、冗談の通じないケー・ドルセーにどう思われることかと考えて不安になった……だが、これで散会となった会場では、聴衆があたふたと席を立って階段を降り始め、襲撃か雪崩のように、肘を張って我先に外へ出ようと扉へ殺到したが、実はその先にあったのは、テーブルを何脚も組み合わせた巨大ビュッフェであり、そこには、ニューヨークやパリから輸入された贅沢な食材と、国内産の御馳走を盛り合わせた大きな銀のトレーが並んでいた。羽を纏った雉、トリュフで香りを付けた鶉《うずら》、ピスタチオのガランティンを詰めた子豚、辛いタマル、クランベリー・ソースをかけた七面鳥、サン・トノレ・ア・ラ・クレーム、グラスに盛ったコーンプリン、マロングラッセ、タマリンド・ペースト、氷の象に乗せて周りを国産の前菜で囲ったキャビアとイクラ、そして、その中央から端まですべてを見下ろすように聳えるのが、メレンゲやクラッカーを混ぜたケーキで作られたカピトリオであり、柱の一本一本、銅像やオベリスクまでマジパンで再現されたこの建造物が、ワインやピスコやテキーラの合間に鑑賞され、賞味される一方、シャンパンのボトルが次から次へと開けられて、ボトルの金色を引き立てるためにバラで赤くした氷粒入りシャーベットのなかで冷やされた……巨大な共和国像を囲んで誰もが乾杯を交わし、丸屋根の高みに陣取ったオーケストラが、地元のダンソンやバンバとともに、「ビューティフル・オハイオのワルツ」や「プリティ・ベイビー」のシンコペーション——会食する人が多すぎてほとんど聞こえなかった——を繰り出していた。そして打ち上げ花火が空を照らした後、激流や滝、星や街燈のように家々の屋根に火花が降りかかった…… そして午前二時——儀典長によれば、公式な夜会をこれ以上続けるべきではなかった——、ペラルタと第一執政官は、疲れ切ってはいたものの幸福な気分で、さっさと礼服を脱ぎ捨てたいとはやる気持ちに急き立てられるようにして大統領宮殿へ戻り、パーティー会場で振る舞われた酒よりも強くて舌に馴染む酒に飛びついた。大統領の私室では、山おろしの冷たい空気がブラインドをすり抜けて入ってくるせいで、胸こそショールで覆ってはいたものの、いつもどおりペチコート姿でマヨララ・エルミラが待っていた。約束通り、秘書はビュッフェに並べられた料理のすべてを少しずつ折詰にして持ち帰ったので、好奇心旺盛だが自分の偏食もよくわかっていたサンボ女は、一品ずつ中から取り出しては、アナーキストが送りつけてきた怪しげな小包の中身を調べる危険物取扱班さながら、不信と慎重の表情で味見にかかった。あらゆるものに侮蔑的な定義を見出す彼女にとって、ブルゴーニュのエスカルゴは「ナメクジ」、キャビアは「脂製の散弾」、トリュフは「木炭のかけら」、ハルヴァは「ヒホナのトゥロンのバッタ物」だった……すでに随分酒が入っていたものの、眠気とは無縁に大統領はまだ飲み続け、エルネスト・ルナンの見事な援用を飽きもせず誉めそやすペラルタの言葉に聞き入っていた……「私の弁術が回りくどくて滑稽だと？」大統領は言った。「あの場に我らが友、あの著名学者がいなかったのはつくづく残念だ。あの男も見事に担がれていたことだろう。」「我々のカピトリオにまさにうってつけの言葉でしたね」ペラルタが言った。「しかも、反対派の馬鹿者たちには絶好の脅しとなりました。」第一執政官が窓から外を見やると、まもなく作業員で溢れ返るであろう建築現場、その足場の錯綜した景色が目に入った。遅めの夜明けに、遠い庇護火山はやっと靄のスカートを脱ぎ始めているようだった。ラッパ飲みで六本目の瓶ビールを飲み干したマヨララは、すでに野営用の簡易ベッドをドアに寄せかけ、いつものように銃身の短い銃を手の届くところに置いて横になっていた。酔いが回ってうとうとし始めていたペラルタは、クッションの柔らかい幅広のソファーからぼんやりとルネサンス風の暖炉——高い位置にルイ一二世風のヤマアラシが彫られていた——を眺め、決して点けられることのない火の代わりに、偽の煤の間でゆらめく赤い電球に目を止めた。「大成功、本当に大成功だったな」カテドラルが朝課の始まりを知らせる静かな鐘の音——以前ほど早起きしなくなった住人たちは、かつてのような大音響で鐘を鳴らすのはやめてほしいと要望していた——を聞きながら大統領は何度も繰り返した。そして肘掛け椅子から肘掛け椅子へ、円を描くように歩き回りながら、これで最後、これで最後と思いながら、いつまでも杯を重ねていた。元来彼は睡眠時間が短く、昼寝を長めにとるタイプであり、いつも夜明け前にスパルタ式謁見を行って周りを悩ませていたが、今日だけは、いつまでもハンモック——パリで使っているのと同じ、手編みの長いハンモック——に横たわって仮眠を取る決心がつかず、いつもマヨララが硫酸マグネシウムの香りとともに人肌の温度に湯を張って準備する入浴にもまだ思いが至らなかった。カピトリオ落成の幸福感がまだ続いていた。モニュメントの写真を各国大使館に送って、ヨーロッパやアメリカ大陸の新聞に――写真に添えるキャプションまで思い通りにするためには、いつもどおり、一段いくら、一センチいくらで買収せねばならない――掲載させることにしよう。そうすれば、新世紀の始めまでは、蛇の住む草むらや砂丘、危険な茂みやボウフラの湧く井戸水に囲まれた村、叫び声と指笛に導かれた家畜が目抜き通りを闊歩する田舎町でしかなかった我が国がどれだけ成長したか、世界中に印象づけることができる……　そんなことを考えて悦に入っていたとき、一日の始まりとばかり、ラッパが響き渡って路面電車が現れ、籠や背負い袋、木箱とともに乗り込んだ人々が市場――すでに檻のなかで鳥が騒ぎ、箱のなかで亀がレタスを噛んでいた――へ向かっていた。第一執政官は手帳を見た。今日は、閣議や謁見等、面倒な執務は何もない。それではいつもと逆に、先に風呂に入って、その後昼近くまで寝るとしよう。だが、またもや肘掛け椅子にくつろぎ、リキュール入りチョコレートを食べながら、何をする決心もつかなかった。「ご随意のままに、ご主人様」夢うつつのままマヨララが呟いた。「今行く、慌てなくてもいい。」そして、今や厄介な靄も晴れ、空に轟きそうなほど色鮮やかに青色を湛えた石英の稜の上で崇高な美しさを見せつけた火山と心が通じたように感じた大統領は、「成功……　大成功……　それだけだ……」と自分に向けて繰り返していた。大きな爆発が宮殿を揺らした。ファサードのガラスすべてが一瞬で砕け、電燈が幾つも天井から落ちた。瓶、コップ、陶器、装飾品が倒れ、壁から剝がれ落ちる画もあった。第一執政官専用の浴室で強力な爆弾が炸裂し、苦いアーモンドのような臭いとともに濃い煙を辺りに撒き散らした。自らを落ち着かせようとする必死の努力で灰のような顔面蒼白状態をやり過ごした大統領は、時計に目をやり、「六時半……　いつもなら入浴中だ……　諸君、おめでとう、今日のところ私は生き残った……」とひとりごちた。そして、警護や使用人、女中がドタバタあたふたと駆けつけてくる間、マヨララは叫び声を上げて助けを求め、街のほうを指差しながら考えていた。「私が甘すぎたせいでこんなことになったんだわ。」

12

……大変に強力で狡猾な詐欺師のような何かが存在し、ずっと私を欺き続けようとありとあらゆる手段に訴える。

（デカルト）

ドクトル・ペラルタの電話で叩き起こされた閣僚たちは――前日の夜は、公式の夕食後も、自宅で黄色のイザラや緑色のベネディクティン、アマラント色のシェリーブランデーを上物のグラスで飲み続けていたから、誰もが寝ぼけ眼をしていた――、朝八時半から始まる緊急閣議に招集され、際限なく注がれるコーヒーに助けられて、少しずつ二日酔いの夢うつつを抜け出していった。ミント飴を舐める者あり、アスピリンの汗をかく者あり、運よく目薬が手元にあったために目をぱっちり開けることができた者あり、到着とともに皆マヨララ・エルミラに大統領専用の浴室へ導かれ、壊れた陶器、粉々になった鏡、オーデコロンの水たまりに浸った小瓶や石鹸ケースの残骸、ネジが飛んでスプリンクラーのように天井――爆風でズタズタになっていた――へ水を吹き出し続けるビデ、そんな無残な光景に憤りを覚えた……「なんてことだ……ひどすぎる……信じられない……あやうく……」「今でもあそこへ行くのをためらっているのは」全員が着席したのを見て第一執政官は、声に多少の感情を込めて言った。「怒りに囚われる自分が恐ろしいからだ。」そして脅しにも似た長い間を置いた後、落ち着いた声で続けた。「仕事にかかるとしよう、諸君。」まず秘書が口を開き、事件について、その正確な時間、状況等を報告した。司法警察長官のカピタン・バルベルデがすでに調査を開始している。昨日はカピトリオの落成式ということで、大統領警護隊の主力は議事堂へ移っており、経験の浅い兵士が当直を任されるなど、確かに宮殿の警護は手薄になっていた。だが、勤務交代以後、使用人や信用できる関係者以外、この建物に入った者は誰もいない。「そのうえ」大統領が口を挟んだ。「使用された爆弾は鞄に入れて持ち込めるようなものではない。時限装置をセットしたうえで、かなり前から湯船の裏に仕掛けられていたのだ。ニトロベンゼンや緑火薬やピクリン酸を混ぜて素人が作ったものではなく、プロの作った本格的な爆弾だ。専門家によれば、いまだに残るこの苦いアーモンドのような臭いは、高度な技術の証だという……」仮説がいくつか立てられる。第一に、数カ月前から見えざる手を操って街のあちこちで壁にイニシャルを書きつけていたRAS、すなわちアナルコサンディカリスム革命。ドクトル・ルイス・レオンシオ・マルティネスの一味という可能性もある。この男はまだ存外活発に動いているらしく――確かに老獪な男だ――、国内の支持者が最近頻繁に出没して、首都や地方部で勧誘活動を行っているらしい。学生も怪しい。いつもガタガタ騒いで面倒を引き起こす(今すぐにでもサン・ルーカス大学を閉鎖したらどうなんだ?……)。ロシア系のニヒリスト(「クズだ」大統領は呟いた)、さらには、サミュエル・ゴンパーズの「アメリカ労働総同盟」の関係者(「いえ、笑いごとではありません……」)、こいつらは最近メキシコの北部で革命運動を組織したそうです。「そしてアカ文学ですね」文部大臣が言った。「そう、アカ文学だ」他の大臣も反応した。だが、法務大臣だけは今朝の事件と危険本の流通の間に相関性を認めず、近年『ローマ皇帝のお楽しみ』というタイトルでバルバディージョ図書から発行されたシリーズを引き合いに出しながら、たとえそこに、ローマ風のカマイユーとともに、娘ユリアに手を出す――破廉恥そのものです！――アウグストゥスが再現されていたとしても、あるいは、ここでは口に出すのも憚られる行為に耽るネロが描かれていたとしても、それが破壊行為に繋がるわけではない、と反論した。「勘違いなさっているようですね。いわゆる色本など、結局のところ誰の害にもなりません」文部大臣は言った。「私が問題としているのは、アナーキズムや社会主義、共産主義、労働者のインターナショナル、革命思想などを広める本、アカ文学とはそういった書物のことです。」「話を本筋に戻しましょう、皆さん、本筋へ」法務大臣は赤面しながら言った。問題はもっと単純だ。すでに誰もが感づいているとおり、紛れもないこの国の言葉で政府への悪態――単なる中傷だが、いつも反対派が用いる中傷の常套句――を並べた文章を印刷し、これをビラとして配り歩いている者がいる。ニヒリストだ、アナルコサンディカリストだ、それに……　何でしたか？……「先ほど名前が出ましたが、私は英語ができませんので。」我々の敵は、あらゆる手を使って人の尻を焚きつけ、政権の転覆を目論む政治家もどきにほかならない。奴らは周りからじっと我々を観察して隙を窺っていたが、この事件で大っぴらに戦争は始まった。戦争には戦争で応じるしかない、彼はこう言いながらピストルをテーブルの上に置いた。「だが、戦争を始めるためには、敵がどこにいるか突き止めねばならない」大統領が言った。「お任せください。私はすでに手掛りを摑んでいます。名前のリストもあります。差支えなければ読み上げますが……」「その必要はない、名前を聞いて情にほだされてしまうかもしれない。君を信用する。早速取り掛かってくれ。遠慮はいらん。いいな。」「しかし、誤りがあったりすれば結果は無残です」ペラルタが口を挟んだ。「人に過ちは付き物《エラーレ・フマヌム・エスト》」プチ・ラルースのラテン語で第一執政官は話を締めくくった。そして、不安と寝不足で呆けたような大臣たちを活気づけるためにコニャックを準備させ、「一度ぐらいいいだろう」と言って杯を満たした。「もちろん」全員が唱和した……　破壊された浴室の修理に左官屋や配管工が到着し、タイルやトーチ、道具類を運び込んでいた。「いずれにせよ、アカ文学については調べておけ」さして重視している様子ではなかったが、第一執政官は法務大臣にこう言い添えた。「ご心配には及びません。その筋に詳しい者を知っています」大臣は言って、早く行動に移りたいとはやる者らしく、そそくさと辞去した。「早速親独派を一網打尽にするとしましょう」ペラルタが言った。

　その日の二時頃からだろうか、首都の住民の眼前で予期せぬ奇妙な光景が繰り広げられることになった。ちょうど会社員たちが事務所へ戻る時間であり、また、食後の団欒を楽しむ時間でもあり、「トルトーニ」、「ラ・グランハ」、「セヴィニエ侯爵夫人」といった店では、パリの街角を真似てテントの下に設けられたテラス席でコーヒーを楽しむ人もいたから、通りは雑踏で溢れていた。そしてそんな賑やかな通りに、突如小型自動車――おそらくフォードだろう――が甲高いサイレンを鳴らして乗りつけたかと思えば、続いて、車輪の上に黒い檻を乗せたような、大きな格子の箱のような車が現れ、後方に取りつけられた小階段には、恐ろしい形相で銃を構えて立つ男の姿が見えた。すぐにわかったが、この不吉な車両は、それまで酔っ払いやコソ泥、オカマなどの収容にあたっていた原始的な護送車――ラバに牽かれた車で、「鳥小屋」と呼ばれることもあった――に代えて、政府が発注したものだった。同時に、街では警官の動きが活発になった。頻繁にバイクが往来し、注意を引くまいと躍起になっていることが明らかなせいで一目でそれとわかる私服警官――セールスマンとニック・カーターを合わせたような服装がダメを押していた――が突如現れた。それに加え、けたたましい不穏なサイレンが屋上や瓦屋根を越えて――近代的な建物の間で鳩がパニックに陥った――地区から地区へ飛び交った。「何かある」驚いた人々は囁き合った。「何かあるにちがいない。」そして、温かい霧雨とともに刻々と辺りが灰色がかっていったあの日、実際に何かが、しかも色々なことが起こっていた。午後二時半には、授業でオッカムのウィリアムによる唯名論と主意主義について講義していた大学の副学長が、授業に割り込んできた警官に拘束され、同時に、公務執行妨害で学生全員が逮捕された。人文学部への強制捜査は続き、さらに八名の教員が足蹴りや体当たりとともに新型護送車へ連行された。伝統的特権や大学自治といった議論を振りかざす学長にうんざりしたカピタン・バルベルデは、彼に拳の一撃をお見舞いし、角帽、白鉢巻、ガウン――侵入者に敬意を呼び覚ますための衣装――もろとも中央の中庭にあった泉にぶち込んだ……　三時には、その筋に詳しいカルボ中尉に率いられた捜査部隊が様々な書店に押し入り、『バルセロナの赤い一週間』(アナーキストのフェレールの死をめぐる小冊子)、『赤い館の騎士』、『赤い百合』、『赤いオーロラ』(ピオ・バロハ)、『赤い乙女』(ルイーズ・ミシェルの伝記)、『赤と黒』、ナサニエル・ホーソーンの『緋文字』――その筋に詳しい者によれば、これらはいずれも革命思想を広めるアカ文学であり、大統領宮殿で昨日起こったような出来事の引き金となる――などの廉価版を店頭に並べていないか調べた。押収された本を積んだ荷車は、少し前に町の郊外に建設されたごみ焼却場へ送られた。怒りに我を忘れた書店員の一人が「『赤ずきんちゃん』をお忘れですよ」と呼びかけると、カルボ中尉は、「面白い奴だ、こいつもしょっぴいていけ」と言って捜査員の一人に引き渡した……　そして、五時頃だろうか、家宅捜索まで始まった。空から降ってきたような警官たちが屋根の上を走り、中庭に飛び降り、台所へ踏み込み、ドアを蹴破り、ベッドの下を探り、クローゼットのなかを調べ、引き出しをひっくり返し、トランクを開け、泣き喚く女性たちも叫び声を上げる子供たちも悪態を吐く老婆たちも——最長老までが車椅子から怒りをぶちまけた——意に介することなく、結核患者が、第一執政官など売女《ばいた》の子だ、死んだドニャ・エルメネヒルダは聖女候補どころか一物の大きさで名を馳せていた軽騎兵隊の若い士官の股ぐらばかり追い回していたじゃないか、と叫ぶと、即刻この男を始末した……　夜になり、「不穏分子」や独探や親独派社会主義者の拘束、逮捕、失踪などについて不確かな憶測が流れたが、町はいつもと変わらず平穏に活動を続けているようだった。マリアニ・ワインやジラルドーズ商会、ウロンドナル社を宣伝するネオンサインが点り、映画館からブザーの音が届く一方で、カフェやバーでは、最も気になるニュース以外のすべてを伝える夕刊に人々がむなしく目を通していた。黒檻の通行も収まったようで、中央公園のロータリーでは、消防隊の楽団が木曜恒例の「サンブル・エ・ミューズ連隊行進曲」と「サムソンとデリラ」のバレエ曲、そして闘牛のパソドブレを奏で始めた。サン・イシドロ、ラ・チャヨータ、エル・マンゲ、エコノミーア、サン・フアン・デ・レトランといった繁華街に人が繰り出した。だが、一一時の鐘と同時に突如荒々しい動きがあり、売春宿、賭博場、安酒場、小型のヴァイオリンやギターで伴奏を付けたディスコが一斉捜査の対象となった。公務員や軍関係者の身分を証明できなかった者は、服を着る暇すら与えられぬまま強制的に軍用車へ押し込まれ、すでに独房も大部屋も中庭も人で溢れていた中央刑務所の古い施設に収監された……　そして夜が明けると、すでに町は恐怖に包まれていた。逮捕拘束はやまず、黒檻は巡回を続けていた。しかし、それほどの恐怖に支配されていたにもかかわらず、同じ日の午後、閣議室の小さな書庫へ掃除に入ったエルミラは、チェザーレ・カントゥ『世界史』の裏にアニマル・クラッカーの怪しげな缶が置かれているのを見つけた。調べてみると、これが手製の簡易爆弾だと判明し、宮殿の警護にあたっていた砲兵見習いの手ですぐさま処理された。「もっと厳しくしなければ」ペラルタは言った。

　加齢による動脈硬化とともに、第一執政官の両目――読書には必要ないので決して眼鏡は使わなかった――には奇妙な不具合が生じ、三次元で物を見ることができなくなっていた。近くから見ても遠くから見ても、事物は凹凸のない平面となり、ゴシック様式のステンドグラスに描かれた絵のようにしか見えないのだ。そして毎朝、まさにゴシック様式のステンドグラスに描かれた人物画を眺めるような気分で、規定の配色を身につけた男たち――一人は青と黒、もう一人は白と金色、残る一人は黄土色の軍服――に応対し、前日から深夜にかけて警察署や監獄、兵営や地下牢であたった任務について、もっと具体的に言えば、口を割ろうとしない者の口をどのように割らせて名前や住所や情報を引き出したか、報告を受けた。そしてそれは、水攻めや捩じり上げ、吊るし上げや暴行の羅列であり、プライヤーや棍棒、火鉢やとうもろこしの穂――これは女性用――のカタログであり、遠く輝く庇護火山を背後に開かれた大きな透明のステンドグラスに映し出された偉人伝、堕落人たちの光景、責め苦の描写だった。「諸君、ご苦労だった」の一言で最初のステンドグラスが崩れ落ちて、画面から青、白、黄の色が消えると、今度は別のドアから、聴く男、見る男、覗き部隊、聞き耳部隊、拡散部隊、流布部隊、喜劇部隊、産婆術師、資料調査の達人が次々と入場して第二のステンドグラスを形成し、悪知恵で得た情報、摑みたての情報、正確に確認できていない情報、さらには、外交レセプションや酒場の片隅や温かい寝室――彼らは神出鬼没であり、ある時はガラスの招客、またある時は石の招客として、そして必要とあらば、招かれざる客や噂好きの客となって、どこへでも怪しまれずに入り込んだ――で耳にした不適切発言について報告するのみならず、同時に彼らは、監視人の監視人、すべてのお目付け役であり、第一執政官の庇護を受けた親しい協力者や会食者がどんな悪巧みを画策しているか逐一把握していた。時に怒り、時に笑いながら第一執政官は鍵穴の目と壁の耳を備えた者たちの話に耳を傾け、影でこそこそどんなおかしな取引が行われているか突き止めていた。地図に載っていない川に架ける橋、本のない公立図書館、決して大西洋を越えることのないノルマンディーの種馬、存在もしない幼稚園の玩具や教科書、田舎娘など駆けつけてくることは決してない農村部助産支援会――何百年も前から女たちは、底を抜いたスツールに跨った状態で、天井からぶら下がった綱を引っ張りながら、男の子が欲しければ夫の帽子を被ってお産に臨む――、本来なら石造りにすべきところをペンキ塗りの木でごまかした道標、クエーカー・オーツの缶に入れて取り引きされるポルノ映画、国家警察違法賭博取締団の運営する中国富くじ（番号を記した動物カードを使う広東式宝くじをアメリカ大陸に導入したドラモンド男爵は、これを「三十六動物ゲーム」と呼んだ）、マンドラゴラの根とともに小瓶に詰めた朝鮮の酒、サントドミンゴのガラニョンつる草、ウミガメの粉とハンミョウの抽出物を混ぜた薬といった精力増強剤、秘密警察の長官が運営するスロットマシン――ベル三つ、プラム三つ、チェリー三つで大当たり――、我が国の国籍取得を望むカイエンヌのフランス人や国外退去処分になった者に与えられる「正真正銘の《アド・ペルペトウアム・メモリアム》」偽造出生証明、占星術や預言、手相やカード、星座やインド秘術――すべて法律で禁じられているが、内務大臣が見て見ぬふりをしている――による占い相談所、お祭り会場や遊園地などに設置される「放埒ステレオスコープ」（カピタン・バルベルデの所有）、カルボ中尉の販売するカタルーニャのトランプ――詳しい者によれば、フランスのトランプほど洗練されていない――、カトリックの乙女の嫁入り道具としてパリのマレー区で作られているという「新婚夫婦祝福用シーツ《ドラ・ペニ・ブール・ジュヌ・マリエ》」……おかしいような、腹立たしいような――どちらかといえばおかしかった――気持ちでこうした悪知恵とごまかしの実態を毎朝確認しながら第一執政官は、善後策といえば、せいぜい忠実で熱心な部下たちに儲け話でも回して報いることぐらいだろうと考えていた。今も昔も彼は、けちくさい商売には興味がなかった。密かにいくつも大企業を操り、様々な略号、連合企業、商会、倒産も破産もない株式会社を通して、パンや魚、穀物や家畜、氷やミネラルウォーター、電気や車輪を支配している。こうしていつもどおり朝のステンドグラスを眺めながら第一執政官は、宮殿で爆発があってから人々が恐怖に震えていたとはいえ、それでも何か、腹心たちに捉えきれていない何か、彼らの手をすり抜ける何か、投獄や拷問や外出禁止令では防ぐことのできない何かがあることに気づいていた。地下で、水面下で何かがうごめき、都市の知られざるカタコンベから様子を窺っている。表立って出てきはしないし、その内幕も謎のままだが、第一執政官にも説明のつかない新要素がこの国に入り込んでいるのだ。実体のない花粉、埋もれた酵母、こそこそ隠れて動き回る力、音こそ立てないが生々しい鼓動を伴う力によって、町の雰囲気がかき乱されているばかりか、反政府声明やビラ、宣告やポケットサイズのパンフレットが得体の知れない印刷所から毎日のように出回り（「……お前たちには、印刷機のように騒々しく隠しにくいものを見つけることができないのか？」激昂した第一執政官がこんな叫び声を上げる朝もあった）、かつてのように現地の俗語隠語に満ちた安易な冗談や駄洒落で政権に向けて悪態を並べるのではなく、彼のことを「独裁者」呼ばわりしたうえ（外国、特にフランスでこの言葉がすでに定番となっていたせいで、他のどんな辛辣な呼び方や翻訳不可能なあてこすりより効き目があった）、国民に知られてはまずい様々な情報――活動、商売、決定、「抹殺」……――が明瞭簡潔な文体で曝露されている……「しかし……こんなビラ、こんなパンフレット、こんな忌まわしい中傷をいったい誰が印刷しているのだ？」見慣れたステンドグラスのなかで何の返事もできぬまま苦悩の汗と痙攣に歪む顔を見ながら第一執政官は毎朝怒鳴り散らした。規定の青と白と黄色を纏った者たちが何かを口ごもり、続いて、途方に暮れて青ざめた産婆術の名士たちが相矛盾する話を繰り出し、結局は消去法でお茶を濁した。文書をめぐる包囲網を狭め、行間から犯人を割り出そうとしているが、すでに全員を検挙したアナーキストではありえないし、すでに全員を国内各地の刑務所に収監したルイス・レオンシオ・マルティネスの支持者でもありえない、他のもっと臆病な反対派はすでに厳しい監視下にあり、印刷所を作って常時それを稼働させておく余力などあるはずもない……　こうして推測を重ね、様々な可能性に照らし合わせて仮説を立てていくうちに、ジグソーパズルのピースが嵌まるように文字が集まり、コ－ミ－ユ－ニ－ズ－ム、「共産主義」という思いもよらぬ言葉にたどりついた。だが、結局のところ我々は――ペラルタと二人きりになったところで第一執政官は考えた――、他のラテンアメリカ人と同じく、皆新しいもの好きだからな。世界で何か新しい動きがあるとみれば――流行でも品物でも、思想でも絵の描き方でも、詩の書き方でも戯言の台詞回しでも何でもいい――、誰もが熱狂してそれに飛びつく。イタリア未来派も「スーリー師の青春」もそうだったし、神智学もダンス・マラソンも、クラウゼ主義も回転テーブルも同じだった。そして今、あの破廉恥なブレスト＝リトフスク条約以来、あらゆる誠実な知識人に蔑まれてきたロシアの逸脱的産物とでも称すべき不可解な思想、共産主義なるものがアメリカ大陸に触手を伸ばしてきたわけだ。幸い、あんな未来のない、しかも我が国の習慣と無縁な教義に与する者は少ない――少なくとも今のところめぼしい成果は上げていない――が、この連中をすべての原動力と考えると、アルバレスだかアルバロだかアルバラードだかという名――ペラルタの記憶は定かではなかった――だが、「学生」、すなわち「エル・エストゥディアンテ」の異名で知られる忌まわしい若者の存在が浮かび上がってきた。過去にも大学紛争に加担したことのあるこの男は、近頃極めて攻撃的な演説をぶち、「私はただの学生、一介の大学生、エル・エストゥディアンテにすぎません」と唱えたらしい。スパイの一人によれば、ケレンスキー政権を打倒してロシアで富や土地や家畜、銀食器や女まで貧民に分配したレーニンを誉めそやしているという……「探し出せ」大統領は言った。「手掛かりになるかもしれん。」だが、毎朝恒例のステンドグラスはただただ困惑するばかりだった。どうしてもエル・エストゥディアンテを捕まえることができなかったのだ。これまで人畜無害な男としてまったくノーマークだったせいで――政治より詩に関心を持っていたという――、公安当局の専門家たちにも、その人相や背丈、身体的特徴が摑みきれていなかった。目は緑色と言う者もいれば栗色と言う者もおり、スポーツ万能だと言う者もいれば病弱だと言う者もいる。大学の学籍によれば、年齢は二三歳、母はなく、父は教員だったが、ヌエバ・コルドバの虐殺で命を落とした。町から出てはいないはずだが、隠れ家に警官が踏み込んだときには、乱れたベッドや飲みかけの缶ビール、紙の燃えかすや煙草の吸殻を残して間一髪立ち去った後だった。部屋の床には本が一冊、カール・マルクス著『資本論』第一巻が残されており、付いていたラベルによれば、すでにアカ文学販売の罪で収監されていたバレンティン・ヒメネスの「アテネア」書店で購入されたものだった。「まったく！」これを知って第一執政官は叫んだ。「間抜けどもは『赤と黒』や『赤い館の騎士』を没収して、もっと危険な本を店頭に残していったわけだ。」そして、パリで著名学者から「マルクス主義の脅威」や「アカ文学」について聞いていたこともあり、早速ペラルタに命じて（「クソ探偵どもよりは頭も切れるし、役に立つだろう……」）この種の本を市内からすべて押収させた……二時間後、大統領執務室のテーブルには何冊も本が並んだ。マルクス著『フランスにおける階級闘争（一八四八－一八五〇）』、『ルイ・ボナパルトのブリュメール一八日』、『フランスにおける内乱（一八七一）』。「なんだ！……みんな大昔の本じゃないか」第一執政官は言って、軽蔑の手で本を払いのけた。マルクス、エンゲルス共著『ゴータ綱領批判・エルフルト綱領批判』……「どうやらこれはヨーロッパ貴族に対する批判文書らしいな……ゴータといえば皇族や公爵、伯爵、侯爵の電話番号帳のようなものだ……」エンゲルス著『ルートヴィヒ・フォイエルバッハとドイツ古典哲学の周縁』。「こんなものがこの国の路面電車の運転手を堕落させるわけがない……」マルクス著『価値、価格と利益』。そして大統領は読み始めた。「付加労働量を通した商品価値の決定は、労働もしくは賃金による商品価値決定の同語反復的方法とはまったく異なる。」「わかったか？　私もさっぱりわからない。」マルクス著『経済学批判』。この本をめくって最後の「付録」まで至ると、第一執政官は笑い出した。「英語、ラテン語、ギリシア語で韻文が書いてあるぞ……　こんなものがマヨララ・エルミラの教本にでもなるというのか。」（「私だってそれほど捨てたもんじゃありませんよ」マヨララは言い返した……）そして別の一冊を手に取ると、もっと高らかな声で笑った。「ああ！　これが有名な『資本論』か……！　どれどれ。」

商品の最初の変質、すなわち、商品から貨幣への変質は、同時に必ず別の商品の、これと反対の第二の変質、すなわち貨幣から商品への転換を内包している。D－M、つまり購買は同時に販売、M－Dでもある。だから、ある商品の最終的変質は同時に別の商品の最終的変質も意味している。織工にとっては、商品の変質とは、生地の形の一スターリングポンドが聖書に変わることを意味している。だが同時に、聖書の販売人は、織工から受け取った二スターリングポンドを酒に注ぎ込む。D－M－D過程（生地―貨幣―聖書）の最終局面のD－Mは同時にM－Dでもあり、つまり、M－D－A過程（聖書―貨幣―酒）の第一局面にもなる……

「この部分で私にわかるのは《酒》だけだ」第一執政官は上機嫌で言った。「それで、このドイツのがらくたはいくらするんだ？」「二二ペソです。」「売らせておけばいい。勝手に売り続けるがいいさ。死人の脚より重いこんな代物に二二ペソ出す者など、この国には二二人もいないだろう……　M－D－M、D－M－D……　こんな公式で私を倒せるとでも思っているのか……」「しかし、これをご覧ください」ポケットから薄いパンフレットを取り出しながらペラルタが言った。『ロードアイランドレッド種雌鶏の生育法』。「これと何の関係があるんだ？」大統領は言った。「この国にアメリカ産の鶏が適応できたためしはない。脚まで羽に覆われたナット・ピンカートンもだめだったし、向こうじゃものすごい数の卵を産むというレグホーンも、こっちへ持ってくるとケツが閉まったように週四つしか産まなくなってしまう。このロードアイランドレッドなんて、国に入った瞬間から害虫にやられる始末だ。」「本を開けて、よくご覧ください、大統領……」マルクス、エンゲルス共著『共産党宣言』……　「おい、これは別だ、ちくしょうめ！」そして不信感で眉を顰めながら読み上げた。「亡霊がヨーロッパを徘徊している。共産主義の亡霊だ。神聖同盟諸国が結託してこの亡霊を迫害している。ローマ法王、ツァー、メッテルニヒ、ギゾー、フランス急進派、そしてドイツ警察。」二人は黙った。そして、「いつもと変わらぬ過去の遺物だ。神聖同盟（ナポレオンの失脚後だろ?）、ローマ法王、いずれも人畜無害、メッテルニヒにギゾー（そんな名前の人間がいたことすら覚えている奴はいないだろう）、ロシアのツァー（何人もいるうちの誰だ？

私にもわからないぐらいだ……）昔々……　大昔のことじゃないか……」だが、ページを飛ばして、養鶏マニュアルに偽装されたこのパンフレットの末尾までくると、次の一文を前に考え込まざるをえなくなった。「要するに、共産主義者は国中で革命運動を支援し、社会秩序や既成政治を覆そうとしている……」長い沈黙の間があった。そしてついに、「またもやいつものアナーキズムだ。パリやマドリードに爆弾を仕掛け、国王女王を暗殺する。アナルコサンディカリスム、コミュニズム、RSA、M－D－M、D－M－D、POSDR、それにYMCA、無秩序にアルファベットが散乱して、略号ばかりが増殖するのは堕落の兆候だ。しかし、ロードアイランドレッドの飼育法とは……　うまいことを考えたものだ……　赤のレッドか……　即刻すべて回収に乗り出し、このふざけた養鶏文学を所持していた者は全員刑務所へぶちこめ……　それに……　それに……　おい……　いったいどうしたんだ?……」午後の三時頃だっただろうか。カテドラルの鐘が重々しく響き始めた。そして、まるで大きな銅製の典礼用具に大きなハンマーが打ちつけられて最初の鐘が子供の鐘をたくさん生みでもしたように、パロマの礼拝堂でそれまで一度も鳴らされたことのなかった鐘が高い音で反応し、続いて上方、庇護火山の雪がかかる境目のあたりでサン・ビセンテ・デ・リオ・フリオのソプラノ、さらに、タルベス修道女会のバリトン、イエズス会寺院の鮮やかな鐘、サン・ディオニシオのコントラアルト、サン・フアン・デ・レトランの通奏低音、聖牧女の銀色のソルフェージュなどが次々と響き渡って、衝突と打撃、呼びかけや金属音、歓喜と悦楽の祝祭が始まった。名手の弦が上へ下へ、足を広げて宙を舞い、お騒がせ者や侍祭、抜け目ない神学生やカプチン会修道士が踵を踏みつけて跳躍し、上からの騒ぎにリズムを刻みながら、鐘塔の繰り出す大きな音の井戸を軽々と越えていった。そして北から南へコンサートが、東から西へ合奏曲が流れて町を揺れと鼓動と反響の不思議なポリフォニーに包む一方で、工場のサイレンや自動車のクラクション、スプーンで叩いたフライパンや鍋や缶、すべてが耳をつんざくように鳴り響き、昔ながらの狭い通りとアスファルトで舗装された現代風の広い通りに君臨した。今度は機関車の汽笛が鳴り、消防車が唸り、路面電車の金属的なブザーが翻った。「終戦です!」ノックもなしに駆け込んできた外務大臣が叫び、誰も見ていないというので第一執政官とペラルタが安心して開けたサンタ・イネスのボトルが本だらけのテーブルに置きっ放しになっているのを見て、早速それに手を伸ばした。「終戦です！　野蛮に対する文明の勝利、ゲルマン魂に対するラテン精神の勝利です！　我らの勝利です！……」「くそったれ」大統領は小声で言った。「えらいことになったぞ……」授業がなくなって学生たちは学校を飛び出し、大声で合唱を始めた。ラ・チャヨータやエコノミーア、サン・イシドロなどの通りから陽気な娘たちが通りへ繰り出し、ロレーヌの帽子や、髪につけたアルザス風の黒リボンをひけらかした。「戦争は終わった……　戦争は終わった……」手工業者、左官屋、ピアノの調律師、質屋、鉄道の運転手、マンゴーやタマリンドの行商人、とうもろこし粉挽き職人、伝統あるユニフォームを着たスポーツ選手、アイスクリーム売り、イタリア風の作業着を着た手回しオルガン弾き、街の清掃人、糊の利いた胸当ての教員、製糖技師、自然生活運動家、神智学者、競馬場の予想屋、研究者、交霊術師、実験所の職員、口にカーネーションをくわえたオカマ、民俗学者、愛書家、賭博者、ガウンと角帽の男などが、騒ぎに調子を合わせて行進していた。「戦争は終わった……　戦争は終わった……」デカデカと見出しを掲げた号外を触れ回る声が聞こえた。「戦争は終わった……　戦争は終わった……」今日ばかりは警察に咎められることもあるまいと見てとった大学生たちは、角付き兜を被せられて背にドイツの旗を乗せた針金仕掛けのラバを木の舞台に乗せ、体を寄せ合ったままこれを肩に担いでサン・ルーカス大学から通りへ繰り出した。舞台上では、金色の枠で縁取られた三色旗をまとってフランス軍元帥に成り代わったマネキンが、悪あがきを続けるラバに向けてサーベルを打ちつけていた。そしてみんなが周りから囃し立てた。

カイザーの悪あがきに
ジョフルの手さばき。

赤ズボンのジョフル元帥を模《かたど》ったこの陽気な見世物が、中央公園を何度か回った後、大統領宮殿の前で一時停止し、共和国大通り沿いに山手方面へ去って行く間に、聖牧女教会の司祭たちは、光のマントを着せた聖母像を別の舞台に乗せて担ぎ出したが、勝利のポーズを取るその足元では、聖ゲオルギウスの祭壇から持ち出された緑色のドラゴンが瀕死の痛みに体を捩り、墨汁の太い字で目立つように「戦争」と書かれた段ボールをグロテスクな頭から提げていた。そして今度は、女性たちが古い田舎歌を歌っていた。

聖母マリア様、
我らを悪からお救いくだされ。
お守りくだされ、聖母様、
この恐ろしい動物から。

そしてもう一つの舞台も、マラカスと爆竹の音に包まれながら、針金仕掛けのラバと元帥を乗せてコメルシオ通りから再登場した。

カイザーの悪あがきに
ジョフルの手さばき。

そしてプラテロス通りから聖牧女のしもべたちが現れ、グラディージャス坂を登ってオーギュスト・コント大通りへなだれ込んだ。

聖母は山刀を手に取り、
退治に乗り出した。
すると四つ足の悪魔は
藪へすごすご逃げ込んだ。

「くそったれ！」苦々しい表情でこの光景を見つめながら第一執政官は言った。「しかし、大統領、理性の勝利、デカルトの勝利ですよ……」「いいか、ペラルタ、これで今に砂糖もバナナもコーヒーもガムも天然ゴムもみな値崩れする。おいしい商売も終わりだ……　そして、この好景気は私の政権と無関係だなどと言い出す奴が現れる。」

カイザーの悪あがきに
ジョフルの手さばき。

「フン族に対する聖ジュヌヴィエーヴの、クラウゼヴィッツに対するジャンヌ・ダルクの、世界共産主義に対する聖牧女の勝利を祝して盛大な晩餐を準備しろ。ハンジのコウノトリもコルマールの屋根へ戻り、デルレードの勝利のラッパが鳴り渡ることだろう……　デカルトは戦争に勝ったが、我々には受難の始まりだ……」

聖母マリア様、
我らを悪からお救いくだされ……

「それでもまだ、この戦争から最後の一滴を搾り取ることはできる……　まだ国民の財布に金が残っているうちに、フランスの荒廃した地区の復興支援という名目で募金を大々的に呼びかけるとしよう……　オフェリアに電報を打って至急帰国するよう伝えるんだ。もう一度赤十字の看護婦を演じてもらうとしよう。」そして密かな悲しみに塞ぎ込んだ第一執政官は、通りの様子にも、国を挙げてのどんちゃん騒ぎにももはや興味を失い、執務室の片隅に追いやられていた蓄音機のぜんまいを巻いて、フォルチュゲのレコードを聴くことにした。

パリの夜が更けると
まるで我らが聖母の美しい教会が
天国から降りてきて
今の心境でも話し始めるよう……

13

戦争荒廃地域復興支援募金は大成功となり、そうした活動に避けがたくついてくる大規模な付随的利益を国内にもたらしたのみならず、戦後問題の処理にかかりきりになっていたヨーロッパにあって、世界を激変させたあの歴史的八月以前の不確かな遠い日々に遠い国々で起こった、風変わりだがどうでもいい出来事のことなど誰も思い出せなくなっていた事態にも助けられ、国とその賢明な為政者に対する国際的評価の回復に寄与する結果となった。看護婦の格好をしたオフェリアは、版画やスケッチ、ポスターや雄弁な写真を手に、町から町へ、学芸協会から学芸協会へと訪ね歩き、荒れ果てた平野や壊滅した村、地雷の爆発痕や崩れ落ちたカテドラル、十字架だらけの地平線を見せて回った。「子供の学校を求める人々」こんな言葉がうらぶれた軍人霊園の景色に添えられ、「住処を返して」、銃弾に貫かれたキリスト像の足元にはこう書かれていた……　その間、すでに過剰に膨れ上がっていた好景気が無茶な後押しを受けて投機と浪費に拍車をかけ、繁栄にのぼせた人々は、暗い預言を投げかける経済学者たち――日々更新されていくフィクションに歓喜の歌を捧げる慢心家のコーラスにとって、計算高い占い師たちなど、祝祭に水を差す禁欲者でしかなかった――の発言に耳を貸すこともなかった。もはや生活全体がフィクションになっていた。そうとも知らず、人々は自ら進んで大きな不思議の市に飲み込まれ、価値の倒錯、既成概念の転覆、外観の変化、迷子、変装、変身――金銭は、持ち主のポケットや財布、金庫から出ることもなく一夜にして姿と重みと価値を変え、あまりの急な変動に、蜃気楼の永続や、思いもよらぬ事物の変質と転覆が起こった――に翻弄された。すべてがひっくり返ったのだ。貧民がオレジャーナやピサロの同時代人となって征服期の宮殿――今や垢と鼠に浸蝕されていた――に住みつく一方、農園主たちは、インディヘナ風ともバロック風ともイエズス会風――オスマン大通りに似非第二帝政風の大きな建物が作られるまでは、歴史の表舞台に出ることこそなかったが、中世風ともルネサンス風ともハリウッド調アンダルシア風ともつかぬこうした装飾が劇場に施されていた――ともまったく無縁な家に住み始めた。新中央郵便局にはビッグ・ベンが据え付けられ、新第一警察庁舎はナイルグリーンのルクソール神殿となった。大蔵大臣の田舎風官邸はシェーンブルン宮殿の美しいミニチュアとなり、下院議長は舶来のツタで飾った小さなクリュニー修道院に愛人を住まわせた。バスク風スカッシュでも、イギリス産ハウンドのドッグレースでも、毎晩大金が賭けられた。夕食時になると、ヴィッラ・デステやラ・トロイカ――コンスタンチノープル経由で国にやってきた最初の白系ロシア人が開店したキャバレー――が賑わう一方で、ズック靴や盲人の歌うロマンセと同様に軽蔑の対象となった伝統の郷土料理を食べようと思えば、今や中華料理店へ行くしかなかった（おかげで郷土料理保存会は広東出身の料理人見習いばかりになった）。ヒット曲といえば、「キャラヴァン」、「エジプトランド」、「ジャパニーズ・サンドマン」、「チャイナタウン、マイ・チャイナタウン」であり、とりわけ「ヒンドゥスターン」が、あらゆるピアノの譜面台から、赤い太陽を浴びてシルエットとなった象と象使いの表紙を見せつけていた。好況の恩恵を受けた女たちは、髪飾りやペンダントやネックレス、さらには、流行の最先端を行くワースやドゥーセ、キャロ姉妹をどこでお披露目したものかと頭を悩ませた。同じように、昔からの夢が今や実現可能になったとみるや、第一執政官はフィクションの聖地と言うべきオペラ座をオペラ・シティのなかに設置し、ブエノスアイレスやリオデジャネイロ――ヨーロッパの芸術と洗練にいつも目を向けてきた二つの都市――で催されているような演目をここでも上演しようと思いついた。同じ時期、叙情劇の情熱に駆られてアメリカ大陸縦断ツアーに乗り出していた興行主アドルフォ・ブラカーレは——指揮者がマラリアに倒れれば自らタクトを振り、町に他の楽器がないと見れば、ピアノ、ヴァイオリン七本、フルート、サックス、サクソルン、チェロ二台、コントラバスという編成のオーケストラで『蝶々夫人』を上演してみせる、そんな男だった——バナナ農園やチリの硝石鉱山、南半球の港町やマナウスのゴム農園などで『シモン・ボッカネグラ』、『マノン』、『ランメルモールのルチア』を上演しながら、役者や衣装、舞台道具とともに高山地帯を横切り、河を遡り、大小アンティル諸島を巡るまっただ中だったが、国立劇場で「世界最高の見世物」を上演する役を任されたのはこの男だった…… そしてある晴れた朝、プエルト・アラグアト発の汽車が首都へ到着すると、そこに搭載されていたのは、古代寺院、錬金術師の窯、スコットランドの霊園、日本風の家数軒、エルシノア城、サン・アンジェロのテラス、いずれも巻かれ、折り畳まれ、分解された修道院、洞窟、地下牢、開閉式セルバ、布製修道室、そんなものを詰め込んだ箱の数々であり、貨物車二両に収まりきらないほどだった。そしてとうとう、夕暮れ時に三両目——フランス語のメニューを添えた最新型の食車——が駅に停車すると、マグネシウムの閃光と溢れんばかりの花束に囲まれて、まばゆいスターたちがプラットホームに降り立ち、知名度によって音量の変わる拍手とイタリア移民のマンドリン、そして役人の追従が彼らを出迎えた。先頭に立つのは、明るいグレーのボルサリーノにプラチナのカフスボタン、チョッキとネクタイにダイアモンドという出で立ちの偉大なるエンリコ・カルーソーであり、物腰穏やかで気さく、しかも饒舌なこのテノールは、あまりの歓待と心遣いに当惑して我を失ったらしく、二等兵を将軍と間違え、ポーター長に閣下と呼びかけたばかりか、大臣風の顔をした音楽ファンを抱擁して本物の大臣をないがしろにしたが、それでも、お祭り騒ぎで賑わうナポリの広場を彷彿とさせるその雰囲気に包まれて、サインも子供へのキスも喜んで引き受けていた。これに続いたのは、眉を引き締めて、肉付きのいい体と唸るような胸板をパーム・ビーチの薄い生地に包んだティッタ・ルッフォであり、ポスターですでに告知されてはいたが、こんな運動家のような体形の男が数日後には苦悩で痩せこけたハムレットとなって舞台を盛り上げることなどありえないようにすら思われた。続いて車両から降りてきたルクレシア・ボリは、全身歯とコロラトゥーラという印象で、スペイン風の髪飾りとスカートを纏って、すでにロシーナになりきっているようだった。大貴族の夫人のような立居振る舞いながら、ガーターに短刀を忍ばせたコントラアルトのようにも見えるガブリエラ・ベザンゾーニは、バレエシューズを履いてゴム製の靴を手に後から降りてくる青白いひょろひょろのアメリカ人ダンサーと強烈な対照をなしていた。親族の盛大な葬式に参列でもするように子羊革の手袋とフロックコートに身を包んだリッカルド・ストラッチアーリは、わざとらしい声でジャーナリストの質問に答えていた。ピカレスク小説に精通した者のように狡賢そうな細身のマンスエトは、茶目っ気たっぷりにドン・バジーリオの帽子を小脇に抱えて降りてきた。ニコレッティ・コルマンなら、ボーイトの『メフィストフェーレ』で、胸をはだけてシャリアピン風に悪態をつく彼の姿がもうすぐ見られるだろう…… 首都の指物師たちが昼夜ぶっ続けで燕尾服の生地やピケのチョッキに必死でハサミを立てる一方、縫い子たちは、試着のたびにスカートの丈や胸の空き具合等、あちこちに手を加え、恋の情熱に打ちひしがれた女性の服を絞ることもあれば、肥満体の女性の衣装を広げることもあり、また、妊婦の着る服のウェストを緩めることもあれば、流行遅れの服に最新のカットを施して今風にすることもあった。学生楽団やアカペラ合唱団のメンバーがコーラス隊を作り、国内最高レベルの演奏家が集まってオーケストラを結成したが、その指揮を執るボローニャ人は気性が荒く、練習中も演奏を止めることなく大声でこんな檄を飛ばす——「ファのシャープだ、ばかやろう!……」「付点四分音符だ、下手くそめ!……」「優しく、しかし男色に走らず」(『椿姫』前奏曲への指示)、「キンタマに力を込めて速く」(『カルメン』序曲への指示)——のみならず、師匠のトスカニーニを真似たつもりだろうか、混血や淫売に囲まれているほうが演奏家と一緒にいるより居心地がいい、そんなことまでしょっちゅう口走った。とはいえ、この男とて、リハーサルが終われば演奏家と行動を共にすることもあり、そんな時には、首にフラシ天のタオルを巻いたまま、庶民的な雰囲気の飲み屋「ローマ」で、ラム酒「サンタ・イネス」のフェルネット・ブランカ割りを何杯も飲んでいた……　シーズン開幕へ向けて、夜ごとスカラ座やメトロポリタン劇場の関係者を歓待する祝宴が催され、「今日は声が出ない」と言いながらも結局はピエドリグロッタのレパートリーやトスティの『死なまほし』から歌曲を歌う者には事欠かなかった。そしてその間も、金槌の音、叱責や罵声、事故、装飾や跳ね上げ扉の不具合、槍の紛失、装身具の破損、場違いな悪魔的煙の噴出、楽屋への鼠の侵入、イタリアに忘れてきた錘竿、不十分な照明、赤痢、五月の腸炎、花粉症になったソプラノ、マンスエトとニコレッティによる女の取り合い、契約破棄、再契約、第一ヴァイオリンによる第二ファゴットへのビンタ、際限ない苦情、喉を潰す歌手、気候による二つのフルンケル、蚊の襲来、染みのついた衣装、スコール、ヘルニア、またもや声を嗄らす歌手、腫れや発疹は続いていたが、それでも『ファウスト』の完成度は驚くほど高く、その歴史的名演は、即座に流しや吟遊詩人の弾き語りにまで取り入れられて、何も知らぬ聴衆を驚かせることすらあった。これに続いたのはベザンゾーニとカルーソーによる『カルメン』であり、旅の途中でラッパ銃を紛失していたため、コーラス隊はこれに代わってウィンチェスターのカービン銃で武装していたのだが、もちろん専門家以外そんなことに気づく者もおらず、大盛況に終わった。さらに、『セビリアの理髪師』では、マンスエトの演じるドン・バジーリオが恐いほど残忍で、その勇壮で活力に満ちた演技は、ティッタ・ルッフォの演じるフィガロを圧倒した。マリア・バリエントスの『椿姫』は聴衆を歓喜の渦に巻き込み、鳴り止まぬ拍手を前に、楽譜を無視して三度も「乾杯」を歌わねばならないほどだった。老ジェルモンとヴィオレッタによる感動のシーンはあちこちに啜り泣きを引き起こし、あまりに大量の花が舞台に投げられたせいで、挨拶に出てきた役者たちはバラやカンショウ、カーネーションを踏まずに歩くこともできなかった……　さらに栄光のシーズンは続き、『ファヴォリータ』、フロトウの『マルタ』（カルーソーの出世作）、アンブロワーズ・トマの『ハムレット』、『リゴレット』、そして『夢遊病の女』……　第一執政官は幸福に酔いしれていた。オペラが首都を変えたのだ。上演が終わると、お洒落なカフェは豪華な服装と贅沢な装飾品を見せつけた人々で溢れ、通りからガラス越しにこれを眺める一般市民は、官能小説や億万長者の映画か、キオスクに並んだ『ヴァニティ・フェア』の表紙から想像するしかなかった世界が、ジョン・シンガー・サージェントやジャン・ガブリエル・ドメルグの絵にでも出てきそうな洗練された自国の貴婦人たちとともに、まさに手を伸ばせば届きそうなところにあるのを見て驚愕した。「我々もようやく人間並みになったな、ペラルタ、やっと人間並みだ」大統領はこう言いながら豪華な平土間席を眺めやり、幕間に「ラッコント」、「ポルタメンティ」、「フィアト」、「テッシトゥーラ」、「アリオーソ」などといった言葉を使って談笑する人々の様子にご満悦だった……　そして、万事順調に見えていたある日、『トスカ』の封切りで想定外の出来事が起こった。第二幕の終わりで、フロリアがスカルピアの胸にナイフを刺す場面に差し掛かると、上方の客席から果てしなく長い喝采が沸き起こり、オーケストラが演奏を止めてしまった。歌が流れるわけでもなく、歓喜を引き起こすような場面でもなかったから、マリア・イェリッツァ（この日が彼女のデビューだった）は、どうしたことかと死体の上で燭台を何度も右へ左へ動かしたが、スカルピア役のティッタ・ルッフォも同じように当惑するばかりだった。ついに上方から叫び声が聞こえ、「くたばれ、用心棒ども！」、「死ね、バルベルデ！」の言葉が割れんばかりの拍手の謎解きになった。トスカが舞台を去り、混乱で沈黙したオーケストラの前で幕が下ろされる一方、天井桟敷に警察が踏み込み、階段から逃げきれなかった者は全員拘束された。翌日、ジョルダーノの『アンドレア・シェニエ』は軍隊に囲まれた劇場で上演され、内部の座席や通路にも軍服を着た士官が戦略的に配置された。それでも、革命裁判の場面になると、どこからともなく「ロベスピエール万歳！」の叫び声が響き渡った……　そして今や、どんなオペラを上演しても、音楽の質や演技の上手さと無縁に喝采や囁き、叫び声などが上がるようになった。追放者、陰謀家、国王の暗殺者、トルバドゥール、エルナニは常に拍手を浴び、裏切り者、警吏、ウスコク、密告者、スポレッタは常に野次られた。第一執政官は、すでに予告されていたジョルダーノの『シベリア』の上演中止を決め、怒りと苛立ちとともに、『アイーダ』によるオペラ・シーズンの閉幕を待ち侘びた。この上演にはかつてないほどの舞台装置が準備されている。すでにニューヨークのリーディ商会に、凱旋行進に使う長管トランペットを注文した。第三軽騎兵大隊所属の騎兵五〇人が、素顔では白すぎてヌビア人やエチオピア人に見えない場合にはしかるべく化粧をしたうえで、エジプト風の衣装を纏って行進に参加することになっており、最近国に到着したばかりのサーカスからラクダと象を借りて露払い役をさせることが決まっていた。そして、活力と自信に溢れた手に導かれてオーケストラは最後の数週間で格段に演奏の質を上げ、素晴らしい演出と見事なコーラスにより、舞台はかつてないほどの盛り上がりとともに開幕した。衣装も装飾も絶賛の的となり、当然のように勝利の祈願にアンコールの声が上がった後、緊張と抑えきれぬ熱狂のなかで始まった第二幕は、まるで聴衆の集団的歓喜が舞台上の歌手や役者にまで伝わったように、ドラマも歌も、ラダメスの凱旋という頂点へ向かって突き進んでいった。有名な行進曲の一節は劇場全体が唱和した。そしていよいよフィナーレに差し掛かり、電飾を施されたナイル川を背景に、円柱と棕櫚の間で二〇〇人の男とホルスとアヌビスが舞台の上で入り混じっていたまさにその時、オーケストラピット、それも打楽器が集まるあたりから恐ろしい爆発音が鳴り響き、突如広がった白煙とともに、シンバル、太鼓、タンバリン、ティンパニーが吹っ飛んだ。コントラバスの後ろで二回目の爆発が起こると、ピットから舞台へ飛び上がる者あり、平土間席へ逃げ出す者あり、桟敷席へ隠れる者あり、演奏者が散りぢりになって観客のパニックに拍車をかけ、押し合いへし合いや叫び声や突進のなかで出口へ殺到する人々が、座席を飛び越え、倒れた者を踏みつけるかと思えば、舞台上では、ファラオの護衛部隊や聖職者、弓兵、捕虜、そして第三軽騎兵大隊兵士が、頭上から降りかかる一文字を掻き分けながら、倒れたオベリスクやスフィンクス、壊れた大道具の間で、他人より先に通りへの出口を確保しようと躍起になって駆けずり回っていた。「国歌だ！　国歌！」指揮台の上に立ったまま演奏家たちを引き止めようと真っ青な顔で必死に喚き散らしていたボローニャ人を見て、第一執政官は叫んだ。だが、すでにピットには七、八人の演奏者しか残っておらず、「国歌！　早く《プレスト》！　国歌！」という指示に応じて奏でられたのは、クラリネットとオーボエとチェロ、そして四本のヴァイオリンによるほとんど聞こえない産声だけだった…… ようやく広場へ逃れた観客たちは安堵に胸を撫で下ろし、痣だらけになった者や踏みつけられた者――重傷者は一人もいなかった――が警官の腕に抱えられるようにして劇場から出てきたが、そんな光景を見ながらも第一執政官は、実はこれは爆弾などではなく、音と煙だけの強力な爆竹だったことに気がついていた。「上演を続けよう」電飾技師たちとともに現場検証に立ち会った勇敢なアドルフォ・ブラカーレに大統領は命じた。だが無理な話だった。劇場内には火薬の臭いが充満し、装飾はすべて台無しになり、太鼓の革は破れ、コントラバスはずたずたになっていた。緞帳は動かず、雑踏に揉まれてコーラスの数名が軽い怪我を負い、凱旋行進を待っていた馬があちこち噛みつき、蹴飛ばし、アモナズロの声は潰れていた。神経症の発作に囚われたアムネリスは楽屋に引きこもり、こんな野蛮人の国までやってきた自分を呪った。そしてカルーソー扮するラダメスは姿を消していた。裏扉から出ていく彼の姿を見た者がいたので、劇場周辺のカフェやバーなどを探してみたが、無駄だった。ホテルにも戻っておらず、負傷したまま、どこか危険な場所で失神したりしている可能性も考えられる…… そして、興行主が捜索に躍起になっているときに、電気がショートして劇場は暗闇に包まれた。大臣や軍指導部とともに第一執政官は宮殿へ戻った。こういった場面で彼が沈黙していると、それは怒りを越えた怒りの表現にほかならない。内へ向かって閉ざされた怒りは、激しい痙攣と化して不動の視線に乗り移り、破局を映したその両目は、目前の人間など意にも介さず、嵐と叫びと復讐に満ちた遠い幻の景色を見据えていた。そんな耐えがたい緊張のなか、閣議室の電話が鳴った。声の主はイタリア大使であり、エンリコ・カルーソーがカーニバルでもないのに公道で仮装したとして逮捕され、第五警察署に身柄を拘束されているという。しかも、警察調書によれば、女性の衣装を着て顔を黄土色に塗り、口紅やアイラインを入れていたことから、市民公序良俗逸脱行為禁止法第一三二条に定められた、公の場における秩序と品格への挑発行為、三〇日間の禁固にあたり、さらに、服装や身なりに同性愛を明白に示すものがあった場合――目深にかぶった横縞の帽子、耳から下がった金属の輪、派手なブレスレット、黄金虫の飾りやお守りや宝石類をごてごてつけたネックレスなどは同性愛者特有の趣味としか思われない――に設けられていた罰則強化規定に該当する可能性もあるという……「これでも文明国家か！」怒りの劇的沈黙を通り越して言語的爆発を起こした第一執政官は、手当たり次第に本や文鎮やインク入れを絨毯の上に投げつけた。そして必要な措置が取られた。そしてドクトル・ペラルタがエンリコ・カルーソーの保護に向かったが、まだラダメスの格好をしたまま彼は上機嫌に話し始め、何でもない、逮捕した警官を連れてこれから大使とともに宮殿へ参上して寛大な処分を請うつもりだ――「立派に務めを果たした優秀な青年だよ、いい奴さ……」――と述べた。そして実際に、カルーソーの大好きなフォンセカ印の葉巻――穴あきカバーに包まれた太く長い上物――とラム酒の杯を重ねるうち、夜明けの曙光とともにすべてカタがついた。冷たい靄の間から庇護火山が姿を現し、マヨララ・エルミラが持ってきたサンドイッチとジュースを平らげた後、別れ際にアドルフォ・ブラカーレは、こんな惨事があった以上、『アイーダ』の上演はもう無理だから、今夜のヴェルディの『仮面舞踏会』でオペラ・シーズンを締めくくることにしましょう、と言った。「爆竹を仕掛けた奴らにこそたっぷり仮面舞踏会を味わわせてやるさ」寝室へ引き上げる前に第一執政官はドクトル・ペラルタに言った。

そして突如町に聳え始めた円形の建物――闘牛場かローマのコロセウム、あるいは軽業師と調教師のサーカスとでもいったところだろうか――こそ、合衆国の建築家が得意とする最新型刑務所建築理論に倣って設計された模範刑務所だった。長時間を費やさなければ形の整わない緩慢な石材建築――石の切り出し、截石法についての講釈、ハンマーと鑿《のみ》で証明する定理――に慣れきっていた第一執政官は、コンクリート建設の魔術に魅せられ、砂利と砂を掻き回す大きな灰色の鉄製ミキサーや、釘を打った型枠のなかで固まっていくセメントに驚愕した。最初液体だったものが、まず砂利と小石のペーストになり、やがてそれが壁として眩暈を催すほど高く垂直に積み重ねられていくうちに、一階また一階、コーニスまたコーニスと上へ伸びて、数日と経たぬうちに、締めくくりとして、天を仰ぐ旗竿や、踵に翼をつけた金の像が立てられる。そして早く忠実で従順なコンクリートに惚れ込んだ第一執政官は、警察による一斉捜査を開始する前に、模範刑務所――丘の向こうに聳えるカピトリオの丸屋根よりも、そして聖心の矢よりも高い位置に、十字架が据えられた――の大きなサークルを閉じる作業もコンクリートに託すことにした。暗闇や靄を切り裂く照明塔の下で、模範的工事が昼夜ぶっ続けで進められるとともに、同心円状に張り巡らされた何重もの塀が中心へ向かって縮まり、独房と廊下のすべてに睨みを利かせる中心のパティオへ行きつく、その軌道が幾何学的な美しさを生み出していった。作業がほとんど終わって、残すは地下の大部屋（設計図には「専門部」と記されていた）にバックル・ベルト付きの椅子とアルミの浴槽を据えつけるだけとなった段階で、この美しい建物の撮影が始まり、これを掲載した世界各地の建築専門雑誌は、その機能性のみならず、性質上どうしてもいかめしくならざるをえない施設と周りの美観を見事に調和させた離れ業に賛辞を送った。これこそ、刑務所という施設に対するイメージそのものを人間らしくするという目的――建築の目的は人間の暮らしを支えることにある――を明確に打ち出した模範的試みであり、これによって、結局のところ――最近の心理学が明らかにしているではないか――病人か社会不適合者、概して、近年「コンプレックス」や「禁忌」などと呼ばれるようになった要因や遺伝で行動を捻じ曲げられた人間にほかならない犯罪者の苦汁は軽減されることだろう。ヴェネツィア風の地下牢や異端審問の土牢、セウタやカディスの監獄――グアイラにもハバナにもサン・フアン・デ・ウルアにも似たような牢獄がある――、今や古典となったブリュアンの歌で知られる隠遁所などは、もはや時代遅れなのだ。刑務所に関しては、我がアメリカ大陸のほうがヨーロッパより進んでいる。未来の大陸と呼ばれるぐらいだから、できることからどんどん手をつけなければ……だが、模範刑務所の完成が近づくにつれて、寛容な大地に恵まれた前途洋々たる肥沃な国――耕すほどに実りを生む土地、千年来積もった腐葉土、ほぼベルギー一国分にあたる広さのセルバから無限に産出される木材、地下に眠る計り知れぬほど豊かな鉱脈――を脅かす危機が次第に露わになり、幻滅が広がっていった。確かに、この国にはすべてが揃っており、空間も土地も果物もニッケルも鉄もふんだんにある。未来の大陸でも特権的な地位にあると言っていいだろう。農業振興省の報告を見ればそれは明らかだ。統計表、組織図、囲み入りの数値、六カ月ごとの収支、専門家の解説、雄弁なギリシア文字をしかるべく配した未来予想式を一つひとつ追っていくだけで、我らが大地の輝かしい豊かさは十分に伝わってくる。だが、第一執政官も気づいていたとおり、そんな記録や冊子が毎日のように取り沙汰されていても、終わったばかりのオペラ・シーズンを財政カレンダーの代わりにして振り返ってみると、オーケストラの前奏曲とテノールのフェルマータの間に、国際市場のボードで我が国特産の砂糖が恐ろしいほど値下がりしていた事実から目を背けるわけにはいかなかった。素晴らしき悪魔ニコレッティ・コルマンが金の仔牛に賛歌を捧げているときには一ポンド二三セントだった砂糖の価格が、『蝶々夫人』の第一幕でアメリカ合衆国の国歌が流れる間に一七・二〇セントまで下落し、『タイス』とともに──「アレクサンドリア、恐ろしい町」とティッタ・ルッフォが歌っていた──一一・三五まで落ちた。『リゴレット』が上演されたあの不吉な日には──瘻《せむし》は幸運をもたらすとされているのに──それが八・四〇となり、『マノン』の第四幕で飛び交う賭博のカードがさらなる急落の呼び水となって、『アイーダ』の悲劇的顚末の時点では五・二二となった。そしてカーニバルの時期に入ると、牧歌的ラテンアメリカの傑出した主人公たる砂糖は完全に失墜し、一ポンド二・一五セントでも売れない袋が倉庫に山積みになった……　そしてある朝、創設されたばかりの世界銀行が、もの言わぬ男のようにいきなり融資の無期限停止を発表した。スペイン銀行、ミラモン銀行、商業農業銀行、建設銀行が次々と乾いた音を立てて窓口を閉める一方、国立銀行と手形交換所が大量の声明や警告や誓言で新聞を埋めつくして落ち着きと安心を呼びかけても、小規模の預金通帳やささいな額の家族貯金から始まったパニックを鎮めることはできず、やがて金融界全体を巻き込んだ。新聞によれば「突発的で一時的なもの」というこの状況が閣議でも検討され、政府は国民に平静と落ち着きと愛国心を求めた。行列や混乱など無用。歪んだものを数週間のうちに正す措置としてモラトリアム──一般市民には聞いたこともない言葉だったが、音の響きから死や遺言を連想して不快感を抱く者もいた──が発表されると、町は平静を取り戻し、カーニバル真っ盛りで、仮装行列やガユンバの響き、中国ラッパや黒太鼓の喧騒とともに、仮面舞踏会が始まり、さらには仮装コンクールや、有名な「ヴェネツィアのブチェンタウロ」――スパンコールに覆われた夫人たちの集結する舳《へさき》が電線に引っかかってうまく進まず、審査用の舞台に乗せるのも一苦労だったが、それでも特別賞を射止めた――を筆頭に、才知を凝らした山車《だし》が通りへ繰り出した。ずっと前から国民生活の一大行事となっていたお祭り騒ぎが始まったのは勿怪の幸いで、様々なカタルシスにうつつをぬかすあまり、人々は逆境や危機のことなどすっかり忘れてしまった。カーニバルの日々、通夜に泣き役の女が現れず、電話局からオペレーターがいなくなり、パン屋から小麦粉が消え、乳飲み子には乳が与えられなかった。誰もが踊り、歌い、行列し、規律も時間も仕事も約束も忘れて退屈な日々の憂さ晴らしに精を出した。多くの女性はドミノの下に何も身につけていなかった。頭巾や仮面や安っぽい荷車に守られて、誰もが欲望の赴くままに従った。公園でもぶどう棚の上でも占拠されたカフェでも、誰もが歌い、踊った。国立天文台の上階で、橋のアーチの下で、聖人画を飾った玄関先で、郊外の草むらで、誰もが性交に耽り、教会のアトリウムにまで、強いどぶろくやチャランダ・ククイ酒、焼酎の即席販売所が設けられた。夕暮れから夜明けまで、そして夜明けからまた夕暮れまでどんちゃん騒ぎが続く毎日に、由緒ある団体まで が、ヤシの葉や鷺《さぎ》の羽、魔法の首飾りや悪魔の衣装、段ボールのサメやぜんまい仕掛けの蛇を身につけ、無様な姿のハイタカ人間や馬人間、大蛇人間となって、何万回もの夜を経てすでにその起源すらわからなくなっていたアフリカ伝来の古いしきたりに則った遊びを甦らせていた。踊りや紙テープ、コンテストやカーニバルの女王や金の段ボールの王冠、巨人や頭でっかち、ターバンや竹馬が繰り出すなかで、歓喜と振動とリズムと余韻と酩酊の長い一週間が過ぎていった。だが、突如、陽気な集団から数人のアルルカンが飛び出し、黒いストッキングで顔を隠したまま警官に発砲した。さらに、カルメンをイメージしてジプシーに変装した男たちが、密売人の役を演じるからと言って借りていったウィンチェスター銃を返さず、そのままサンタ・バルバラ兵営のライフルや拳銃を奪ったうえで、赤十字の救急車に積んでこれを持ち去った。サーモンピンクの衣装に目まで隠れるほどの鬘を被って「ポンパドゥール行列」に加わっていた数名が、第五管区警察署に爆弾を投げ入れ、騒ぎのうちに四〇人以上の政治犯を連れ出した。第二管区警察署では、一見サイザル麻職人にしか見えないこの国のインディオ数人が、ヴィタグラフの映画に感化されたらしく、北米のレッドスキンの姿で秘密倉庫から手榴弾をすべてくすね、即座に群衆に紛れた。同じ頃、治安維持部隊を装った偽警官に導かれて三人のアナーキスト指導者が独房から脱走した。聖心の矢とカピトリオの丸屋根からは、革命に向けた蜂起を呼びかける声明文や宣告がばら撒かれた。そして、恒例の「道化の行進」では、花火や爆竹の破裂音に混ざって、もっと反響の大きい乾いた爆発音が鳴り渡った。女性が胸元に忍ばせておくために作られた気付け薬の小瓶――氷の指のような形だった――が、驚くべき仕掛けによって催涙ガスの爆弾に早変わりし、警官隊が期せずしてそのお披露目をすることになった。騎馬隊が喜劇や素人芝居をでたらめに蹴散らし、段ボール製の蛇腹笛やラッパの甲高い音が、踏み潰された者、サーベルで切りつけられた者の悲鳴に変わった。パニックのなかで様々な色や形が交錯し、仮装が軍人の制服に取って代わられた。玉虫色は中性化し、藍色と砂色の二色しかなくなった。大統領の緊急措置によってカーニバルは中断され、模範刑務所には仮面が溢れ返った。うめき声や死喘鳴が上がり、棍棒が握られ、虫歯もない歯の上で歯医者のフライスが回り、警棒や鞭が振り回され、性器が踏みにじられ、足首手首を縛られた男たちが吊るし上げられ、荷車の車輪に人が何日間も磔にされ、裸の女性が鞭で廊下を走らされ、脚を広げさせられ、強姦され、胸を焼かれ、真っ赤に燃えた鉄の棒で体を貫かれた。疑似処刑や本物の処刑が執行され、作られたばかりでまだモルタルの臭いが生々しい建物の壁に血しぶきが飛び、モーゼル銃が撃ち込まれた。窓から放り投げられる者あり、ロープに巻かれて吊るされる者あり、また、いちいち銃殺隊を組織しては時間の無駄だというので、オリンピック・スタジアムの広いスペースへまとめて連行されて機銃掃射を浴びる者もいた。そして、四角い箱に入れられコンクリート詰めにされた者たちは、大きなブロックのようにそのまま刑務所脇に雨ざらしの状態で並べられ、これを見た隣人たちは、新たに始まる拡張工事の石材だと思い込んだ……（そして、その塊一つひとつのなかに、仮面をつけて変装した人間の死体が固い枠に嵌められて——固体のなかに人型を再現した完璧な記念碑——塗りこまれていた事実が知れるのは、何年も経った後のことだった。)

第五章

……私はここに存在する、確かにそうだ。
だが……　いったいいつまで？……

デカルト

14

「エー……　ビー……　シー……　ディー……　イー……」不思議、不思議なアルファベットの響き。近年国内の主要都市には、北米のメソジスト系学校やアウグスティヌス学院が開設され、それまでフランスのサレジオ会修道士やマリスト会修道士、ドミニコ会修道女やウルスラ会修道女やタルブの尼僧が行ってきた教育の効率や現代性――すでに時代遅れではないのか――をめぐって、様々な疑問が噴出している。かつては王道の格変化「ロサ－ロサエ－ロサ－ロサム」が花盛りだったのに、今ではそれが「ジス・イズ・ア・ペンシル、ジス・イズ・ア・ドッグ、ジス・イズ・ア・ガール」に取って代わられ、少し前なら、第一変化形容詞へ移って「ニグラ－ニグラエ－ニグラ－ニグラム」と唱えれば、必ずジェミマおばさんをネタに冗談が飛び交ったものだが、今やそれもすっかり忘れ去られたらしい。勇敢なシッドもロランも、聖王ルイもカトリック女王もヘンリー四世も、名剣ティソナや角笛、樹齢百年の樫や質に入った宝石、鶏肉の煮込みとともに、歴史の教科書から姿を消し、避雷針と『貧しいリチャードの暦』を引っ下げたベンジャミン・フランクリン、家族も同然の黒人たちに囲まれたマウントバーノンのワシントン、フィラデルフィアのインデペンデンス・ホール、リンカーンとゲティスバーグ演説、フロンティア精神、リトルビッグホーンの戦いでシッティング・ブルの蛮人部隊に襲われ英雄的な死を遂げたカスター将軍などが、首尾よくこれに取って代わった。ウィピル姿でマールボロ公の歌をうたったり、ピタゴラスのようにナイフで火を起こしてはいけないと教えたりしていた乳母の乳房を離れると、子供たちはダニエル・ウェブスターと小さなモーツァルトが並んで立つ「偉人霊廟」へ連れて行かれ、山鼠も――そして『アンクル・トムの小屋』に描かれた奴隷も――我々と変わらぬ神の被造物、平等に生きる権利がある、そんな話を聞かされた。『リリュストラシオン』や『レクテュール・プール・トゥス』は瞬く間に隅へ追いやられ、『コリアーズ』や『サタデイ・イヴニング・ポスト』が――ノーマン・コーウィンの滑稽な絵を表紙に掲げていた――終わったばかりの戦争について真実（辛い真実といえばそのとおりだが、もう言葉を濁さずに話してもいい頃だろう、歴史は歴史なのだから）を伝え始めていた。「オーヴァー・ゼア」やパーシング将軍の助けがなければフランスは敗れていたのだ。イギリスの戦いぶりは完全に及び腰だった。「トミー」などまったくの名前倒れで、マーブル・アーチも塹壕で飲む紅茶もセポイのターバンもスコットランドのバグパイプもたいして役には立たなかった。鶏の羽を頭に被ったへボ兵士のイタリア軍は、カポレットの戦いだけで早くも力尽きた。そしてロシアはどうかといえば、怪僧ラスプーチンにロシア皇太子、血友病にマダム・ヴィルボヴァ、神秘主義の饗宴に霊感溢れる白痴、『復活』とヤースナヤ・ポリャーナ、いろいろ取り沙汰されても、スラブ魂は不安定で苦悩に満ち、絶えず天使の追求と地獄の分裂の間を揺れ動いた挙げ句、レーニンという地に足のつかぬ改革者――イワン雷帝と同じくクレムリンの男――に行きついたが、いつの時代も（インディア・ペーパーに二段組みで数百ページにわたってぎっしり印刷された聖書では引用を見つけるのも難しいが、何度も繰り返し引用された福音書の一節にもあるではないか）世界には金持ちと貧民がいる――ラクダと針の穴のたとえ話について言えば、周知のとおり、エルサレムには「針の門」なるものが存在し、確かに多少低く狭い門であるとはいえ、頭のいいラクダなら、少し膝を曲げさえすれば容易に通り抜けることができたのだ――もので、最初から失敗を運命づけられたこんな体制など、反撃に出たデニーキンやヴラーンゲリ、コルチャークの部隊や、バルト海から迫りくるフランス・イギリス連合軍の前にはひとたまりもないだろうし、あのマルクス主義のはかない代弁者とて余命いくばくもあるまい。ヨーロッパ人が平和に共存できないことはすでに証明済みで、今回も、ウィルソン大統領が大西洋を越えて紛争の処理にあたらねばならなかった。だが、それもこれで最後だろう。もうそろそろ声高に唱えてもいい頃だが、文化の中心軸はすでにアメリカ大陸へ移っており――とりあえずは北米だが、やがては中南米も、人々を過去に繋ぎ止める悪しき伝統から解放されて、世界に頭角を現すことになるだろう――、これ以上、文化の擁護という大義名分のために若人のエネルギーを費やす必要はあるまい。すでに世界は技術の時代に入っているというのに、我々がスペインから受け継いだ言葉は、技術用語の進化にとてもついていけない。未来はすでに人文主義者の手中にはなく、発明家の手にある。そしてスペインは、もう何世紀にもわたって何の発明もしていない。それにひきかえアメリカでは、内燃機関、電話、電気、蓄音機……　もし、全知全能者の気紛れな意志によって、コロンブスのカラベル船がメイフラワー号と入れ替わってマンハッタン島へ着き、代わりにイギリスのピューリタンがパラグアイへ辿り着いていたとすれば、ニューヨークは今頃イジェスカスかカスティジェハ・デ・ラ・クエスタも同然の状態で、対するアスンシオンがタイムズスクエアやブルックリン橋の摩天楼で世界を驚愕させていたことだろう。ヨーロッパはもはや過去のものだ。ゴンドラで散歩するのも、ローマの遺跡で過去に夢を馳せるのも、ステンドグラスを眺めるのも、博物館を巡るのも、いろいろ学ぶことの多い快適なバカンスを過ごすのも悪くはないが、その堕落は、特に性をめぐる道徳の緩み、誰とでも寝る女たちとともに加速する一方だろう。アメリカ兵によって持ち込まれたあのおぞましいフランスの習慣《ホリッド・フレンチ・カスタムズ》については、純潔なアメリカ独立革命の娘たちも（母になる者はすべてを知っておく必要がある）、時に小声で恐怖を抑えながら話すことがあるという。ラテンアメリカの新聞は「ラテン性」の勝利を頼りに力説しているが、ヨーロッパの大戦に関するかぎり、我らがラテンアメリカの国家に「ラテン性」がもたらした帰結は無残であり、上からの様々な作用によって新たな叙任権闘争を蒸し返しただけだった。かつては、アナトール・フランスやロマン・ロランはもちろん、伝説的成功を収めたバルビュスの『砲火』まで店頭に並べていた本屋が、今では『ゼンダ城の虜』、『スカラムーシュ』、『ベン・ハー』、『ムッシュー・ヴォーケール』、さらにはエリナー・グリンの小説など、けばけばしい色の表紙で「新しいもの好き」の読者を引きつける本を扱っている。そして、往年のスターを失った――爆撃とともにすべて落ちてしまったのだろう――貧弱なヨーロッパ映画に較べれば、魔術師デイヴィッド・グリフィスは大衆の心を摑む偉大な時の旅人であり、その見事な手腕にかかれば、国民の創生やゴルゴタの悲劇、聖バルトロマイの夜、さらにはバビロンの世界まで――マレの教本とレイナックの『アポロ』に固執するドクトル・ペラルタは、映画に現れる巨大な象神がカルデアの王国に存在したことはないと言い張り、いつもの不遜な物言いで、「二日酔いのグリンゴが見た幻想」と片付けた――信じられない映像、どんな博識者の回想より強烈な映像となる。アメリカ大陸での影響力低下を危惧したフランスは、突如サラ・ベルナールの短期公式公演を企画し――オペラ騒動にうんざりしていた第一執政官はベジャマールで休暇中だった――、三日とも客の入りこそ悪かったものの、ギプスで固められた体と化粧を塗りたくった顔を一本足でぎこちなく支え、鬘を被ってロートレックのピエロのようになった往年の名女優が、廃墟も同然の体――両腕を抱きかかえられているか、何かに寄りかかっているか、玉座に座るか横たわるか、そんな状態でいつも登場し、そうでないときには、ティトゥレル王の神輿に乗せられていた――に打ちひしがれることなく、遺言でも読み上げるような覚束ない調子ではあれ、『フェードル』の悲壮なアレクサンドランや『鷲の子』のリフレーンを八〇歳の声で気丈に歌い上げる姿には、誰もが感動を覚えずにはいられなかった。続いてイタリアからは、房飾りのついた軽騎兵風ケープの不思議な衣装を着て、頭にモリオンを被ったエレオノーラ・ドゥーゼが――ハイネの先鋒にも似た亡霊のような姿だった――『死都』の廃虚と折れた円柱を引っさげて来訪したが、ハリウッドの輝かしい新人女優に魅せられていた聴衆は、大人しく聞いてはいてもまったく冷淡な反応しか示さず、作者のダンヌンツィオとて、かつて『ジョリオの娘』に熱狂した者たちにすら、今や着実に忘れ去られつつあった。こんなものすべてがもはや過去のものであり、今の若者たちには、霊園に供えられた花でしかなかった。そのせいか、アメリカ合衆国の雑誌や新聞、特に、日曜版に最新の音楽や物珍しい絵画、パリ（異論はあれ、どうやらこの街ではささやかな文芸復興が起こっているらしい）で進む奇抜な文芸思潮の情報をふんだんに盛り込んだ『ニューヨーク・タイムズ』などの売れ行きが伸びていた。『リリュストラシオン』や『レクテュール・プール・トゥス』はこうした動向を無視しようとしているらしく、仮にその種の情報を扱うことがあっても、「秩序と均整と調和の感覚」を盾に批判を浴びせるばかりだったから、何か驚くべき刷新が起こっても――停戦と同じ日に死んだというアポリネールなる詩人の場合がまさにそうだった――、ニューヨークの出版物にしか載らないこともしばしばだった。「若者はいつも新しいものに飛びつく」第一執政官は言っていたが、韻も句読点もない韻文の後ろ、耳障りなソナタの後ろから、世紀の発見として、我が国の社会情勢をめぐる辛辣な論評がやってこようとは、この時はまだ夢にも思っていなかった。そしてある朝、まさに寝耳に水の知らせが飛び込んできた。『ニューヨーク・タイムズ』にラテンアメリカ問題の専門家による長い社説が掲載され、そこでは、財政破綻、官憲による弾圧や拷問、行方不明事件の真相、まだ国内で報道されていない殺人事件の詳細などが赤裸々に曝露されていたばかりか、ロサスや、パラグアイの終身独裁者ドクトル・フランシア、ポルフィリオ・ディアスや、グアテマラのエストラーダ・カブレラ、ベネズエラのファアン・ビセンテ・ゴメス――まるでフランスの歴代ルイやロシアの歴代エカテリーナのような扱いじゃないか――と第一執政官が同類扱いされ、二〇年近いその独裁体制が批判の的になっていた…… キオスクでも露店でもすでに完売状態だったが、即座に新聞を回収するよう指示が出され、ドクトル・ペラルタは、毎日一二〇ページ分の新聞を買って白菜やサツマイモの包みに使っていた八百屋から、そこに混ざっていた三部を探し出して押収した。「新聞の流通を止めたほうがよさそうですね」記事を読む第一執政官の顔がみるみる怒りで赤くなっていくのを見ながら秘書は言った。「ヤンキー新聞はもっとタチが悪いな。これでランドルフ・ハーストの一味が大挙して食いついてくることだろう。」ここで間があった。「それに、印刷物はどこへでも入り込む。政敵なら刑務所送りにすればいいが、悪口を並べた外国の新聞となれば、その流通を止めるのは難しい。風に乗って飛んで来たり、旅行者のポケットや外交小包、婦人のペチコートなどに紛れ込んだりして一部でも入れば、それが人の手から手へと移り、国境も河も山も越える……」最初の間より長い間があった。「悪いタイミングで学校における英語教育を制度化する宣告を出してしまったものだ。これで誰もがサン・オブ・ア・ビッチと言える。」三度目の間は前よりもっと長くなったが、社説を読み返すペラルタの声に破られた。「ここには、一九一〇年憲法第三九条についての言及がありま す」そして彼は婚姻の誓いでも読み上げるように滔々と朗読した。「任期六年の満了から三カ月を切る前に大統領選挙を行うものとする。」四度目の沈黙はもっと長かった。「おいおい…… この国で近々大統領選挙があるなんて、いったい誰が言い出したんだ?」突如として第一執政官は叫んだ。「しかし…… 確かに…… 一九一〇年憲法第三九条によれば……」「それはお前の言うとおりだ。だが、国が他国と交戦中の場合には選挙を延期するという規定があるだろうが。」「おっしゃるとおりです。しかし…… 国内の馬鹿者どもをのぞいて、我々は交戦などしていませんよ。」第一執政官は重々しい言葉に愚弄を込めて秘書を見つめた。「まだハンガリーと交戦中じゃないか。」「確かに!」「ハンガリーとはまだ平和条約を結んでいないし、あんな無秩序状態に置かれた国とは今後も結ぶつもりはない。大使も、すでに三カ月も給料が止まっているらしく、奥さんの服まで質に入れたそうじゃないか。このままじゃ、やがて大使自身がどこかのジプシー・キャバレーでヴァイオリンでも弾き始めるんじゃないか…… 知ったことか…… これで万事解決だ! 我が国はハンガリーと交戦中、そして交戦中であるかぎり、選挙はない。今選挙などすれば、それこそ憲法違反だ。以上。」「おお、さすが唯一無二の大統領!」ドクトル・ペラルタは言いながら、世界大戦がこのように予期せぬ形で継続する事態を祝うべく、エルメスのアタッシュケースを持ってきた。ハンガリーとの交戦、この言葉がクンビアとチャールダ、バンバとフリスカ、土着風セレナーデとリストのラプソディーを混ぜたカクテルのような素晴らしい味わいをもたらし、すべてが、ジュール・ヴェルヌの『カルパチアの城』の鏡に住むソプラノ――今この謁見の間の鏡に住んでいるのは、グラスを探してきびきびと動き回るマヨララ・エルミラだったが――の夢見がちな声に魅せられたかのようだった。

その後も『ニューヨーク・タイムズ』は、国の政治経済状況について三本の記事を掲載し、国内流通の窓口となっていたアメリカン・ブック・ショップスに目を光らせていたペラルタが、該当号が到着するや否やすべて買い占めたにもかかわらず、これが広範な読者の手に渡った。おそらくドクトル・ルイス・レオンシオ・マルティネスの一派が後ろで手を引いていたのだろうが、地下活動を続ける集団がこっそりこの記事をスペイン語訳し、タイプライターで何百という複写を作成したうえで、様々な大きさの封筒、しかも多くの場合、人畜無害な広告を装うために著名商工業団体のロゴや名前やエンブレムをデカデカと模《かたど》った封筒に入れて、郵便で流通させていたのだった。その間、検閲によって掲載記事を大幅に制限された国内新聞各社は、かつての『ル・プティ・ジュルナル』別冊やニューヨークのタブロイド版に着想を得て、センセーショナルな犯罪や血なまぐさい事件、前代未聞の出来事に着目した。突如として、エルモシージャ通りの犯罪や親殺しの姉妹が紙面を埋め尽くし、何週間にもわたって大きな見出しが躍ることもあった。そして、形容詞の巧みな用法、残酷すぎる話題を扱う際の入念な婉曲語法、性的問題に向けた意地の悪い比喩、法医学の専門用語、死体安置所や死体解剖の隠語的言葉遣いなど、様々な技法を駆使したおぞましい奇形学的文章のパレードが始まり、バジャルタの生き埋め、ローランドパカの頭で生まれた赤ん坊、二〇世紀の穴居《けっきょ》部族、医師の名誉回復、プエルト・ネグロの六本脚女、理由なき愛人殺害、港町の居酒屋におけるサディスムの横行、誕生日パーティーでの激しい銃撃戦、蟻に貪られた老人、ソドムの穴蔵発見、白人女性売買の再活発化、クアトロ・カミーノスで女性のバラバラ死体、そんな見出しが並ぶ横に、歴史的・人道的見地からいつの世も人の興味を引く話題、女王の首飾り、ズールー族の手に掛かってナポレオン四世死亡、海底に沈むアトランティス、アベラールとエロイーズ――フュルベールが現れる場面になるとしかるべく婉曲語法が使われたが、いつも目ざとい畜生どもは、こんな話でも警視庁長官にあてつけるネタに使った――などが現れることもあった。殺人や激情のドラマや突飛な事件が取り沙汰されるうちに、キリスト降誕を祝う時期になったが、この年の一二月は実に奇妙で、降誕祭に代わって「クリスマス」という耳慣れぬ言葉が使われるようになった。家でキリスト降誕を再現する古き良き伝統は突如として失われ、クラフト紙を膠《にかわ》で貼りつけたベレンの馬槽も、散らした干し草も、聖母も聖ヨセフも、ロバも牛も、祝いに駆けつける牧人の行列も——裕福な家ほど人数が増える——、いい香りを保つために毎日グアバの葉を代える寝床も、そしてもちろん、頬の丸々としたケルビムのような赤ん坊も見られなかった。家族総出で去年の聖者像を塗り直してワニスをかけることもなければ、天井に貼った銀の星の下に金の糸でお告げの天使を吊り下げることもなくなった。あの奇妙な年には、ダンシネイン城に迫り来る森のように、大西洋岸の港から首都へ向かってセルバが押し寄せて来た。正体はカナダ産、合衆国産の何千という樅《もみ》であり、町を不思議な香りに包みながら高級住宅街へ運ばれて行ったかと思えば、まず綿の雪を被せられ、雪の玉や金縁の花冠、北風をイメージした紙細工や渦巻き状の蠟燭、紙の鐘などが賑やかに飾り付けられた。さらに、この国では見たこともない、複雑な形の角をした不思議な鹿——トナカイと呼ぶらしい——が箱だらけの橇《そり》を引いて現れた。そして、玩具屋の店先には、赤い服を着た髭面の老人——人々の発音では「サンティクロー」だが、正式には「サンタクロース」らしい——が立っていた。植民地時代からの伝統に則ってこれまでずっと行われてきた昔ながらのキリスト降誕祭は、ある日突如として北欧のクリスマスに乗っ取られてしまった。この年には、タンバリンと祝歌で騒々しく通りへ繰り出す行列が、「トントン……　どなた?……　怪しい者ではありません」のリズムに合わせて近所を訪ねて回ることもなかったし、「インマヌエルが復活し、我らと共にある」と声高らかに触れ歩いたご褒美に焼酎やチャランダやサムリージョを飲み過ぎて、歌い手が千鳥足になることもなかった。上流家庭では、かつての歌曲に代わって、オルゴールから「サイレント・ナイト、ホーリー・ナイト」や「トウィンクル、トウィンクル、リトル・スター」が流れていた……　キリスト降誕祭の劇的な変貌に警戒感を強めた司祭たちは、誰も聞いていない深夜ミサの説教でサンタクロースを異端の産物と断罪し、松の飾りでゲルマン人の偶像崇拝——我々が聖体を飾る輝きのもとでアンブロシウス式典礼の神々しい声を聞いていた頃でも、まだ野蛮な原生林を抜けきらず、ユリウス・カエサル時代も同然のおんぼろ兜を被って、蜂蜜水をすすりながらセイヨウヒイラギとヤドリギを崇めていた蛮習の名残だろう——を甦らせるにも等しい習俗を罵倒した。しかも、キリスト教のどんな聖人伝を見ても、これまでいつも贈り物を携えていそいそとやって来た東方の三賢人より一三日も早く子供たちにプレゼントを渡すこのサンティクローなる男のことは書かれていない。ラガルテラ産、バレンシア産、ガリシア産の人形やままごと用のコンロ、競馬ゲームなどがまだプエルト・アラグアトに積み出されてもいないのに、早くも一二月二〇日には、からくり細工やコマンチェ族の羽、交霊術の真似事に使うウィジャボード——何たることか！——や西部劇用具一式——テキサス帽、シェリフの星形章、鋲を散りばめたベルト、房飾り付きケースに収められた二丁拳銃——でショーウィンドーを満たす商人たちの不正競争に対し、伝統のスペイン商人が抗議の声を上げた……　サンティクローが聖ニコラウスだと言う者も現れたが、聖人伝に詳しい者たちがすぐに反駁し、ロシアの守護聖人ミラのニコラウスも、大司教ニコライも、玩具の商売とは無縁であることが示された。やがてある記者が、白い前髪をフリギア帽のようなものからはみ出させた赤服のサンティクローなる人物は、言葉の最も危険な意味で「アカ」なのではないか、こんな皮肉な問いを込めて記事を書き、それが検閲をすり抜けてしまうことがあった。単なる冗談のつもりだったが、これが運の尽きで、聖週間が到来しても、まだ彼は模範刑務所第一三牢区にポン引きやオカマとともに収監されていた。そして、この年のキリスト降誕祭が奇妙だったとすれば、翌年の聖週間はもっと奇妙であり、国中いたるところで崇められたのは、聖十字架の発見ではなく、新たなストライキの発見だった。

すべては当然のごとく灰の水曜日から始まったが、事の発端となったのは、アメリカ製糖工場の労働者が、商品券による給料支払いを拒否して起こした前代未聞のストライキだった。すぐに同じ動きが国内各地の砂糖生産地に広がり、地方警備隊、騎馬警備隊、周辺部警備隊が動員された。だが、何を叫ぶわけでもなく、騒ぎを起こすわけでもなく、バンドゥリアかクアトロかギターの伴奏で歌いながら、「公共の秩序を乱す」こともなく、ただひたすら家の玄関先に佇んで出勤を拒む男たちを前に、治安当局は途方に暮れるばかりだった。

俺はサトウキビ刈りはしない
風に任せておけばいいさ、
放っておけば女がやるだろう、
腰を振ってさ。

このストライキは何とか終息したものの、聖土曜日にはヌエバ・コルドバの鉱山労働者が不当解雇に抗議してストライキに入り、すぐにプエルト・アラグアトの沖仲士とプエルト・ネグロの荷担ぎ人夫がこれに続いた。予想もできない形で肩から右太腿へ、左の尻から胸へとめまぐるしく位置を変えながら人体のあちこち――カバラ主義者のアダム・カドモンに、輝き、勝利、愛、正義、創生の玉座が定められている――で噴火して皮膚に赤い斑点を残していく熱帯病と同じく、何の前触れもなく突如国内のここかしこ、カカオの実が膨らむところ、石炭殻がくすぶるところ、バナナの木が育つところ、葉巻が巻かれるところ、ダイナマイトで岩肌を削るところ、その他東西南北のいたるところで赤い芽が吹き出した。この疫病には打つ手がなく、当局の脅しも訓告も、軍隊の誇示する山刀も銃剣もまったく効果がなかった。物臭に腕を組んでいるだけの静かな抵抗が恐ろしい威力を発揮することに気づいた人々は、たとえ銃尾で突き飛ばされて農地や工場へ連行されることがあっても、決然とした意志で仕事を怠け、生産性を落とし、あらゆる策略を講じて機械を故障させ、クレーンを止め、鎖を摩耗させ、大車輪やピストンの軸に砂つぶてを投げつけた。噂によれば、エル・エストゥディアンテ――単なる「学生」を越えてこの名前があちこちで飛び交うようになっていた――が、平原から山へ、漁港から熱帯の製材所へ、神出鬼没にあちこち飛び回りながら労働者を唆し、裏ですべての糸を引いているという。だが、これほど様々な場所で様々な出来事が同時に起こるとなれば、一人の仕業でないことは明らかだった。想像より多く、はるかに多くの者が、彼の戦略に沿って、同じような策略を巡らせ、同じような組織を張り巡らせているのだ。「様々な末端組織があるようです」ドクトル・ペラルタは簡潔にすべてを説明したが、第一執政官にはその言葉の意味が十分に理解できなかった。「末端まですべて模範刑務所へぶち込んでやれ。数が多すぎて収まりきらないかもしれんがな」答えながら大統領は苦笑いした。「私はこの国のホテル王になってしまったわけか。」そして苛々と、相変わらずテーブルの上に雑然と並んでいた『反デューリング論』、『聖家族』、『ゴータ綱領批判・エルフルト綱領批判』といった本のページをめくった。「ここには末端組織の話など出てきはしない。」それは『共産党宣言』も同じだった。唯一明らかなのは、最後から二番目のページに書かれているこの言葉だった。「共産主義者は既成の社会的・政治的秩序に対するあらゆる革命的運動を支持する……」普通郵便で届いた奇妙な刊行物をドクトル・ペラルタが大統領に手渡したのもこの頃だった。新聞は新聞でも、この国でかつて見たことのない奇抜な代物であり、単行本サイズ、16×9フォーマットの薄紙で計八ページ印刷されていたが、ごく普通の手紙の厚さしかなかった。タイトルは単純明快に『リベラシオン』、一面四段に整然と記事が並び、辞書のように印字もはっきりしていた。「初年度第一号」の巻頭を飾っていたのは、無駄な形容詞を排した明瞭簡潔な文章に、鞭打ちのような鋭い調子を込めた体制批判の社説だった。「これは前代未聞だな」ルイス・レオンシオ・マルティネス一派がいつも彼に向けてくるあまりに土着的で仰々しい悪態よりもはるかに不快な言葉を聞いて、第一執政官は思わず呟いた。これに続くのは、つい最近発覚した官憲の横暴に関する詳細な記録であり、犠牲者と警察官の実名が掲載されている。さらに、直近のストライキについて鋭い分析がなされ、その成果と問題点について実務的観点から結論が付されていた。そして中ほどのページになると、もっとひどいことに、大統領や閣僚、将軍や側近がこの数カ月に行った闇取引の実態が、極秘資料に通じていなければ不可能なほどの正確さで——日付や金額等の細部まで記されていた——仔細に暴き出されていた。「我々のなかにユダがいる」大げさに怒りを表しながら第一執政官は言った。「誰かが情報を漏らしたんだ。」「しかし…… いったい誰がこんなものを発行しているのでしょう?」困惑した顔でドクトル・ペラルタは言った。「そんなことは訊くまでもない。号の結びを見てみろ。『万国の労働者よ、団結せよ!』」「なんと! 『共産党宣言』の結びと同じではありませんか!」「この新聞は、署名はなくとも署名入りなのだ……」一〇時前には、何千という者がこの地下新聞を朝の郵便で受け取ったことが判明した。調査のため閣議に呼ばれた植字の専門家によれば、使われた活字の種類や組版の仕方、そしてどうやらドイツ製らしい薄紙――今のところこの国では売られていない――から判断するかぎり、外国で印刷されたものらしい。国境付近の町に印刷所があるのかもしれない。そこで近隣諸国からの郵便はすべて検閲にかける措置が取られたが、次の火曜日、目覚めからほどなくして第一執政官は、マヨララ・エルミラの持ってきた朝食の盆に『リベラシオン』第二号が置かれていることに気づいた。そこで今度は国内の集配所も徹底的に調べさせたが、それでも第三号の発行を防ぐことはできなかった。今度は、郵便は回避され、切手を貼っていない封筒が官庁や公的施設、商社や個人宅のポストに直接入れられていたばかりか、ポケットからポケットへ、引き出しから引き出しへ、人伝いに、さらには、正体不明の手によってドアの下から差し込まれたり、バルコニーへ投げ込まれたり、玄関や出窓に置かれていったりといった手段で、大量の部数が出回った。国中の印刷所が軍の監視下に置かれ、輪転機や植字機、ライノタイプや試し刷りのローラーの後ろに見張りがついたが、すべて徒労に終わり、相変わらず『リベラシオン』は四号、五号、六号、七号と発行を続けた。姿も見せなければ音も立てない幽霊のごとく、苛立たしいまでの作業効率で稼働を続ける地下印刷所は、まさに小人を生み出す中央実験室そのものであり、近くにあるのか、はたまた遠くにあるのか、まったく手掛りも痕跡も残さぬまま、毎週16×9版の新聞を刷り上げては第一執政官の安眠を妨害した…… そしてある日の閣議で内務大臣の発した聞き慣れない言葉、「モスクワの金」が呪文か脅しのように響き渡った。「モスクワの金! モスクワの金だと!」大統領は唸った。「死に場所すらないボルシェヴィキに金など……」(パリの『リリュストラシオン』紙で記事を読んだばかりだった。）「見ろ……　この写真を見てみろ……　ドニエプル川やヴォルガ川の河原に死体が山のように積まれている……　骨と目だけになった赤ん坊……　西暦一〇〇〇年頃の飢餓と同じだ……　コレラ……　チフス……町で物乞いする貴婦人……　出口の見えない果てしない貧困……」だが、内務大臣は続けた。おっしゃるとおりです、しかし、ボルシェヴィキの連中はポチョムキンやエカテリーナ女帝の秘宝、クレムリンの王冠、王族や貴族から没収した宝石、エルミタージュの絵画などを売りさばいて世界革命の資金とし、共産主義を破滅から救おうとしているのです。「見てください、ケレンスキーがアメリカの新聞に寄せた記事をお読みください。」モスクワの金は作り話などではなかった。この国に『リベラシオン』のような上質紙の新聞（第八号がすでに届いていた）が出回っていること、すなわち、どこかの洞窟か人知れぬ回廊――歴史家によれば、現在首都となっているこの町の地下には、今や廃墟となった三つの要塞を繋ぐ地下通路が征服期のスペイン人によって建設されたことがあるという……――で精巧な印刷機が稼働していること自体、モスクワの金が存在することの揺るがぬ証拠だった。そして数日後の夜、大統領宮殿で再び爆発騒ぎが起こると――廃棄物だらけの家具倉庫に仕掛けられたため、大きな被害はなかった――、モスクワの金が第一執政官にとって完全に現実となった。ヨーロッパの地図に向かって導火線に火の点いた爆弾を投げる熊とか、聖ワシーリイ大聖堂の丸屋根から地球のあちこちに触手を伸ばす蛸とか、『ル・リール』紙で見たことのあった諷刺画は、お気楽者の戯言《ざれごと》ではなかったのだ。現に、その触手の一本がこの国にもすでに及んでいる。「何か早急に手を打たねばなりませんね」ペラルタが呟いた。「今さら何ができる？」こう答えながら突如脱力感に囚われた大統領は、パリを懐かしく思い出し、役にも立たない火山の代わりに、今ここに凱旋門が聳えていれば、その下を駆け抜けて、ムッシュー・ミュザールのボワ・シャルボンに、ワインと薪の香りを湛えたあの平和な享楽に身を任せるところなのに、と思わずにはいられなかった……国内で動乱と不安が続くと、知性に満ち溢れたパリへの郷愁が募り、地下鉄にすらラシーヌの詩句を彷彿とさせるこんな文言があることを思い出した。「列車は扉を閉ざしてのみ出発可能……」これを見れば、今や遠き著名学者がかつて言っていたとおり、ピガール駅長の姿をした『アタリー』のアザルヤが、「我らが両親の掘った地下のとある場所で」（第五幕）、エトワール駅に向けて列車を送り出しながら、こんなふうに応じるかもしれない。

「我が目前ですべての扉は閉まりき。」

15

恐れや狼狽が有用だとも賞賛に値するとも思わない……

（デカルト）

　ある朝、市内に飲料水を供給する最も重要な貯水場で、腐って内臓の飛び出た馬の死骸が発見され、市水道局の管理下にある水道の蛇口から水を飲んだ者全員――すでに午前一一時を回っていた――にチフス感染の可能性がある、というニュースが流れたことがあった。厚生大臣自ら調査に乗り出したところ、国の水道技術の粋を極めた有名な貯水槽、通称「アーモンドの器」に浮かんでいたのは、銀の蹄――馬具工場「アンダルシアの馬」の看板商品――をつけた黒い木馬であり、どうやら夜の間に不吉な悪戯者たちが投げ込んだらしかった。ほっとしたのも束の間、今度は町の郊外にある葉巻倉庫で大規模な火災があり、真っ赤な――赤すぎる――火が燃え盛っているという。騒々しく消防車を出動させてみると、現場に赴いた消防士たちがそこに見出したのは、いったい誰の仕業か、景気よく燃える大きなベンガル花火であり、陽気な爆発音で火の祝祭を締めくくっているところだった。翌日には、不意をつかれた善意の新聞数紙が、まさに健康そのものという上級公務員数名の死亡記事を掲載し、ご丁寧に「ご冥福をお祈りします」の言葉まで添えていた。以来、デマや悪趣味な冗談、根拠のない噂が次々と流れ、国中に不安と当惑と不信の空気が広がった。小包で骸骨が送りつけられ、死者の出ていない家に葬式用の花輪が届き、真夜中に電話が鳴れば、留守中の主人が売春宿で心臓発作を起こして亡くなったと伝えられた。そして匿名の手紙が飛び交い、新聞の活字を継ぎはぎして作った伝令には、誘拐や襲撃の予告、同性愛者や不倫の告発――ほとんどいつも恐ろしいほど正確だった――のほか、地方での反乱や軍最高司令部内での不和、破産寸前の企業や保険会社の倒産、基本的食糧の配給制移行などについて偽りの情報が並んでいた。これほどひどいものではないにせよ、混乱や行列、抗議活動や警察との衝突を引き起こそうとして、それなりに格式のある店や開店したての「アメリカン・グロッサリー」でぼろ儲けの物々交換――中古鍋とミシン、古道具とスイス製の時計、荷車と自転車――が行われる、などと触れ込むチラシも出回った。随分前に閉鎖した工場から好待遇の求人広告が出た。正午には、「口蹄疫にかかった牛の肉を食べてはいけません」と書かれたビラが配られ、夕暮れ時になると、「国立銀行、操業を中止」の号外が出回って、翌朝には銀行の窓口に人が殺到した。そして、嘘のニュースや住所の入れ換え、電話の混線などで町はパニックに陥り、死体安置所からの電話がなぜか首相の執務室に繋がるかと思えば、売春宿にかけたはずの電話が夜明け前に教皇大使を叩き起こした。ニューヨークにスタインウェイのピアノを注文した者が、箱を開けると首の落ちたロバを発見し、スペイン語曲のおかげでこの国でも人気のテノールだったティート・スキーパのレコード――「ヒズ・マスターズ・ヴォイス」のエンブレムが光っていた――を買った者が、蓄音機の針を落としてみると、聴こえてきたのは政府への悪態の連続だった。こうした些細な出来事からもっと深刻な事態に至るまで、様々なレベルで活動家が次々と大胆な騒ぎを起こし、映画館でマグネシウムを光らせて混乱を引き起こす者もいれば、路面電車のレールを剝がす者や、電線を切って町の半分を停電に陥れる者――闇夜に乗じて商店のショーウィンドーに石を投げつける者も現れた――もいた……身軽で狡賢い覆面集団であり、機転と悪知恵を働かせて巧みにどこへでも入り込む彼らは、組織を混乱させ、行政機構を狂わせ、絶えず当局を脅かしながら、町全体を不穏な空気に包む。もはや誰も信じることができない。そして、スパイや捜査員、密告者や内偵、情報提供者や見張り役を常に増強していたにもかかわらず、警察は相変わらず無力に空振りを続け、決して真犯人には至らなかった。建物の入り口で来訪者には厳重な持ち物検査が行われ、外から届く荷物は入念に中身を調べられたが、それでも大統領宮殿ではさらに二度の爆発事件があった。関係者は、当惑する内心を曝け出すわけにもいかず、誰かに罪を着せねばならないというので、あれこれ議論が交わされた挙げ句、すべてを引き起こした張本人、この邪《よこしま》な悪巧みの犯人、謎めいた組織網の首領として槍玉に挙がったのがエル・エストゥディアンテだった。だが、『リベラシオン』の社説——もちろん無署名——によれば、市民生活を不安に陥れているこの不可思議な一連の事件は、共産党員の活動と無関係だった。「我々は戦いを進めるのに冗談やデマに頼ったりはしない。」そしてやや俗っぽい調子で、「真の革命家と、ごろつきや悪ガキ、チンピラとは違う」と断言していた。それに加え、いつもどおり厳格なマルクス主義の理念の一つが囲み入りで記されていた。「人類は解決可能な問題しか提起しない。冷静に考えれば、解決に必要な物理的条件が存在するところにのみ、問題は発生するのだ。(「経済学批判要綱」)」「どうやら」当惑した大統領は言った。「このクソ記事のとおりだろう。奴らの目的は他にあるらしい。地に足がついていないが、それでも嘘をついたりはしない。わざわざ電話をかけて、昨夜私がフェリックス・フォールの名で死んだなどと言ってきたりはすまい。」「しかし爆弾が」ペラルタは言った。「そう、問題は爆弾だ」第一執政官は再びためらいがちに言った。「アナーキストと同じく、共産主義者もところかまわず爆弾を仕掛ける。世界中で新聞の諷刺画に描かれているとおりだ。だが……」「悪いことに、国民は国内で起こることのすべてがエル・エストゥディアンテの差し金だと思っているのです」秘書は言った。「そしてこれが神話となり、ギュゲスの指輪を手に入れたロビン・フッドのようになってしまうのです。我が国の庶民はこんな話が大好きですからね……」まったくそのとおりで、すでに国内にはポンソン・デュ・テライユの小説や『レ・ミゼラブル』が大量に流通し、名前や年齢や容姿を変えて追っ手を欺く登場人物のことが知れ渡っていた。極悪人が追随者を生み出すことは、あの広く読まれた翻訳本『黄色い部屋の秘密』でガストン・ルルーが示したとおりではないか。そして、古典的反逆者や歴史上のアウトローといった正体不明の正義の使者を背景に、今やエル・エストゥディアンテの名は、共同住宅のわらべ歌にも、安アパートの夜の団欒にも、地方の商店の奥で声を潜めて歌われる小唄にも登場し、改革を求める闘士、貧民の擁護者――実のところ、共産主義とは何か、まだ正確に理解されてはいない――、金持ちの敵、堕落した者たちの懲らしめ役、資本主義に疎外された国民の救済者、さらには、独立戦争時代の正義と寛容の振る舞いによって今も人々の集団的記憶に生き続けるボスたちの子孫として、あちこちで持て囃されているのだ。神出鬼没の英雄という評判は日に日に膨らみ、敵の裏をかく名手に仕立てられた彼は、非常線も、幹線道路の検問所や見張りもものともせず、北部の鉱山からラ・ベロニカの造船所へ、木こりの森からフライレホンの生える高地へと軽快に飛び回った。そしてエル・エストゥディアンテの伝説は、賞賛すべき機知の逸話や、口伝えに広まるニュースやロマンスによって膨れ上がり、狭い小窓を奇跡のようにくぐり抜けたとか、瓦屋根を駆け抜けて屋根から屋根へ飛び移ったとか、プロテスタントの牧師やフランシスコ会修道士に変装することもあれば、盲人や偽刑事――農民、鉱山労働者、牛追い、訪問医、イギリス人観光客、吟遊ハープ奏者、荷物運搬人――になりすますこともあるとか、そんな逸話が取り沙汰された。国家警察隊は騒々しいバイクを総動員し、怪しい地区を虱潰しに捜索していたが、お尋ね者となった彼のほうはその間、鬘と白髭と黒眼鏡で老人の格好をして、その日の新聞で顔を覆って中央公園のベンチで休んでいることもあった。すると彼の支持者たちは――本当に支持者なのか定かでないが――、サボテンに覆われた遠隔の地でも、海藻と投網の海岸地帯でも、雪山の間に広がる小麦畑でも、昔メキシコで歌われた小唄を口ずさみ始めるのだった。

ご主人様の牛になど
なりたくもない我々農地改革派を
盗人の集団と
罵る者がいる

「神話などご免だ」日に日に存在感を増すエル・エストゥディアンテ――いまだ知られぬ彼の横顔が、執務室の大窓と堂々たる庇護火山の間を動き回るようにして毎朝鼻先にちらついた――の話が出ると、大統領は言った。「神話などご免だ。この大陸で神話ほど足の速いものはない。」「おっしゃるとおりです」時折ペラルタは高校教師のような口ぶりになることがあった。アンデス地方では、「モクテスマは、東からやって来る白い顔の男というアステカのメシア的神話に打ちのめされました。トゥパック・アマルの姿を借りたインカ聖霊の神話が広まり、随分スペイン人たちを悩ませました。パリでは科学の世紀の到来を祝い、電気の精を崇めていたのと同じ時代に、古代神復活の神話はユカタンのセルバに幽霊都市を生み出しました。そして、サンバのバトゥカーダと実証主義を神秘主義で結びつけたブラジルのオーギュスト・コント神話。銃弾を浴びても死なないガウチョの神話。確かマッカンダールという名前だったでしょうか、蝶にでもイグアナにでも、馬にでも鳩にでも変身できたというあのハイチ人の神話。火を吹く黒馬に跨って死後天へ昇るエミリアノ・サパタの神話。」「そしてメキシコでは」大統領が口を挟んだ。「我らが友ポルフィリオ・ディアスが、《公正選挙、再選禁止》、さらには、せっかく国の繁栄のため三〇年も前から眠っていた鷲と蛇の目覚め、そんな神話の前に屈してしまった。そして今この国で、純然たる刷新者、神出鬼没のスパルタクスという触れ込みでエル・エストゥディアンテの神話が生まれつつある。何としても止めねばならない……それなのに、アメリカ合衆国で訓練を積んだはずの我らが警察部隊は、手足を縛った男を殴るとか、猿轡を噛ませるとか、浴槽に人を沈めるとか、そんな役にしか立たないじゃないか、ちくしょうめ……」そして、ペラルタが大統領の気を落ち着かせようとエルメスのアタッシュケースを手にしたところで、思いもよらぬ驚愕の朗報が飛び込み、なんとエル・エストゥディアンテが、愚かにもサトウキビの荷車に乗って何の変哲もない南部の検問所を通り抜けようとしたところ、手にマメもない人夫の存在を不審に思った二人の呑気な――とはいえ、そこまで呑気でもなかったようだ――警官に呼び止められ、抵抗するわけでもなく、特に警官の殊勲というわけでもなく、呆気なく拘束されたという。確かに、撮影されたばかりの男の顔は、警察で詳細に調べられた大学入学書類の写真と一致しているようだ。そして二時間ほど前から容疑者は、もちろん容疑を否認しているものの、模範刑務所——その末端——に収監されているという。「よし、危害は一切加えるな！」第一執政官は叫んだ。「朝食には、アレパにバター、特製のチーズ、黒豆煮込みに卵焼きを用意して、場合によってはラム酒を与えてもかまわない。その後で執務室へ連れて来させろ。一対一の話し合いをするとしよう。奴には、身の安全は保障すると伝えておけ。そうすれば抵抗することもあるまい。」

第一執政官は入念に会見の舞台を準備した。絹で縁取りしたいかめしいフロックコートにグレーとバラ色のネクタイ、ボタンホールに勲章という格好で、宮殿中央の中庭に面した白ガラスの大窓を背に、執務机に向かって腰掛ければ、来客の顔に正面から光が当たることになる。机の真ん中に、打ち出し細工付きコードバンの枠に入った古風なグレーの吸い取り紙と、緑大理石の台に乗った鷲形のナポレオン風インク壺、そして、先の尖った鉛筆を何本も入れた革製の筒は必需品であり、ワーテルロー土産の文鎮と、柄に共和国の盾をあしらった金のペーパーナイフを配したうえで、あたかも煩雑な調査でも進めているように、あちこちに紙を散らし、大げさに乱雑を装って多くの書類束を放り出しておく。そして、吸い取り紙の右に何気なく、ロードアイランドレッド養鶏マニュアルを一部、黄色い表紙を上にして置いておく……　ドクトル・ペラルタが極めて丁重にエル・エストゥディアンテを中へ導いたが、第一執政官はそのまま万年筆で交互に印をつけた数字を照合する作業を続け、来客にはせわしなく右手を上げて安楽椅子を指差しただけだった。そして何枚かの紙をまとめて秘書に手渡しながら、「陸橋建設の予算に三二〇ペソの誤りがある。とんでもないことだ。加算器とやらをアメリカ合衆国に発注してもいいかもしれん……」ペラルタが辞去し、長い沈黙が流れた。がっしりとした体の両肩をいからせ、堂々たる大統領専用肘掛け椅子に支えられて、銅像のように構えていた第一執政官は、相手の姿を見て拍子抜けした。挑発と緊張を耐え抜いた闘志満々の顔、大学のハンドボール・チームで鍛えた筋肉隆々の運動青年、そんな予想をしていたのに、目の前にいたのは、病弱に痩せこけて思春期と青年期の間で宙ぶらりんになったような青白い顔の青年であり、乱れた髪の下からほとんど瞬きもせずこちらを見つめてくる目は、緑とグレー、あるいは、緑と青が混ざったような明るい色のせいか、女性的な印象すら与えたが、確かにそこには、いざとなれば信者や闘士の覚悟で行動に打って出る者の強さと決意が見て取れた…… そして二人は目を合わせ、一方は主人、地位ある者、絶対的権力者として、他方は弱者、地下潜伏者、ユートピア主義者として、二世代の溝を越えて互いに相手を正面から睨みつけた。互いにとって相手の姿は惨めそのものだった。下の者にとって上の者は、単なる類型、歴史的標本、ポスターでよく見る姿の寄せ集め、権力者と資本主義者とパトロンを三位一体にして最近作られた民俗学的産物、何世紀か前ならイタリア絵画の喜劇によく現れるボロネーズ博士や空威張りのトゥルルピーノがそうだったように、いつも同じ姿で網膜に焼き付けられた肖像、そんなものでしかない。革命の寓話に登場する悪役――エル・エストゥディアンテはジョージ・グロスのスケッチやマズレールの版画を思い出していた――が今、目の前にいて、フロックコートに縦縞のズボン、真珠を付けたネクタイ、そして高価な香水でめかし込んでいるが、これで派手な山高帽でも被って、獰猛な犬歯から葉巻でも突き出していれば、ドル札入りのずだ袋にあぐらをかいた――実際にはスイス銀行の丸屋根の下に保管しているが――ブルジョア根性の化身そのものだ……そして、上の者にとって下の者は、同じく民俗学的類型にほかならず、本来どうでもいいはずの相手なのに、やむにやまれぬ必要に迫られて品定めしている、それだけの男だった。今、目の前にいるのは、ロシア小説に現れる典型的学生の現地版であり、政治家というよりはニヒリスト、夢と教義に囚われた付け焼刃のプロレタリアート、衣食住は最低レベル、本に埋もれて眠り、凡庸な生活に打ちひしがれて怨念を募らせた男だった。二人とも出発点は同じなのだが、上の者は鋭く状況を見極めて才覚を発揮し、短気な男の迅速さで上昇気流を摑むと、今や銅像や胸像としてあちこちに飾られるまで登りつめた。これに対し下の者は、新時代のメシア思想の罠に嵌まり込んだ挙げ句、熱帯のシベリアやベルティヨン式人体測定の屈辱、痕跡をまったく残さぬ失踪――未来のジャーナリストには絶好のネタだろう――といった顚末へ避けがたく導かれた夢想家たちと同じ運命を辿ろうとしており、このままではやがて抹殺されて、残された遺族はあやふやな命日に、悲しげに姓名だけ刻まれた中身のない墓の前で、もっとひどい場合には、空っぽの棺桶、空っぽの墓穴に向かって花を手向けねばならないことだろう…… そして、中庭のビンロウジュに戯れてはしゃぐ鳥の鳴き声しか聞こえない沈黙のなかで、正面から睨み合う二人の間に、昼から外へ出ることのない声の応酬が始まった。「自分でも知らぬまま見事に自分の役を演じている／田舎詩人そのものじゃないか／実に板についている／文芸コンクールで表彰されるようなタイプだ／たいそう立派な服じゃないか／「クオリティ・ショップ」のバーゲン品だな／ケツのような顔だ／少女の頬だ／写真のほうが色白に見える、やはり齢とともに出自は隠せなくなるらしい／髪はぼさぼさだし、ネクタイを横へ向けているのはお洒落のつもりなのか／オーデコロンのつけすぎで娼婦みたいな臭いがする／デカいことをするようなタマじゃない／いけすかない顔だ／マサニエッロにでもなったつもりか／もっと歳だと思っていた／目に浮かんでいるのは憎しみか恐怖かどっちだ？／手が震えているな、アルコールのせいだろう／ピアニストのような手だが、爪の手入れをしているらしい／典型的な暴君だ／誰でも若い頃はこんな大天使なのかな／悪習と愚行の染みついた男だ、顔を見ればすぐわかる／ろくに女も抱いていないようだな、オナニー漬けのインテリだ／化け物というわけでもない、単なる思い上がった酋長だ／こういうひ弱な奴ほどタチが悪い／すべて猿芝居だ、出迎えの仕方も、顔の光も、机の上の本も／失うものなど何もないから、何でもやりかねない／そんなに睨んだって、俺は目を逸らしたりしないぞ／勇気はあるようだが、拷問には耐えられまい／俺は拷問に耐えられるだろうか、耐えられない者も多い／怖がっているようだな／……拷問か……／少し締め上げてやれば／共犯者の名前を聞き出そうとするのだろうか／ぐずぐずする必要はない、一発脅してやるか／ブザーに手を伸ばしている、人を呼ぶのだろう／いや、男の約束だ／耐えられるだろうか／何を話してみるかな／考えると恐ろしい、ああ、ああ……／殉教者を出してはいけない、国民から殉教者を出すべきではない、できるだけ避けたほうがいい／身の安全は保障すると言っていたが、こいつの言葉などあてにはならない／もはや国中に知れ渡っていることだろう、この男がここにいることも、私が身の安全を保障したことも／人を呼ぶらしい、手錠をかけられるのだろう／こいつよりずっと肝の据わった男でも、口を割った奴はいくらでもいる／いったいいつ話を始めるつもりだ？／いったん解放して、後をつけさせてみるか、何かわかるかもしれない／なぜ何も話さないんだ、ちくしょうめ、さっさと口を開きやがれ／汗ばんでいるな／汗が出てきたが、今日はハンカチを持っていない、ハンカチがない、ポケットにも……／ビビってるな／笑ってやがる／何か言いたいらしい、どうせくだらんことだろう、酒でも勧めてみるか／酒でも勧めるつもりだろう／どうせ潔癖を気取って拒むことだろう／酒でもくれれば気分が晴れるだろうに／わざわざ断られるために勧めてやることもあるまい／ほら、早くしろ、グズグズするなよ、さっさとそのアタッシュケースからボトルを出せよ、みんな中身はお見通しなんだぜ／とはいえ、勧めてやるか、ええと……もう一回……　聞こえなかったのか、あのトラックのせいで／何か飲み物の話をしたようだが、よく聞こえなかったな、あのトラックのせいで／今度は路面電車か／路面電車だ／この仕草は何のつもりだ？／この仕草がわからないのか／もう睨めっこは十分だ／本、そう、本だ……」第一執政官はロードアイランドレッド養鶏マニュアルを手に取った。本を開いて眼鏡をかけると、明らかな愚弄を込めて読み上げた。「亡霊がヨーロッパを徘徊している。共産主義の亡霊だ。」そしてここでもっと愚弄の調子を露わにして続けた。「神聖同盟諸国が結託してこの亡霊を迫害している。ローマ教皇、ウィルソン、クレマンソー、ロイド・ジョージ……」「……メッテルニヒ、ギゾー、でしょう」エル・エストゥディアンテが正し、そのまま言葉を続けた。「古典に精通しておられるようですね。」「精通しているのは養鶏ぐらいだ。周知のとおり、私は農村部の生まれだからね……　だからきっと……」と言ったところで第一執政官は、この対話にどんな口調で臨んだものかわからず当惑して黙り込んだ。『アクロポリスへの祈り』の装飾過剰な文体では、新世代の若者には馬鹿にされてしまうだろうし、といって、その対極に位置する庶民的な俗語に頼っては、ドクトル・ペラルタやマヨララ・エルミラとの内輪話のようになって、たとえ最低の礼節は守ったとしても、品格を貶めることになってしまう。そこで、いつものような馴れ馴れしい口の利き方はやめてもったいぶった調子で切り出し、この陽気で厚かましい人々の国に馴染まないよそよそしい言葉遣いで、二人を隔てる机以上の距離感を最初から保つことにした。演技に慣れた人間らしく、リュシアン・ギトリのように歯の間から声を出しながら、読み解くことのできない運命の綾に翻弄された悲劇の主人公のようにも見える眼前の男に問いかけた。「あなたはなぜそんなに私を嫌っているのです？」「あなた」という言葉遣いに相手の意図を見て取ったエル・エストゥディアンテは／**裸同然のインディオ女を相手に時間を割いてやっているんだとばかり、ヴォルテールのような口調できやがったな**／、怯えた喉が許すかぎり落ち着いた静かな声で答えた。「私はあなたを嫌ってなどいません、セニョール。」「しかし、《言葉より行動》という格言のとおりで」声を上げることなく大統領は言った。「まさか宮殿の召使に対して爆弾を仕掛けているのではありますまい。あなたの振る舞いには、憎しみや怒りが見て取れますが。」「あなたを憎んでいるのではありません、セニョール。」「それなら……　これまでの爆弾はいったいどういうことです？」「それは私とは無関係です、セニョール。私は爆薬にはまったく無知です。」「ああ、君（訂正）、あなたでないとすれば、仲間か友人か共犯者／**「共犯者」という言葉はまるで警察調書のようで卑俗だな**／、**賛同者、助手、腹心**／**気をつけろ、また格式ばった言葉だ**／がやっているのでしょう。」「我々は爆弾など使いません、セニョール。」第一執政官は苛立ってきた。これではまるで狼と子羊の寓話じゃないか。「それなら……　いったい誰が爆弾を仕掛けたというのだ？　いったい誰が？　あなたの答えをお聞かせ願いたい。」「我々とは関係のない者たちです。アナーキストのテロが世界に何の変化ももたらさなかったことは火を見るより明らかです。自殺行為を繰り返すラヴァショルもカセリオも、教義を振りかざすバクーニンもクロポトキンも、どちらも我々には不条理にしか見えません。」「ニカイア公会議のような詭弁で同類をけなすのはおよしなさい／**しまった、言葉がすぎたか！**／、私にとってはどちらも同じこと……　あなたたちが犯人でなかったとしても、ここの浴室で爆発があれば、喜ぶのはやはりあなたたちだ。」「とんでもありません、セニョール。あなたが殺されるようなことがあれば、我々には最悪の事態です。同志に敬虔なカトリックがいますが――仕方がありませんね――、毎日聖牧女に祈りを捧げてあなたの無事を願っています。」驚きとも怒りともつかぬ態度で第一執政官は立ち上がった。「私の無事だと？　君はどうやら肝が据わっているようだな。肝と言わず、別の言葉を使ってもいいところだ……」／**今度は「君」ときたか**／「我々にはあなたが必要です、セニョール。」すると偉大なる大統領閣下は笑い出した。「たいしたものだ、私までが、マルクス主義者、共産主義者、メンシェヴィキ、革命家、その他諸々だと言うのか。どいつもこいつもみんな同じ、狙いは一つ、クレムリンかエリゼ宮か、バッキンガム宮殿かこの椅子かに（大統領専用椅子の背もたれを叩いた）ふんぞり返って、他の奴らを痛めつけながら、私腹を肥やして享楽の生活を送ることじゃないか。あの波が静まるまでこの国で待つことにしたツァーの大使が言っていたがな、レーニンの奥さんはアレクサンドラ皇后の宝石や首飾り、王冠を身に着けているそうじゃないか……」「お考えは素晴らしいと思いますし、そのような戯言を信用なさるのも結構なことです、セニョール。中途半端に理解されるより、まったく理解されないほうが好都合ですからね。我々のことを夢想家扱いする連中のほうが、我々には与しやすいのです。」「とはいえ、もし私が明日死ねば……」「我々は残念に思うでしょう、セニョール……　すぐさま軍事評議会が政権を掌握し、今は亡きヴァルター・ホフマンのようなゴロツキが権力の座に就いて、今よりもっとひどい政府になるかもしれません。」「だが……　それなら君たちはいったい何を望んでいるのだ？」エル・エストゥディアンテは、多少上ずった声ながらも慌てることなく言った。「あなたの政権がタイシュウホウキによって崩壊することです。」「そしてその後はどうなる？　君が今の私の地位に就くことになるのだろう？」「私はそのようなことは望みません。」「それなら別の候補者がいるのか？」「候補者などという言葉は我々の語彙にはありません。」第一執政官は肩をすくめた。「戯言だ！　最後は誰かが権力を握らねばならん。誰か有力者が、政権のトップに立つ有力者が必要になる。ロシアのレーニンを見れば一目瞭然だ……　ああ！　そうか！……　大学の恩師ルイス・レオンシオ・マルティネスを担ぐ気か……」「あれは大間抜けです。カミーユ・フラマリオンにレフ・トロツキー、それにプラーナと一緒に地獄へ落ちればいいんですよ（笑う）。《土地に帰れ》なんて！　いったい誰の土地に帰るというんだ？　ユナイテッド・フルーツの土地へでも帰るのか？」話の展開に嫌気がさしてきた第一執政官は、苛立ちも露わに話題を換えようとした。「では、君たちはこの国に社会主義を持ち込もうというのか？」「その道を模索しています。」「ロシアのように？」「同じ道を辿るのは難しいでしょう。この国では状況が違います。もっと簡単でもあれば、もっと難しくもあります。」第一執政官は独り言でも呟くように執務室を歩き始めた。「ああ、まだ子供だな、君たちは幼稚だ！　社会主義などこの国に持ち込めば、四八時間以内にプエルト・アラグアトにアメリカ海兵隊がやってくる。」「そうでしょうね、セニョール。」「いい気なものだな。（いたわるように優しい声）君が羨ましいよ。私も君くらいの年頃には似たようなことを考えたものだ。だが……　今では……　ジャンヌ・ダルクはどうだ、一九歳で殺されたが、三〇まで生きていれば、フランス王の愛人にでもなって、イギリス人との交渉に臨み、火あぶりにされることもなく目論見を達成していたことだろう……　君には君の英雄がいるのだろう。もちろんそれは尊重する。だが、グリンゴどもがアメリカ大陸のローマ人であることを忘れてはいけない。ローマには歯が立たない。しかも、靴もろくに履いていない者しか味方にはいないのだからな……　（親密な調子）私には、兄にでも接するように遠慮なく話してくれればいい。君たちと違って、私には政治の経験がある。何が可能で何が不可能か、よくわかっている。君たちの考えを知りたい……　腹を割って話そうじゃないか……　屈託なく話してくれ……　さあ……」「まっぴらです！」青年は突如吹き出しながらこう答えると、大統領と反対向きに執務室内を歩き始め、一方が作り物の薪を積んだ暖炉に接近すれば、他方は二つのドアに挟まれた鏡付きのコンソール――おかげで部屋の奥行きが広く見えた――の前を通る、そんな具合になった。突如大統領は芝居がかった仕草で落胆を表に出した。「人生は幾つになっても学ぶことがあるものだな。今日ここで君と話をしていて突如思いついたが、私はこの国の第一執政官じゃないか。そう、笑わないでくれよ。ずっとここで大臣や役人、将軍や博士どもに囲まれて暮らしているが、奴らはいつもおべっかや追従ばかり並べて、真実を隠すことしかしない。世界の表面を見せてくれるだけだ。私はプラトンの洞窟に住んでいるんだ……　君ならプラトンの洞窟の話は知っているだろう？　当然だ！　訊くだけ野暮だったな！……　そこへ君がひょっこり現れて、信念と情熱と若い血に溢れた姿を見せつけるものだから、《老いた師より若き友人から学ぶことのほうが多い》というあのフランス詩人の言葉を痛感した。ああ、私の傍にも君のように誠実な男がいてくれたら！　これほど過ちを犯さずにすんだことだろうに！　それどころか、もっと違う雰囲気で対話できることだろう。いいか、例えば、大学紛争に関しては、我々は少々行きすぎたというか、厳しすぎたと言えるだろう。正面から一緒に取り組んでみようじゃないか、一時間もあれば、君たちの納得する解決策を見つけて、晴れて君もここから出て行けることになる。君次第だ、どうだね？……」暖炉から鏡へ向かいながら青年は言った。「茶番です……」怒りの足取りで鏡から暖炉へ向かう大統領は、すっかりそれまでの態度を崩していた。「何だと！　君もアルフレッド・ド・ヴィニーは読んでいるらしいが、私だってそれぐらいは読んでいる。ナポレオンに対するピウス七世の役回りを気取るんじゃない。《悲劇！》の一言を発する前に、その言葉の重みを思い知ることになるぞ。」そしてフロックコートの左胸の内ポケットからブローニング拳銃を取り出し、銃口を相手に向けて机の上に置いた。「あくまで戦いを望むというのか？」「私がいようといまいと、戦いは続きます。」「すでに世界のあちこちで挫折しているというのに、まだユートピアに、社会主義にこだわるというのか？」「それは私の自由です……　他の多くの人も同じでしょう。」「メキシコ革命は失敗に終わった。」「だからこそ多くの教訓を残してくれました。」「ロシア革命だって失敗だ。」「それはまだわかりません。」第一執政官は銃を弄び、ひけらかすように五発入りの弾倉を出し入れした。「ひと思いに殺してください」エル・エストゥディアンテは言った。「いや」拳銃を懐に戻しながら第一執政官は言った。「宮殿内でそんなことはしない。絨毯が汚れるからな。」沈黙が流れた。再び中庭から鳥の鳴き声が聞こえてきた。互いを避け合う二つの視線は壁のほうへ向けられた。（いつまでこんなことを続けるんだ？…… あの絵の位置を直さねばなるまい…… 出口なしの状況……）ようやく力を振り絞るようにして大統領が言った。「いいだろう。君が話し合いに応じないというのなら、国を離れる時間として、三日の猶予をやろう。必要なものは何でもペラルタに頼むがいい。どこへ行ってもかまわない。例えばパリだ。人に知られぬようこっそりとそれ相応の額を受け取れるようにしておく。大使館にも行く必要はない。すでに革命家としてマークされているのだから、君が国を出て行っても、仲間たちが驚くこともあるまい。いや、待て！ そんなメロドラマみたいな顔をすることはないだろう。買収しようというのではない。素晴らしい選択肢を準備しよう……」声の調子が変わった。「君はそんじょそこらの成金ではないし、女どもやレストラン「マキシム・ド・パリ」へ行けと言っているのではない。君に進呈するのは、ソルボンヌとベルクソンとポール・リヴェのパリだ。このリヴェという男は、我が国についてもよく知っているようだし、何年か前に私がトロカデロ博物館に寄贈したミイラについて、素晴らしい研究を最近発表したらしい。あとは君次第だ。サン・テチエンヌ・デュ・モンではラシーヌに、パンテオンではヴォルテールとルソーに、それぞれ私からの敬意を伝えてくれ。ボルシェヴィキ風に『アクロポリスへの祈り』をぶちたいというのなら、ペール・ラシェーズへ行って、連盟兵の壁へ向かえばいい。何でもしたいことができる…… 君の選択次第だ。」（そして何度もこの「君の選択次第だ」を繰り返し、やがてその口調は曖昧になっていった。）「パリで私にすることなど何もありません」はっきりと間を取った後にエル・エストゥディアンテは言った。「好きにすればいい。この国にいるがいい。だが、明後日火曜日には、君を見つけ次第即刻殺害せよという指令が出される。」「私が殺されればあなたのイメージはガタ落ちになりますよ。」「いいか、追込み刑などというのは万国共通の茶番だ。自殺扱いにされる逃亡者、靴の紐を抜き忘れたために独房で自殺する服役囚、そんなものと同じで、立派な人権擁護団体や、個人の自由と尊厳の擁護を目的とする機関がいくつもある文明国ですらしばしば起こる…… ああ、そうだ、言っておいてやるがな、君の死後は、君を匿った者たちや、友人家族は一網打尽に始末する。いいな？」「下がっていいですか？」「どこへでも行くがいい！ 墓碑銘でも準備しておけ、愚かなゆえに死した者ここに眠る、とな。」エル・エストゥディアンテは立ち上がった。第一執政官は別れの表情になったが、無視されるのを恐れて、手を差し出すのはやめておいた。「本当に残念だよ。君のように有用な人間がね。しかも、ひどいことに君が羨ましくさえ思えてくる。私も君の歳なら賛同していたかもしれん。だが、この大陸で国を統治するのがどれほど大変か、君にはわかるまい。出来の悪い人間を相手に……」割れたガラスの雪崩に第一執政官の像はかき消された。轟音がまず耳をつんざき、胸と腹に反響した後、彼を映していた鏡、棚、絵、暖炉、すべてが崩れ落ちて、漆喰や折れた板、金メッキした木材やその破片や紙束とともに濁流となった。大統領は真っ青になり、漆喰の粉をかぶってパン屋の制服のように白くなったフロックコートをはたきながら、この惨事を眺めやった。エル・エストゥディアンテは床に倒れていた。大統領は自分の手で体を探り、出血していないか確かめた。顔に傷でもついたら女に嫌がられるかもしれない。「大丈夫……　二人ともまだ生きているようだな」大統領は言った。「わざわざ自分のいるところに爆弾を仕掛けるほど私が愚かだとでも思いますか?」青年は立ち上がりながら言った。「これで納得したよ。だが、事態は何も変わらない。すでに伝えたとおりだ。」使用人、役人、ボディーガード、マヨララ・エルミラ、秘書など、続々と人が部屋に駆けつけてきた。「出口はこっちだ」第一執政官はエル・エストゥディアンテを導き、上品だが内容は放埓な画と、クッションを敷き詰めたソファーに飾られたバラ色の小部屋へ逃れた後、町でもよく噂の種になっていた狭い螺旋階段まで進み出て、そこから通りを指差した。「ここから女を連れ込むわけですか?」「よくわかったな。この齢でもまだ健在だ。」そして相手の肩に手を置きながら、「君にとっては私などカリグラも同然だろうな……」「むしろ、カリグラの馬ですね」信じられないほど横柄な態度でこう答えた後、青年はリスのような素早さで階段を駆け下りていった……　呆然としていた第一執政官は、ドクトル・ペラルタが現れたのを見ても、なんとかこれだけ言うのがやっとだった。「下を開けてやれ……　釈放だ。」「救急箱がとどいています。」「必要はなさそうだ……　怪我一つしていない……　大丈夫……　大丈夫だ。」そして胸から膝まで体中を探ったが、痛みもなければ指が血に触れることもなかった。

16

……逃亡より抵抗のほうが名誉も安心もある。

（デカルト）

同じ年の三月、やむなくモラトリアムの延期が決定されたが、仮に公式に延期されなかったとしても、その操作に慣れた者たちによって、いずれめいっぱい延期、延長、支払い猶予がなされていたことだろう。モラトリアム、魔法のような、祈祷のような、それでいてどこか不吉な言葉の庇護のもと、悪知恵や罰当たり、策略やごまかしが破産と手を結んだ。誰もびた一文払わなかった。共同住宅や長屋の住民は、家賃の取り立てを受けると石や棒を投げつけて追い返し、犬をけしかけることすらあった。信用貸しで取り引きしていたカナリア諸島出身の商人やシリア商人は、随分前から未支払いになっているレースや寝具の代金でもしつこく請求しようものなら、近所をうろつく警官の威を借りた主婦たちにアナーキスト呼ばわりされた。ローンで買った家が即日抵当に入れられ、ごろつきや高利貸しの手に渡った後、書類の交換、署名、告発寸前で止まる詐欺行為の果てしない応酬を経て、様々な審査、奇跡、競売、暴利、未払い小切手――今や金持ちの評判を維持している者でさえすべて現金払いせねばならなくなっていた――に翻弄されながら生きながらえていった。こんな状況下で、町は拡大したときと同じスピードで収縮――そう、まさに収縮だった――を始めた。大きなものが小さくなり、平らになり、縮んで、建設前の泥へと戻っていった。俄かにみすぼらしく見え始めた強欲な摩天楼は――もはや摩天楼というより摩霧楼だった——、倒産した企業の撤退により、上階から順に人気が失せていくにつれて——床は染みで色褪せてくすみ、汚れたガラスは寂しげで、孤独な銅像は数週間でハンセン病にかかった——縮んでいくように思われた。塗装が剝げ落ち、管理の目が行き届かなくなった建物は都市のグリザイユに組み込まれ、一時はモダンと呼ばれたものを堕落させ、傷つけるばかりか、世紀の初め頃ですらすでに時代遅れだったほどの古臭さを被せた。人影が消えて眠ったような証券取引所の門は、鳴き声の美しい鳥やオウム、カメの市場となり、サラダやとうもろこしを売る屋台、靴修理屋、包丁研ぎ屋、祈祷書やお守りの販売、薬草治療などの粗末な店が並んだ。(「血糖値が高いのならムラサキバジルの煎じ薬がいいよ、喘息ならツリガネグサの煙草が一番、性器から液が出るというのなら、オランダショウガとココナッツ水を混ぜてごらん、生理不順なら、ねえさん、ツルレイシ茶に乳香樹の葉だよ、ほら、そこに蛾が羽を広げて、方角でも示してるみたいじゃないか……」)「門前の商人たちか」第一執政官は重々しく溜め息をついた。「ヴェルサイユ条約締結以後も、ヨーロッパはダメですね」予想より早くまた美味しい戦争、長く有益な戦争が勃発してくれないものかと夢見るように、ペラルタがいたわりの調子で話し出した。「ウィルソンが十四カ条の原則など提案したせいで、すべて台無しです。」清算や倒産の通知が商業のレクイエムを奏でていた。契約が反古にされ、まだ乳歯すら生えそろっていない状態のまま——着手されたばかりの壁は人の背にも達していなかった——現場が放棄されたせいで、あちこちの建物が生まれる前から廃虚となり、屋根のないホール、手摺のない階段、期せずしてポンペイ風になった円柱などが、完成した暁の姿を辛うじてしのばせていた。その一方で、郊外の広大な住宅地や開発地、分譲地は、山から下りてきた草にみるみる侵食された。さらに、フウリンソウと華やかな冠毛の護衛を受けた雑草が再び首都へ迫り、雑草の次には低木、低木の次には灌木、さらに、木に絡みつくシダ、その他、繁殖力の強い植物が次々と押し寄せて砂利まで覆い尽くすと、亡命から戻った蛇たちが産卵を始めた。その間に、町を囲む丘は次々とトタンや防水布、梱包用の板や、糊と膠《にかわ》で段ボールのようにした新聞に覆い尽くされ、棒や支柱で支えただけの小屋が斜面に並んだが、当然ながら安定は悪く、春を知らせる雨とともに一家まるごと崖を転げ落ちることもしばしばだった。「貧困区」、「飢餓区」、「ファベラス」などと呼ばれるそうした集落の高みへ上れば、楽園の椅子に腰掛けて下界でも眺めるように、光り輝く町――磨いたガラスを張り巡らした銀細工の店、大きな切手古銭商、日付入りボトルを並べた酒屋などが並び、植民地時代からの教会を保存するために富くじを主催しようとする者や、今やあちこちで聞かれるワルツ「オン・マイアミ・ショア」の発祥地、コーラルゲイブルズの国際ミスコンテストに代表として派遣する美女（現地風の女性がよいのだが、色黒すぎてもいけない）を選ぼうとする者には事欠かない――を一望することができた……。この年、製糖工場はいつもより早く操業を停止し、南部の錯綜したセルバ地帯では、見捨てられたゴムの木が次第に傷口を閉じていった。北部で新たにストライキがあり、シウダー・ウルティアの製材所で暴動が起き、ヌエバ・コルドバでは鉱山労働者と軍隊が衝突して流血沙汰になった。少し前までまったく無名だったリーダーに率いられていくつもの武装集団が南部の山岳地帯を荒らし回り、農園や倉庫、兵営を襲撃するばかりか、二日、三日も町を占拠して、サパテアードの景気づけとばかり、床に銃を乱射して町長や商人、町の名士たちを踊らせることまであった。もはや地方当局の制御が利かなくなった地域では、この国の歴史でこれまで繰り返し起こってきたように、反乱軍の蜂起がきっかけとなって、人々が三〇年に及ぶ長い平穏と眠りと忍耐から目覚め、まったく予期せぬ形で暴力――社会学者によれば国民性を形成する特徴的要素の一つだという、生まれながらの善良さとはまったく無関係――を爆発させた。マラリアや住血吸虫病を患って目を窪ませた農民たちが、わらじ履きのまま痩せ馬――蝿やダニにたかられ、鞍ずれと関節炎のせいで見るも無残な姿だった――に跨って、地方警察が乗り回すケンタッキー産の光り輝く名馬に立ち向かった。ラッパ銃対モーゼル銃、ナイフや農具の棒対正規軍の鋭い山刀という無謀な戦いだったが、大きな集落になると、そこに瓦やレンガや石、時にはダイナマイトを加えて銃弾に対抗することもあった……　こうした事態の推移とともに、第一執政官は、大統領宮殿という島、望楼と展望台と多くの鉄柵と左右対称の棕櫚飾りを配した島へ次第に追い詰められていった。真と偽、楽観と悲観の交錯する矛盾した情報が次々と飛び込み、実際に何が起こっているのか、その全体像を順序立てて整理することはもはや不可能だった。敗北の衝撃を取り繕おうとする者は、実際には本物の民兵部隊と衝突していたのに、単なるコソ泥や無法者集団だったと言い張って事件の重要性を否定し、逆に自分の敗北を正当化しようとする者は、敵軍の圧倒的な勢力を誇張した。そして、情報不足をごまかすために現実から目を逸らす者もいた。「お前たちを見ていると」怒りに震えて第一執政官は言った。「敗北の時に戦略的撤退だの戦線修正だのともっともらしい御託を並べて事態の深刻さを認めないヨーロッパの将軍たちを思い出す。」そして市町村長が敗れ、警備隊長が敗れ、制服とパナマ帽の指揮官も敗れ、絶えず罷免と再任、交代、解任、復帰、家から出たがらない者に託される不快な指令、冷や飯を食わされたかつての協力者への連絡、愛国的演説、挙国一致に向けた叱咤激励などが交錯した。そして、遠い嵐の大波に後押しされるように、まだまったく予想のつかない軌道を辿りながら、長い武器の青々とした金属を輝かせた望楼や銃眼や胸壁に襲いかかる反乱勢力を前に、大統領宮殿の島は日に日に孤立し、安心と庇護を求めて、見事な植民地風石壁の内側に政府関係者がひしひしと身を寄せ合うようになった。建物の屋上には、用心しすぎるに越したことはないというので、すでに土嚢が積まれていた。辺りには襲撃の気配がちらついていた。扉が突如風で閉まったり、オートバイが荒々しく発車したり、雨など降りそうな気配もないのにいきなり雷が鳴ったり――この数カ月間にしばしばそういうことがあった――すると、誰もが驚愕し、ワーグナーのオペラのライトモチーフでも繰り返すようにして、厳重に警備された広い廊下に「バカな真似はよして！」というマヨララ・エルミラの声が響き渡った。「締めつけが必要です、大統領、もっと締めつけてやりましょう」朝から不愉快な出来事に影を差されることがあると、ペラルタは繰り返した。だが、今や事態は深刻であり、おそらく最も締めつけが必要な場所で締めつけを強化することができなくなっていた。というのも、大統領宮殿という孤島のすぐ近く――とはいえ触れることすらできなかった――に別の島が出来上がり、刳形と浮き出し模様――カリフォルニア経由のプラテレスコ様式――で装飾過剰になったこの黄色い島が、「ホテル・クリーヴランド」やメープルシロップの香りを漂わせた「グロッサリー」、半分眠ったような「クリアリング・ハウス」や「スロッピー・ジョーズ・バー」、それに「キュリオス」や「スヴニール」といった店――音楽は盛んだが造形的資質に乏しいこの国にはめぼしい民芸品がないので、代わりにオアハカのサラペやハバナのマラカス、ヒバロ風に縮めた頭や、結婚式や葬式の衣装を着てクルミの殻に収まったノミ、チャーロ風のボタン、その他この国とは縁もゆかりもない土産物や、出所の怪しい土器などが売られていた――が所狭しと軒を並べて涼しい影を通りに落とすとともに、区画の内側で急速に拡大を続けていた。そして、信頼できる情報筋によれば、その島に拠点を置く「アメリカン・クラブ」では、ポーカーに興じる男たちや、トルコ帽を被ったフリーメーソンのような姿で会合に臨むアメリカ独立革命の娘たち、独立記念日や感謝祭やハロウィーンを祝う人々――星条旗にカボチャ仮面の子供たち――がいる一方で、政情不安と破産に喘ぐこの国の危機について真剣に議論が交わされ、耳を疑うその驚きの結論とは、目下のところ一番マシな救世主候補――溺れる者たちにとっての藁とでもいったところか――はヌエバ・コルドバの敗北者ルイス・レオンシオ・マルティネスだということであり、なんとも意外なことに、合衆国国務省もそれに賛同しているという。「公にはされていませんが、アリエルによれば、あの男は数日ワシントンに滞在していたそうです」ペラルタが言った。「やはり、転んでもただでは起きないのが政治家ですね。」第一執政官は大声で独り言のように言った。「あいつら、あいつらの利益をいつも守ってきたのに。私のおかげでいつも甘い汁が吸えたというのに、そのあいつらが国内問題の責任すべてを私に押しつけるつもりなのか。それに、この危機が我々のせいではないことを忘れたのか。ヨーロッパを見るがいい、勝手に国境を書きかえ、通貨を暴落させ、ありもしない国籍をでっち上げた挙げ句、みんなクソまみれになっているじゃないか。私に言わせれば、まさにカオス、カオスじゃないか。そして今この期に及んで、あの愚かな大学教員を担ぎ出そうというのか。」「変化の神話《ヴィイウ・ジュー》は永遠で、首をすげ替えれば事態が収束すると思い込んでいるのですよ…… 我々には若さがない、少々時代遅れだと思っているのかもしれませんね」ペラルタは呟いたが、大統領は数日前から心に引っ掛かっていた一つの疑念にまたもや囚われていた。「あの時エル・エストゥディアンテを始末しておくべきだったな。目の前、まさに今お前の立っているその場所にいて、机の上にはブローニング銃があったというのに。パフォーマンスだよ。国民向けには、不意を襲われて必死に身を守った、とでも言っておけばいい。フロックコートをハンガーに掛けてマヨララ・エルミラに右の肩パットを撃たせ、それを着て人前に出ていけばいい。そして、絨毯に倒れた哀れな若者を写真に収めれば、正当防衛の犠牲者として処理されていたことだろう。これだけ証拠が揃っていれば、議論の余地はない。アメリカン・クラブの連中が真っ先に喝采してくれたことだろう。」「しかし、それでは何の解決にもなりませんよ。」「エル・エストゥディアンテは相変わらず国内にとどまっているのに、警察は昨日も今日もまったく無力だ。あいつは何事もなかったように上質紙のパンフレットをばら撒き続けている。」「アメリカン・クラブの連中もあのパンフレットを読んでいるようですね。対象とされている大衆は読み書きなどできませんし。わらじとオーバーオールの庶民にあんな思想はチンプンカンプンでしょう。」「たとえ思想は理解できなくとも、あの男に全幅の信頼を寄せている。」「ああ！　事態を打開する男、いつもと変わらぬ変化の神話ですね！　実体もイメージも存在感も欠けています。我が国の農民にとってもっと存在感があるのは、聖人伝にも載っていないサン・エスペディトのほうですよ。何か願いがあると、カトリック非公認の《奇跡を起こす男》が刃にHodie――《今日》という意味ですが、みんな《オジイ》と言っています――と入った剣を振りかざす版画――パリで印刷されたものですがね――に祈りを捧げて、彼の庇護を求めていますからね。」「それで、レオンシオには、エル・エストゥディアンテを凌ぐほどの人気が本当にあるのか？」「とんでもない。しかし、グリンゴどもにとってエル・エストゥディアンテ、とりわけその思想は脅威です。だからヌエバ・コルドバの腰抜けを支持するのですよ。彼自身はどうでもよくて、奴らがラテンアメリカで何かを変えようとするたびに持ち出す《民主主義》の大義名分に適う人物ならそれでいいわけです。」「言葉上の問題か。」「言葉の使い方は人それぞれです。奴らは民主主義の擁護と言い、我々は既存の秩序の擁護と言います……」第一執政官は再び大声で独り言を言った。「ヤンキーどもに国への内政干渉は許さない、この栄誉を今さら反古にしようとでもいうのか。国民はグリンゴを憎んでいるというのに。」「国民としてはそうですが、我が国のブルジョアはいつもアメリカにすり寄っています。金持ちにとってグリンゴは秩序と技術と進歩の代名詞です。今や、ベレンのイエズス会学校で勉強していない坊ちゃん連中は、コーネルかトロイか、さもなくばウェストポイントで学んでいます。ご存知のとおり、この国にはすでにメソジストやバプティスト、エホバの証人やクリスチャン・サイエンスがはびこっています。裕福な家庭では、お決まりの《シンシアリー・ユアーズ》のシールを貼った銀縁にメアリー・ピックフォードの肖像を飾っているばかりか、すでに合衆国版の聖書まで家財道具の一部になっているのですから。」「この国らしさが失われつつあるわけか。母なるスペインからは随分遠ざかってしまったな。」「嘆いても何の解決にもなりません。閣下は持ち前の勇敢さで、これまでにもっとひどい難局を乗り越えてこられました。軍の一部を味方につけたアタウルフォ・ガルバンやヴァルター・ホフマンのほうが、はるかに強敵だったではありませんか。現在のところ、軍部にクーデターの兆候はありません。」「それはそのとおりだ。軍部の支持は得られている。」「それはヤンキーどももわかっているはずです、大統領、間違いありません……」ここで音楽が聞こえ始め、優しいメロディーに弓でアクセントをつけた弦楽器の音色が、中央公園のフランボワーズの向こうからゆっくりと流れてきた。「また始めやがったか！」第一執政官は叫んだ。「エルミラによれば、目の悪い連中だというが……　窓を閉めてくれ、ペラルタ。」そして秘書は窓を閉めたが、彼らを一気に日常へ引き戻したこの音楽は、商魂たくましい男たちとともに、この危機の時代にも繁栄を続ける死の商売、覚めることのない夢について考えただけで先祖伝来の終末論的苦悩に囚われる人々を過たず客として取り込む商売、すなわち葬儀屋による儀礼の一環だった。エストレマドゥーラの人々――ピサロと同じく、我が国最初の征服者もカセレス出身だった――がインディオと混ざり合って混血文化の伝統を作り上げたこの国では、死の儀礼も複雑で仰々しく、しかも長時間に及ぶ。町に死者が出たとなれば、近隣住民が大挙して押しかけて通夜を大規模な集団的行事に変え、玄関や中庭や歩道に固まる男たちあり、劇のエキストラのように泣き喚き、失神までする女あり、一晩中強いコーヒーや椀入りのココア、口当たりの悪いワインや強烈な焼酎が配られるなかで、熱い抱擁や棺を囲んでの祈祷と嘆きの言葉——かつてはいがみ合っていた家族も、この厳粛な日に久しぶりに顔を合わせて、わざとらしく和解する——が延々と続く。その後にくるのは喪、半喪、四分の一喪であり、人目を気にする未亡人になると、再婚まで喪が明けることはない。そして、調度品こそ変われ、同じ習慣が現在の首都にも残っている。今日、死者は家に横たえられたまま通夜を迎えるのではなく、増える一方の——人口が増えれば、それだけ死者も増える——葬儀屋に安置され、様々な贅沢と技術革新の恩恵を受ける。そして葬儀屋が少しずつ町の中心部で増殖し、大統領宮殿の周りで暗い影の輪——絶えず行き来する棺、散乱する花、天使と十字架の動き、飾り馬衣を着た馬、ガラス窓の霊柩車、緑のシーツにくるまれて夜運び込まれてくる遺体——を締めつけ始めていた……なかでも、最近すぐ近く、内務省の隣に開業した奇抜な葬儀屋は、パリのマドレーヌ通りの裏手、トロンシェ通りとの角にある「二十四時間服喪《ドゥイユ・アン・ヴァン・キャトル・ウール》」を真似たもので、自前のクリーニングまで備えていた。「永遠《ラ・エテルニダッド》」と命名されたこの店の大きな特徴は、遺族が棺の足元でお悔みや慰めの言葉を受ける際の調度品や装飾、雰囲気を選べるところにあった。コロニアル風、帝国風、スペイン・ルネサンス風、ルイ一五世風、エル・エスコリアル風、ゴシック風、ビザンチン風、エジプト風、田舎風、フリーメーソン風、観念論風、薔薇十字風、様々な部屋があり、真紅の礼拝堂に合わせて椅子やエンブレム、装飾品やイコンが準備された。さらに、これはアメリカ合衆国伝来の新習慣だが、遺族が望めば、通夜の間気品ある静かな音楽——激しすぎる抑揚やテンポの変化はないが、といって葬送曲ばかりではない——を流すことも可能になったおかげで、香にいぶされた弦楽四重奏団や管楽器入りの小楽団が、ムギワラギクに覆われた格子や、架台に飾った花輪の後ろから、タイスの『瞑想曲』やサン＝サーンスの『白鳥』、マスネの『エレジー』、シューベルトの『アヴェ・マリア』やグノーの『アヴェ・マリア』を休みなく何度も演奏し、棺が霊園に向けて出棺するまでこれが続くことになった。朝早く、大統領宮殿にまでこの調べが聞こえてくると、何百回となく同じ曲を聴かされて――中央公園の周りを自動車が走っていない時間帯にはとりわけはっきりこれが聞こえた――我慢の限界に達していた第一執政官は、即座に窓をすべて閉めさせたが、それでも頭のなかで同じ曲がずっと流れ続けていた。そして、いつもハンモックの枕元のナイトテーブルに置いていたエルメスのアタッシュケースからサンタ・イネスを取り出さなければ、眠りに戻ることができなかった…… そして何週間も何週間もそんなことが続いた後のある朝、第一執政官は耳を塞がれたような気分になったが、なんとそれは沈黙、並外れた沈黙のせいだった。夜明け前からマヨララ・エルミラが窓を開け放っていたせいで、部屋には軽いそよ風が吹き込んで、夜明けの緑を漂わせていたが、『エレジー』も『白鳥』も『瞑想曲』も、そして『アヴェ・マリア』も聞こえてはこなかった。「妙だな」大統領は思った。そして実際、妙なこと、かつてないこと、記憶力のいい老人たちの記憶にすらないことが起こっていた。その日、首都は沈黙とともに目覚め、葬儀屋が沈黙していたばかりか、別時代の沈黙、遠い曙光の沈黙、この町の目抜き通りでまだ山羊が草を食んでいた時代の沈黙が辺りを支配していた。かすかに聞こえる音といえば、遠いロバの鳴き声、百日咳の咳、赤ん坊の泣き声ぐらいだった。車は通らず、路面電車は静まりかえり、牛乳配達の姿すら見えなかった。そしてもっと不可解なことに、パン屋やカフェなど、朝早くから開いているはずの店が閉まったままで、他の店も鉄のシャッターを上げる気配はまったくなかった。熱いチュロや肝臓にいいタマリンド、チチリビチェの牡蠣や特製のタマルなどを触れ歩く声も、フレンチトーストを売るラッパの音色も聞こえないところをみると、何か深刻な事態が起こっているにちがいない。すべてが縮み上がっていくようなこの感覚は、大地震や火山の噴火の前夜に見られる、臆病で控え目な、不確かな予兆――往々にして見過ごされてしまう――のようだ。（メキシコのパリクティンでは、地中深く音もなく沸き立っていた溶岩がゆっくりと容赦なく前進を始める何週間も前から、木々が震え上がり、恐怖の沈黙のなかで灰色になっていったという……）「しかし…… いったい何が起こっているのだ？」後ろに大臣と将軍を引き連れ、儀礼も無視して突如寝室に踏み込んだドクトル・ペラルタを見て第一執政官は訊いた。「大統領閣下、ゼネラル・ストライキです!」「ゼネラル・ストライキだと?」他人の言葉も自分の言葉も理解できぬまま大統領は相手に(自分に)問いかけた。「ええ、ゼネラル・ストライキです。ゼネストというやつです。すべてが閉ざされ、誰もが出勤を拒否しています。」「公務員は?」「バスも路面電車も列車も動いていません……」「通りには人っ子一人いません……」アルパカのスーツと軍服を掻き分けるようにして入ってきたマヨララ・エルミラが言った。第一執政官がバルコニーに身を乗り出してみると、警備隊長に引かれた宮殿の犬たちが公園の泉の周りで小便をしていた。もちろん、犬は人でもなければ子でもない。そして音楽の止んだ葬儀屋……「ゼネストだと? それなのにお前たちは何も知らなかったのか?」周りから一斉に声が聞こえ、様々な説明や釈明、言い訳——「だから私は言ったんです」、「一度申し上げたではありませんか」、「この前の閣議で私は……」——が説得力のある議論にならぬまま謎となって宙をさまよった。これまで本物のストライキが起こったことがあるのは、首都から遠いヌエバ・コルドバや港湾部だけであり、この町では、ストへの呼びかけがあっても、反応は乏しかった。確かに、ここ数日チラシやビラ、非合法文書が出回っていたし、エル・エストゥディアンテも、農業労働者や沖仲士、トラック運転手らにストを呼びかけていたが、まさか商人や店員、中産階級がそんな呼びかけや触れ込みに応じようとは誰も夢にも思っていなかった。秩序と仕事を重んじる人々は、自分が「プロレタリアート」だとは思っていないから、「万国のプロレタリアートよ」などと呼び掛けられても、反応することはない。私は家族を連れてベジャマールへ行っていたせいで、首都にはいなかった、想像もできないことだが、娘の話では……(あんたの娘の話なんかどうでもいい……)、それに、アメリカ大陸の歴史を振り返っても、ホワイトカラーやネクタイをしめた者がストに参加するなんて、まったくもって前代未聞のことじゃないか、そんな騒ぎはごろつきの専売特許だ、単なる噂話に振り回される必要はない、娘の話では、タルブの修道女が……(あんたの娘の話はもういい……)、これまでいつも言ってきたとおり、デマの流布や偽の疫病、貯水池に投げ込まれた木馬や死の脅迫、郵便で送りつけられてくる髑髏などは、いつも言ってきたが……　「死といえば」折り重なる大声の響きを破るようにしてペラルタが言った。「最も意外で、尋常ならぬ事態は、マヨララの言うとおり、葬儀屋までがストに加担していることですね。《永遠》の楽団員はもちろん、《絢爛葬儀》の職員や霊柩車の運転手、埋葬人や墓掘り人、インディオの姿も見えません……　誰も遺体を引き取ってくれないから、昨夜死人を看取った遺族は、家で通夜に臨むしかないわけです。」「少なくとも、昨夜死んだ者は今日のストには参加しなかったわけだ」突如落ち着きを取り戻した第一執政官は言った。「あの世で退屈しないよう、冥福を祈ってやるとしよう。それぐらいの褒美には値するだろう」緊張の沈黙が流れた。「早速善後策を検討するとしよう……　エルミラ、コーヒーを頼む。」

午前一〇時頃だっただろうか、小回りの利く自動車や連絡車両が救急隊の兵営から通りへ繰り出し、乗り込んだ警官たちが、スポーツ競技にでも使うような革やアルミのメガホンで商売人たちに呼びかけ、彼らが聞く耳を持っているかどうかはともかく、たとえ従業員がいなくとも二時間以内に店を開けなければ、営業許可を取り消したうえで罰金や投獄を命ずる、と触れ回った。外国系の商人は、たとえ以前から帰化している場合でも、国外退去処分とする。この脅し文句が、カテドラルの鐘が一二時を知らせるまで、何度も何度も繰り返された。「鐘つきの男はストに参加していないようだな」大統領は言った。「あれは電気仕掛けです」ペラルタは言ったが、悪い冗談とも取られかねないこの言葉をすぐに後悔した。「待つとしよう。」マヨララが、葉巻「ロミオとジュリエット」と楕円形葉巻「ヘンリー・クレイ」を添えて、コニャックとオランダのジンを注いだ陶器の小瓶を持って現れた。第一執政官は、三〇分と経たぬうちに時計に目をやり、すでに一時間経過したかどうか確かめた。一時。二時。喪服を着た人々——おそらく遺族だろう——に担がれて棺が「永遠」を出発し、霊園へ向かった。そして三時、相変わらず首都は沈黙に包まれていた。広東系商人だけは、今や国民党や軍閥に牛耳られた祖国への送還を望まず、扇子や屏風、象牙製品の商店を開けた……　突如大統領は長い沈黙を破り、決然とした態度で軍総司令官に言葉を向けた。「閉まっている店には機関銃を向けろ。」敬礼と踵の音……　そして一五分後、最初の部隊が出動し、鉄格子や波模様のシャッター、看板やショーウィンドーに向けて最初の機銃掃射が行われた。これほど簡単な戦争は前例がなかった。特に狙いを定めずとも、でたらめに発射すれば常に何かに命中し、しかも反撃を受ける心配もないとなれば、刻々と移り変わる戦場で、歩兵隊はいつになく陽気に的当てに興じるばかりだった。そして、蠟製のオレンジの花冠を被った花嫁、蠟製の頭に鬘を被って燕尾服を着た紳士、アマゾネス、明るい色の蠟で出来たゴルフ選手やテニス選手、フランス風の衣装を着た少し色黒のウェイター、家政婦、もっと濃い色の蠟で作られた我らがシルヴェストルそっくりの召使、小僧、司祭の助手、ジョッキー――それぞれの職業にふさわしい色の蠟が使われている――などの蠟人間が虐殺に遭い、さらには、サン・シュルピス区から持ち込まれてきた宗教用具販売店の聖母や聖人まで、多色漆喰のマントや後光、その他の装飾品とともに犠牲にされた。三〇ミリ機関銃のみならず、モーゼル銃や、どこの兵器庫の奥から探し出してきたのか、古いルベル小銃まで火を吹く始末だった。そして商品相手のこの大戦闘によって、ガラスは割れ、結婚式の贈り物となる予定だった食器が飛び散り、香水の瓶、壺、陶磁器、その他ザクセンやムラーノからの輸入品、土鍋、フラスコや水差しが粉々になり、シャンパンのボトルまでが勢いよく飛んでかなりのボトルを巻き添えにした。玩具店への襲撃にはかなりの時間がかかり、哺乳瓶への射撃、バスター・ブラウンやマット・アンド・ジェフの処刑、操り人形の突き落とし、スイス製カッコウの虐殺、真珠貝のこじ開けなどが行われたほか、すでに首を手にしていたパリのディオニュシウスは、頬に大口径の銃弾を撃ち込まれて二度目の首切りに遭い、床に落ちた自分の顔を眺めやった……　だが、これほど徹底した掃討作戦にもかかわらず、夜になっても光は戻らず、公園の街燈にも広告のネオンにもランプにも――貧民街には夜警に使われるガスランプが残っていた――光が点らぬまま、頼みの月も、すでに細くなっていたうえに雲の後ろに隠れ、町は闇に包まれた。そして、無関係な機銃掃射――ここかしこで断続的に発砲が続いていた――の下に放り出されて人気の失せた無気力と無言の町に、長く果てしなく不気味な夜がのしかかった。明日何が起こるかもわからぬ不安な数時間に誰もが痛感したのは、この沈黙、あらゆる声とあらゆる文字に先んずるこの沈黙のほうが、預言者の宣託や霊に憑かれた者の不吉な妄想よりはるかに恐ろしいということだった……（だが、それでも、カーテンやブラインドを閉め切って静まりかえった多くの家、大臣や士官や権力者の家、その地下室や屋根裏や裏庭の部屋では、懐中電灯や古い石油ランプや高く掲げた蠟燭の光のもと、万が一逃亡せねばならぬような事態になった場合に備えて、大事な物を隠したり、トランクから宝石を取り出したり、箱を閉めたり、旅行カバンの埃を払ったり、さらには、服の裏地や襟の折り返しや裾、コートや合羽の内側に紙幣——とりわけドル札——を縫い付けたり、そんな作業が進められていた…… 明日には、子供たちは大西洋岸の保養地へ送られ（貧血の診断書）、多くの家族がばらばらに奥地へ、昔の家へ、生家へ（祖母の病気、祖父の九七回目の誕生日、姉の難産、妹の頭痛）出発する。その一方、台所では、ラム酒やウィスキーのボトルを囲む男たちが、吸引されるごとに誰かの顔を浮かび上がらせる煙草——職務が重い者ほどその本数が増えた——の光だけを頼りに、手探りでグラスを満たしながら情勢を検討した。感染性の静かなパニックが薄闇に立ち込め、何千通りもの仕方でそれを吟味するたびに、男たちのこめかみと項《うなじ》には恐怖の汗が滴った……）機銃掃射の効果はまったくなかったらしい。ゆっくりと通りに陽光が射し込むにつれて、歩道を覆い尽くしていた灰色の曙光とともに大熊座その他の星座は消え、相変わらず町は沈黙に包まれていた。国中が沈黙していた。ガラスの破片がどぎつく輝いた。そして、今や無残にも警察署長の目に明らかになったとおり、部下たちは皆恐怖に震え上がっていたのだ。市街戦やバリケードへの突撃、歩兵騎兵入り乱れての戦闘、あるいは、棍棒、材木、鉄パイプ、さらには火器——たいていは古い拳銃や猟銃、大昔の火縄銃——で武装した群衆に対する一斉突撃の後ですら、これほど縮みあがり、血色を失うことはなかっただろう。彼らは、沈黙に、自らの嵌まりこんだ孤独に、そして、町を囲む山の斜面まで続く通りを隅から隅まで見渡しても人っ子一人見当たらないその空虚さに、すっかり怯えきっていた。流れ弾の危険に較べれば、暴徒と化した群衆に対してすらそれほどの恐怖は感じなかったことだろう。瓦屋根の上から、建物の屋上から十分にタイミングを計り、照準器でしっかりと狙いを定めた後に放たれる必殺の一撃は、こめかみに、あるいは眉間に、まるで馬具職人が錐でも打ち込むように過たずまっすぐ穴を開けた。軍隊はすべて兵営にこもり、歩兵部隊が中庭で野営する一方で、見張りの兵士たちは小屋で煙草をふかしていた。そして何も起こらず、沈黙ばかりが流れていった。時折沈黙を破るものといえば、午後遅く、不快な内容を簡潔にしたためた親展の伝言を宮殿へ届けるオートバイ——すべて「インディアン」——の轟音だけであり、これに跨って走る者は、恐怖に駆られてスピードを上げずにはいられなかった。他方、宮殿では、軍部の上級司令官や政府高官たちが、蠟のような顔や薄汚れた襟元、だらしなく脱いだ上着や外れたサスペンダーなどを晒したまま肘掛け椅子や長椅子にへたり込み、すでに酒の飲み過ぎで内臓をやられた者たちは、煙草とコーヒーでなんとか目を覚ましているのがやっとだった。他の者たちがすっかり憔悴していくなか、不動の姿勢で体を強張らせた第一執政官だけは、眉間に威厳を漂わせて待っていた。マヨララ・エルミラがフリル付きのショールに顔を隠して通りへ繰り出し、扉に耳をつけたり、開いている窓から覗いたり、まれに通行人——酔っぱらった女や残飯漁い、酒を求めて震えるアル中男——がいれば話しかけたり、そんなことをしながら情報収集を行っていたので、その帰りを待っていたのだ。だが、さんざんうろつき回った挙げ句、めぼしい情報はまったく得られなかった。いや、一つだけ確かなことがあった。町のありとあらゆる壁、塀、柵に、いったい誰が書いたのか、全部で何千という数になるほどの落書きがなされ、いずれも、白、青、バラ色等のチョークで同じ言葉、「出ていけ！　出ていけ！」と書かれている……　少し間を置いた後、第一執政官は国会審議のように小さな鐘を鳴らした。呆然自失の状態から目を覚ました一同は、ネクタイを締め直し、手で髪型を整え、何とか身なりを正そうとした。「あの、ズボンの前が」エルミラが通信大臣に声をかけ、前が開いていることを知らせた。「諸君」第一執政官は話し始めた……　そして、感情や雄弁を排し、マヨララの報告に簡潔な注釈を加えながら、見事に劇的な演説をぶった。もし国民が自分の退陣を求めているのならば、そして、忠実な協力者たちもまた、公平な立場から率直に忌憚なくそれに賛成だと言ってくれるのならば、誰でも適任と思われる者を後継者に指名し、身を引くつもりでいる。「率直に答えてほしい、諸君。」だが、返答はなかった。驚嘆、そして悩ましい状況分析のうちに数分が過ぎた後、場を支配したのは恐怖、大きな恐怖、昔話のような耐え難い青色の恐怖だった。互いに顔を見合わせているうちに突如として明らかになってきたのは、今苛立ちを募らせながら人の声を待つ男が政権の座にとどまり、鉄拳をふるって責任と罪のすべてを引き受ける以外、すでに彼らの自宅にまでちらつい ていた破滅の危機を逃れるすべはない、という事実だった。大衆が怒りを爆発させて通りへ繰り出せば、真っ先に追い求めるのは、一目でわかる膿瘍《のうよう》、ハンマーを振り下ろすべき対象、絶好の山羊、槍の先に吊るし上げるべき首領の頭であり、様々な逃げ道を残された彼らは、なんとか災厄を逃げおおせるかもしれない。これがなくなってしまえば、怒りの矛先は等しく全員に向けられ、格好の餌食がないとなれば、彼らの体は引きずられ、八つ裂きにされ、身元の判別すらできぬほど顔を痛めつけられて下水に捨てられるか、さもなくば、胸に屈辱の札を貼られ電柱から吊り下げられるか、そのどちらかだろう……　ようやく上院議長が口を開き、誰もが望んでいたことを述べた。国益のためこれまで大変な犠牲を払ってきたのに(ここで幾つかの例)、分裂によって国が危機に瀕している今この時(ここで、社会主義者、共産主義者、その他の国際的無法者や、エル・エストゥディアンテとその新聞、ヌエバ・コルドバの大学教員と「アルファ・オメガ」というキザな名前で最近結成されたばかりの新党――「あの野郎が一番タチが悪い」ペラルタが言ったが、聞く者に不快を与えたとみるやすぐに黙り込んだ――への悪態)、この危機的瞬間にこそ、第一執政官に求められるのは、より一層の献身(云々、云々)です、もしこのような国家の一大事にあたって、閣下が我々を見捨て、その政治的見識と鋭い判断力の支え(ここでその他の素養と美徳の列挙)を失うような事態になれば、庇護を失った我らが祖国は、十字架にかけられたキリスト同様、「我が神よ、我が神よ、なぜ私を見捨てるのです」と嘆きの声を上げるばかりでしょう……　うなだれて、顎を胸当ての上に落としたまま話を聞いていた大統領は、全身を力強く持ち上げて両腕を開いた。「さあ、仕事だ、諸君……　閣議を始めるとしよう。」拍手が長く続き、閣僚はそれぞれ、隣の大部屋の中央に置かれた長テーブル――本物のゴブラン織りに飾られていた――の所定の席に着いた。
そしてその日の午後三時頃から、電話が頻繁に鳴り始めた。最初こそ多少は間が空いたものの、やがてこれがひっきりなしになってくると、応対の声も荒くなり、いらいらと怒号が飛ぶことも多くなった。いくつも電話が重なって膨大な電話のコーラスとなり、電話の世界を作り上げた。そして、中庭から中庭への呼びかけ、瓦根や屋上越しの声が、近くにいる者たちの間で、さらには、通りから別の通りへと飛び交った。そして窓が開き、扉が開き、そして一人が仰々しい身振りで顔を出し、一〇人が仰々しい身振りで顔を出し、そして通りへ人が繰り出し、そして笑い、そして走り、集まり、集結し、その数を膨らませ、行列となり、別の行列ができ、もっと多くの行列が通りへ繰り出し、丘を下り、谷の深みから登り、一丸となり、大きな群衆となって叫び始める。「自由万歳！……」すでに誰もが知っており、誰もが連呼している。「第一執政官は死んだ。」心臓麻痺だと言う者あり、いや、ちがう、計画的暗殺だ、ちがう、発砲したのはアルファ・オメガを支持する軍曹だ、いや、そうではない、俺は知っている、知っている、エル・エストゥディアンテがやったんだ、大統領がいつも机の上に置いているベルギー製の拳銃で、弾倉の銃弾をすべて――六発入りだと言う者もあれば、八発入りだと言う者もある――ぶち込んだんだ、宮殿の給仕が一部始終を目撃したらしい……　ともかく奴は死んだ、死んだんだ、何と偉大な、美しい、喜ばしいことだろう、お祭り騒ぎだ。そして奴の死体、死んだ巨体が街を引き回されているらしい。サン・ホセ区の住民によれば、トラックに引きずられ、舗石の上で頭蓋骨が破裂したらしい。さあ、歌いながら中心街へ繰り出そう、国家、解放者の賛歌、「ラ・マルセイエーズ」、そして太陽のもと、不意に「インターナショナル」の合唱が湧き起こる……　だがその時、第四自動車部隊の装甲車が現れ、群衆に向けて発砲を始める。突如大統領宮殿警護隊も、上階のテラスを囲む長い欄干の後ろから、さらには、数日前に運び込んでおいた土嚢に隠れて、発砲を始める。電話局の塔から降ってきた手榴弾が、下に集まっていた群衆に大きな穴を開け、悲鳴がこだまする。街角では、何十という機関銃が口を出す。しっかりと体を寄せ合った警官と兵士の隊列が通りを塞ぐようにしてゆっくり、間を取りながら前進し、三歩ごとに銃の一斉掃射を始める。そして怯えた群衆が逃げまどい、歩道の上には死体、死体、また死体が放り出され、旗やプラカードが飛び散り、生き残った人々はなんとか玄関先へ駆け込もう、閉じたドアをこじ開けよう、中庭へ逃げ込もう、下水道の蓋を開けようと必死になる。そして隊列はゆっくり、ゆっくりと前進を続け、地面に転がる負傷者を踏みつけながらも発砲をやめず、ゲートルやブーツにすがりついてくる者があれば、銃尾や銃剣の先でとどめを刺す。そしてようやく潮が引くように群衆が散り散りになると、通りには再び人影がなくなる。消防車が出動して火事の始末にかかり、赤いランプをしつこく点滅させた救急車の長く引き裂くようなサイレンが響き渡る。夜になると、通りにくまなくパトロール部隊が散らばる。そして、国歌を歌おうとした者、何かの動機で万歳を叫ぼうとした者、誰もが残酷な現実を思い知る。第一執政官は暗殺されたふりをしてそのニュースをばらまかせ、通りへ繰り出してきた者に向けて銃弾の続く限り発砲して皆殺しにするよう命じていた……　そして今、部下に囲まれて大統領専用椅子に座った第一執政官は勝利を祝っていた。「これで明日になればみんな店を開けるだろうし、くだらん騒ぎもおしまいだ。」外ではサイレンの合唱が続いていた。「シャンパンを持ってこい、エルミラ、とびきり上等のやつだ、棚の奥に隠してある、わかっているな……」まだ途切れ途切れに遠くから銃声が聞こえてくることはあるが、どうやらそれは、正規の装備ではないライフル銃の音らしかった。「まだどこぞのバカがほっつき歩いているようだな」大統領は言った。「諸君、またもや我々の勝利だ……」だが、この一日にあまりに多くの出来事がいっぺんに起こり、公共施設まで目が行き届かなくなっていたせいで、何とも不思議な事態が進行していたことに誰も気づかなかった。カピトリオのダイアモンド、そう、巨大な共和国女神像の足元で、国の主要幹線道路すべてが帰着する起点、ゼロポイントを示す星の真ん中に埋め込まれた大きなティファニーのダイアモンドが――もちろん誰かが盗んだとしか考えられない――なくなっていたのだ。

第六章

……もし情勢が圧倒的に不利ならば、おめおめと死を受け入れるより、名誉ある撤退、あるいは、戦闘放棄という道を選ぶほうがいい。

デカルト

17

あの日のことを思い出すと、濃密な数時間、ごく普通の数年間より中身の濃い数時間のうちに、途轍もないカーニバル――錯綜する映像、地獄への転落、群衆、方向の定まらない叫び声、物の回転、仮装、変身、変質、轟音、外見のすり替わり、下克上、真昼のフクロウ、真昼の暗闇、性悪女の登場、仔羊の噛みつき、大人しい男の唸り声、弱者の怒り――をまるごと経験したような思いに囚われる。昨日まで囁き声しか聞こえなかったところに轟音が響き、見ることをやめる顔があれば、遠ざかる背中もあった。密かに準備され、影で育ち、私の周りで生まれた悲劇の裏方が突如装飾を変え、別の合唱にかき消されて本物の合唱――構成員の数は少なかったが、大きな声で実際に歌声を扇動しているのは彼らだった――は聞こえなくなっていた…… あの夜の勝利の美酒に酔って、お前は俗に言う腹が裂けたような状態になっていた。夜明けとともに人々が去ると、お前は一人でもう一本アルマニャックのボトルを開け、曙光を浴びて青みを帯びた庇護火山を眺めながら杯を呷った。**あのてっぺんに、シャモニーのようなものを作ってもいいかもしれない、スケートリンクでもいいし、スキーだっていい運動になる、スイスのようなロープウェイが欲しい**。二度ハンモックを揺すると、午後三時、思春期に戻って手術室で目を開けたお前は、種だらけの虫垂――昔、グアバを食べると種が虫垂に溜まって虫垂炎になるとよく言われたものだが、どうやらあれは先史時代の人々、コルモンの絵に出てきそうな、果物の根と種を食料にしていた「毛皮を纏う人々《ヴェテュ・ド・ポー・ド・ベット》」が残した迷信だろう——から解放された後に、クロロフォルムの夢からようやく覚め、白い帽子を被って首から聴診器をぶら下げた看護師に付き添われていることに気づいたが、**もう取れたのか?**、それは看護師ではなく、看護師の格好をしたペラルタであり、**何が?** 彼の背後では、何ということだ、ミスター・エノック・クロウダーが、いつもどおり老ピューリタンの顔に丸眼鏡をかけていたが、フロックコート姿ではなく、フランネルの縦縞ズボンにYALEと赤字をプリントしたトレーナー、そして片手にラケット——**宮殿にテニスの格好で来たのか?**——という出で立ちだった。アメリカ合衆国大使が、ワイシャツも帽子も身に着けず、謁見を申し込むこともなく、どかどかとお前の寝室まで入り込んできたわけだ。**ちくしょうめ、まだ焼酎が体に残ってる**。寝返りを打ち、ハンモックを一回揺すり、寝かせてくれ。だが、今度は遠くから発せられたような言葉が聞こえ、近づくにつれて大きく膨らみながら、軍艦のことを伝える。プエルト・アラグアトに「ミネソタ」が停泊中。金属製の三つ編みのような司令塔と、電気仕掛けで回転して照準を定める大砲を備えたあの大型戦艦は、数週間前から偶然を装って海岸から六海里ほどのところを航行していた。どうやら(ますますはっきりわかってくる)海兵隊が上陸する、すでに上陸を開始しているらしい。**コーヒーだ、ちくしょうめ、コーヒー! マヨララはどこだ?** とうとう海兵隊が来たか。かつてはベラクルスにも上陸したし、ハイチでは黒人狩りをやっていた。ニカラグアその他の国々では、サンボもラテン系も銃剣で串刺しにされた。キューバと同じく、あのごろつきウッド将軍のような輩を送り込まれて、内政干渉を受けることになるのだろうか。上陸、内政干渉、パーシング将軍による掃討作戦、一九一七年には疲弊したヨーロッパに「オーヴァー・ゼア」や「スター・アンド・スパングルド・バナー」を響かせたあの将軍も、ソノラでは、胸に弾倉帯を巻きつけた数人のゲリラに屈辱的打撃を受けた。私は声を上げて笑うが、実は笑い事ではない。ミスター・エノック・クロウダーが、テニスの格好をして現れたのは、ここ二日間カントリークラブに籠りきりで金融や商工業の関係者と折衝を重ね、対策を検討してきたからだった。つまりあの大間抜けどもが、クソ海兵隊ごとミネソタの来航を要請したわけだ。だが、軍は、我が軍はそんな国辱は許さない。だが、今や軍は寝返り、兵隊たちは歩哨から逃げ出し、望楼や機関銃倉庫に籠った者たちが言い訳を繰り返している、軍曹や中尉に命令されたから撃っただけです。そして軍曹や中尉が中佐や将軍に反旗を翻し、高く聳えるワルドルフ・ホテルの塹壕に籠っていた中佐や将軍は、バーから屋上へ、屋上からバーへの移動を繰り返しながら、海兵隊の到着を心待ちにし、彼らが群衆の包囲網、ホテルを取り囲んで周りから「出てこい！」と叫ぶ厖大な群衆を蹴散らしてくれることを願っている。宮殿の警護部隊はすでに雲散霧消し、門番も召使も給仕も姿をくらませた。大臣のことなど訊いてもムダ、どこにいるかすらわからない。**電話**、電話など繋がりはしない。**コーヒーなんかやめて、焼酎を飲むんだな**、ペラルタが言う（だが、ちくしょう、だが、なぜ首から聴診器をぶら下げて、しかも、白衣のポケットに体温計まで入れて、看護師の格好なんかしてやがるんだ？）。**コーヒーなどない、マヨララは他のことで忙しいんだ**。だが、そうだな、冷静に考えてみれば、中佐や将軍たちの考えるとおりだ、海兵隊、海兵隊が上陸すればいいんだ、話は後でつければいい、交渉、対話、だが、当面必要なのは秩序、秩序だ……「まんまと担がれたな」看護師は言う。「金融や商工業の関係者、それにここにおられる大使閣下が望んでいるのは、お前が奈落の底へ落ちることだ。もうたくさん、二〇年以上も我慢してやったんだ、もうお前は必要ない、誰からも必要とされてはいない、まだ生きていられるのは、みんな、お前が部下とともにワルドルフに籠っていると思っているからだ、まさかこんなところで、警護もボディーガードもいなくなって、バカみたいに転がっているとは誰も思わないからな、まだ誰も気づいていないようだが、今にこのことが知れ渡れば……　考えたくもない！……　さっさとずらかるとしよう……　だが……　もういい！」だんだんわかってきた。私は体を起こし、スリッパを探す。「しかし、ちくしょうめ、私はまだ辞めてはいない。私が大統領だ。」「何という思い上がりだ！」看護師が言う。「すでにルイス・レオンシオがヌエバ・コルドバに到着し、長い自動車隊が彼を迎えに出発したというのに。」「あのアルファ・オメガを作った間抜け男を?」「現状を打開できるのはあの男だけです」テニス選手が言う。「しかし……」「今のところ、我々も彼を支持しています。」「つまり、私は引っ込んでいろと?」「我が国務省の判断です。」「あんなヘボ教授の言うことを真に受けるとは……」テニス選手は苛立ちを露わにする。「あなたと議論するつもりはありません、現状をお伝えに来ただけですから。ドクトル・ルイス・レオンシオは国内の支持も得ていますし、穏健な民主主義を理想とする若者も彼に追随しています。」「わかった、ベレン校、メソジスト派学校、自由の女神……」「グズグズするな、ちくしょうめ、早く着替えろ!」「ドクトル・ルイス・レオンシオには理念も計画もあります」テニス選手は言う。「エル・エストゥディアンテもそれは同じだろう」私が言う。「しかし、それはまた別の話です」ラケットを持つ手を変えながらテニス選手が言う。「実のところ、お前を倒したのはエル・エストゥディアンテなんだよ」看護師が言う。「爆弾、悪い冗談、デマなどはみんなアルファ・オメガの仕業だが、ゼネストを組織したのはエル・エストゥディアンテだ。確かに見事な手腕だった。まさかあそこまでやるとは。」「それでは、頑として店を開けなかった商人たちは皆ボルシェヴィキだというのか?」「ボルシェヴィキを恐れたからこそ店を開けなかったのだ。ストに同調して商品を守ったのさ。今度はヌエバ・コルドバのボスにひれ伏すことだろうし、あいつはあいつで、秩序と繁栄を合言葉に、エル・エストゥディアンテを抱き込みにかかるさ、どうでもいいことだ、知るもんか! ボルシェヴィキは合法化されて、国内に幾つも政党ができることだろう。」「商売人の態度は実に賢明でした」テニス選手は言った。「ワイズ・メン……」私は正気を取り戻し、まだ打つ手はある、と突如叫ぶ。ハンガリー——すでに政情は安定している——との和平条約締結、護憲主義の復興、労働省の創設、検閲の廃止、大統領選挙までの暫定内閣の形成、選挙の際には国際視察団を受け入れてもいい……「くだらない御託はもうたくさん」看護師が言う。「山刀の時代は終わったんだ。さっさとずらからなければ、やがて群衆が押し寄せ、何をされることか知れたもんじゃない。みんなお前を吊るし上げようとウズウズしているんだ!……」その時、中庭へ通じる廊下に妙な姿が見えた。ジェミマおばさんのようなヴァルター・ホフマンの祖母がそっと迎賓階段に現れ、棺でも運ぶような恰好で、食堂のウェストミンスター大時計を頭に乗せて運んでいた。「随分前からこれが欲しかったんです」通りすがりに彼女は言った。その後ろには何人ものガキ――曾孫か何かだろう――が続き、それぞれ銀のトレー、水差し、テーブルの飾り、食器などを持ち出していた。私にとってはそれが決定的なサインだった。「アメリカ合衆国大使館の庇護を受けるとしよう。」「とんでもない！」テニス選手は言う。「大使館の前で暴動が起こります。抗議デモ、混乱、そんな事態にはとても耐えられません。我々にできることは、プエルト・アラグアトの領事館にあなたを匿うことだけです。あそこなら我々の海兵隊がついています。我が国の政府もその点はすでに了承しています。」「それではあなたの車で……」「申し訳ありませんが、途中で銃弾を撃ち込まれるかもしれない危険に私が身を晒すわけにはいきません。モレホンの木こりは外交官ナンバープレートのことなど知りもしないでしょう。それに、バヒオには武装集団が待ち構えているようです。」「すでに汽車も動いてはいない……　ストで……」唾もうまく飲み込めぬまま痙攣に引きつった声で私は言う。「そんなことを私に言われても」テニス選手は言う。ペラルタが看護服と帽子と聴診器を示す。「下に救急車を準備してある。オルメド地区経由なら検問はないし、あのドイツ人たちは国の政治問題に関知しない。」「グッド・ラック、大統領閣下」テニス選手が言う。「サン・オブ・ア・ビッチ」かすかな声で私は言う。それでも相手には聞こえたらしく、コメディアンとも司祭ともつかぬ態度で私に言う。「イェリコのラハブだってビッチだったでしょう。それなのに、今では主の祖母の一人に数えられています。道中、聖書でもお読みになるといいですよ。大いなる慰めと教訓の本です。崩壊した国の話もたくさん出てきます……」そしてラケットを手に取り――今でもよく覚えているが、四隅を鋲で止めた四角い木枠のカバーを付けていた――、やっとアメリカン・クラブの心地よい肘掛け椅子やバーボン・オンザロック、電信ニュースや我が敵どもの温もりに戻ることができるというので、足取りも軽く、そのまま（「ソー・ロング」とだけ言ったように思う）立ち去っていく。「サン・オブ・ア・ビッチ」私の乏しい英語の語彙力では他の悪態が見つからず、何度も何度も同じ言葉を繰り返す。庇護火山の頂上を眺めやると、夕暮れが近いせいで、白からオレンジがかった色に変わっている。そして、私としたことが、目は悲しみに曇り、別れの陰鬱な気持ちが込み上げてくる。すると、破れたチュニックを紐で止め、サンダル、チュニックと同じ色のショールという、ナザレに願をかけに来たような格好で、服の包みを手にしたマヨララが現れる。「彼女も我々に同行する」ペラルタが言う。そしてマヨララが、いつもどおり身振り手振りと擬音語を交えながら、時間を無駄にしないよう手短に説明する。「知ってのとおり、私もかつては……（胸を持ち上げ、尻を強調する仕草）そこにあんたが……（人差し指を組み合わせて十字を作りながら軽く口笛を吹く）もうかつてのような私じゃないけど……（少し肉のついた顔を両手で支える）あんたと私は……（両手の人差し指をくっつけて、擦り合わせる）それに、みんな私を恨んでるだろうから、もし捕まれば……（口笛を吹きながら、こめかみを手の平で叩き、口を開けたまま頭を左肩のほうへ傾ける）だから私も……（勢いよく口笛を吹き、走る真似をする）」「それに、ナザレの衣装とは妙案だ」ペラルタが言う。私は突如我に返り、最も重要なことを思い出す。「金だ、ちくしょうめ、金だ！」マヨララが私に服の包みを見せる。「グアシントンさんたちはここにいます。」私は開けて確かめる。大丈夫。ペチコートとブラウスの間に、こっそり貯めておいたワシントンの肖像入り紙幣五〇枚の束が四つ、計二〇万ドル入っている……　そして今や急ぐだけ。ペラルタが走り、マヨララが走り、トランクが現れる。訳もわからぬまま私は荷物を詰め始める。物が多すぎる。机の上の吸い取り紙、メダルや勲章、我が国の歴代十一の憲法を収録した本、オフェリアがガブリエレ・ダンヌンツィオと撮った写真、母からもらった玩具――ぜんまい仕掛けのとかげ――、美しい装丁の『女学者』、そしてこの慌ただしい瞬間、ラム酒でぼんやりした頭に、何の不条理か、「確かにぼろだが、自分のぼろは愛おしい」という台詞が浮かんでくる。「もうガラクタはたくさんよ」マヨララが叫ぶ。「シャツ二枚にズボン一本で十分だ」ペラルタが言う。「ネクタイ二本に肌着三枚」マヨララが叫ぶ。「そして、このゴムカバーを被るんだ。病院へ搬送される貧民みたいにな」ペラルタが言う。「早く、ちくしょうめ、急いで」マヨララの雄叫びががらんどうになった宮殿内にこだまする。そして私の頭に包帯が巻かれ、絆創膏が貼られる。出血を装うためにケチャップを少々。そして私は階段を下りるが、この二〇年で初めて「気をつけ！」の声が聞こえず、武器が持ち上げられることもない。門番の犬パロモが汗ばんだ手を舐めに来る。連れて行ってやりたい。「無理だ。犬の乗った救急車など前代未聞だろう。」そしてお前は怪我人になりすまして、レインコートのような臭いのする救急担架に横たわり――町ではカーニバルの大騒ぎが続き、この世の終わりのように、外見が次々とすり替わっている――、タイヤの急回転とともに、冒険の始まりを肌で感じる。かつては馬車の入り口に使われていた宮殿裏口を出発、右折、アスファルトの道、ベルトラン通り、短い舗石の区間、左、滑らかなアスファルト、プラテロス通り。ハンドルを握るペラルタは救急隊の運転手を装い、サイレンを鳴らす。目立つのではないかと考えて怯える。だが、まったく逆なのだ。サイレンを鳴らして走る救急車の運転手になど誰も注目はしない。視線はサイレンへ向く。しかも、みんな協力して道を開けようとする。右、アスファルトが続き、ブラジル大通りと、ストのせいで閉まっているであろう幾つかのカフェ――「パリ」、「トルトーニ」、「デルモニコ」……――、そして走り、ひた走る。どうやら他に車はまったく走っていないらしい。ペラルタは信号を無視して進み、大きな穴、ガジョ通りとの角だろう――下水溝を修理して穴を埋めるはずだったが、工事は行われず、建設大臣が六万ペソ着服した――、どこにいるかはわかるが、だからこそ怖い。骨の上で肉が縮み上がり、太腿が震え、息が乱れる。スピードが落ちる。理由はわかる。そして、聴診器にサングラス、白い帽子を目深に被った看護師がブレーキをかける。沈黙に膀胱が開いてしまうが、どうすることもできない。「すみません、重傷者を搬送中です。」最初の沈黙より恐ろしい沈黙。そしてマヨララの声、「すみません、お願いですから早く行かせてください……　私の兄です……　宮殿の前で銃弾を受けて……」兵士の声、「野郎はもうやられたの？」「突き落とされました……（口笛の音）ズドン！……　バルコニーから……　今頃は……（下へ向けて吸うような長く恐ろしい口笛の音）引きずり回されてることでしょう……　あちこちに脳みそを飛ばしながら……（大きな拍手）」兵士、「やったぜ、ちくしょうめ！」ペラルタ、「行っていいですか？」「どうぞ！……」そして今度は土の通り。水たまりの間を縫うように走る救急車の車輪が傾き、下がり、上がり、びっこを引く振動が体に伝わり、車内には手術室の臭いが立ち込めているのに、腐臭が鼻に届く。「考えが及ばなかったな。」もうすぐイタリア村、螺鈿の丸屋根、豊穣の角、ツゲ、ぶどう棚、ミニ・アランフエス庭園、ミニ・シャンティイ、セロス、ヤグアス、ファベラス。ダンボールや牛糞や切った灯油缶で作られた家、壁は紙製、天井には、はさみでこじ開けたカビだらけの空き缶を並べただけ。そんな家は――これでも家と呼べればの話だが――、毎年雨季になると崩れ、流され、溶け落ち、子供たちが豚も同然にぬかるみ、水たまりで手足をばたつかせることになる。「考えが及ばなかったな。貧困家庭のために家を建てる計画。まだ時間はあるだろうか……」マヨララの声、「障害はないわ。」そして救急車が登り始め、軋み、叩きつけ、飛び上がり、曲がり、回転し、ずっと登っていく。この道は隅々まで知り尽くしている。法律で禁止されているのに、耕地に火を放って枯草を焼いているらしく、その臭いでコヌコ・デル・レンゴが近いことがわかる。板の橋を通る音がしたから、もうすぐスペイン城だろう。松林が始まる。道路の両側に桑林が広がっていて、その陰には毒蛇がうようよ集まってくる…… あまりの恐怖、そして恐怖との戦いに疲れて眠ってしまう…… そして目を開ける。ドイツ人の集まるルター派教会の前を通り過ぎた。包帯と絆創膏を外す。救急車のドアが開き、落ち着きと威厳を保ちながら私は広場へ降り立つが、人はいるのに、私のほうを見る者は誰もいない。ヴォークリンデ、ヴェルグンデ、フロースヒルデは乳搾りに精を出している。窓はしっかりとカーテンで閉ざされている。人の微笑みが見たいものだが、見えるものといえば、背中でピンと伸びたサスペンダーや、革ズボンに覆われた大きな尻だけだ。ペラルタが牧人に話しかける…… 「技師たちはスト中ですから、どうぞお好きなようになさってください。我々は一切関知しません。」きちんと閉まっていなかった私のトランクを紐で縛り終えたマヨララを後ろに従えて、レンガ造りの駅へ向かうと、風見鶏と作り物のコウノトリの巣、エビのように赤い足を持ち上げた大理石のコウノトリが目にとまる。汽車は小さな倉庫に収納されている。テンダーには石炭が十分残っている。そしてすぐに、下ろしたての高級靴のように よく磨かれてエナメルを輝かせた汽車が煙を吐き始める。手に持ったレバーが震え、汽車の息吹と焦りと躍動が直に感じられる。無視を決め込んだ黄昏に、オルメド地区の家はすべて固く扉を閉ざしている。蒸気機関を始動させると、連接棒が動き始める。そしてドイツ人の汽車は、山を切り開いて作ったカーブ、またカーブに差し掛かる。松林を過ぎ、その臭いも消えると、サボテンが階段状に生える険しい地帯に入り、海から届くそよ風に揺られたアスフォデルスの花群が白い蜂の巣のように見える。続いて、一面に広がる大小のサトウキビが茎から冠毛へ伸びていく姿を見せ、竹藪が影を落とすあたりには、貧困そのものという味の赤い果実をつけた野生のバナナが生えている。さらに、黄土色が剝き出しになっているあたりを通り過ぎて――実際に見ているわけではないが、巨大なひび割れを何度も見たことがあるから、その景色が目に浮かぶ――、砂地の平原に入ると、汽車は信号も標識も照明も踏切も無視して全速力で一直線に進み、遅すぎたブレーキのせいで途轍もない衝撃とともにプエルト・アラグアトの小さなターミナルに停車する……かなりの数の海兵隊員――白のゲートル、汗まみれのシャツ、ラム酒で血走った目――が二つのプラットホームに派遣されている。すでに発電所やライフライン、それにバーや売春宿まで占拠しているばかりか、その前からすでに、独立戦争の英雄に捧げられたモニュメントに小便まで引っかけていたという。皺だらけのズボン、そして両腋の下に小さな通気口を開けたカウボーイ・シャツという出で立ちのアメリカ合衆国領事が私に近づき、声をかける。「急いでください。外に車を用意してあります。」そして、車体全体が軋んだ音を立てるようなパスファインダーに揺られて我々は領事館へ到着する。ジェファーソン様式を忠実に守ったような壁と柱の木造建築で、バルコニーでは、胸に盾をつけた鷲がアメリカを象徴しているらしい。「まったく、えらいことを押しつけられたものですよ」我々を台所へ導きながら領事は言う。「明日到着するナッソー行きの貨物船にあなたたちを乗せるよう指示を受けています……　腹が減っているようであれば、コーンフレークやキャンベルのスープ、ポーク・アンド・ビーンズの缶詰ぐらいはあります。その棚にはウィスキーもあります。好きなようになさってください、ミスター・プレジデント、あなたからアルコールをとったら、禁断症状が起こるんでしょう。」「少し口を慎んではいかがです？」真面目な調子で私は言う。「ここでは皆家族も同然です」領事は答え、請求書や書類だらけの執務室へ向かう。「トランクだ、ペラルタ、飲み慣れた酒のほうがいい。」台所の壁には『シャドーランド』と『モーション・ピクチャーズ』の切り抜きがごてごてと貼られていた。『クレオパトラ』のセダ・バラ、『サロメ』のナジモヴァ、ジョルジュ・カルパンティエを倒すデンプシー、『男性と女性』のトーマス・ミーアンとグロリア・スワンソン、ほとんど長老派教会員のような歓迎ポーズをとる濃紺服の審判の横でホームランを見届けるベーブ・ルース……簡単に食事をした後、ペラルタとマヨララと私は領事館の応接室兼待合室兼リビングに集まる。ここ数日の緊張、ここ数時間の緊迫した状況をなんとか切り抜け、私はようやく落ち着きを取り戻す。筋肉が弛緩するのがわかる。グリンゴどもが「ロッキング・チェア」、我々がウィーン・チェアと呼ぶ椅子——ウィーンでこんな家具が作られているという話は聞いたことがないし、なぜこんな名前がついたのかはよくわからない——で体を揺らしながら、シュロの扇子で扇ぎ始める。私は秘書の顔を見る。「とりあえず助かったな。《確かにぼろだが、自分のぼろは愛おしい》か……次は海、バミューダ、そしてパリだ。やっと少しは休めそうだな。」「ああ」ペラルタは答える。「朝の散歩、ムッシュー・ミュザールのボワ・シャルボン、オ・グラス、サン・タポリーヌ通り、シャバネ街。」「ああ」ペラルタが答える。「外は狂喜乱舞のようだな」私は言う。控え目に退屈を示しながらペラルタが答える。「運に見放されれば犬にも小便される」マヨララがいつもどおり格言のような哲学を披露する。そしてラフィアヤシの長椅子で眠り始める。蓄音機の口の横に、コーナー家具に乗った古い聖書が見える。ぼろぼろになっているのは、泥酔して身分証明書を失くした海兵隊が、ボルチモア生まれ、チャールストン生まれ、などと宣告する際に、領事が聖書に片手を置かせて真実を誓わせるからだろう。宗派によっては逆境に差し掛かると聖書にすがるアメリカ人も多くいることを思い出して、私は目を閉じ、本をでたらめに開いて右手の人差し指を三度回したうえで、ページの上に置いた。「**このぬかるみから出してください、沈めないでください、敵の迫害**

から、深淵から救ってください。流れに沈みたくはありません、深淵にはまりたくはありません、闇の口に飲まれたくはありません。」（詩編六九）もう一度試してみた。**「老境に差し掛かる私を拒否しないでください、見捨てないでください、今や私の力は衰え、敵に目をつけられ、みんな結託して私の魂を狙っているのです。」**（詩編七一）三度目、**「私は家を捨て、遺産は失われた。」**（エレミヤ一二）「憎たらしい本め！」私は叫び、荒々しく本を閉じると、装丁の革から埃が立ち昇った。そして、籐の透かし模様に青いリボンを通して飾った「ウィーン・チェア」に深く腰掛け、うとうとし始めた。様々な音が混じり合う。現実が崩れ、脈絡のない映像となる。眠り……だが、すぐに――だと思う――荒々しく椅子を揺する手に起こされたから、それほど長く眠ったわけではあるまい。「ペラルタ」私は言った。「ペラルタ……」「呼んでも無駄です」領事が言った。「さきほど出ていきましたよ。」「お聞きのとおり」マヨララが言った。そして、説明されていることがよくわからず、まだ呆然としたまま、何とか理解できたのは、何十台もの車が「アルファ・オメガ」の白と緑の小旗を掲げて町を走っており、そのうちの一台――グレーのシボレーだったらしい――が私の秘書を迎えに来た、ということだった。「殺されるぞ！」私は叫んだ。「それはないでしょう。」「しかし……　なんとバカなことを！　抵抗もしなかったのか？　武器を持っていたはずだぞ！」領事は嘲《あざけ》りの目で私を見た。腕に白と緑の腕章を巻いて、襟元にバッジ――銀色のアルファ――をつけた気のいい若者たちでしたよ。抱擁を受けてドクトル・ペラルタも満足そうでしたし、冗談を言い合って笑いながら首都へ向かったようです。」「それで、ペラルタからは何の説明もなしか？　伝言もないのか？」「ええ、申し訳ないとは思うが、祖国が一番、ということでした。」「お聞きのとおりよ！」大声で言わなければ理解されないとでもいうように、マヨララは呆然とする私の顔に向かって怒鳴った。「息子よ、お前もか……」「お前もかもへったくれもありませんよ」グリンゴが言った。「確かに卑劣な行為ですが、それだけです。ラテン語の引用などなくとも簡単にわかることですよ。政治の世界では、どこへ行ってもこんなことは日常茶飯事でしょう。」「前からあの男は怪しいと思っていたのよ」マヨララがこぼした。「何でも心得ている叔母のカンデラリアは、かたつむりや小麦粉の皿に吹きかけた息ですべて見透かしていたわ。それに、今思えば、宮殿でしょっちゅう爆発があったのも、あの男がフランス製のアタッシュケースに入れて持ち込んでいたからよ。入り口で持ち物検査をされないのはあの男だけでしょう……」そして、そこに開けっぱなしのエルメスのアタッシュケースがあり、片側に五本ずつ、計一〇本の瓶の口が並んでいた。豚革のカバーをかけた小瓶を取り出し、鼻に近づけてみると、苦いアーモンドのような臭い——そう感じたが、確証はない——、すなわち爆弾騒ぎの後に残るのと同じ臭いがした。「そうかもしれませんし、そうではないかもしれません」領事は言った。「たくさんラム酒が染みついた古い豚革の臭い、と言ってしまえばそれまでですからね。」「かたつむりは嘘をつかないわ」マヨララが呟いた。「メイビー・イエス、メイビー・ノット」グリンゴは繰り返した……　唾された父親、殴られた寝取られ男、娘たちに放り出されたリア王、そんな気分で大きな悲しみに打ちひしがれた私は、エルミラに抱きついて言った。「私に残されたのはお前だけだ。」「外を見てください」領事が言った。「姿を見られないように気をつけてくださいよ。」

18

……演説を聞いてその意味が完璧にわかっても、何語だったのかわからない、そんなことも起こりうる。
（デカルト『屈折光学』）

外を見ると、肩から腰へライフル銃をたすき掛けにした八人の海兵隊員が見張る向こうで、黙ったままゆっくり行進する人々が、片時も建物から目を離すことなく辺りを行き来していた。私がここにいることがわかったうえで、日曜の野外演奏でも聞きに来たように何度もこの周りを回っているらしく、私が窓へ顔を出さないものか、半開きのドアからちらりと姿だけでも見えないものかと待ち構えていたのだ。「首都では、大臣たちの自宅が略奪され、警察や密告者が捕えられて引き回され、秘密警察の資料室が焼かれています。すでに群衆は刑務所をこじ開け、政治犯をすべて解放したそうです。」「この世の終わりだわ」大げさにパニックを表しながらマヨララが言った。「私の番はいつかな？」無理に微笑みを作りながら私は言った。「ここを乗り越えて入ってくるような真似はしないでしょう」アメリカ人は言った。「しかも、ストを計画したエル・エストゥディアンテが、民衆宛てにこんな抜け目ない声明を出しています。どうぞ……」だが、手の震えが止まらないうえに、眼鏡が汚れすぎていた。「読み上げてください。」「要約すると、アメリカ兵を挑発するような真似（石や瓶を投げつけること、悪態をつくこと……）は慎むこと、外交関係者その他のアメリカ人に危害を加えないことを訴えて、アメリカ軍の介入に口実を与えないよう言っています。まだ現在のところは、上陸だけで介入ではありません。微妙な言葉の問題、フランス語で言うニュアンスの問題ですね。エル・エストゥディアンテにはニュアンスの違いがよくわかっているようです。それに、占領に早変わりしかねない介入を招く危険を冒してまで、あなたを電柱から吊り下げて喜ぶ意味はない、と断言しています。」「ハイチではそんなことがあったな」私は言った。「おっしゃるとおりです。エル・エストゥディアンテはそんな事態を避けようとしているのです。如才のない青年ですね！」そして私は、わずか数時間の激動で、二人の役回りが完全に入れ替わってしまったことを思い知った。今や俄かに、脅かされた私の命をエル・エストゥディアンテが守ってくれているわけだ。そして、身の安全を保障するばかりか、挙国一致の臨時政権――すでにルイス・レオンシオ・マルティネスが、エノック・クロウダーを相談役に、一昨日の銃撃に関わらなかった軍士官や、大佐に昇進した軍曹の協力を得て、宮殿で組閣作業に入っていた――に加わるよう呼びかけすらしたアルファ・オメガの連中を無視してずっと身を隠したままの彼は、「表舞台に出ない男」として地下活動を続けており、その力強い言葉は、「胸に盾を掛けた鷲」の前に集まって「イチ、ニノ、サン」の掛け声とともに罵声を浴びせる群衆にブレーキをかけるほどの説得力に溢れていた。「叫び声だけなら問題はありません」領事は言う。だが、叫び声だけではすまないような気がして、私は怖くなる。突如、傾いたコンソールの上で執務室の壁面を覆い尽くす蠅の糞だらけの鏡に自分が映っていることに気づき、よく見ると、まったくみすぼらしい姿に成り果てている。宮殿を出るときに羽織ったガウンは汚れ、ホルボロウのロンドン製シャツも、冷や汗の連続で襟の糊が溶けているばかりか、慌ただしい道中を経て汚らしく擦り切れている。いつもはお洒落に着こなすパールグレーのネクタイも、ついさっき眠りこけたときに涎を垂らしたらしく、べたべたになっている。そして突如、数時間のうちにへこんだ腹の上から縦縞のズボンがずり落ち、腰のあたりでようやく止まって、イギリスのミュージックホールに現れる道化のような着方になってしまう。そして外に集まる群衆に向かってマヨララは――もちろん姿は見られていない――言いようもなく猥らな仕草を取り続け、内に秘めた呪詛の数々をなんとか表現しようとしている。そして私はまた恐怖に囚われる。「今すぐミネソタに乗せてもらえないものですか?」私は泣きつく。「それは無理な相談です」外交官に似つかわしくない意外な、冗談のような調子でアメリカ人は答える。「私は一領事にすぎませんし、それが正しいと思ったからあなたを保護しただけです。明日になってそれが間違いだと言われれば、そのとおり間違いを認めて、自分の間違いを公表し、間違いを謝罪したうえで、どこかへ飛ばされることになるでしょう。それだけで事は片付きます。しかし、ミネソタは国の一部ですから、そこにあなたが乗艦してしまえば、偉大なる民主主義国家アメリカ合衆国(ここでおどけて軍人風に敬礼する)が《ヌエバ・コルドバの殺戮者》に庇護を与えたことになってしまいます。パリであのニュースが報道されたときは、随分と大変だったようですが、先だっても、ムッシュー・ガルサンの写真とともに、アメリカ全土、コースト・トゥ・コーストで、またもやランドルフ・ハーストの新聞チェーンが同じ話を蒸し返していましたからね。それに、ミネソタがこの近くにいつまで停泊しているのか、我々にはわかりません。八日間か一カ月か、はたまた何年にもなるのか。ハイチでは、上陸から介入、介入から占領——ニュアンス、ニュアンス、いつも《トゥジュール》ニュアンスです……——へと移り、まだ非常事態は続いているでしょう。まあ、そんなに怯えないで、落ち着いてください。明日までお待ちください。私にはどうすることもできないのです、私はただ指示に従うだけなのですから。」そして私は、騙されたような、馬鹿にされたような、ごまかされたような気分になる。「私はいつもアメリカ人に好意的でした。いったいどれほど便宜を図ったことか!」領事は鼈甲眼鏡の後ろで微笑む。「それをおっしゃるなら……あれほど長い間権力の座にとどまることができたのは、いったい誰のおかげです? 便宜ですと? そんなものは神智学の教授からでも得られますよ……」「それならエル・エストゥディアンテを持ち上げればいいものを」私は愚弄の調子を込めて言った。「彼では難しいでしょう。この国の新人類ですからね。将軍や博士たちは知らんぷりを決め込んでいますが、この大陸にはすでにああいう輩がたくさん生まれているのですよ。」「アメリカを毛嫌いする者たちだな。」「当然です。我々の聖書と彼らの『資本論』はまったく両立不可能ですからね……」外では叫び声が膨れ上がっていた。私を罵倒する者に対し、マヨララが必死で滑稽な仕草を向け続けていた。海兵隊員の警備を突破するのは容易だろうし、塀を乗り越えることなど造作もあるまい……　「いずれにせよ、ミネソタのほうが居心地がいいように思いますが」私は食い下がった。「どうでしょうか」アメリカ人は言って、引きつったような笑いをこらえながら続けた。「アメリカ合衆国憲法第一八修正条項をお忘れでしょう。ちょっと暗唱してみますが、一九一九年以来、《アメリカ合衆国領内における酒類の製造及び消費（消費ですよ）を禁じる》という規定です。ミネソタは、法的・軍事的にアメリカ領の一部となっています。あなたが、ジンジャーエールとコカコーラだけで生きていける、酒抜きで朝起きても手が震えない、というのなら話は別ですが……」「ここだってアメリカ領でしょう?」ペラルタが置いていったアタッシュケースがちょうど国の地勢水路地図の下にあったので、指差しながら私は言った。「病人に薬を飲むなと私には言えません。どんな場合にも、私は間違っても許される人間ですから、その中身が呼吸器用のシロップやスコット乳剤、グリモー粉薬だと勘違いしたところで、何も問題はありません。確かにミネソタの艦長は、一人になればとんでもない大酒飲みかもしれませんが、艦上ではアメリカ合衆国憲法第一八修正条項を遵守し、そのアタッシュケースを破棄することになるでしょう。」「引き上げていくようだわ」鼻先をブラインドにくっつけたマヨララが言った。私も外を見ると、何かの事件につられるようにして、人々が三々五々税関のほうへ去り始めており、建物の周辺でトラックや貨車が動き出しているのがわかった。「ストの終わりだ」知らぬ間に大声を出しながら私は言った。「これで事態は沈静化する。」「国に秩序が戻ってくる」滑稽に私の話し方を真似ながらアメリカ人が言った。そして上機嫌に戻り、「ニモ船長の船室へおいでください。そのほうが居心地がいいでしょうから。」そして、私を連れて建物の裏手の廊下から庇付きの通路へ入ると、楣《まぐさ》からぶら下がったドアの向こうに湾の水が迫っており、屋根は掛かっていたものの、板張りの床からは、巻貝や薄闇に潜む二枚貝の青臭さ、打ち上げられたクラゲの腐臭、黴のような海藻の臭いが立ち昇っていた。発酵と未熟なブドウ、性器と苔、硬い鱗と琥珀と湿った木を混ぜたような臭い、自らを分解する海の臭いであり、ブドウの残り汁を吸った夜気に包まれて加工前のブドウの向こうで眠る圧搾機の臭いにも似ていた。かつてここは格納庫であり、通貨の暴落とともに廃れたヨットクラブの漕手たちが、少し前まで、薄いもの、軽いもの、長いもの、様々なカヌーを保管していたようだ。今やそこからカヌーは消え、実際に目に入るものといえば――領事が先回りして予告した――、ヴィクトリア朝風とでも言えばいいのか、銅版画のような光景とでも言えばいいのか、リュミエールの映写機か骨董屋か、フランボワーズ色の革装丁に金字でタイトルを刻んだエッツェル版『海底二万里』の挿絵か、そんな景色を彷彿とさせる何かだった。背もたれのタピスリーがやたらと凝った古い肘掛け椅子、壁を飾る狩用のホルンに、ピクウィック風の家具、黴と硝石に覆われて主題が消え去り、もはや単なる黴と硝石でしかなくなったエッチング。そして、この場所を埋め尽くす珍品を見ながら私は――少し前まで私に呪詛の言葉を浴びせていた群衆から思いがけなく解放され、酒のおかげで足の震えが収まると、ようやく落ち着きと自信が戻ってきた――、身の回りの事物が、俄かに特別な価値と新たな意味を帯びてくるのみならず、迫り来る死の危険を感じさせるほど大きく長く膨れていくことに驚く。突如として一時間が一二時間続き、軍事訓練のように、一つの動作が連続動作に分かれる。太陽は普段よりゆっくり動くことも速く動くこともあり、一〇時と一一時の間に巨大な空間が開く。夜は遠ざかっていつまでたっても訪れないように思われ、本の表紙を這う虫の歩みが途轍もない重要性を持つ。システィナ礼拝堂で蜘蛛の巣が広がり、今日のような日にいつもどおり魚を捕えるカモメの呑気さが礼節にもとるように思われる。山の庵で再び鳴り始めた鐘の音がぶしつけに聞こえ、しつこく私に「ネヴァー・モア、ネヴァー・モア」と囁きかける蛇口の水漏れが頭に残る。そして同時に、まるで視線によって何かに摑まろう、「我見る、故に我あり」と言おうとでもしているように、姿を現し、正体を現し、形を変えることなく膨張する、そんな物に対して、過度に逼迫した視線をずっと注ぎ続ける素晴らしい能力。そして、見るからこそ存在する私は、見ることでいっそう存在感を引き立て、自分の内側にも外側にも自分を確立する……　そして次に領事は、彫刻根、根彫刻、根フォルム、根オブジェのコレクションを見せ始める。バロック的なもの、地味なもの、入り組んでこんがらがったもの、艶やかな模様を描くもの、踊ったようなもの、静かなもの、トーテムのようなもの、性的なもの、動物と定理のあいのこ、結び目を作るもの、対称になっていないもの、生き生きしたもの、化石のようなもの、その他様々だが、領事は大陸各地の海岸を放浪してこのすべてを集めたのだという。遠隔の地で引き抜かれ、引きずられ、持ち上げられ、増水する川に運ばれ、長時間移動させられ、揺られ、岩に衝突し、輸送中の木材と喧嘩するうちに、水に浸食され、逆さまになり、再び逆さまになり、光り、磨かれ、銀色に塗られ、銀色を剝がれた根は、完全に母なる木、祖先の木から切り離されて植物の形を失い、乳房の丸み、多面体の角、猪の頭、偶像の顔、歯型、鉤爪、触覚、男根、冠などを身に着けることもあれば、卑猥な鱗模様に結合することもあり、何世紀にも及ぶ旅路の末に、地図から忘れ去られた砂浜に打ち上げられる。危険な棘だらけの巨大なマンドラゴラは、ビオビオ川の河口、黒い水に揺られて眠るコンコンの荒くれ岩の麓で領事が見つけたもの。もう一つ、曲芸のように歪み、きのこ帽で目の出たマンドラゴラは――アジアの国では酒の小瓶に入れて保管する「命の根」に似ている――、オリノコ河口のトゥクピタ付近で見つけたもの。他にも、ネービス島やアルバで採集したもの、バルパライソ近くの狭い海峡で玄武岩のメンヒルのように突き出て轟音を響かせる岩礁地帯で採集したものもある。そして領事は、港の名前を聞いただけで、今見せていた根から別の根へと言葉を移し、回想と呼びかけを繰り返しながら、ヘブライ語のカバラに予見された文字の増殖作用にしたがって地名の音節を繰り出すことで、様々な映像を喚起した。そして、バルパライソの一言が出ただけで、それが海藻の上に鯵の並ぶテーブルとなり、教会のアトリウムに飾られた果物となり、飲み屋のガラスケースに入れられてカウンターの雰囲気を支配するティエラ・デル・フエゴのおぞましいケアシガニとなり、そして長い通り沿いのドイツ風ビアホールとなり、砂糖をまぶした温かいシュトルーデルの横から一〇の脂の目で見つめる赤黒いソーセージになるかと思えば、疲れを知らず平行に上下する公共の巨大エレベーターとなり、トンネルの通路でポルカを奏でる盲人の楽団となり、また、質屋となり、店頭に並ぶ大きなバックルのベルトや貝でできた聖骨箱、ギザギザのメスやイースター島のミニチュア・モアイ像、左足に「オミ」、右足に「ヤゲ」と刺繍を入れて、爪先を通行人に向けたままカントの鏡の矛盾を見事に立証するスリッパにもなる……動きもしないのにパニックに囚われ恐怖で逃げまどうヒヒのような別の根——その名はホップ・フロッグ——は、採取地がリオデジャネイロ、そのイタマラチ区には、末端肥大症の銅像（モデルとなった英雄や偉人が一・五倍か二・七五倍の大きさで永遠化される）を並べた市庁舎の間に、動物の剝製を展示する店がある。例えば、ビー玉のような目で見つめるボア、アルマジロ、ジャガー、鷺、猿、さらには、緑の柱脚に繫がれて埃だらけで鞍をつけられたまま現れるはずもない騎手——すでに亡くなって、随分前からポルトガル・フランボワイヤン様式の霊廟に横たわっているかもしれない——を待つような格好になった馬。細い両脚に乗って大きな頭と体を揺らした小人のようなこの根——名はハンプティ・ダンプティ——の採取地はポルトー・フランス、そのラ・フロンティエール区へ行けば、腕木にドンドンのラム酒を並べた飲み屋の間に手編みのハンモックを吊って裸で横になった黒人女たちが、自分のことしか頭にないとでもいうように無関心を装って高飛車な態度で客を待ち、本人たちはまったく気づいていないが、柔らかく開いた手を硬い巻き毛にやるその仕草は、マネのオリンピアそのままだ。そして次に領事が私に見せるのはベラクルス産のエラスムスであり、確かに、この根をよく見ると、ホルバインの描く人文主義者に見えなくもない。ピクロコルとメルデイユは、棘だらけで、傭兵のように攻撃的な根であり、コクシグルには長い嘴と凹凸の鶏冠がついている。髪を振り乱して鋭い爪を見せているのはキキーモラ、太い幹から三つ芽が出ているのはピエニクレ（ここだけの話だが、パリでは何年間も『レパタン』を定期購読していたから、すぐに何のことかわかる）、もう少し後ろにあるキューバ産マングローブのロマネスク怪物は「プリシリアヌス派異端」、踊る蔓草はアンナ・パヴロワ、そして、キュクロプスは額に嵌めた赤い石でコンソールの上の混乱した世界を見張り、そこでは、コルヌジドゥイユ、ヒュドラー、箒に跨るラッカムの魔女が並び、植物性の玄武岩で彫られたような「偉大なる無口」は、女性の形を明確に示しこそしないが、ヨルバ人のような肌で六尺ほど伸びた体のうちに、湾曲と反り、重なり合う丸み、屈折と窪みをたたえ、手を触れる者に紛れもない感覚を呼び覚まさずにはいない……　実際のところ、独特の教養を備え、アメリカ人にしては珍しく何カ国語も操る領事は、目前で進行する現在に目を開いたまま見る白昼の悪夢に重なったもう一つの夢であり、アルコールの力で恐怖の下り坂へと私を導いていた。杯の湯気が乾かぬうちから苦悩の汗が項《うなじ》を、額を、白髪を伝って滴り、強く柔らかく体の内側から込み上げて頭を打ちつける脈拍が、私の座る肘掛け椅子にまで反響していたように思う。そして今、領事は隅に置かれていたハーモニウムの前に座り、三つのストップを引っ張りながらペダルを踏み込むと、随分前から我が国を席巻していた曲とよく似たメロディーが流れ始めるが、もちろんそれは、首都で近年よく聞かれる「ウィスパリング」や「スリー・オクロック・イン・ザ・モーニング」よりもっと刺々しい、抑揚のある、激しい曲だ。そして手を止めることなく、頭でリズムを刻みながら、特に意識せずとも手が動く大衆音楽家の気安さで音を出し続けている。

「私は南部の出身です。ニューオーリンズです。私はいかにも白人というほど色白ですが、髪は専用のポマードがなければチリチリでしょう（シのフラットだ、ちくしょう！）。向こうでよく言われるとおり、すっかり一線を越えてしまいましたが、感情に関して言えば、黒人としかわかりあえません。その点私は親愛なるゴットシャルク親父に似ています、おそらくご存知ないでしょうが、テオフィル・ゴーティエからショパンより高く評価され、フランツ・リストと寝ていた音楽好きのラマルチーヌ派ニンフたちから崇拝され、スペイン王女の親友でもあり、君主の庇護を受けてヨーロッパで栄光を手にし、一〇回も勲章を受けたこの男は、ある日抑えがたい衝動に駆られて聴衆も宮殿も馬車も召使もすべて投げ出すと、熱帯で彼を待ち受けていた黒人女やムラート女の呼びかけに応えて、かつて成功を収めた大陸へ舞い戻ったのです。そして若返った姿で女の尻を追いかけてキューバへ、プエルトリコへ、アンティル諸島のすべての島へと冒険に繰り出し、儀礼からも栄誉からも逃れて、母の子守唄と思春期の欲情に回帰した挙げ句、巡礼の聖地がまだたくさん残っていた――何たること！――ブラジルへ赴いて亡くなったのです。《そして母の女中と光り輝く娘たちが、震える君の横で温かい脚を動かす……　正午前の川で、その口にはフトモモの味が残る……》」（これが誰の詩なのかはわからないが、ちゃんと覚えている。娘がよくピアノの練習をしていた頃は、このモロー・ゴットシャルクの美しい現地風ダンス曲を弾いていた。聞くところによれば、ある時この音楽家はハバナで交響曲にアフリカ太鼓の乱れ打ちを取り入れたらしい。）続けてアンディのセント・ルイス・ブルースに移ると、この調べを聞いてたまらなくなったマヨララが踊り出し、しかも、初めて聞く音楽のリズムに足のステップと腰の動きがぴったり合う様子を見れば、どうやら見事なダンスを披露しているらしい。「血にリズムが流れているからね」南部出身の領事は言う。鍵盤の上を動く自分の両手に目をやる。時に格闘にもなる対話のようなもので、リズムの内側と外側に同時に出来上がる調和のなかで、対立と協調、女の手――右手――と男の手――左手――が協力し合い、補い合い、応え合う。肌の聴覚から入ってきた新奇の呪術にとりつかれたように、マヨララは突如ハーモニウムの椅子に腰掛けたが、領事の横に両尻を乗せることができず、片尻を浮かせたまま、美味しい食べ物でも囲い込むように両肩を淫靡に動かしている。領事が鍵盤も忘れてエルミラの首に顔を寄せると、彼女はくすぐられたような笑い声を上げてこれを受け止め、香炉室に入っていくキリスト教徒と同じ歓喜を味わいながら匂いを嗅ぐ彼を撥ねつけようともしない。そして領事は、「君の香りに導かれて魔法の空気へ／帆とマストの溢れる港が目に映る……」と唱える。「ボードレールにかこつけやがって！」二〇年前に初めて鍬を入れて以来耕し続けてきた土地、いつも私の意思に忠実に従ってきた土地に不法侵入されたような気分で私は叫ぶ。つい昨日までは、北から南まで、太平洋岸から大西洋岸まで、国全体が自分のものだったのに、もはや私の支配権が及ぶ土地はここしか残っていない。かつては人もその運命も財産もこの手に握っていたというのに、壁も床も朽ち果てたこんなみすぼらしい小屋、萎れた根だらけのこんなあばら家に押し込められて、密輸品や金持ち病院で死んだ男の棺でもあるまいに、この私をいつか――この「いつか」が何とはるか遠く手の届かないところにあることか！――こっそり運び出してくれる船を待つことしかできない。許し難いほど淫靡に振る舞っていたマヨララの手を引っ張って立ち上がらせ、一突きで角に置いてあった肘掛け椅子へ追いやる。「そうしてください」グリンゴは笑いながら言う。「これだから私はこの生業を辞められないのです。」（この生業という言葉が、――もちろん外交官のことだ――この場で、この男の口から発せられると、ドン・キホーテがヘボ人形劇団の演じる騎士道物語に向けて発した「とんでもない場違い」という形容詞が頭に思い浮かぶ。私の世代のラテンアメリカ人にとって生業といえば、仕事が暇で実入りのいい外交職のことであり、大オペラの舞台やイタリア大理石、ヴェルサイユの光や室内楽、フロッグと胸の開いたドレスで踊るワルツ、いかめしい門番や長靴下の侍従、陰謀や夜会や秘め事、ブラドミン侯爵風のお追従やタレイラン風の言い回し、駆け引きや処世術《サヴォワール・ヴィーヴル》といった、多くの場合まったく理解できない事物――いつまで経っても儀礼の規範に慣れないラテンアメリカ人たちは、質問もせず、助言も受けないから、絶えずとんでもないヘマをやらかし、私の宮殿でも起こったように、アブデュルハミトの大使の着任セレモニーに「トルコ風のロンド」を演奏したり、アルフォンソ一三世の大使の歓迎に「リエゴの賛歌」を歌ったりする――に囲まれて生きていくことだ……）

「万事うまくいっていたのに」領事は続けている。「パリで私がブロメ通りのマルティニーク・ダンスに足繁く通っていることが知られてしまったのです。以来、私はアメリカ合衆国の外交官として輝かしい職を歴任しました。アラカジュ、アンティグア、グアンタ、モジェンド、ジャクメルで領事を務め、ストラスブールのカテドラルの使徒と張り合うほどの正確さで、毎日一二時になると海岸にサメが押し寄せるあのマンタにまで赴任しました。そして今私はここ、この掃き溜めのような国にいます。みんな私の弱みを知っているんです……（マヨララのほうを見る）我々二人はわかり合えたようですね。」そしてアルペジオを刻んだ。「私の生まれ故郷でこんな姿を見られたら、身も心も衣装も白人というクー・クラックス・クランの高慢ちきな連中にリンチされることでしょう。《黒人とは食べるしか能のない動物だ》と言ったベンジャミン・フランクリンを信奉する白人たちですからね。黒人奴隷の所有者が《神の前での万人の平等》などとうそぶいていたあのマウントバーノンの白、黒人の清掃人や靴磨き、灰皿掃除係やトイレの見張りによるコーラスとともに、あの《人民の、人民による、人民のための政治》というゲティスバーグ演説を歌い上げる我らがアクロポリス寺院の白、下ろしたての制服とフロックコートと山高帽からなるメリーゴーランドをこのラテンアメリカで際限なく回しながら、ハンドルに手を伸ばすたびに、どの盗人、どのゴロツキをどうやって――事態をこれ以上悪化させることなく――追っ払うか決める名高いホワイトハウスの白、そんな白人たちですよ……」これを聞いて私は領事に、仮にもつい四八時間前まで一国の元首であった者、偉大な事件にも英雄にも歴史にも事欠かない自由な主権国家の第一執政官だった者を前に、盗人だのごろつきだのという言葉は失礼だと伝えた。「サンタ・イネスのせいでつい口がすべりました」私のグラスを満たしながら領事は言った。「そんなつもりで言ったのではありません。それに……」「見て……見てください」不吉な声色でこう言いながらマヨララは、ひび割れたガラス窓のほうへ我々に手招きし、湾のほうを見やるよう促した。「ああ」グリンゴは言った。「ウォーフのほうで何か起こっているようですね。」すでにレガッタ用のカヌーはなくなっていたが、収納庫の出口を開けてみると、確かに、砂糖の積み込みに使われる埠頭の先で妙な事態が進行していた。立てられたもの、寝かされたもの、その他複雑に絡み合う様々な形の巨大な塊を積んだ多数のトラックを群衆が取り囲んでいる……「双眼鏡をどうぞ」領事が私に言った。見ると、おそらくチャランダ酒で景気をつけた人々が、歌い、踊り、そして高笑いと叫び声を響かせながら、トラックから私の像――布告により、数年前から高校、中学校、市庁舎、公的施設、ありとあらゆる市町村の公共広場に設置が義務づけられており、しばしばルルドの洞窟や、常時蠟燭を灯して我らが聖牧女の住処を示す壁龕と隣り合わせになっていた――の胸や頭を取り出しては海へ投げ込んでいたのだ。地元の彫刻家や美術学校の学生が作った大理石の像もあれば、アルド・ナルディーニの共和国女神像が制作されたのと同じ溶炉で作られた銅像もあり、十字架と飾り紐を浮き彫りにして燕尾服を着た全身の立像、将軍の制服を着た立像（その軍帽があまりに派手すぎて、政敵たちに、前進用と後退用、両方のツバがついていると揶揄された）、左肩に飾り房を落とすビレタとガウンを着てサン・ルーカス大学名誉博士号を受ける姿（一九〇九年のことだ）、古代ローマのパトリキ風、壇上から腕で何かを示す姿勢（パリのガンベッタ像に触発されたもの）、家父長として考え込む姿、いかめしいメントル風、月桂樹の冠を被ってキンキナトゥスのポーズをとった姿、様々な像があったが、今やそのすべてが横倒しにされて、担架や手押し車、牛に牽かれた荷車に詰め込まれ、引きずられ、運ばれ、老若男女の集団に「イチ……　ニノ……　サァァァァン……」の掛け声ですべて海へ突き落され、投げ込まれていた。最後に現れたのは私の騎馬像――毎日宮殿のバルコニーから眺めていたもの――だが、命からがら逃げ出したあの夜すでに騎手は引き剝がされており、馬だけになった塊が鉄道の貨車に横たえられていた。そして、クレーンで持ち上げられ立った馬は、上から手綱を引く騎手を失って、最期にもう一度だけ勇ましい姿で前脚を持ち上げたのも束の間、そのままはなかい泡を残して海に消えた。「覚えておけ、人よ……」私は思わず呟いたが、かつてエル・エストゥディアンテに聞かされた残酷な冗談を突如思い出して、この古典的台詞の後を続けることができなかった。「レクイエムの歌詞をタンゴで歌うのは悪趣味ですね」領事は言った。「これであの像は海の底で永遠に眠ることになります。硝石で緑色になり、珊瑚に抱かれ、砂に埋もれた後、西暦二五〇〇年か三〇〇〇年にでもなれば、浚渫機の棒に引っ掛かってまた日の目を見るかもしれませんよ。その時人々は、アルヴェールのソネットでも読むように、《これはいったい誰だ?》と目を見合わせることでしょう。そして誰もその質問に答えられず、多くの博物館に飾られた悪政期のローマ像と同じ運命を辿るかもしれません。わかることといえば《剣闘士》、《パトリキ》、《百人隊長》、それぐらい、歴史用語はなくなりませんからね。あなたの場合は、《独裁者の立像、胸像》でしょうか。ラテンアメリカには、過去にも未来にもたくさん独裁者がいますから、名前などどうでもいいでしょうし。」（テーブルの上の本を取り上げる。）「プチ・ラルースにあなたの項目はありますか? ないのですか?……　それではどうしようもありませんね……」そしてその日の午後、私は泣いた。私を黙殺した辞書――「我《ジュ》はあらゆる風に種まく《セーム・ア・トゥ・ヴァン》」――に寄りかかって泣いた。

第七章

そして私は自分の内側に見出すことのできる
科学以外は追い求めないことを決意し……

デカルト

19

凱旋門広場を囲む一群の建物にすっかり溶け込んだティルジット通りの屋敷――外敵から身を守る鎧のような濃い緑青が年々深く影を落とし、剞形と浮き出しをぼかしていた――は、威厳と調和を湛えたいつもの姿で、雪崩と断崖絶壁の間を夢中で歩ききった末に辿り着いた遭難者を救う山小屋のように、高い黒瓦の屋根の下でアトリウムに彼を迎え入れた。まだ午前五時であり、シルヴェストルを起こさぬよう、自分の鍵を使って扉を開けた第一執政官は、玄関ホールへ入って電気を点けた。後に続くマヨララは、バミューダで買った分厚い古着のコートに身を包んでいたにもかかわらず、サン・ラザール駅から震えと咳が止まらず、痙攣と胸の閉塞感、節々の痛みをこらえながら、ラム酒とベッドとトルー・シロップをせがみ続けていた。「私のサンタ・イネスがまだ残っているから、それを持って、使用人用階段へ彼女を案内してやってくれ、屋根裏の開いている部屋ならどこでもいい」荷物を運んできたチョロ・メンドーサに向かってエル・エキス（今や彼は辛辣な皮肉を込めて自ら「元　職《エル・エキス》」と名乗っていた）は言った。やっと一人になって室内を見渡すと、装飾や家具が変わっていることに気がついた。中国製の壺を乗せたマホガニーのテーブルがあると思っていたところには、萼《がく》を名刺入れにした大理石の花があり、長短の剣をひとしきり揃えた赤いベルベットの横では、自らの髪に体を包んだオンディーヌが、よく見れば凝った波模様に見えなくもない漆喰のアラベスク以外何の飾りもない明るい色の壁を背に、いつまでもただじっと立ちつくしていた。家具はといえば、これがいわゆる「タンゴ色」なのか、燃えるような色のクッションを並べた長椅子が置かれ、幾つかある狭い台座の上には、球体や柱体や菱形のガラスを笠にした電気スタンドがあった。「悪くはないが、前のほうが品があった。この家にもよく馴染んでいた」エル・エキスは思った……　ワニスを塗ったクルミ材の心地よい匂いを感じながら階段を上っていくと、これまで不在にしていた長い、長い期間が一気に吹き飛んでいくようだった。大部屋のカーテンの向こうでは、すでに夜明けの光が薄黄色を帯び始めていた。元大統領は窓辺へ寄ってブロケード織りのカーテンを開け、広場を眺めやった。口を開けたラ・マルセイエーズ像や、武器を手に何かを訴えるティルタイオス、兜を被った老戦士や、睾丸を晒した英雄少年、そんな類まれな血統の上で凱旋門が崇高な姿を見せている。これこそデカルト的フランスの才知を永遠化した記念碑であり、これがあったからこそ、あの常人離れしたコルシカ人、マルティニークのムラート女に股間を魔法にかけられた仰々しい異邦人、ポーランドやマムルークまで動員しておきながらメリーノ神父や「頑固者」フアン・マルティンのゲリラに打ち負かされ、さらには、モスクワの火にビコーンまで奪われたあの男が、反デカルト的なフランスを思い描き、活気づけ、設立し、破壊することができたのだ。そして、凱旋門を眺める者の背後には、デカルト的フランスの精神をもっと正確に映し出したとすら言える絵が飾られているのだ。彼は振り返り、電気を点けた。ところが、その瞬間目に入ったのは、思いもよらぬほど馬鹿げた、信じられない代物であり、わけがわからぬまま彼は呆然と椅子にへたり込んだ……　ジャン＝ポール・ローランの聖女ラドゴンドとエルサレムへ向かう巡礼者の代わりに、そこに掛けられていたのは、凹凸もなく、体を幾つもの幾何学的平面に分解され、人とは到底呼べない物体となった三人の男の絵であり、全員顔に——それが顔であればの話だが——仮面をつけていた。第一の男は、修道士のような頭巾を被り、手に五線譜を持っている。中央の男は、ピエロの帽子を被ってクラリネットのようなものを吹いている。第三の男は、アルルカンのような黒白チェックの服を着て、マンドリンかギターかリュートのような得体の知れない楽器を抱えている。そして三人とも――これが人であればの話だが――悪夢から出てきたようにグロテスクな姿でじっとそこに立ったまま、邪魔者の侵入を嫌がってでもいるようにこちらを見つめている（のだろうか？）。「あんた、ここで何してんの？」とでも言っているようだった。「あんた、ここで何してんの？……」だが、それだけではなかった。別の壁には、エルスチールの繊細な海女の代わりに、正体不明の絵が掛けられていた。一面に土色、砂色の縦線、横線、斜め線が交錯し、その上に『ル・マタン』紙の切れ端が貼りつけられているので、エル・エキスは親指の爪でそれを剝がそうとしたが、ワニスで塗り込められていて、どうやっても取れなかった。正面の、かつてデュモンの『枢機卿たちの夕食』を掛けていた場所には、今やまったく意味不明の絵、リポラン絵具のサンプルとしか思えない絵が掛かっている。そこに描かれていたのは、太い黒線で囲った白、赤、緑の四角形と円形だけだった。そしてその横にあったのは、ショカルヌ・モローの『小さなブラシ』ではなく、空から降ってきた巨大なハンマーで真ん中を叩きのめされでもしたように、脚が歪んで体が捻じ曲がったエッフェル塔らしき物体だった。さらに、二つのドアの間には、暖房機のパイプの破片で脚と腕を付けたような女性――女性だろうか？――が数人描かれていた。美しいレースや襟あき、光の反射を散りばめたベローの『世俗歓迎会』を飾っていたはずの場所には、まったく訳のわからない絵が掛けられ、しかも、立派な丸文字でご丁寧に『カコジル塩酸の目』というタイトルをひけらかしている。そして、緑大理石の回転台座には、意図も意味も定かでない不思議な大理石の塊が置かれていたが、その下側に玉が二つあり、上側からは、長い形のもの、それも――邪推であればご容赦願いたい――腹の据わった男ならつくべきところについている一物を彷彿とさせる物体が、やや写実性には欠けるものの、破廉恥なほど巨大化されて伸びていた。「しかし……いったいこれは何のつもりだ？」「現代美術ですよ、大統領」屋根裏部屋へマヨララを案内し、彼女が羽根布団と毛布にくるまって眠りに落ちるのを見届けてきたチョロ・メンドーサが、落ち着いた調子で呟いた。するとエル・エキスは次々と部屋を見て回ったが、どこへ行っても飾られているのは同じ造形的逸脱、意味不明の形象ばかりだった。歴史や伝説と無縁で、テーマもメッセージもなく、不条理と謎ばかり目立つ気狂いじみた絵、果物皿に見えない果物皿、多面体のような物体、鼻の代わりに三角定規をつけた顔、乳房が飛び出した——一方は上へ、他方は下へ——女、瞳をこめかみにつけた女。向こうのもっと混沌とした絵になると、バラバラの体を複雑な線のうちにくっつけ合った豚のような二人組が事に耽っているようだが、本当にそんな場面を描こうとすれば（厳重に管理した猥褻写真の素晴らしいコレクションを所有している）、それなりの絵心と画法、体の部分をうまく絡ませるデッサン力が必要とされるにもかかわらず、現代芸術家を自称するこの三文画家たちは、裸体をまともに描くこともできなければ、テルモピュライを舞台にスパルタ兵を描くこともできず、本物の馬を走らせることも、パリのオペラ座の天井を——一度でいい——飾ることも、戦場のスケッチにデタイユのような叙事詩的勢いを吹き込むこともできない。「こんなクソみたいな絵は全部外してやる！」再び家主に戻った家主は叫び、『カコジル塩酸の目』を摑んだ。「その絵の価値がわからないの！」背後からそう声をかけたのはオフェリアで、夜会服、乱れた髪、剝げ落ちた口紅という出で立ちで入ってきたその姿からは、かなり酒が入っていることが伝わってきた。「娘よ！」エル・エキスは言って彼女をしっかりと抱き寄せ、俄かに込み上げてくる感情に涙声になった。「我が血を分けた娘よ！」「お父さん！」彼女も涙を流した。「なんと美しい娘だ！」「お父さんもしっかりして、元気そう！」「さあ、ここへお掛け……　積もる話もある……」「ええ、でも……」するとオフェリアの肩越しにエル・エキスの目に入ったのは、さっきまでランが煙草の香りを漂わせていたあたりに、フランドルのカーニバルへ繰り出した仮装行列のようなぼさぼさの髪とけばけばしい顔で——きっと徹夜で飲んでいたのだろう——踏み込んでくる若者連中だった。「友人たちよ……　ダンスホールで夕食をしていたのだけど、追い出されちゃって……　ここでパーティーの続きをしようと思って。」次から次へと、服装のだらしない、覇気も生気もない若者たち、礼儀をわきまえない厚かましい連中が入ってくる。自分の家にでもいるつもりなのか、いや、売春宿にでもいるつもりなのか、床に座り込み、セラーから勝手にボトルを取り出し、彼のことなど意に介することもなく、しかも、ワックスがけした木の床で踊りたいというので、絨毯まで剝がし始めた。膝まで届かないスカートを穿いている女もいれば、髪を上で丸めている――向こうならこれは娼婦の髪型だ――女もいる。カマのような男が、エプロンを改造したようなチェック模様のシャツを着ている。そして今度は蓄音機。「イエス、ウィー・ハヴ・ノー・バナナズ」（このおぞましい曲が大西洋を渡る間ずっと流れていた）「ウィー・ハヴ・ノー・バナナズ・トゥデイ。」オフェリアは友人たちと笑い、部屋を行き来し、本棚からレコードを取り出し、酒を運び、グラスを満たし、蓄音機のネジを巻き直し、観念して長椅子に座ったエル・エキスとは、せわしない往来の合間に、途切れ途切れで脈絡のない言葉、答えのない問い、はっきりしない情報で不完全な会話を交わすばかりだった。サン・ラザールまで迎えに行けなかったのは、電報が昨日の午後ヴェルニサージュにいるときに届いたからで、そこから直接パーティーへ繰り出し、さっき初めて、起きたばかりのコンシェルジュから電報を受け取った。「でも、これでよかったじゃない、もうあの野蛮人の国へ帰る必要もないし（あの不吉な「セント・ルイス・ブルース」、あの日の午後領事が弾いていたあの同じ曲が聞こえてくる）。」

「マヨララを連れて来たよ」／「どこにいるの？」／「上で寝てる」／「はっきり言って、連れて来ないほうがよかったんじゃないかしら」／「向こうで私を裏切らなかったのはあいつだけだ……　そう……　ペラルタまでが！」／「あいつはろくでなしだとずっと思っていたわ」／「ごろつきよりタチが悪い。ポケット版のマキャベリだ」／「それどころじゃないわ、マキャベリのポケットじゃないかしら」／（またもや、「イエス、ウィー・ハヴ・ノー・バナナズ……」）／「マヨララは連れて来ないほうがよかったわ。あの女にパリ生活なんて、余計な心配事が一つ増えるだけよ」／「それについてはおいおい話そう。積もる話がある」／「明日、明日、明日……」／「だが、明日じゃなくて、すでに今日じゃないか、もう真昼間だぞ」／（再び「セント・ルイス・ブルース」）／「なあ……　こんなクソ絵画をずっと壁に掛けておくつもりか？」／「まあ、お願いだから野暮なことはやめてちょうだい、これが今の芸術なのよ、すぐに慣れるわ」／「それで、ジャン＝ポール・ローランやグッビオの狼や海女たちはどうしたんだ？」／「ドゥルオ・ホテルで売ったわ。いくらにもならなかったけど。今や誰も見向きもしないわ」／「何だと！　なぜ私に相談しなかったんだ！」／「できるわけがないじゃないの、こっちの新聞では、お父さんが殺されたことになってたのよ、セビージャのお祭りで初めて知らせを聞いたわ」／（再び「イエス、ウィー・ハヴ・ノー・バナナズ……」）「知らせを聞いて泣いたとでも言うのか？」／「ずっと泣いてたわ……」／「黒の喪章でもつけたわけか」／「ちょっと待って、蓄音機のネジを巻き直さないと……」（低い音になっていた「イエス、ウィー・ハヴ・ノー……」の調子が再び上がる）／「なあ……　こいつら、ずっとここに居座るつもりなのか？」／「追い出すわけにもいかないでしょう」／「いろいろ話があると言っているだろう」／「明日、明日、明日……」／「しかし、もうその明日じゃないか……」／「疲れているのなら、寝ていればいいじゃない……」／（違うレコード、「ティティーヌ」、これも船上で何度も聞いた曲）。そしてオフェリアは、長椅子に父をひとり残して、ティティーヌ、おお、我がティティーヌを探して巻き毛のイギリス人と狂ったように踊り始め、二人抱き合ったまま通りすがりに発した彼女の言葉によれば、男はカプリで知り合ったナントカ卿だというが、隣に腰掛けていたチョロ・メンドーサによれば、ウェルギリウスの『牧歌』を上演しようとして、ジャンソン・ド・サイイ校の生徒を動員したため、フランス警察にマークされている男だった。ああ、あの牧童アレクシスが出てくる劇か、見たことがある、ああ、見たことがある……　娘と仲間たちを見ているうちに、エル・エキスの内側から怒りが込み上げてきた。女同士顔をくっつけ合って踊る二人組、男同士で腰に手を回し合う二人組、あっちの女など、黄色いショールを纏った金髪の痩せ女とキスしている。それに、壁中に掛けられたわけのわかない馬鹿げた絵。ウィスキーのラベルにだってもっとましな白馬の絵が描かれているというのに、二本のボトルに挟まれた白い物体、この卑猥な大理石の男根はいったい何だ？　突如彼の顔は怒りの発作に赤らみ――メンドーサにはお馴染みの兆候だった――、部屋を横切って蓄音機のカバーを持ち上げると、レコードを床に叩きつけたうえ、踵で踏み潰した。「この自堕落な者たちを残らずつまみ出せ！」エル・エキスは叫んだ。呆然と立ち尽くす仲間たちの間で態勢を立て直したオフェリアは、攻撃に移る前に敵の勢力を確かめようとする酋長のように父親を見つめ、次第に憤怒を募らせていった。彼女の目の前で「優しいお父さん」はみるみる膨れ上がり、拡張し、肥大し、両手で壁を破壊せんばかり、両肩で天井を突き破らんばかりの勢いだった。せっかく何年もの間、父がいないおかげで快適な生活をこの家で送ってきたというのに、ここでかつての威厳を取り戻すことでもあれば、玉座から命令と決定を下すようになってしまえば、ここで思い上がりを戒めなければ、ここで衝動を挫いてやらなければ、向こうでこれまでずっとそうだったように、ここでも暴君になってしまうことだろう。「私の友人たちがお気に召さないのなら」かつて父を震え上がらせた冷たく素っ気ない調子で彼女は言った。「私の友人たちがお気に召さないのなら、荷物をまとめてクリヨンでもリッツでもいけばいいわ。いくらでもいい部屋があるし、ルームサービスもあるし、静かに過ごせるでしょう。」「ソドムとゴモラだ！」元大統領は吠えた。「そんなバカなことばかり言っているから打ちのめされるのよ」オフェリアは言った。「誰なんだ、こいつは？」誰もが同じ疑問を持った。「父《モン・ペール》よ、大統領《ル・プレジダン》」その前の刺々しい言葉を和らげようとでもするように、突如厳粛な調子でオフェリアは言った。「大統領万歳《ヴィヴ・ル・プレジダン》！　大統領万歳《ヴィヴ・ル・プレジダン》！」誰もが一斉に叫び始めるなか、一人はピエロのクラリネットを真似てラ・マルセイエーズを奏でた。「休んでいて、お父さん……」部屋には明かりが点いていたが、部屋のカーテンは太陽に照らされて明るかった。すでに街の朝は始まっていた。「ボワ・シャルボンへ行くとしよう」エル・エキスはチョロ・メンドーサに言った。「バイバイ」オフェリアは言った。そして二人の男が来賓用の階段を降りていくと、上に残った者たちは欄干から仮面を被った顔を出し、マールバラ公の歌を合唱し始めた。

クソじじいは戦場へ行った
ミロントン、ミロントン、ミロンテーヌ、

クソじじいは戦場へ行った、
もうきっと帰って来ない！……

「それでは……　辛い日々でしたね、旦那様」二人を見るなりこうフランス語で声をかけたムッシュー・ミュザールは、以前にも増して凱旋門の髭面将軍にそっくりだった。（きっと新聞で最近私の写真を見たのだろう。）「ああ！　おわかりでしょう……　革命です……」私は言った。「革命、革命が起こると、ロクなことになりませんね」ボトルを取り出しながらムッシュー・ミュザールは言った。「ルイ一六世時代のフランスも同じです。」（ネルソン版のミシュレ著『国民公会』の表紙を思い出すとともに、耳鼻咽喉科の診断でも受けるようにシャツの襟をはだけて堂々と処刑台に上る市民カペトの姿が頭に甦る。）「次は我が身ですよ」首に手をあてながら私は言った。ルイ一六世の話など持ち出すのは場違いだったことに遅ればせながら気づいたとでもいうように、ムッシュー・ミュザールは何とかその場を取り繕おうとした。「革命、おわかりでしょう……　この国はアンシャン・レジーム時代のほうがずっとよかったのですよ……　偉大なるフランスを築いたのは四〇人の国王ですからね。」「『ラクシオン・フランセーズ』を読んでいるようですね」チョロ・メンドーサが言った。「バレスに傾倒しているらしいな」私は言った。「ボジョレー・ヌーヴォーが届いています」ムッシュー・ミュザールが三つのグラスに注ぎながら言った。「店のおごりです……」美味しいワインだった。カフェの奥から、炭に火を入れるのに使う樹脂の多い薪——パリでは針金で小さな束にまとめて売られている——の心地よい匂いが届いてくる。店の棚には、まるで時間が止まってでもいるように、ラベルも形も変わらないスーズ、ピコン、ラファエル、デュボネのボトルが並ぶ。「これからどうするんだ？」私はチョロに訊いた。「もう大使の職はないぞ。」「備えあれば憂いなしです。ちゃんと金は貯めてあります。」「どうやって貯めた？」「私のおかげで我が国の人口は三万人も増えたのですよ。国勢調査には現れませんし、国の地理などまったく知らない連中ですがね。パスポートを発行して、市民権までやりました……　祖国を失った者たちや戦争の犠牲者、白系ロシア人、無国籍人などですよ。いい商売でしょう……　それに、外交官の特権があれば、いろいろできる仕事もあります……　みんなやっているることです。私だって聖者じゃありませんよ。もっとひどいことをする奴だっていますす。」（鼻で嗅ぎ煙草を吸う仕草をする。）「しかも、おいしい商売ですから、誘惑に逆らうのは大変です。とはいえ、やはり危険ですからね……　それに較べればパスポートは……　大使館の刻印と印紙をせしめておきましたから、まだしばらくは商売を続けられるでしょう……　もちろん慎重には慎重を期しますがね……」「結構だ。国からそのぐらいせしめても当然だろう。」（溜め息）「ああ！……　祖国に仕えるのが何と難しいことか！……」我々はティルジット通りへ戻った。出て来た新米の門番は、左の袖を青いジャケットの肩に安全ピンで止め、襟元にバッジを光らせているところをみれば、どうやら負傷した帰還兵らしい。私がこの家の主人であることを説明すると、どぎまぎと大げさに言い訳を並べた後、ようやく中へ通してくれた。大部屋のカーテンは閉じたままだった。長椅子や肘掛椅子、絨毯の上に散らばったクッションの上で、昨夜馬鹿騒ぎをしていた連中が眠っている。絡まり合い、折り重なるようになった体を乗り越えてようやく寝室に入ると、クローゼットからハンモックを取り出し、専用の輪に結わえてこれを吊った。昨日と変わらず、いつもと変わらず、凱旋門ではリュードのラ・マルセイエーズ像が高らかに歌っていた。

だが、剣と鎧の間に控える将軍や英雄少年とともに、ラ・マルセイエーズがそこにとどまってはいても、私にとってパリはすでに空虚な街になっていた。同じ日の午後、まだこの街に残る友人を指折って数え始めたときに、私はこの事実を痛感した。レイナルド・ハーンは電話に出ず、「契約者不在です」という女性の声が流れたところをみると、郊外に転居したのかもしれない。いつも好意的な著名学者には、落胆や悲しみの気持ちをありのままにぶちまけ、回想録でも書くにはどうしたらいいか助言を求めたいところだったが、すでに彼は、カトリック信者の間で随分取り沙汰されたほど深刻な信仰の危機に囚われて、寒々しいサン・ロック教会――私にとっては、思春期に読んだバルザックの小説を想起させる教会だった――で祈祷に没頭した挙げ句、進行性の病を患ってヴォルテール通りのアパートで亡くなっていた。（サン・ロック教会やサン・シュルピス教会、ヴェルサイユの礼拝堂といったボシュエ派やフェヌロン派の教会は、その様式に関するかぎりあまり私の興味を引かない。包み込むような薄暗さ、遺物や奇跡の遺品、首を切られた聖者の像、血やひっかき傷や涙や生傷、乱立する蠟燭、奉納物の祭壇に祀られた銀の脚や金の内臓といった要素がなければ、私にはそれがキリスト教の教会であると感じられない……）ガブリエレ・ダンヌンツィオは、噂によれば、フィウメでの騒動の後、貴公子となって隠棲し、どういう功績を称えてなのか、石の壁に装甲艦の舳先を据えつけた家に住んでいるという。絵画に関しては、オフェリアの話に偽りはなく、エルスチールの評価は急落していた。彼の描いた見事な海女たちは、戦後生まれの成金向けに商売をするしがない画廊で、波だか小舟だか砂だか泡だかを描いた絵に混ざって打ち捨てられていた。自らの失墜を前に苦々しい思いでバルベックのアトリエに引きこもった彼は、なんとかモダンの潮流に合わせようとしたものの、結果は自分の様式を歪めただけで得るものはなく、当惑ばかりが目立つ実験的作品は、かつての支持者からも、時代の流れを追う者からも相手にされなかった。音楽でも状況は同じだった。ヴァントゥイユの作品、とりわけ「ソナタ」が演奏されることはほとんどなくなり、ごくたまに音楽学校の女学生がピアノの授業で演奏することがあっても、家に帰ればその楽譜は引き出しの奥にしまい込まれ、自由な時間に彼女たちが弾く曲といえば、「沈める寺」や「亡き王女のためのパヴァーヌ」といった珍品か、もっとひどい場合には、ゼズ・コンフリーの「鍵盤上の子猫」だった。そして事情通の――いったい何の？――若者たち、ディアギレフの持ち込んだロシア音楽に魅せられたスノッブたちが、やんごとなきジャン・クリストフを「髭おやじ《ヴィエイユ・バルブ》」呼ばわりして蔑み、「ラインの黄金」までけなすようになっていた。アナトール・フランスも、タイスとジェローム・コワニャールの世界にとどまっていればよかったものを、最後の最後に的外れな社会主義に加担し、なんとアメリカ大陸まで含めた「世界革命」の必要性を声高に論じたばかりか、おぞましき新聞『リュマニテ』に大金を寄付した。他の知人たちは苦境に差し掛かっていた。元ベルギー代理大使として堅苦しいほど律儀に外交職をこなしていたアルジャンクール伯爵は、数日前にシャンゼリゼの人形芝居小屋の前で彼を目撃したというチョロ・メンドーサの情報によれば、乞食としか思えない格好で顔に物欲しげな笑みを浮かべた白痴同然の男に成り果てており、施しを求めて手を伸ばしてきそうなほどだったという……　そして、この状況下では、今や結婚して皇太子妃になったマダム・ヴェルデュランに電話をする気にもならなかった。皇太子妃ともなれば、どうせ思い上がっていることだろうし、玉座から追放された元ラテンアメリカ国家元首のことなど歯牙にもかけないかもしれない。そして憂鬱な思いに囚われ、悲惨な末路を迎えたエストラーダ・カブレラのこと、ラテンアメリカ各国で首都の通りを引き回された指導者たちのこと、ポルフィリオ・ディアスのように追放の憂き目を見た者たちのこと、グスマン・ブランコのように長い間権力の座にとどまった後に引きずり下ろされた者たちのことを考えてみた。族長のように辣腕を振るったアルゼンチンのロサスだって、没落した途端に、献身的な処女、暴君の残虐行為を制止する寛容な仲介役という役回りに疲れた娘に見捨てられ、かつては無限のパンパとラプラタ川、そして向こうでしか見えない月や、毎日丸腰で昇っては沈むことを繰り返しながら地平線に君臨する太陽まで手中に収めていた――秘密警察は敵対者の首を荷車に乗せ、「安くておいしいスイカ」と触れ歩きながら白昼堂々と運んでいた――というのに、灰色のサウサンプトンで悲しみと孤独のうちに亡くなった。こうして日々が過ぎ、いつもどんちゃん騒ぎと情事に明け暮れていたオフェリアとは、ほとんど顔を合わせることもなかった。マヨララは、羽根布団を被って丸まったままフランス人医師の診療を頑なに拒み続け、ラム酒のサンタ・イネストトルー・シロップ――向こうにいれば、いつも奇跡的な効果をもたらす薬草を煎じるところだが、こちらでは手に入らない――以外の薬すら受けつけようとはしなかった。そして私はチョロ・メンドーサとともにいつものパリ生活を取り戻し、ノートルダム・ド・ロレットからダントン・ビールへ、もはや昔日の面影はなくなったブーローニュの森通りからムッシュー・ミュザールのボワ・シャルボンへと歩みを進めたが、嗅覚と記憶に残る都市の臭い、その空気と雰囲気を追い求めても無駄な話だった。かつては首都だろうが村だろうが、馬糞のせいでどこへ行っても田舎臭さが残っているのが普通だったのに、今やガソリンの臭いがそれに取って代わった。朝早い時間でも、古着商人やハーブ売りの声は聞こえず、はさみ研ぎ師の牧歌的なリード楽器の調べすら消えていた。随分歩いてテルヌ広場へ行ってみたものの、エストレマドゥーラ風の房飾りをつけたロバとともに食器を売るバダホス商人の姿はなかった。ただ一つまったく変わらぬままだったのは、サン・タポリーヌ通り二五番地のオ・グラスであり、スカリオーラやモザイクのテーブルや色ガラス、革椅子の長い背もたれについた花のデカルコマニーや、音のうるさい自動ピアノの間から、白エプロンを着けて盆にボトル——ラファエルと同じようなラベルを見せている——を乗せて運ぶ二人のボーイが現れ、その後ろには、長い歳月とそれに伴う世代交代や人員の入れ換え——世紀末にはふくよかな女性が好まれたが、今や細身の女性が大半だった——、髪型の修正を経てはいたが、相変わらず愛想のいい女性たちが控えていた。私は人生の出発点に戻ったような気分でみずみずしい喜び、若き日の思い出に浸り、大陸の他の国々と同じく、ここでも生活様式の急速な変化ですべてが混乱と狂騒と堕落に陥ってはいたが、そんななかでも昔の活力を取り戻すことができた。確かに、様々な言語が入り乱れ、価値観は腐敗し、若者は不遜になり、親たちは罵られ、宮殿は冒瀆に遭っていた……だが、このオ・グラスでは、ここであれ向こうであれ、胸の大きさにかかわらず、いつの日にも唯一無二の存在感を持つ何か、他の何物にも代えられない形態の集合、誰にでも理解可能な共通言語を見出すことができた。肉体の時間に逆戻りはなく、時代ごとに、ブグロー風から中世風の着こなしへ、ボルディーニ風の胸開きからティントレット風の胸開きへ、また逆に、ルーベンス風の豊満な尻や腹からピュヴィス・ド・シャヴァンヌの描くニンフのようにひ弱で消えそうな体形へ、流行は移り変わっていくものだ。美的潮流も体形も人の好みも移ろうものだから、細長いシルエットが好まれることもあれば、背の高さや肉付きのよさが好まれることもあり、理想のプロポーションも変わっていくものだが——その他の流行はもっと頻繁な変化に晒されている——、とはいえ、裸体の基本的真実は決して変わることがない。ここで目前の光景を眺めていると、時代の外で時間の進行が止まったような、日時計や砂時計の日々へ連れ去られて自分のこれまでの履歴から解放されたような、そんな気持ちに囚われて、自分が銅像の馬から蹴落とされたことも、台座から引きずり下ろされたことも、今や亡命貴族になったことも、落ちぶれた俳優になったことも忘れていられるばかりか、まだよく見えるこの目のおかげで、これまで隠れていた本当の自分を取り返し、目の保養となるものを前にした心地よい緊張とともに、心の奥底から活力が湧いてくるのが感じられた。公共の広場や市町村庁舎の中庭で何百もの像となってあちこちに散らばりながら送る偽の人生に較べれば、「我感じる、故に我あり」というこの豊かな感触のほうがはるかに好ましい……　こんなことを考え続けていたせいで自分がすっかり真面目に塞ぎ込んでいたことに気づいた私は、場違いな思索を捨てて笑い声を上げ、チョロ・メンドーサのお気に入りの一言を発した。「売春宿に《生か死か》は似つかわしくないな。」「それが問題です」同じく読書家を気取ってこう答える一方で、チョロは肉付きのいいレダに合図を送った。女のほうでも、すでに自分が選ばれることはわかっていたらしく、隣のテーブルでのんびりアニスの入ったアペリチフを飲みながら——誘われてもいないのに最初から相手に払ってもらうつもりだった——待っていた彼女は、プロ魂を汲み取って奉仕を評価してくれる寛容な客をまた得ることができてご満悦だった。

20

突如として熱と節々の痛みから解放されたマヨララは、羽根布団の下から飛び起き、聖母に約束した祈祷と蠟燭を捧げるため、教会へ行かねばと思い立った。「イグレシア、イグレシア」と叫んだものの、初夏の太陽を浴びてもまだ残る夜気に備えて三枚もスカートを重ね穿きした女を前に、門番の女はただただ当惑するばかりだった。「イグレシア、イグレシア」と繰り返しながら十字を切り、銀のロザリオを持った両手を合わせてお祈りの仕草をするマヨララを前に、ようやく事態を察した門番は、あっち、左へ曲がった後に右、そこから少し歩いたところ、と身振りで説明した。そして、生き返ったふくらはぎを頼みに、マヨララは歩き、歩き、また歩いて巨大な教会――十字架こそなかったが、円柱の多いファサードの高みに、ミゲル・エスタトゥアが彫り出したような宗教的彫刻が飾られているところをみれば、教会にちがいない――を見つけ、中へ入ってみると、オルガンの音楽や祈祷の囁きに混じって、司祭の発する意味不明の言葉が聞こえてきた。そして、祭壇はどこへ行っても祭壇であり、聖者の絵にも独特の雰囲気があるし、疑いの余地を残さぬ香の煙に包まれて、彼女はようやく落ち着いた気分になった……　約束通り祈りを捧げて、シェルブールに着いたところで第一執政官からもらったフランスのお金（「迷子になったり、小便したくなったりしたとき困らないように」）で蠟燭を買うと、マヨララは石段を下り、美しい花を並べた市場――ここのカーネーションは向こうのように香らない――の前で足を止めた。そして今度は果物屋に差し掛かると、柔らかい綿の布団に包まれたマンゴーが一つ、神々しくショーケース入りで売られているのを見て仰天した。向こうでマンゴーといえば、棕櫚の葉を飾りにつけた荷車で「五〇〇グラム五ペソ」の掛け声とともに売られるものなのに、ここでは、まるでフランスの宝石でも展示するように、大事に箱に収められている。思い切ってマヨララは店に入り、台から台へ、テーブルからテーブルへと驚きの目であちこち見回した。声でも掛けるようにユカの黒い腕が彼女のほうへ伸び、青バナナの緑色が眼前で輝き、マランガの皺だらけの皮が丸まり、サツマイモ――地中の実りというより珊瑚に近い――の赤みが明るくなった。さらに、黒豆の深い黒、グアナバナの厳かな白、グアバの果肉のピンク色。そして、身振りとオノマトペ、指差しと叫び声と唸り声での了解や拒否で、これを五つ、あれを三つ、それを一〇個、あの袋から八つ、その箱から一五個と購入し、市場に売っていた大きな籠に詰めていった。支払いの時に籠を頭に載せると、驚いた女性店員は「タクシーを呼びましょうか、マドモワゼル?」と言ったが、マヨララには通じなかった。店から出て自分の位置を確かめる。来るときは正面に太陽があった。まだ太陽は頂点まで達していないし、お腹も空いていない。一〇時か一〇時半頃だろう。引き返すには、太陽を背にして歩かねばならない。だが、悪いことに、忌々しい道は常に傾き、曲がり、方向が変わるから、次第に短くなっていく影が右へ左へ動いて、なかなか思い通りの位置にきてくれない。それに、色々珍しいものがあって、ついつい気を取られてしまう。あのカフェのテラスには、服装を見れば一目でそれとわかるアメリカ人がたくさんいる。青い小人の玩具屋。あの大きな円柱の上に立っている男は、きっと独立戦争の英雄だろう。柵に囲まれたあの公園には、銅像がいっぱい立っている。そこで木立を左手に見ながら進むと、影がちょうどいい位置にくる。歩いて歩いて大きな広場へ出ると、向こうの霊園によく飾られているのに似た石が立っているが、どうやってこんなものをまっすぐ立てることができたのかわからないほど大きい。大通りへ出ると、荷車を引く子山羊がいる。飴やキャラメルを売る屋台もある。そして次第に籠の重みが辛くなってきたところで——すでに太陽はほとんど真上から降り注いでいた——、突如として遠くのほう、あの道の高みに巨大な重々しい、おぞましい形だが目印となる建物、ガイセンモンとかいう建造物が見えてきた。彼女は足を速めた。家へ戻ると、早速料理に取り掛かりたいところだったが、その時背中に冷たく重々しい痛みが走った。部屋の隅に籠を置いた後、コップにラム酒とトルー・シロップを混ぜて呷り、再び羽布団にくるまりながら、屈強の女をも悩ませるほど寒い国を呪った。

そして次の日、素っ頓狂な声にオフェリアが叩き起こされたのは一一時半ぐらいだろうか、料理婦がすっかり色を失って声も出ない状態で入ってきた。「マドモワゼル、すみませんが……」一刻の猶予も許されない、すぐに来てほしい、そう繰り返している。怒りに震えてそこに立っている。そして髪を振り乱したまま——本当に激しく怒っているようだ——、まだ寝ぼけまなこで何が何だかよくわからない状態の相手に向かって、こんなことはありえない、とうてい許し難い、もうこの家には一日たりともいたくない、エプロンはお返しする、などとまくし立て始めた。そして実際にエプロンを外し、まるで猛烈な怒りに囚われて記章を突き返すやんごとなきフリーメーソン師のごとく、これを女主人に押しつけた。許し難いことです、少し前に屋根裏からスカートを三枚重ねて穿いた仰々しい身振りの色黒女——「ブーダンのような色です、マドモワゼル」——が降りてきて、我が物顔に鍋やフライパンを手に取ったかと思えば、あちこちを汚し、油を飛ばし、隅にとうもろこしの皮を放り出しながら奇妙な料理を始めた——「野蛮人の食事です、マドモワゼル」——、トウガラシとカカオをまぜたおぞましいソースで鍋を冒瀆し、大工用の鉋で青バナナを薄く切るばかりか、ぼろ紙で揚げ物を包んで拳で打ちつけ始めた、その何とも表現しようのないおぞましい物体をこしらえ終えると、台所にラードと揚げ物の臭いを充満させたまま、盆やスープ皿を手に、かつてシルヴェストルが使っていた部屋へどかどかと上がり込んでいった、敵軍に対する勲功を称えられ、戦争十字を胸につけた姿で『リリュストラシオン』に肖像まで掲載されたあの模範的召使がクラオンヌで名誉の戦死を遂げてからというもの、その思い出に敬意を表して誰も立ち入らなかったというのに…… 事態を察したオフェリアは、料理婦にエプロンを返し、ガウンを纏って屋根裏へ向かった……髭は伸ばし放題で、毛むくじゃらの胸を曝け出した第一執政官とチョロ・メンドーサが、どうやらすでに出来上がっているらしく、長テーブル――といっても、扉板を蝶番から外して二脚の椅子に載せただけだった――に向かってすっかりくつろいでいる。熱帯地域の豪華レストランよろしく、たくさんの盆や皿に盛られていたのは、緑のワカモレ、赤いトウガラシ、黄土色のチョコレートソースに浸した七面鳥の胸肉や手羽元、みじん切りにした玉ねぎの霜降り、そしてまな板には、タコスやエンチラーダ、田舎料理のおいしい匂いとともに熱く湯気を立てる葉に包まれたタマル、完熟半熟バナナのフライ――拳で潰したもの――、バナナチップス――鉋で削ったもの――、そしてサツマイモのフライ、ココナッツのオーブン焼き、さらにボウルには、テキーラとスペイン・シードルを混ぜた液体に、パイナップルの殻や緑色のレモン、ミントの葉やオレンジの花が浮いていた。「一緒にいかがです？」チョロ・メンドーサが訊ねた。「いったい誰がこんなことを？」料理婦の叫び声に叩き起こされてまだ頭がぼんやりしていたオフェリアが訊き返した。「神とお嬢様のしもべ、このエルミラです」フランス系のドミニコ会修道女学校に通う女生徒たちがよくするように、膝の下で脚を組みながらマヨララは一礼した。オフェリアは即席テーブルを蹴飛ばしてひと思いに宴席を終わらせてやろうかとも思ったが、その瞬間、フォークに載ったタマルが目の前に現れ、口のほうへ近づいてきた。そしてそれが鼻先にくると、体の内側から、遠くから、はらわたの鼓動から、忽然として郷愁が込み上げ、膝が崩れて椅子に滑り落ちた。それを噛みしめると、すぐに彼女の体は三〇年も若返った。メタテとタマリンドの中庭、白い靴下、中国紙のリボンで束ねた髪。シナモン色の羊皮紙でできたカサカサ音を立てるケースに収まったまま、黒い果肉が彼女のほうへ舞い降りて、その甘酸っぱい果汁が、舌の裏で忘れられていた唾液を呼び覚ます。そして、梨とフランボワーズのジュースと紛らわしい、発酵を始めたグアバのあの匂い、さらに、生垣の向こうでは、毛足も口も長い豚のホンゴロホンゴが、割れた瓦や錆びた空き缶を引っ掻き回しながらぶうぶう言っている。そして、鉢や土鍋、甕や黒陶器でいっぱいの台所から、濡れた土を踏みつけるブーツや、白く泡立ちながら香るとうもろこしペーストに、振り子時計のリズムで振り下ろされる重し石が刻みつけるリズムとともに摩擦音が聞こえ、湯気が流れ出てくる。そしてお産を終えたばかりの牛「五月の花」が、胸の重みを和らげようとして仔牛を呼び、通りからは、糖蜜菓子を触れ回る売り子の声が聞こえてくる。ニスペロとカプリーに挟まれた庵の鐘が鳴り、とうもろこしがここから――私は七歳、毎朝鏡の前に立ち、夜の間に胸が膨らんでいないか確かめる――、毛穴から体に入り込んでくる。私は七歳、

聖母マリア様、
私を悪からお守りください、
お守りください、聖母様、
このおそろしい動物から。

そして皆声を合わせて歌う。

聖母様は山刀を手に取り、
殺そうとした、
すると悪魔は四つ足で、
すごすごと茂みへ逃げ込んだ。

「野蛮人の食事です」ドアのところで腕を組んで立った料理婦が叫んだ。「くたばれ、ブリア＝サヴァラン！」テキーラ・シードルとガラピーニャ酒とニュサ酒で頬を赤らめながら、まずこれ、次はあれ、ワカモレにスプー

ンを突っ込み、チリソースに七面鳥の腿肉を浸していたオフェリアは叫び声を上げた。そして突如思いもよらぬ愛情に駆り立てられた彼女は、父の膝に座って頬にキスし、そこに昔と変わらぬ煙草と酒とフランス製の香水――ミントとカンゾウに「ミミー・ピンソン」のパウダーが混ざったような匂い――を嗅ぎ取ると、父が老いるどころか若返って男らしくなったように感じられて、過ぎ去りし日々との素晴らしき再会に心が弾んだ。クラオンヌ高原の戦闘でシルヴェストルが名誉の死を遂げて以来沈黙していた蓄音機が再び鳴り始め、チョロ・メンドーサが手に入れたレコードから次々と歌声が流れ出ては、やがてぜんまいの弛みとともに音が低くなって途絶えた。レルド・デ・テハーダの「雉」、そして「農村魂」、「小太鼓」、「黒い花」、「君の口の宝石」、さらにミロンガ、贅沢と歓喜の花、君はいつも男にひどい目に遭わされ、君にキャラコの服を着せるためなら、僕はどんなことでもする、村の老いた埋葬人がかつて聞かせてくれた話をしてあげよう、無残な運命に見舞われて、死に甘い幸福を奪われた男の話を、さらば、我が人生の仲間たちよ、夜の霊園へ足を運び、愛する女の亡骸と対面した、頭にオレンジの花を飾り、冷え切った唇にキスの雨を降らせた、さらば、我が人生の仲間たちよ、さらば、あの頃の馬鹿騒ぎ、君が愛してくれれば、花は六月より明るく輝き、ベートーヴェンの調べを声高らかに歌うことだろう、もう一度、もう一度、もう一度、あの頃の愛しい馬鹿騒ぎをもう一度、さらば、さらば、我が宵の明星、窓の下で、兵士が歌う……　エルミラとオフェリアが抱き合ったままデュオで――プリマとセコンダ――歌い始めると、要所要所で第三、第四の声がコーラスを入れ、チョロ・メンドーサが楽器をかき鳴らすふりをしながら適宜擬音語でギターの伴奏を挟んだ……　モーレとトマトを肴に酒と歌で夜が更けると、第一執政官はそのままシルヴェストルの部屋に住みつくことを決め、今後は使用人口から出入りすると宣言した。「そうすればもっと自由に生活できる。」オフェリアが下で若者たちを集めてどんちゃん騒ぎをしようが、あの苛立たしい絵――今後も決して理解できまい――を飾ろうが、知ったことではない。そしてマヨララには隣の部屋をあてがって、私の相手と世話を頼むことにしよう。娘もそれに賛成だった。エルミラは献身的で善良な、素晴らしい女だし、音楽の夜会を主催していたあのマダム、皇太子妃になって以来父の顔など見たがりもしないあの女の友人たちよりよほど品がいい。それでも、服装だけは変えたほうがいい。そしてオフェリアは自分の衣装戸棚へ急ぎ、着なくなって久しい服をごっそり持ってきた。高級品だとは認めながらも、マヨララはずっと不信の目で服を見つめ、この胸開きははしたない、このスカートのスリットは品がない、などと文句をつけた。レッドファーンのテーラード・スーツの襟元を見ると彼女は、「男物の服なんかあたしゃ着ないよ」と言い放った。パカンの黒のアンサンブルには、「通夜にはいいかもね」と言っただけだった。だが、レオン・バクストが『シェエラザード』用にデザインした衣装に触発されてポール・ポワレが仕立てた服を見ると、マヨララは突如目を輝かせ、生まれ故郷の花柄のブラウスやスカートを思い出すと言ってこれを身に着けた。そしてその夜、引っ越し祝いでもするように、壁に二つの輪が取りつけられ、綱で縛って第一執政官——「失礼、エル・エキスと呼んでくれたまえ」元大統領は言った——愛用の羊毛のハンモックが吊られると、早速彼はいそいそとその寝心地を試した。

すぐにマヨララは、凱旋門を中心として河岸まで——アイロンかけや料理に従事する者は、橋を渡るとひきつけを起こす危険があるから、川は決して越えないほうがいい——、広範囲を自由に動き回るようになった。チョロ・メンドーサの説明ではかつてブラジル皇帝ペドロの親友だったという詩人——いつも瞑想しているようだ——の銅像が建つ広場には教会があり、このサントノレ何とかという教会の後ろには魚市場があって、向こうで手に入るのとよく似たイカ、エビ、貝のほか、ラ・ベロニカの海岸では男好きの女が現れると磁石に引き寄せられでもするように砂から這い出してくるハマグリとまったく同じ二枚貝が手に入った。その近くの店には土鍋が売られており、建設現場からこっそりレンガを盗み出して——レモンやニンニク、パセリを入れたゴム袋に毎日二つずつつしのばせた——屋根裏の調理場に祖国風の竈を据えつけると、ミュスカデと甘口のガイヤック——彼女によれば「体の調子を整える」ワインだった……——に魅了されて足繁く通うようになっていたムッシュー・ミュザールのボワ・シャルボンから、針金で束ねた薪をもらって火を起こした。そして、スレート葺きの屋根の下、緯度、時間帯ともかけ離れた場所と時代の生活が始まった……朝には、羊毛のフィルターで濾したコーヒーに、今や迷うこともなくなったラ・マドレーヌ——凱旋門の真ん中をくぐると、遠くに大きな石の塊が見えるから、その方向へ歩いた後、左へ折れれば、かつて完治を感謝して九日間の祈りを祭壇に捧げた円柱だらけの建物が目に入る——で調達した糖蜜の苦く甘い香りがたちこめる。ハンモックに揺られて焼酎と「ロミオとジュリエット」の葉巻をくゆらせながら待っていると、「さあ、いらっしゃい」の声とともに、大工用の脚立に広いクルミ板を張ったテーブルには、たっぷり時間を掛けて準備された農場風の朝食が現れ、そのメニューといえば、トウガラシ・ソースをかけた目玉焼き、揚げ直した豆、とうもろこしのトルティージャ、豚のチチャロン、そして白チーズであり、そのすべてが、バナナの葉が手に入らないので、やむなく緑色の葉に盛りつけられていた。そして朝寝が始まり、一一時頃になると、その日の新聞を持って現れるチョロ・メンドーサにうたた寝から起こされた。といっても、彼が持ってくるのは、その日の朝パリの輪転機から出てきたばかりの新聞ではなく、海の向こうから長時間かけて運ばれてきた皺くちゃの新聞であり、直近の事件とは縁遠い情報しか載ってはいなかった。『ル・フィガロ』、『ル・ジュルナル』、『ル・プティ・パリジャン』といった新聞はもはや彼の関心を引かず、向こうで発行された『エル・メルクリオ』、『エル・ムンド』、『ウルティマス・ノティシアス』、さらには、ヌエバ・コルドバの『エル・ファロ』やプエルト・アラグアトの『センティネラ』がそれに取って代わっていた。次第に第一執政官はヨーロッパ情勢への関心を失ってこちらの政治家の名前も忘れがちになり——とはいえ、先頃のマッテオッティ暗殺事件を機に、イタリア・ファシズム、そして、世界共産主義に立ち向かうムッソリーニへの賞賛を新たにした——、向こうでの出来事に意識を集中していた……（黒馬に跨って——ただし、ブーツは履いておらず、いつも大学の授業で着ていた白のドリル織りスーツを着ていた——栄誉の入場を遂げて以来、「復興の騎手」、「自由の番人」と称されたルイス・レオンシオは、先の声明で「アウゲイアスの牛舎」と名付けた大統領宮殿の階段にアルコンの足取りで上がり、大げさに自分の勝利を持て囃す輩に向けて、顰めた眉と控え目な身振りとともに、曖昧な脅しを浮かべた冷たい視線を投げかけた。アメリカ合衆国による迅速な融資に助けられて公務員の配置を終えた後、修道士のように厳粛な態度で国内に山積する問題の検討に乗り出した彼に対し、国民の期待は高まっていた。何週間も黙って人を遠ざけたまま執務室に閉じ籠った彼は、予算、統計、政治文書などに目を通し、どうしても問題を細分化しすぎる——デカルト風に全体を細部に分割した挙げ句、その数を増やしすぎて事象の全体像を見失ってしまう——きらいのある専門家たちの諮問は退けて、専門書や百科事典、報告や回顧録を頼りに解決策を模索した。その間国民は、敬虔とすら言えるほど感動的な忍耐力でその成果を待ち続けた。毎晩足音を忍ばせて中央公園を散歩する人々は、夜明けまで明かりのついた窓を指差しながら、刻々と準備されつつある大規模な復興計画について小声で話し合った。誰もが「ヌエバ・コルドバの賢者」の演説を今か今かと待ちうけていた。そしてついに、オリンピック・スタジアムに集結した大群衆の前に彼が姿を現した。そしてその演説は、息つく間もないほど猛烈な、箍《たが》の外れたような言葉の迸りであり、四方八方へ撒き散らされる言語的濁流のなかで、ページが乱舞し、言葉が氾濫し、理念理想が殺到し、加速する指標が反響し、可視化や抽象化が起こるとともに、モルガン銀行からプラトンの国家へ、ロゴスから口蹄疫へ、ゼネラル・モーターズからラーマクリシュナへと話題を変え、その末に辿り着いた結論とは——少なくともかなりの者がそう理解した——、少し前にドイツの哲学者オズヴァルト・シュペングラーが声高らかに掲げたとおり、活力と才気の枯渇とともに避けがたく堕落したヨーロッパが瀕死の状態にある——その無益な支配から逃れるべき時期はすでに来ている——のに対して、北から来る活発な技術革新とともに変貌を遂げつつあるこのアメリカ大陸（この若き大陸は技術の世紀へと突入しつつある）においては、我々が生まれつき備えた精神性の光のもと、鷲とコンドルの神秘的結婚、外国資本による資源豊富な大地の開発により、ヴェーダンタとポポル・ブフ、そしてモスクワの金とも赤軍の脅威とも無縁な唯一真正の社会主義たるキリスト教社会主義の寓話、以上三者の融合が可能となる、ということだった。北・南というテーゼ・アンチテーゼは、大地と科学の結合に補強されて新人類を生み出す、そんな新たな世紀の始まりを前に、希望に溢れるアルファ・オメガ党はシュトゥルム・ウント・ドランク、新世代の政治的衝動に応え、この大陸における独裁政権の終焉と嘘偽りのない民主主義の確立を宣言する。資本と労働の最低限の調和を乱さぬ限り組合活動の自由は保障され、協力的野党であるかぎり（批判は容認されるが、建設的批判でなければならない）野党は必要であり、民営企業や公共サービスに支障を来たさぬかぎりストの権利も保障され、諸機関の機能を乱したり階級闘争を煽ったりしないかぎりは事実上すでに存在する共産党も合法と認める……　そして「祖国万歳！」の声とともに演説が締めくくられると、「しかし」、「とはいえ」、「にもかかわらず」、「その一方で」、「であるかぎり」の連発によって、時間が停止したような感覚、時計の針と裏腹に時間の流れが凍りついたような感覚にすでに囚われていた聴衆は、演壇を下りる厳格な博士を見つめながら、頭のなかに大きな空白と不可知論的忘我を残されたような、脳を空っぽにされたような気分を味わっていた。そしてそれに続く数カ月間、すべては当惑と混乱だった。もはや暫定ではなくなった暫定大統領はいつまで経っても決断に踏み切れず、協力者から何か提案があったり、応急処置の必要性を訴えられたりしても、いつも「時期尚早」、「不適切」、「早急すぎる」として撥ねつけ、「まだ準備不足」、「機は熟していない」、「我が国民はまだ未成熟」といった言葉を繰り返した。そして数カ月のうちに、待たされすぎて肩をすくめる懐疑論者とその日暮らしにうんざりし始めた者たちが、ギターやマラカスの調べに乗せて不満を歌にぶちまけ始め、街では軍部の不満が取り沙汰されるようになった。「クーデターは時間の問題だな」第一執政官は言った。「目新しい話ではない。トラの縞を一本増やしても目立たない、この慣用句のとおりだ。」「しかし、今回動いているのは青年将校のようですよ」チョロ・メンドーサが口を挟んだ。「山刀の代わりに軽機関銃」かつての権力者は言った。「違いはそれだけだよ……」だが、確かに違う空気が流れていた。時に不意を突くような形でアルファ・オメガ派の軍人たちが印刷所を襲撃し、箱をひっくり返したり、ゲラを散らしたり、ライノタイプを破壊したりといったことがあったものの、合法化された新聞『リベラシオン』は毎朝八ページの刊行を続け、紛れもない共産主義派の面々が堂々と署名入りで記事を寄せていた。パリの音楽出版社フランシス・サラベール社には、向こうでもすでにスペイン語の訳詞――ディエゴ・リベラの主宰するメキシコの雑誌『エル・マチェテ』が先頃これを発表していた――で歌われるようになっていた「インターナショナル」の楽譜が千部も発注された。）そして、二月の新聞を四月に、一〇月の新聞を一二月に読みながら、様々な過去の出来事を振り返り、行方知れずになった人々のことを思い起こすうちに月日は流れた。完全に昨日になった昨日が今日に取り込まれ、肉が肉として吸収されても、次第に体から肉が削げ落ち、かつてはがっしりして威勢のよかったエル・エキスの体は、日ごと目に見えて衰えていった。時の流れに飲まれた者にとって、時の流れは加速する一方で、クリスマスと次のクリスマス、七月一四日の軍事パレードと次の七月一四日の軍事パレード――凱旋門の下で揺れる大きな旗が前の年からずっとそのままだったようにさえ思われる――を隔てる時間は次第に狭まっていった。マロニエの花が咲き、マロニエの花が萎れ、またマロニエの花が咲き、カレンダーを屑籠へ放り投げていく間に、エル・エキスの体は着実に疲弊して縮み、ムッシュー・ル・プレジダンのテーラーがティルジット通りを何度も往来して服の仕立を直さねばならなかった。チョッキの膨らみがなくなって懐中時計の鎖が胸の上で着実に後退する一方、かつていかつく聳えていた両肩は、胸の脂肪を失った鎖骨――入浴の時間に第一執政官の胸を植物繊維のスポンジと手袋で洗っていたマヨララには、それがよくわかった――の上に落ちかかり始めていた。そして、日に日に痩せていく彼の体を憂慮しながらも、パリで売られている小瓶入りの薬を信用できなかったマヨララは、第一執政官がチョロ・メンドーサに口述筆記させた――もはやかすかな声しか出なかった――手紙を使って、郵便局すらないパルマール・デ・シキーレのバルビナという老婆に薬草の包みを送ってもらい、ロバにラバ、自転車にバス、さらには汽車や船を乗り継いだ後にまた汽車でようやく到着したその包みを、エチエンヌ・マルセル通りの集配所まで受け取りに行った。何枚もの書類に必要事項を記入し、サインせねばならず、読み書き、それもフランス語の読み書きができる人間が行かねば埒があかなかったので、元大統領と元大使が付き添って行かねばならなかった。雲一つない澄み切った空から太陽が照りつけてはいたものの、空気は冷たく、しっかりと服を着込んだ三人は、ショールに包みをくるんで外へ出たが、その時エルミラは初めてノートルダム寺院の塔を目にした。それがパリのカテドラルであることを知った彼女は、何としても聖母に蠟燭を捧げたいと言い張り、建物の前まで来ると、そのまま呆然と立ち尽くした。「いつも私は言ってたでしょ、観光客を集めようというのなら、私たちの国でもこういうものを作らなきゃだめだわ。」ティンパヌムや楣の形を見ると彼女は、同じくヌエバ・コルドバ出身のミゲル・エスタトゥアが作っていた彫刻のことを思い出した。「この女、ただのバカじゃないな」両者の様式に共通性があるなど考えてみたこともなかったエル・エキスは、こう言いながら、悪魔の顔や、前脚を蹴り上げた馬、角の生えた鬼や、最後の審判の地獄の動物などを思い起こしていた。そして、寺院の内側へ驚きの歩みを進めるとともに、あらゆる色のガラスに身廊が反射したが、光の悪戯なのか、まだ春になりきらない時期の黄昏時、まばらな人影は暗闇に包まれた。三人は翼廊のバラ窓の間に腰掛けて休むことにした。椅子の列の反対側には、長いコートと分厚いマフラーを纏った若者が座っており、じっと心を集中してすべてを眺めていた。「信者もどきだわ」マヨララが言った。「審美家でしょう」チョロ・メンドーサが言った。「美術学校の学生だ」第一執政官が言った。そして彼は声を落とし、マヨララを面白がらせようとして、孫娘を相手にする祖父のような調子で、フランスで本当にあった秘話を語り始めた。タンバリンを鳴らしながら白山羊を踊らせるジプシー娘に惚れた司祭座聖堂助祭（子供の頃、エルミラも同じようなジプシーを見たことがあったが、その時踊らされていたのは熊だった……）、乞食たちを扇動して教会を襲撃させたごろつき詩人（「何か騒ぎがあると、いつも標的にされるのは教会だわ」思い出したくなかった事件を思い出しながらエルミラは言った……）、これもまたジプシー娘に惚れた瘻の鐘つき少年（「ジプシーはみんな惚れっぽくて、それに引っ掛かる女も多いようだけど、瘻《せむし》の瘤に触るとゲンがいいって話もあるわね……」）、エスメラルダと鐘つき少年なのか、抱き合ったままの状態で発見された二体の白骨死体（「レコードで聞いた村の老いた埋葬人の歌にもあったけど、たまにある話みたいね……」）、などなど。だが、その時出し抜けにオルガンが大きな音で鳴り響き、お互いの声がまったく聞き取れなくなった。「出るとしよう」エル・エキスは言いながら、角のカフェへ行けばここより暖かいし、おいしいアルザス・ワインも飲める、と考えていた…… 他方、端の席にはエルミラの言う「信者もどき」がまだ座っており、呆然と教会の内側を眺めていた。彼にとって初めて見るゴシック教会であり、両側に聳える列拱廊とステンドグラスは思いもよらぬ発見だった。これに較べれば、いかに調和の法則と黄金比を忠実に守っている建物でも、地表を離れ切ってはおらず、根を下ろして地下へ潜っているようにしか見えない。空の高みへ突き出たこの建物は、まさに垂直性の称揚、垂直性の狂気であり、その前では、パルテノンのペディメントですら、三角形の屋根を溝付きの柱——もっと以前には農家の粗野な門の楣や杉の梁を支える柱の代わりに使われていた四本、六本、八本の丸太を、標準寸法に合うよう改良したもの——で支えた昔ながらの小屋を洗練、昇華させた模擬建築にしかみえない。ギリシア建築やローマ建築には、大地と植物がまだ根を下ろしている。豚飼いのエウマイオスの小屋からペイディアスの寺院まで、次々と様式の変化を繰り返す過程が如実に見て取れるが、材料がかつてないほど軽くなった——石の無重力——この教会の建築は、木の構造とは無縁なリブ、そして南北二つの太陽を模《かたど》る見事なバラ窓とともに、まさに創造、発明、機転を見せつけている。二つの太陽の間で翼廊を見つめる男は、夕陽に燃える赤と、寒々としたガラスの重々しく神秘的な青に挟まれて、身動きがとれなくなる。北側では、執り成す女の役回りの母が、預言者、王、判事、族長から成る世俗集団の中央に君臨し、南側では、責め苦の血を浴びた息子が、使徒、聴罪司祭、殉教者、正気の聖母と気の触れた聖母から成る宗教集団を統率している。生、死、永遠の再生、季節の移り変わり、そのすべてが、鐘とガーゴイルに軽々と吊られて床から浮かび上がったマグニフィカトに大きな穴を開けて光る円の間で、ピンと張りつめた、目に見えない想像の線に沿って並んでいる。影に隠れていたオルガンのパイプが突如勝利のファンファーレを奏で始めた…… ステンドグラスの二つの太陽を眺める男は、内面の問いに対する答えを宗教の領域に求めることはない無神論や、科学の精神に貫かれた前世代の不信心を叩き込まれた世代に共通する疑念、さらには、信仰の名のもとに自らを内側から蝕むだけの似非秩序を維持するばかりか、頻りに政治的策略を弄して敵をやりこめる教会に対して抱く敵対心、そんなものを抱きながらも、福音主義者たちの動向には敏感であり、かつてはその活動のおかげで、トーテムや冷酷な気性、闇の存在や占星術の脅威、卜占官の杖や三月一五日その他避けられない運命の支配といった、様々な迷信が失墜したこともよくわかっていた。自らを見つめ直してきた――自分の外側ではなく、内側の実存的ドラマ――結果、原初的恐怖を克服して新たな価値観を追求するようになった彼にとっては、自分と似ているところこそあれ、原点をすっかり忘れて新たなトーテム、新たな運命論、祭壇なき寺院、聖域なき信仰を作り上げてしまった者たちに祀り上げられて道を踏み外した巨人の暴君がいまだ残っていることは周知の事実であり、何としてもこれを叩きのめさねばならないのだった。再び黙示録のラッパが響き渡る日は近いのかもしれないが、次にラッパを吹くのは、新人類であって、最後の審判の天使ではない。今や未来の典礼を定め、再分配の法廷を打ち立てる時期が来ているのだ…… 若者は時計を見た。四時。汽車。今一度周りの全き美しさに身を委ねてみたものの、すでに自分の使命に戻るべき時は来ていた。「すべてが出来上がっている場所に私がいても何の役にも立たない」ノートルダムの中央門――死者復活の門――をくぐりながら彼は思った。まだ少し早いし、荷物をウェイターに預けておいたカフェでおいしいアルザスのワインを飲む時間ぐらいはあるだろう。道を横切ってカフェに入ったが、奥の席に座っていた三人組――女一人に男二人――が彼の姿を見て仰天したことには気づかなかった。ワイン代を払うと、エル・エストゥディアンテは通りへ出てタクシーを拾った。「キタノテキヘオネガイシマス……」待ち合わせ場所だった駅の食堂にはすでに、バルビュスの主催によりブリュッセルで明日二月一〇日に開かれることになっていた「第一回帝国主義的植民地政策反対国際会議」の代表団がすでに何人も集まっていた。数時間前に知り合ったキューバ人フリオ・アントニオ・メジャや、インド国民会議代表のジャワハルラール・ネルーの姿もすでにそこにあった。「発車準備が整ったようだ」八番線を指差しながら誰かが言った。三人は軽い荷物を持って二等客車へ乗り込んだ。インド人が窓際に陣取って書類のチェックに没頭する一方、メジャは我が国の政治情勢に興味を示した。「独裁者は倒したが」エル・エストゥディアンテは言った。「敵の顔ぶれは変わっていないし、まだ戦いは続くだろう。長い第一幕がやっと終わっただけだ。装飾や照明が変わっただけで、第二幕もすでに第一幕と酷似した展開を辿りつつある。」「我々は、今まさにその第一幕に差し掛かっている」メジャは言って、またもやキューバに現れた新たな独裁者の話を始めた。すでにラテンアメリカ各地に知れ渡っていたとおり、芯の通った頑強なストライキを長期にわたって続けたメジャは、獄中からこの独裁者への抵抗運動を組織して釈放された後、亡命地のメキシコから闘争を続けていた。外見や政治的姿勢、その手口において独裁者ヘラルド・マチャードは我が国の第一執政官に似ていたが、違いは教養を欠いていたことであり、ほぼ同世代に属するエストラーダ・カブレラのようにミネルヴァを祀った寺院を建てることもなければ、ラテンアメリカの多くの独裁者や「啓蒙的暴君」のようにフランス文化にかぶれることもなかった。彼にとって人類最高の叡智は北米にあり、「私は帝国主義者だ。知識はないが、愛国心なら負けはしない」などとワシントンに向けて熱を込めて宣言することすらあった。だが、期せずして滑稽な言葉を口走ることも多く、ある時など、体制派の新聞を通して「アイスキュロスの悲劇を研究している」と公言した。「アトレウスの一味になれそうじゃないか」エル・エストゥディアンテは言った。「すでにその一族になっているんじゃないか」メジャが言った。「そのうちアカ本の没収を始めるぞ」エル・エストゥディアンテは言った。「もうやったよ」メジャが言った。「こっちで一人倒れても、あっちで一人立ち上がる」エル・エストゥディアンテは言った。「一〇〇年前から同じ見世物の繰り返しさ。」「そのうち観客も飽きるだろう。」「どうかな……」二人は革製の書類ケース――どちらもメキシコ製で、アステカ暦を打ち出し細工にしたカバーがついていた――を開き、報告と講演の原稿を交換して、到着までに目を通しておくことにした。膝に紙を置いて隅に座っていたネルーは、大きく見開いた目の奥に隠された自分の世界に浸っているようだった。長い沈黙が流れた。坑夫町の二重の夜のなかで、汽車は国境へ近づいていた。「クール、クール」とネルーは言ったが、二人にはそれが石炭のことなのか寒さのことなのか――「クール」と「コール」は紛らわしい――わからなかった。確かに、熱帯出身者にとって二等客車の寒さは体にこたえた。そしてインド人は再び目を開けたまま眠り始め、やがて汽車はブリュッセルに到着した。

21

……この種の無分別な連中は、単なる貧者なのに自分こそ王だ、
裸で歩いていても金と紫を身に纏っている、
そんなことを周りに信じ込ませようと躍起になる。
（デカルト）

「私に言えることは、あの男が教会にいたということだけです」マヨララは言った。「たとえ聖週間であれ、共産主義者が教会に出入りすることはありません。」そしてまた憶測が続いた。「追放……」「余所者……」「逃亡……」「ひょっとすると後悔……」「転向……」「神秘的危機……」「内ゲバ……」そしてその後何日もの間、ティルジット通りはこの話題で持ちきりになり、こちらの新聞がエル・エストゥディアンテのような取るに足らない人物に関する記事など載せるはずもないから、七日分ごとロールに丸められて特別輸送船でのんびり運ばれてくる新聞――二月分が届くのは四月――、庇護火山の風景をイラストに使った我が国の新聞を待つよりほかはなかった。そして五月に入り、ヌエバ・コルドバの『エル・ファロ』のおかげでやっとわかったのは、ブリュッセルで国際会議が開かれ、「メキシコ全国農民同盟」と、すでに我が国にも支部を持つ「アメリカ大陸反帝国主義同盟」が代表を派遣した、という事実だった。「これですべて説明がつきますね」チョロ・メンドーサが言った。「バカげた話だな」エル・エキスは言った。「帝国主義はかつてないほど強力になっているじゃないか。だからこそ、今ヨーロッパではムッソリーニが時の人になっているんだ……」そしてまたマロニエの花が咲き、屋根裏の会話もいつものテーマへと戻っていった。「流刑……」「追放……」「余所者……」「逃亡……」「亡命……」「迫害……」

スレート葺きの屋根の下で頻りに蒸し返されたのは「あの当時」のことだった。現在の目で距離を置いて振り返ってみると、些細な事柄までが意味深く見え始め、それが途轍もなく重要な、興味深い事件だったように思われてくる。毎日の儀礼を取り仕切る「覚えてるか？」、「覚えてるか？」という言葉とともに、異国の地に置かれた彼らの頭に様々な死者や遺物の記憶が甦ると、往々にして不可思議なメカニズムによって、過去が遠い文脈から切り離されて若返る。記憶の詰まった頭に新鮮な空気が流れるような瞬間でもあれば、元大統領は突如として珍事件やささいな逸話の隠れた真相を思い起こし、かつて当惑と疑念と不思議のオーラを生み出した問題の謎解きをしてみせることもあった。年老いて一線を退いた魔術師や芸人が手品や奇跡の種明かしをするように、エル・エキスも、国の財政状態を改善するため、いかにして財政保証なしで通貨を発行できたのか、その内幕を暴露した。実は政府直営のカジノでは、イカサマ用のカード（アメリカ合衆国の会社が作っていたもので、その道に精通した者にしか見分けられないほど繊細な印が裏側に付いていた）が使われており、賭け金には、ドルやスターリングポンド、あるいは、家の奥に眠っていた昔のオンス金貨やメキシコ銀貨しか認められていなかった。そしてある時、カピトリオに飾られていた比類なき輝きの八角形ダイアモンド、海外へ公式に発注された後、共和国女神像の足元に厳かに嵌められてあらゆる国道のゼロポイントを示していたあのダイアモンドのことにも話が及んだ。ある晩「プロ集団」によって盗まれたとされていたあの宝石については、国際ギャング団か、さもなくば経験豊富なアナーキストか共産主義者の仕業だろうと新聞各紙は騒ぎ立てた。だが、話を聞きながらエルミラは笑い出した。「この人（元大統領を指差す）に呼び出されたのよ。仲良しのフリアナに見張りを引きつけておくよう頼んでおいて、その間に私が、モンセラーテの金物屋で売っていた鑿《のみ》と、胸に挟んで隠しておいたハンマーを使って宝石を取り出したの。そのまま口に入れて、まんまと宮殿まで持ち込んだわけ。本当よ！　息が詰まりそうだったわ！　その後の騒ぎのひどかったこと。だけど……　あの時は本当に大笑いしたわね！」そしてその笑いに応じて第一執政官も笑い出し、クローゼットの引き出しを指差しながら言った。「そこにあるよ。ゲンがいいからな。それに、これもアナーキストの言う奪還というやつだろう。これぐらいは当然の権利だよ……」

「ああ、大統領！」「エル・エキス、エル・エキスだよ……」マロニエがイチゴに取って代わられ、イチゴがマロニエに取って代わられ、木々が葉の衣──緑から鉄錆に色を変える──を脱ぎ着するうちに歳月は流れ、次第に家の外で起こる出来事への興味を失っていった元大統領は、家の扉を閉ざして行動範囲をどんどん狭めていった。その年のイースターは、最近ビクターが録音したレコードで、フルコとタンバリンの伴奏による民謡を聴きながら屋根裏で過ごし、クリスマスにも、子豚の丸焼きやレタスとラディッシュのサラダ、赤ワインとアジャカのほか、向こうのしきたりに則ってスペインのトゥロンを食べただけだった。クロスの上にすべての料理が並び、テーブルの準備が整ったのを見ると第一執政官は、年々尊敬の念を新たにしていたナポレオンの話を始めたが、この夜この話題を持ち出したのは、イエナやアウステルリッツやヴァグラムの戦功を称えるためではなく、ある本で、ナポレオンとジョセフィーヌ──夫はコルシカの出身、妻はマルティニークの出身で、ともにフランスでは余所者だった──がマルメゾン城で食事をするときには、我々と同じように、つまりエルミラ流の作法に従っていた、という記述を読んで嬉しくなったからだった。たとえ乱雑に見えようと、すでに冷めたものもまだ熱いものも、料理は一度にすべてテーブルに並べ、誰もがフォークとスプーンを伸ばせば届くようにしておく。金目当てに男を漁る貴婦人の猿真似をする成金どもの家なら、給仕が何度も皿を出したり下げたりするのだろうが、食欲を奪うばかりか、消化不良の原因にもなるそんな時間と労力の無駄は排し、無意味な格式に囚われることなく食事に専念する。誰でも好きな時にボトルに手を伸ばしてワインを注げばいいし、それが何年物だとか耳元で囁いてもらう必要などない。人がワインに求めるのは喜びであって、一年や二年違ったところでどうということはない……　そして喜びに沸いていたところで、時折凱旋門のほうを眺めながら第一執政官は、『鷲の子』のフランボーの有名な一節をもったいぶった調子で朗唱し始め、「疲れ果て、病に苦しみ、傷つき、泥だらけで行進を続ける我々は」と読み上げた後、勢いそのままに、馬の血がシャーベットのように捧げられるあの少々不気味な場面を描く最終行まで辿り着いた。だが、時の経過とともに、エル・エキスの朗唱から次々と断片が抜け落ちていくことにチョロ・メンドーサは気づいていた。一四音節のはずの詩文が八音節になり、スペインやオーストリアが詩の地理から消え、「近衛兵」の思い起こす道の脇にサーベルや革袋、シャコー帽や軍歌、焼けたカラスや旗やラッパが忘れ去られて、エル・エキスの記憶のなかでは、雑然とした韻文のすべてが処方箋のような謳い文句――「咳止めのナツメがないので／ドナウでは立ったまま水浴びした」――になり下がった。やがてチョロ・メンドーサは、第一執政官の頭にこの部分だけ残ったのは、彼の愛用するカンゾウの丸薬が咳止めの「ナツメ」に似ているからだと確信した。長い政治キャリアを通じて様々な計略や陰謀を張り巡らせてきた男の思考回路が狂い始めていたことは誰の目にも明らかであり、何かの手掛かりに頼らなければ記憶を手繰ることが難しくなっていたのだろう。ある雨の日など、今日は外出しないと宣言した直後に、何か不条理な衝動に駆られて家から遠く離れた書店まで赴き、フュステル・ド・クーランジュの著作やティエールの『執政政府と第一帝政の歴史』全二〇巻を購入した――わざわざ遠出して、風邪をひきそうなほど濡れて帰ってきた挙げ句、買った本を手に取ってみることすらしなかった。いつも詩劇を愛好していたせいで、燕尾服を着てオペラ・コミック座へ『マノン』を観に行こうとしたり、サン・シュルピスの劇場でメフィストフェレスを見損ねたことを残念がったりする反面、どちらも舞台がセビージャのせいかカルメンと理髪師が入れ替わってしまったり、どちらも愛人の腕に抱かれたまま死ぬ女の話だからなのか、『椿姫』と『ラ・ボエーム』の結末を取り違えたりもした……　やがて、プルタルコスをローマ史の作者だと言ったり、スペイン風邪のウィルスをペロポネソスと言ったり、日常会話でも間違いを連発するようになった。突如祖国の政治情勢について社説を口述筆記させたかと思えば、最も乗っているところで呆然と口をつぐみ、自分にはもはや出版する手立てもないことに思い至った。だらだら話を続けながら、大臣を入れ替え、想像の勲章を授与し、公共事業の計画を練り続けた挙げ句、ムッシュー・ミュザールの差し出すボジョレー・ヌーヴォーのボトルを前にして我に返り、自らの振る舞いを笑ったこともあった。そして驚くほど博物館巡りに励んだ。ミニチュアのギロチンを見るためにカルナヴァレへ足を運び、ルーヴルでは、ダヴィッドの『戴冠』の大きな絵を前に、マダム・レティツィアとホフマン大佐のジェミマおばさんの間に意味不明の相関関係を見出した。世の中何が起こるかわからないものだし、ひょっとするとどこかの部屋に自分の蠟人形が陳列されているのではないかと思って、グルヴァン博物館にも顔を出した。そして、ある年の五月五日、朝起きるなり元大統領が、セント・ヘレナでナポレオンが亡くなった命日だから身体障害者たちに大きな花束を贈りたい、と口走ったときには——幸いにも、正午頃祖国から別のニュースが入ったおかげですっかり忘れてしまった——、チョロ・メンドーサは彼の発狂を本気で心配し始めた。だが、それでもまだ彼の所作にはそれなりの威厳と力があり、老独裁者の風采にある種の品格を添えていた。落ちぶれた独裁者、かつては何年にもわたって世界のどこかで自分の意思を押し通し、法律を思いのままに操っていた人間の品格に満ちた風采。彼がハンモックに横になるだけで、それが玉座に変わることもあった。脚を投げ出して専用の紐を右へ左へ引っ張りながら羊毛の上で体を揺らしていると、プチ・ラルースには黙殺されたものの、不死の人たる自分の体が水平方向に肥大していくような感覚に浸ることができた。すると自分の軍隊、自分の将軍たち、自分の遠征について語り始める。裏切り者のアタウルフォ・ガルバンを打ちのめしたあの戦闘、あの夜のことを覚えているか、嵐に見舞われてミイラの洞窟へ逃げ込んだじゃないか、覚えているか、いや、お前はあの場にいなかったか……　そしてある日の朝、目を覚ましてその話を始めると、いてもたってもいられなくなってトロカデロ博物館へ行くことにした。そしてチョロ・メンドーサとともに、サラゴサ人やアラブ人やオスマン男爵の間に聳える悲しげな建物、色褪せた拱廊と似非ミナレットを備えた重々しい宮殿へ着くと、イースター島の巨大な頭の前で、ジャケットの前をはだけた監視人が居眠りをしていた。（あの像の名前を訊いたところをみると、あの日の元大統領は少々頭が鈍っていたようだ……）そして次第に長くなっていく廊下を歩き始め、行く手を阻むように溢れ出たカヌーやトーテムの鳥、釘で毛を逆立てた偶像や、今は滅びた宗教の滅びた神々、埃を被ったエスキモー像やチベットのホルン、そして隅に積み上げられた太鼓――かつてはお祭り騒ぎを取り仕切り、雨を呼んだり反乱を呼びかけたりしていた太鼓も、今や縛っていた紐は外れ、革は虫に食われ、無残な姿で永久に黙り込んでいた――を眺めながら進んでいった。そしてアザラシの骨で作った縫い針からニューヘブリディーズの祭事用仮面へ、グリグリから金の胸飾りへ、シャーマンのガラガラから石斧へと渡り歩くうちに、とうとう第一執政官はお目当てのものを見つけた。部屋の真ん中に、木の台座に据えられた四角いガラスケースが乗っており、あの嵐の夜に洞窟で見つけた――「何度も話したことがあるだろう」――ミイラが永遠に鎮座していた……ぼろぼろの布に包まれた骨と、風化して穴だらけになったかさかさの皮膚でできたみすぼらしい人間の体が、縁取りのあるバンドに締めつけられた頭蓋骨を支えている。目の窪みには恐ろしい表情を、すでに失われた空っぽの鼻には怒りを、黄色い歯の銃眼を並べて永久に固まった大きな口には声にならない咆哮をそれぞれ浮かべ、組まれたみすぼらしい脛骨からは、千年前の履物――にもかかわらず、赤、黒、黄色の糸が残っていたせいで新品に見えた――がぶら下がっていた。そして、向こうで見つけたときと同じように、その物体はリュードのラ・マルセイエーズ像の二歩先にしゃがんでおり、成長から成熟へ、衰弱から死へとあらゆる段階を経た後に、痩せてはいるが胎児としては大きすぎる物ならぬ物、骨格標本の残骸となって、乾いた頬の両側にぼろ切れ同然の状態で垂れ下がる薄気味悪い毛髪の間から、空っぽの目で前方を見つめている。そして掘り出されたその貴族だか判事だか司祭だか酋長だかが、数えきれない世紀の彼方から、墓荒らしに怒りの視線をぶつけているようだった……こちらから、「何か文句があるのか、この野郎、泥から助け出して一人前、一人前にしてやったというのに」と声をかけると、返事代わりに私を、私だけを一心に見つめてくるようだった。むかつき、眩暈、卒倒。声。駆けつける人々……そして私はチョロとマヨララに助けられて、ハンモックに揺られている。脚がいうことをきかない。そこにちゃんとついているし、間違いなく私の脚なのだが、私のことは無視して、無気力に動こうともしない。医者、ドクトル・フルニエ。随分老けた。レジオン・ドヌール。よく覚えている。私は両人差し指を耳へもっていって、話は聞こえること、理解できることを伝える。「何でもありませんよ」彼は言って、アタッシュケースから皮下注射を選ぶ。そしてオフェリアとエルミラの顔がハンモックの周りを回り、回り、覗き込み、わかり合い、話し合ううちに、私は眠り、目を覚ます。またもやドクトル・フルニエ――それともずっとそこにいたのだろうか？――、皮下注射。そしてまた目を覚まし、気分はいい。ムッシュー・ミュザールのボワ・シャルボンのことが頭に浮かぶが、それはだめ、まだだめだと言われる。どうやらまだ具合が悪いらしく――こうしてハンモックに揺られているといい気分なのだが――、オフェリアとエルミラが部屋に聖母の版画を貼りまくっている。目を開けると、壁に並んで私を囲み、夢を見守る聖母たちが現れ、グアダルーペの聖母、コブレの聖母、チキンキラーの聖母、レグラの聖母、コロモトの聖母、デル・バジェの聖母、アルタグラシアの聖母、パラグアイの聖母カアクペ、さらにそれぞれ異なる三枚か四枚の聖牧女の絵、陸軍の聖母、白顔の聖母、インディオの聖母、黒人の聖母、その他アメリカ大陸のあらゆる聖母と、執り成す聖母、救いの聖母が、金と銀とスパンコールの光を浴びながら、鳩の飛翔と天の川の明かりと天体の調和のもと、ここで私とともに、苦難、天変地異、天災、孤独、そして悲運の旅を続けている。「神は我とともにあり、我は神とともに……」幼少期に覚えた田舎のお祈りを思い出しながら呟いてみる……回復。エルミラが持ってきてくれる食事――タコス、タマル、蒸し物、黄身菓子、シナモンパウダーを振りかけたカスタード――以外、もはや何の味もしない。杖に寄りかかってなら、かなり歩けるようになる。もうすぐ、おそらく明日にも少し散歩に出ることができるだろう、そう医者は言う。ボワ通りまで出て、グラジオラス花壇の脇でベンチに座ってみようか。大邸宅の召使に見守られた大邸宅の犬が芝生の上ではしゃぎまわる様子を眺めているのもいい。そしてタクシーを拾って――そうでなければ体がもたない――ボワ・シャルボンへ行ってみよう。最後に行ったときはエルミラと一緒だったが、あれはいつのことだっただろう？　もはやあいつには、少しスカートを持ち上げてみてくれと頼むことぐらいしかしないが、いつも無邪気に言うことを聞いてくれる。たまには、出るところの出たあの頑丈で深みのある鷹揚な体を見つめるのもいいものだ。えもいわれぬ慈しみがそこにはある。私が栄光に満ちた円熟期を迎えた頃から変わってはいないし、彼女の体を見ていると、この辛い人生をなんとか生き抜いてやろうという意欲が湧き起こる。私はまだ負けてはいない。すでに日課の散歩はこなしている。毎日少しずつ歩く距離も長くしている。そしてある日、どうしたことか、我が友ポルフィリオ・ディアスの眠るモンパルナス墓地のことを思い出す。（この部屋の窓からは、リマントゥール大臣がかつて住んでいた家が見える。）そして我々三人、チョロとエルミラと私は、モーパッサン――アメリカ大陸で彼の短編小説を読み、真似する者は多い――も眠る墓地へと足を向ける。ジョフィン大理石店の脇で花を買った後、トロカデロ博物館の監視人と同じようなマリンブルーの服を着た門番――「この墓は大賑わいですよ」――に導かれ、ボードレールの墓の前を通ると、いったい誰がこんな意地悪をしたのか、その横にオーピック将軍が埋葬されている。そしてドン・ポルフィリオの墓に辿り着く。彼の亡骸の上にゴシック様式の礼拝堂のようなもの――灰色オジーブの付いた小さな教会か大きな犬舎に見える――が聳え、その祭壇には、グアダルーペの聖母の庇護のもと、大理石の棺に納めたメキシコの土が祀られている。そして、一九一五年に建てられたこの中世風の霊廟を高みから見守るのは、古の神話を体現するアナウアックの鷲と蛇……　死が頭をよぎる。すぐ近くからボードレールは――記憶が衰えたせいで詩文をまったく思い出すことができない――、死にきった死体、死者に埋もれた死体に向かって、古い骨や深い墓穴について語りかける。その時が来れば、私もここで安らかに眠りたい。何かこの場にふさわしい不吉な冗談の一つでも飛ばせば、私が死を恐れてなどいないことを見せつけてやれるのだが、残念ながら何も思いつかない。黙ったままティルジット通りへ戻ると、午後にはまた脚がいうことをきかない。そして左腕の痙攣。そして突然項《うなじ》や額から溢れ出る冷や汗。そして痛みの棒がしばらく胸を横切り、筋肉の内側というより上から、外から痛めつけられるような気がする。ドクトル・フルニエは私にベッドでの療養を勧める。ハンモックはベッドと違います、インディオの民芸品、フェニモア・クーパーの文学的産物にすぎません。ルイ一三世のベッドに押し込んで天蓋の下で窒息させようとでもいうのだろうか、それとも、どうやってナポレオンとジョセフィーヌが抱き合っていたのか不思議なほど狭く短いマルメゾンのベッドに閉じ込めようというのだろうか。ようやく彼らは諦めて私をハンモックへ戻し、まるで散弾を撃ち込まれたような体が重々しく沈み込む。眠りに落ちる。目を覚ますと、オフェリアとエルミラが早期の――「確実な」と言い添える――回復を祈ってサクレ・クールへ誓いを立てに行ったことをチョロから知らされる。夜明け前に二人は、すみれ色の服にサンダル、腰に巻きつけたオレンジ色の紐という悔悛者――向こうではこれを「誓い立て」という――の出で立ちで、雨にもかかわらず、帽子もショールも纏うことなく家を出て、ケーブルカーの座席で平身低頭したままモンマルトルの丘へ上った後、蠟燭を手に、膝をついた状態で聖堂の祭壇まで石段を登ったという。私はまた眠りに落ちる。(モンマルトルの聖堂から出たマヨララは、右手に一人寂しく打ち捨てられていた聖者像を見て、こんな目立つ場所で柱に縛りつけられて責め苦に耐えているのだからきっと慈悲深い方にちがいないと思い込み、足元に花を捧げたいと言い出す。そのまま彼女は濡れた歩道に跪いてお祈りを始めるが、オフェリアは、聖者像の足元に取りつけられた碑文に、「ラ・バール騎士、一七六六年七月一日、聖体行進に敬意を表さなかったかどで一九歳にして責め苦を受ける」とあるのを見て、彼女に立ち上がらせる。どうして異端者に捧げるモニュメントが教会の横に建てられたのか、エルミラにはまったく理解できない……脱力感にとりつかれたオフェリアは、「自由思想家」といえばアナーキストかアバクアか無法者のことぐらいにしか思わない田舎者にわかるはずもない説明など、始めからする気にもならない……)目が覚める。誓い立ての格好でオフェリアが私の上から覗き込み、同じ格好をしたエルミラは、着ている服のことも忘れて、彼女らしく機械的な仕草で胸を持ち上げる。そして、今度は本物のサン・ヴァンサン・ド・ポール修道女がそこに姿を現し、私の右腕に針を打ち込む。糊の利いた頭巾、糊の利いた襟、糊の利いた胸当て。僧衣の青、藍を洗った青を見ていると、通称「青猿」、向こうでは「蠟燭箱」とも呼ばれるアメリカ風オーバーオール――我が国の労働者はすでに皆着用している――を思い出す。蠟燭、部屋の聖母にも捧げられている。蠟燭、つい先ほど灯されて、すでに蠟の汗をかき始めている。赤い蠟燭、アルコールランプに浮かぶ光。もうすぐ私にも蠟燭が捧げられるのだろう。彼らの顔を見ればわかる。部屋全体が薬の臭いに包まれるなか、多すぎる蠟燭の光に照らされて黄色っぽく見える顔が、作り笑いを浮かべてハンモックを覗き込んでいる。眠る。目を覚ます。目を覚まして、昼か夜かわからないこともある。もうひと踏ん張りしてみよう。右からチクタクが聞こえる。近寄ってみよう。六時一五分。いや、違う。七時一五分か。もっと近づいてみよう。八時一五分。この目覚まし時計はスイス製の高級品かもしれないが、針が細すぎてよく見えない。九時一五分。いや、違う。眼鏡。一〇時一五分。そうだ。間違いないだろう、やっと今気づいたが、上の採光窓からこの屋根裏部屋に降り注ぐ光を和らげるためにマヨララが取りつけた布切れの向こうで、すでに朝が明るくなっている。いつもどおり、目覚めとともに死について考える。だが、もう死は怖くない。正面から堂々と受け止めてやる。といっても、もう随分前にわかったとおり、死は闘争でもアゴンでもなく――それは文学だけだ――、むしろ武器の引き渡し、無条件降伏であり、皮下注射を手元に置いて、いつ襲ってくるかわからない痛みを欺くために追い求める夢であり、セバスティアヌスの殉教――何度も繰り返し突き刺された体――、鼻まで込み上げてくる薬、砂のような唾液、そして、終油の準備とともに死の接近を知らせる不吉な酸素バッグの到着なのだ。向こうでは私の死を知って大喜びするゴロツキどもがいると思うと悔しいが、今願うことといえば、肉体的苦痛なく眠りに落ちることだけだ。とにかく、歴史に名を残そうとするのなら、臨終の際に何か辞世の言葉を言わねばなるまい。辞世の言葉。プチ・ラルースのバラ色のページで読んだ。「喜劇は終わった《アクタ・エスト・ファブラ》。」

「何とおっしゃったのでしょう?」チョロ・メンドーサが言った。「寓話《ファブラ》と聞こえたわね」オフェリアは言った。「イソップとかラ・フォンテーヌとかサマニエゴのことかしら?」「証明《アクタ》とも聞こえましたね。」「つまり」マヨララが言った。「死亡証明なしに埋葬するなと言いたいのよ。カタレプシーということがあるからね……」(そのとおり、これこそ向こうの農民たちが最も恐れることだった。)「あたしの故郷では、まだ死んでないのに埋葬された人がいて、後で棺のなかで目を覚ましたのだけれど、必死で蓋を壊して、地面に片手を出すのがやっとだったわ……　それに、ラ・ベロニカでは……」日曜日のことだった。オフェリアは父の瞼を閉じ、体をシーツで覆うと、ハンモックの両側で、晩餐会のテーブルクロスのようにその裾が床まで届いた。そして引き出しを開けてカピトリオのダイアモンドを取り出した。「私が大事に取っておくわ。我が痛ましい祖国に秩序が回復して、ならず者や共産主義者たちに盗られる心配がなくなったら、私自らこの手で厳かに元あった場所、共和国女神像の足元に返すことにする。」そしてその日が来るまで、ダイアモンドはオフェリアのハンドバックに仕舞われ、当面はパフと口紅の間から遠い祖国の幹線道路のゼロポイントを示すことになった。やがてオフェリアは急ぐ素振りを見せ始めた。「チョロ、証明書のことはお願いするわ、私にはわからないから。それから、明日までは伏せておいてね。今日はオートゥイユで馬車レースがあるの。着替えなきゃ……」そしてすぐに、家の正門に建てられた柵の向こうから馬蹄と車輪のけたたましい音が聞こえてきた。エルミラが窓から覗いてみると、そこに止まっていたのは、屋根と小窓のついた四頭立ての馬車であり、幼い頃、まだ汽車もない時代に、ヌエバ・コルドバからパルマール・デ・シキーレまで大勢の人を運んでいた騾馬バスにそっくりだった。「随分時代遅れな連中ね」マヨララは思った。すると明るい色の服を着たオフェリアが現れて白い日傘を広げ、そのまま馬車に乗り込んだ。鞭の音が響き渡ると、四頭の栗毛馬は行進を始め、笑いと歓喜の大騒ぎを後に残して去って行った。第一執政官が安らかに眠るハンモックの両脇では、銀の蠟燭立てに火が灯り、サン・ヴァンサン・ド・ポール修道女は傍でロザリオを唱えていた。外では、性器を丸出しにした英雄少年が睾丸を太陽に晒している。「なんて破廉恥な！」エルミラは言いながら窓を閉め、下の大広間に遺体を横たえる前に、服を着せてやらねばと思い立った。椅子の背に、病気になる数日前に新調した最後の燕尾服が掛かっており、痩せこけた体にはすでに大きすぎたが、おかげでかえって——長い間地位と権力の象徴だった幅広の帯とともに——着せるのは楽だろう。

つる草がそれを支える木より高く伸びることはない。

――『方法序説』

一九七二年

……今一度立ち止まって、この混沌について考えてみるがいい……

デカルト

22

多くの雨、少なからぬ雪、そして随分前から放置されてきたせいですでに色褪せた小さな霊廟が、モンパルナス墓地のポルフィリオ・ディアスの墓からそれほど遠くないところ、ボードレールの墓とオーピック将軍の墓のすぐ近くで、二本のドーリス式円柱に支えられて立っている。金色の金属に嵌めこまれたガラス扉を守る黒い柵を通して中を覗く者は、簡素な祭壇の上に据えられた聖牧女像――ヌエバ・コルドバ至高聖堂に祀られているのと同じもの――を目にすることだろう。足元に飾られたバラとケルビムの神秘的花冠の下には、四頭のジャガーに支えられた大理石の箱があり、そこには聖なる祖国の土が少しばかり納められている。

だが、意外に知られていないかもしれないのは、四頭の象徴的ジャガーが永遠に見張り続けるこの聖なる土は、地球は一つ、地球の土はどこへ行っても地球の土――「覚えておけ、人間よ、汝は塵であり、塵に帰るのだ」――という理念のもと、オフェリアがリュクサンブール公園の花壇から採取したものであるという事実だ。

ハバナ－パリ、一九七一年－一九七三年

訳者あとがき

ここに訳出したアレホ・カルペンティエールの『方法異説』（一九七四）は、アウグスト・ロア・バストスの『至高の我』（一九七四）、ガブリエル・ガルシア・マルケスの『族長の秋』（一九七五）と並び、ラテンアメリカ文学の「三大独裁者小説」に数えられる傑作である。ミゲル・アンヘル・アストゥリアスの『大統領閣下』（一九四六）、マリオ・バルガス・ジョサの『ラ・カテドラルでの対話』（一九六九）など、ラテンアメリカ文学に独裁政権下の社会的現実を描き出した作品は多いが、わずか一年ほどの間に立て続けに刊行されたこの三作の大きな特徴は、国の頂点に君臨する独裁者自身を主人公に据え、そこから物語を作り出すところにある。世界文学を見渡してもこのような小説の例は少なく、「独裁者小説」をラテンアメリカ文学固有のサブジャンルとして世界に知らしめる契機となったこの三作は、スペイン語圏のみならず、広く欧米で現在まで読まれ続けている。『族長の秋』は、すでにかなり前に鼓直の手で邦訳され、現在でも書店等で比較的簡単に入手可能だが、それに遅れること約三〇年、ようやく『方法異説』の邦訳も刊行の運びとなった。同時に、カルペンティエールの長編小説で唯一邦訳されていなかったのが本作であり、発表からすでに四〇年以上の歳月が経過しているとはいえ、ようやく日本の読者にお届けすることができて嬉しく思う。言うまでもなく、このタイトルはデカルト『方法序説』

のもじりであり、理性的思考と縁遠いラテンアメリカ世界にあてつけて作者が繰り出した言葉遊びだった。
三大独裁者小説の形態は三者三様であり、内容的にも形式的にも三作に共通する要素はさほど多くない。ロア・バストスが、一九世紀前半に君臨した実在の独裁者ホセ・ガスパール・ロドリゲス・デ・フランシアを取り上げ、歴史的文書にも言及しながら史実の枠内にフィクションを散りばめて「永遠の独裁制」を再構築したのに対し、ガルシア・マルケスは、「族長」という架空の人物と彼が支配する架空の国をカリブに設定したうえで、コロンブスやルベン・ダリオといった歴史的人物に言及しつつ、倒錯した歴史の時間軸を作り上げてみせた。両者の中間形というわけではないが、カルペンティエールの『方法異説』は、架空の人物「第一執政官」と、太平洋と大西洋の両方に海岸線を持つ架空の国を想定しながらも、その大部分を客観的な歴史の流れに依拠して展開させており、何年に起こったか正確に特定できる挿話も多い。

まずは、カルペンティエール本人のインタビューなどを参考に、『方法異説』の執筆に至るまでの流れを確認しておくことにしよう。一九五三年発表の長編第三作『失われた足跡』の世界的成功で現代ラテンアメリカ文学の先頭に立ち、六二年発表の『光の世紀』で「大御所」の地位を揺るぎないものにしたカルペンティエールは、五九年のキューバ革命勃発直後から革命政府で文化関係の要職をいくつもこなしたこともあって、六〇年代は思うように創作を進められなかった。だが、六六年に国立印刷局長官の職を解かれ、後に在フランス・キューバ大使館に文化担当官として赴任すると、自由時間が増えたようで、快適なパリ生活を送りながら、ようやく本腰を据えて長編小説の執筆に取り組むことができた。キューバですでに着手していた『五九年』の執筆はその後頓挫したものの、七〇年代初めに『方法異説』と『バロック協奏曲』の着想を得て以来、並行する形でこの中長編三作を書き進めた。最終的に、『方法異説』と『バロック協奏曲』は、一九七四年秋、メキシコのシグロベインティウノ社からほぼ同時に刊行され、七二年には、『五九年』の構想を部分的に継承して書かれた『春の祭典』が同じシグロベインティウノ社から出版された。三作のなかで最も大きな成功を収めたのは『方法異説』であり、スペイン語圏で順調に売り上げを伸ばした（キューバでは一五万部も一度に刷られたという）ほか、七四年にフランス語版、七六年には英語版が刊行されている。特にフランスでの反響は大きく、文芸評論家ベルナール・ピヴォの目にとまって、創刊されたばかりの文芸雑誌『リール』にその年最高の外国小説という評価を受けた。この成功が、七五年のアルフォンソ・レジェス賞、七七年のセルバンテス賞と、相次ぐ栄冠を後押ししたことは間違いない。

独裁者というテーマに関して、カルペンティエールがどの程度まで他の二人の動向を意識していたのかは定かでないし、彼が『族長の秋』や『至高の我』を読むのは『方法異説』刊行後のことだから、直接的な影響関係が存在するわけではない。とはいえ、ガルシア・マルケスの言動や、六〇年代後半にカルロス・フエンテスとバルガス・ジョサが企画した「独裁者小説アンソロジー」について、彼の耳に様々な情報が入っていたことは確実であり、まったく無関心に創作を進めることも不可能だったと考えられる。いずれにせよ、カルペンティエールは生涯ガルシア・マルケスへの賛辞を惜しまず、ロアの『至高の我』に関しては、発表直後にこれを読んで「傑作」と称えた。一九七七年、メキシコの文芸雑誌『プルラル』（一九七七年一月）のインタビューに応じたカルペンティエールは、三大独裁者小説について次のように話している。

円熟期を迎えた我らが大陸の三作家が揃って独裁者というテーマを取り上げたのは、私に言わせれば不思議でもなんでもありません。随分前から苛立たしいほど繰り返し我々の歴史に現れているテーマですからね。ラテンアメリカの独裁者はこの大陸特有の産物ですし、すでに一世紀半以上も前から若者たちが反独裁闘争を続けるこのラテンアメリカの地で、なぜ何度も繰り返し独裁者が登場するのか、現実に即してその謎を解く試みは必要だと思います。

『方法異説』の大枠についても、インタビューなどの資料をもとに検討してみよう。時代設定に関しては、キューバ共産党の機関紙『グランマ』（一九七四年五月一八日）のインタビューで、カルペンティエールは次のように明確な答えを返している。

正確に言うと、私の小説のアクションは一九一三年に始まり、様々な歴史的事件への言及とともに、同時代の推移に対応しながら一九二七年まで続きます。その後、主人公は三〇年代、四〇年代へと導かれ、末尾には、「一九七二年」というタイトルのエピローグが付されています。

確かに、第一次世界大戦勃発、マルヌの会戦、アメリカ合衆国の参戦、ヴェルサイユ条約、戦後の好景気、それに続く金融危機、そして作品の結末近くで言及されるブリュッセルの反帝国主義会議（一九二七年に開催され、実際にキューバ代表としてフリオ・アントニオ・メジャが参加した）といった歴史的事件を手掛かりに、史実との対応関係を確認することができる。ただし、カルペンティエールはどんな作品においてもその内部に独自の主観的時間進行を作り出す作家であり、『方法異説』のストーリーも厳格な歴史的時間の枠には収まっていない。バルガス・ジョサは、カルペンティエールの代表作『この世の王国』（一九四九）について論じたエッセイのなかで、その特異な時間進行に触れ、それが「極度のスローモーション」となることもあれば、「ある時から違う時へ——ある場所から違う場所へ——簡単に飛び移り、時間的連続に繋ぎ止められることなく、独立した場面の並置として進行する」こともあると論じているが、これはかなりの程度まで『方法異説』にもあてはまる。

第一執政官の君臨する架空の国については、カルペンティエール自身は多くを語っていないが、名もなき首都の近くに聳える火山（メキシコシティの近郊には二つの火山が並び、カラカスの近くにはモンテ・アビラが聳えている）や熱帯雨林地帯のセルバ（一九二〇年代、三〇年代のコロンビアやベネズエラの地方主義小説でしばしば舞台となった）、荒涼とした平原（ジャノと呼ばれる平原地帯がコロンビアとベネズエラに跨って広がっている）や港町（キューバのハバナやコロンビアのカルタヘナ、ベネズエラのプエルト・カベージョやメキシコのベラクルスなど、独特の雰囲気を持つ港町はラテンアメリカに多い）の描写を見れば、これがラテンアメリカの「地理的モンタージュ」であることは明らかだろう。ただ、港から首都への行程や、オルメド地区（カラカスの郊外にはトバール地区というドイツ人居住区がある）についての記述など、カルペンティエールが一〇年以上の歳月を過ごしたベネズエラの地誌を彷彿とさせる部分は多い。他方、パリを中心とするヨーロッパの地理には、飲み屋や売春宿といった特定の商店を除いて、架空の要素はほとんど入り込んでいない。ちなみに、第一執政官がパリに構える屋敷については、ポルフィリオ・ディアス政権の財務大臣が実際にティルジット通りに所有していた家に対応していることを、カルペンティエール自身が『ル・フィガロ』のインタビュー（一九七五年七月二八日）で認めている。

登場人物の構成はとりわけ興味深い。『方法異説』には、実在する政治家や著名軍人の名が随所に散りばめられ、詩人ガブリエレ・ダンヌンツィオやベネズエラの音楽家レイナルド・ハーンなどに重要な役割が与えられているほか、虚実様々な人物が交錯するなかに、エルスチールやアルジャンクールといった『失われた時を求めて』の登場人物が紛れ込んでいる。このあたりは、カルペンティエールの悪戯心だろう。また、石から動物を救い出す彫刻家ミゲル・エスタトゥアに関しては、お気に入りの登場人物であることを述べたうえで、一八世紀のブラジル人彫刻家「アレイジャディーニョ」こと、アントニオ・フランシスコ・リスボアがモデルであることを作者本人が認めている。第一執政官体制崩壊に重要な役割を果たす神話的人物「エル・エストゥディアンテ」をめぐっては、フィデル・カストロやチェ・ゲバラとの関連を指摘する研究がこれまで何度か発表されているが、カルペンティエール自身がモデルにしたと言っているのは、キューバ共産党の創設に関わった二人の若者、パブロ・デ・ラ・トリエンテ・ブラウとルベン・マルティネス・ビジェナ、そして、ペルーの社会主義思想家ホセ・カルロス・マリアテギだった。

肝心の第一執政官については、その下地をなした実在の独裁者として作者が常に名を挙げたのは、メキシコのポルフィリオ・ディアス、ベネズエラのアントニオ・グスマン・ブランコ、グアテマラのマヌエル・エストラーダ・カブレラ、ハイチのラファエル・レオニダス・トルヒージョ、キューバのヘラルド・マチャードの五人だった。ガルシア・マルケスの族長のモデルとなったベネズエラのファン・ビセンテ・ゴメスやアルゼンチンのファン・マヌエル・ロサスのような粗野な荒くれ者とは異なり、カルペンティエールにとってこの五人は、文化的洗練の隠れ蓑を着た「啓蒙的暴君」の代表格だった。五人の奇抜な独裁者を踏まえて構築された第一執政官は、一方で芸術の庇護者と西欧的教養を身に着けた知識人を気取り、世界各地の劇場でオペラを楽しみながらも、その裏で反対派への容赦ない弾圧や罪なき大衆の虐殺を平然と指示する。

そもそもカルペンティエールにとって「啓蒙的暴君」とは、『ラサリージョ・デ・トルメス』に代表されるスペイン古典小説に描かれた「ピカロ」のアメリカ大陸版にほかならない。狡賢く、処世術に長けたピカロは、スペインにおいてであれば、人の物をくすね、詐欺まがいの商売に従事する悪漢にすぎないが、これがアメリカ大陸に移植されると、一国を牛耳る独裁者の地位にまで昇りつめることがある。ラテンアメリカの多くの独裁者と同じく、第一執政官も、如才なく立ち回って卑しい身分から国のトップまで昇りつめると、フランスを手本に文化振興策を掲げて独裁制の正当化に着手する。だが、つけ焼刃で知識と教養を身につけただけの独裁者はしばしばボロを出し、物語の後ろに隠れた語り手が、アイロニーを込めてその愚かしさを読者の前に曝け出す。おかげで『方法異説』には、それまでのカルペンティエール文学にほぼ皆無だった要素、ユーモアが生まれ、笑いを武器に独裁制を打ち崩す構図が作品内に出来上がる。ピカレスク小説では、権力者の目を盗んでピカロが悪さを働くところから笑いが生まれるが、そのピカロが権力者となって君臨するカルペンティエールの小説では、語り手がそのさもしい本性を暴き出すことで、彼をお笑い草の「裸の王様」に変える。

ガルシア・マルケスの族長と較べれば、第一執政官の肖像はやや迫力に欠けるうえ、大統領でありながら数カ月にわたって何度も国を留守にする事態は、この人物から真実らしさを奪っていると言わざるをえない。だが、カルペンティエールは、「啓蒙的暴君」といういかにもラテンアメリカらしい独裁者の類型に着目し、豊かな想像力と巧みな語りの技法で見事にその文学的表象を打ち出して見せた。「ラテンアメリカの小説は特定の世界を暴き出す必要に応えねばならない」と主張し、「技法とテーマ性と問題意識によってラテンアメリカ文学を地域性の足枷から解き放つ」ことを目標に掲げたカルペンティエールの試みは、『方法異説』においても十分な成果を上げていると言っていい。

また、カルペンティエール文学の愛読者にとって、ラテンアメリカとヨーロッパに跨って磨き上げてきた彼の美的感性が存分に発揮されているところは、この小説の大きな魅力となるだろう。印象派からアヴァンギャルドに至る絵画の潮流や、ワーグナーやフォーレ、ドビュッシーの楽曲に関する知識は、『方法異説』を支える屋台骨の一つとなっているし、建築家の父を持ち、自らも建築学部で学んだカルペンティエールの建造物に対する異常なまでのこだわり（かつてギジェルモ・カブレラ・インファンテにパロディのネタにされたこともある）は、作品の随所に興味深い挿話を生み出している。なかでも、カルペンティエールの教養と美的感性とユーモア精神の粋を結集したのが、マチャード独裁政権下のキューバで一九二九年に着手されたカピトリオ建設に着想を得たという、独立百周年記念事業にまつわる一連の騒動（第四章10及び11）だろう。この滑稽なドタバタ劇を通じて、独裁という政治体制の本質を成す腐敗と堕落が象徴的な形で浮き彫りにされている。

翻訳にあたっては、サルバドール・アリアスが注釈をつけたカテドラの批評版（マドリード、二〇〇六年）を底本とし、シグロベインティウノ社のカルペンティエール全集第六巻（メキシコ、二〇〇二年）やアリアンサ社の普及版（マドリード、二〇〇六年）を適宜参照した。人称の交錯する語り、息の長い文章、様々な事象の羅列といった要因のせいで、カルペンティエールの小説は概して非常に翻訳が困難だが、『方法異説』には、新旧両大陸の政治、歴史、文学、絵画、音楽、建築、食事、服装、その他様々な分野の事象が盛り込まれており、その日本語表記を調べるだけでも大変な作業となった。細心の注意を払ったつもりだが、思わぬ間違いがないことを祈るばかりだ。これで、三大独裁者小説で邦訳されていないのは『至高の我』のみとなったが、手掛ける翻訳家が誰もいなければ、これも近いうちに自分の手で翻訳したいと思っている。

いつものように訳文の朗読を担当してくれた浜田和範君、「フィクションのエル・ドラード」担当編集者の井戸亮さん、スペイン文化省、その他間接直接にこの翻訳に関わったすべての方々と関係機関にこの場を借りてお礼を申し上げる。

二〇一六年七月三一日

寺尾隆吉

著者／訳者について

アレホ・カルペンティエール
Alejo Carpentier

一九〇四年、スイスのローザンヌに生まれる。

父はフランス人、母はロシア人。主にハバナで教育を受けたものの、家庭内にはフランス文化が色濃く、パリへ留学することもあった。建築家を志すが挫折。

一九二四年から文化雑誌『カルテレス』に寄稿を始め、政治運動にも参加、マチャード独裁政権から二七年に投獄を受ける。

一九二八年から三九年までパリに滞在し、シュルレアリスムや前衛音楽に影響を受けた。

一時ハバナへ戻った後、一九四五年から五九年までベネズエラのカラカスに滞在し、『この世の王国』（一九四九）、『失われた足跡』（一九五三）、『追跡』（一九五六）などの長編小説を刊行した。

一九五九年、キューバ革命勃発とともにハバナへ戻り、革命政府の文化活動に協力。晩年は外交官としてパリで過ごし、『方法異説』（一九七四）、『バロック協奏曲』（一九七四）、『ハープと影』（一九七九）などの作品を発表し続けた。

一九七七年に、ラテンアメリカ作家として初めてセルバンテス賞を受賞している。

寺尾隆吉
てらお・りゅうきち

一九七一年、愛知県生まれ。東京大学大学院総合文化研究科博士課程修了（学術博士）。現在、フェリス女学院大学国際交流学部教授。専攻、現代ラテンアメリカ文学。主な著書には、『フィクションと証言の間で――現代ラテンアメリカにおける政治・社会動乱と小説創作』（松籟社、二〇〇七年）、『魔術的リアリズム――二〇世紀のラテンアメリカ小説』（水声社、二〇一二年）。主な訳書には、カルロス・フエンテス『ガラスの国境』（水声社、二〇一五年）、フリオ・コルタサル『八面体』（水声社、二〇一四年）などがある。

Alejo CARPENTIER, El recurso del metodo, 1974.
Este libro se publica en el marco de la "Colección Eldorado", coordinada por Ryukichi Terao.

Esta obra ha sido publicada con una subvencíon del Ministerio de Educación, Cultura y Deporte de España.

本書の出版にあたり、
スペイン教育・文化・スポーツ省の助成金を受けた。

フィクションのエル・ドラード

方法異説

二〇一六年一〇月二〇日　第一版第一刷印刷
二〇一六年一〇月三〇日　第一版第一刷発行

著者　アレホ・カルペンティエール
訳者　寺尾隆吉
発行者　鈴木　宏
発行所　株式会社　水声社
東京都文京区小石川二―一〇―一　郵便番号一一二―〇〇〇二
郵便振替〇〇一八〇―四―六五四一〇〇
電話〇三―三八一八―六〇四〇　ファックス〇三―三八一八―二四三七
http://www.suiseisha.net
印刷・製本　中央精版印刷
装幀　宗利淳一デザイン

ISBN978-4-89176-961-1
乱丁・落丁本はお取り替えいたします。

フィクションのエル・ドラード

襲撃　レイナルド・アレナス　山辺 弦訳　（近刊）
バロック協奏曲　アレホ・カルペンティエール　鼓 直訳　（近刊）
時との戦い　アレホ・カルペンティエール　鼓 直訳　（近刊）
方法異説　アレホ・カルペンティエール　寺尾隆吉訳　二八〇〇円
対岸　フリオ・コルタサル　寺尾隆吉訳　二〇〇〇円
八面体　フリオ・コルタサル　寺尾隆吉訳　二二〇〇円
境界なき土地　ホセ・ドノソ　寺尾隆吉訳　二〇〇〇円
ロリア侯爵夫人の失踪　ホセ・ドノソ　寺尾隆吉訳　二〇〇〇円
夜のみだらな鳥　ホセ・ドノソ　鼓 直訳　（近刊）
ガラスの国境　カルロス・フエンテス　寺尾隆吉訳　三〇〇〇円